LES GUETTEURS

Né en 1960 dans le comté de Fife, Ian Rankin a étudié la littérature à l'université d'Édimbourg, interprété ses chansons dans un groupe de rock et écrit son premier polar à la place de sa thèse. Il a obtenu un nombre impressionnant de récompenses, dont l'Edgar du meilleur roman policier en 2004, le Grand Prix de littérature policière et le prestigieux Diamond Dagger en 2005 pour l'ensemble de son œuvre. Ian Rankin est considéré comme une star du roman noir et ses livres ont été traduits en vingt-deux langues.

Paru dans Le Livre de Poche :

L'Appel des morts

Cicatrices

La Colline des chagrins

Double détente

Du fond des ténèbres

L'Étrangleur d'Édimbourg

Exit Music

Fleshmarket Close

Le Fond de l'enfer

Nom de code : Witch

Piège pour un élu

Plaintes

Portes ouvertes

Rebus et le loup-garou de Londres

Traques

Une dernière chance pour Rebus

IAN RANKIN

Les Guetteurs

TRADUIT DE L'ANGLAIS (ÉCOSSE) PAR FREDDY MICHALSKI

ÉDITIONS DU MASQUE

Titre original :

THE IMPOSSIBLE DEAD
Publié par Orion Books Ltd (Royaume-Uni)

ISBN : 978-2-253-00056-3 – 1re publication LGF

In memoriam
David Thompson

UN

1

— Il n'est pas là, dit le sergent de permanence.

— Où est-il, alors ?

— Dehors. Une urgence.

Fox lança au sergent un regard peu amène, tout en sachant que c'était en pure perte. C'était un vieux de la vieille qui en avait vu d'autres. Fox jeta un coup d'œil au suivant sur sa liste.

— Haldane ?

— Congé de maladie.

— Michaelson ?

— Dehors en compagnie de l'inspecteur Scholes.

Tony Kaye se tenait sur sa gauche, juste derrière lui, et, une seconde avant qu'il ouvre la bouche, Fox devina ce que son collègue allait dire.

— J'appelle ça se foutre du monde.

Fox le fusilla du regard, mais trop tard, la nouvelle allait se répandre dans tout le poste comme une traînée de poudre : mission accomplie. Les Plaintes étaient descendues en ville pour trouver la maison vide et avaient fait chou blanc. Le sergent à l'accueil se dandinait sur place, en essayant de ne pas se montrer trop réjoui par la tournure des événements.

Fox s'accorda un instant pour détailler le décor. Les avis punaisés aux murs étaient banals et familiers, le poste de police moderne, c'est-à-dire que l'on aurait tout aussi bien pu se croire dans un cabinet médical ou un bureau des services sociaux, à condition de faire l'impasse sur le panneau affichant le niveau d'alerte, passé de FAIBLE à MODÉRÉ. Rien à voir cependant avec la visite de Fox et de ses hommes : une explosion avait été signalée dans les bois entourant Lockerbie. Des gamins, probablement, et à bonne distance de Kirkcaldy. Néanmoins, tous les postes de police du pays en avaient été avertis.

À côté du bouton d'appel de la réception, un panonceau rédigé à la main invitait à sonner en cas d'absence, ce que Fox n'avait pas manqué de faire, trois ou quatre minutes auparavant. Sans doute, le miroir sans tain, derrière le comptoir, avait-il permis au sergent de permanence de surveiller les trois nouveaux venus : l'inspecteur Malcolm Fox, le sergent Tony Kaye et l'agent Joe Naysmith. Le poste avait été prévenu de leur arrivée, et de leur intention : interroger trois policiers de la Criminelle, l'inspecteur Scholes et les sergents Haldane et Michaelson.

— Vous croyez que c'est la première fois qu'on nous fait le coup ? demandait Kaye au sergent. Vous pourriez bien être notre premier client en salle d'interrogatoire…

Fox passa au deuxième feuillet de son dossier.

— Et votre chef ? La commissaire Pitkethly ?

— Elle n'est pas encore arrivée.

Kaye consulta ostensiblement sa montre.

— Un rendez-vous au QG, expliqua le sergent.

Joe Naysmith, à la droite de Fox, s'intéressait tranquillement aux brochures posées sur le comptoir de la réception. Une façon d'afficher une confiance à toute épreuve : ceux pour qui ils étaient là finiraient *immanquablement* par être interrogés, en dépit de toutes les manœuvres dilatoires. Les Plaintes aussi en avaient vu d'autres…

Les Plaintes : le terme était déjà périmé, même si Fox et son équipe ne pouvaient s'empêcher de l'utiliser, en tout cas entre eux. Jusqu'à tout récemment, le nom officiel de leur service était Affaires et Plaintes internes. Désormais, ils appartenaient à la Section des normes et de l'éthique. Dans un an, ils auraient droit à un autre intitulé : Normes et Valeurs avait été avancé, au grand déplaisir de tout le monde. Ils restaient les Plaintes, les flics qui enquêtaient sur d'autres flics. Ce qui expliquait pourquoi ces derniers n'appréciaient jamais de les voir débarquer et se montraient rarement coopératifs.

— Le QG, c'est Glenrothes ? s'enquit Fox auprès du sergent.

— Tout à fait.

— Combien de temps pour y aller en voiture – vingt minutes ?

— À condition de ne pas vous perdre en route.

Le téléphone sur le bureau, derrière le sergent, se mit à sonner.

— Vous pouvez toujours attendre ici, dit-il en pivotant pour décrocher.

Le dos tourné à Fox, il entama une conversation à mi-voix.

Joe Naysmith tenait à la main une brochure sur la sécurité intérieure. Il s'affala sur une des chaises près de la fenêtre et se mit à lire. Fox et Kaye échangèrent un regard.

— Alors ? Qu'en penses-tu ? finit par demander Kaye. La grande ville n'attend que nous pour l'explorer.

Kirkcaldy : ville côtière du comté de Fife, à quarante minutes d'Édimbourg, dans la voiture personnelle de Kaye, qui n'avait quasiment pas quitté la voie rapide de droite. En traversant le pont routier enjambant la Forth, ils avaient échangé quelques commentaires sur la longue file de véhicules qui avançaient au pas en sens contraire, direction la capitale, pour une nouvelle journée de travail.

— Ils viennent chez nous nous voler le boulot ! avait plaisanté Kaye en klaxonnant.

— Linoléum, avait mentionné Naysmith, plus au fait de l'histoire locale. Jadis, Kirkcaldy a connu son heure de gloire grâce au lino. Et à Adam Smith.

— Il jouait dans quelle équipe ? avait demandé Kaye.

— Il était économiste.

— Et Gordon Brown, alors ? avait ajouté Fox.

— Kirkcaldy, avait confirmé Naysmith avec un hochement de tête solennel.

Debout dans l'entrée du poste face au comptoir de la réception, Fox pesait les options offertes. Ils pouvaient s'asseoir et attendre, en se rongeant les ongles ; ou téléphoner au patron à Édimbourg, et se plaindre. Le chef appellerait alors le QG du Fife, et, au bout du compte, il se produirait bien quelque chose – genre un petit gamin courant vers papa à toutes jambes parce qu'un grand lui a fait bobo.

Ou…

Fox se tourna de nouveau vers Kaye, qui sourit et chassa la brochure de Naysmith d'un revers de la main.

— Distribue les casques tropicaux, petit Joe, dit-il. Nous nous engageons en territoire inconnu.

*

Ils garèrent la voiture en bord de mer et se plantèrent face au paysage, le Firth of Forth avec vue sur Édimbourg.

— On dirait que là-bas le soleil brille, râla Kaye en boutonnant son manteau. Je parie que tu regrettes de n'avoir pas prévu quelque chose de plus chaud que ton caban de prolo chic.

À la longue, Joe Naysmith s'était blindé contre les commentaires sur ses vêtements à la mode, mais il remonta néanmoins son col. Le méchant vent qui soufflait de la mer du Nord formait des creux, et, le long de la promenade, les flaques témoignaient que la marée avait tendance à déborder la digue. Même les mouettes avaient du mal à se tenir en l'air. Le front de mer ici offrait un visage bien étrange, à croire qu'on lui battait froid car la plupart des immeubles tournaient le dos au paysage pour regarder vers le centre-ville. Fox l'avait déjà remarqué en d'autres endroits d'Écosse, de Fort William à Dundee : les architectes semblaient vouloir nier l'existence même d'un bord de mer. Une particularité qu'il n'avait jamais bien comprise, mais il doutait fort que Kaye et Naysmith soient à même d'éclairer sa lanterne.

Joe Naysmith avait bien suggéré une balade sur la plage, mais Tony Kaye se dirigeait déjà vers la route en lacets remontant la colline en direction des boutiques et des cafés, le laissant s'acquitter des quatre-vingt-cinq pence exigés par l'horodateur. La barrière pour travaux qui fermait la grande rue étroite ne l'arrêta nullement, il franchit l'obstacle et poursuivit son ascension.

— Où est-ce qu'il va comme ça, bon sang ? maugréa Naysmith.

— Tony a le nez pour ça, expliqua Fox. Il n'est pas du genre à se contenter du premier café venu.

Kaye s'arrêta devant une porte et, du seuil, s'assura que ses compagnons ne le perdaient pas de vue, avant d'entrer. Le Pancake Place était clair et spacieux, pas trop fréquenté. Ils s'installèrent à une table en coin en essayant de donner le change et de passer pour des habitués. Fox se demandait si tous les flics du monde avaient réellement les mêmes habitudes. Lui aimait les tables en coin, d'où il pouvait voir tout ce qui se passait, ou risquait de se passer. Naysmith n'avait pas encore tout à fait intégré la leçon et, dos tourné à la porte, semblait content de son sort. Fox s'était glissé à côté de Kaye et balayait la salle du regard, pour n'y trouver que des femmes tellement prises par leurs conversations qu'elles ne risquaient pas de se laisser distraire par l'arrivée de trois quidams. Ils étudièrent le menu en silence, passèrent commande et attendirent quelques minutes que la serveuse arrive avec leur plateau.

— Le scone a l'air pas mal du tout, dit Naysmith, en s'y attaquant avec son couteau, pour le garnir de beurre allégé.

— Je n'ai pas envie que vous preniez trop vos aises, intervint Fox en montrant le dossier qu'il avait emporté. Nous ne sommes pas en vacances, ajouta-t-il en étalant son contenu sur la table. En attendant que le thé refroidisse, vous pouvez vous rafraîchir la mémoire.

— Est-ce que ça vaut vraiment la peine de courir le risque ? demanda Tony Kaye.

— Quel risque ?

— Une tache de beurre sur la couverture ! Ça ne fera pas très professionnel, pendant les interrogatoires.

— Je me sens d'humeur aventureuse aujourd'hui, rétorqua Fox. À Dieu vat !

Sur un signe de Kaye, les trois hommes se mirent à lire.

Paul Carter était l'homme qui motivait leur venue à Fife. Flic depuis quinze ans, enquêteur à la Criminelle, il avait trente-huit ans et était issu d'une famille de flics – son père et un de ses oncles avaient servi dans les services de police du comté de Fife. C'est l'oncle en question, Alan Carter, qui était à l'origine de la première plainte contre son neveu. Il y faisait état d'une droguée, de faveurs sexuelles, de complaisances vis-à-vis de certaines pratiques. À la suite de quoi, deux autres femmes s'étaient présentées pour déclarer que Paul Carter, les ayant arrêtées pour ivresse sur la voie publique, leur avait offert d'abandonner toutes poursuites, à la condition qu'elles se montrent « accommodantes ».

— On dit encore « accommodant », de nos jours ? marmonna Kaye, parvenu à mi-page.

— Au tribunal et dans les journaux, répondit Naysmith en chassant les miettes de son exemplaire du dossier.

Malcolm Fox avait sous les yeux plusieurs articles de presse, accompagnés de photos de Paul Carter sortant du tribunal à la fin de sa déposition. Coupe de cheveux au bol et visage grêlé de cicatrices d'acné. Le regard dur à l'adresse du photographe qui avait pris le cliché.

Le verdict de culpabilité, rendu quatre jours auparavant, était accompagné du commentaire du shérif[1], selon lequel les collègues de l'agent Carter semblaient « délibérément stupides ou délibérément complices ». Sous-entendu : ils savaient depuis des années que Carter était un flic véreux mais ils l'avaient protégé, ils avaient menti pour le couvrir, voire tenté de falsifier des dépositions, de faire pression sur ces derniers pour les dissuader de le dénoncer.

Au total, suffisamment de raisons pour que les Plaintes débarquent en ville. Les services de police du comté de Fife avaient besoin de savoir ce qu'il en était. Afin de rassurer le public et surtout les médias, ils voulaient une enquête impartiale, et l'avaient donc confiée à des enquêteurs d'un district voisin. Fox avait eu droit à un exemplaire du code de police relatif à la politique de suspension, avec le détail des articles régissant la procédure à suivre, ainsi qu'au rapport écrit du chef de la police en personne. Les raisons pour lesquelles les trois inspecteurs soumis à investigation étaient toujours en service, « au mieux des intérêts de la police », y étaient expliquées.

Fox but une gorgée de thé et relut en diagonale une autre page de notes. Quasiment toutes les phrases en étaient soulignées ou passées au surligneur. Les marges étaient pleines de ses appréciations personnelles griffonnées à la va-vite, accompagnées de questions et de points d'interrogation. Il les savait quasiment par cœur et aurait pu se lever pour les déclamer aux clients du café. Peut-être était-ce justement là l'objet de leurs

1. Shérif et juge sont synonymes en Écosse. *(Toutes les notes sont du traducteur.)*

bavardages, qui sait ? Dans une ville de cette taille, il y avait forcement des camps, avec des opinions tranchées. Carter était un merdaillon, un sale mec véreux, un prédateur. Ou alors il s'était fait entuber par une camée de bas étage et deux pétasses à la moralité douteuse. Où était le mal dans ce qu'il avait fait ? Et d'abord, qu'avait-il vraiment fait ?

Pas grand-chose, hormis salir la réputation de ses collègues.

— Ça me fait un peu penser à Colin Balfour, dit Tony Kaye. Vous vous souvenez de lui ?

Fox opina du chef. Un flic d'Édimbourg qui aimait rendre visite dans leurs cellules aux femmes incarcérées pour la nuit. L'accusation contre lui n'avait pas abouti devant le tribunal, mais, à la suite d'une enquête interne, il avait été viré des rangs de la police.

— Intéressant que ce soit l'oncle qui ait lâché le morceau le premier, commenta Naysmith, les faisant revenir à l'affaire qui les concernait.

— Mais uniquement après avoir pris sa retraite de flic, remarqua Fox.

— Quand même… Ça a dû déclencher un foin de tous les diables dans la famille.

— Il y a peut-être tout un passif derrière ça, d'anciens griefs, proposa Kaye. Des haines familiales qui remontent à loin.

— Bien possible, approuva Naysmith.

Kaye claqua la main sur la liasse de feuillets qu'il avait devant lui.

— Oui, mais ça nous mène où ? Combien de jours va-t-on passer à faire la navette entre chez nous et ici ?

— Autant qu'il sera nécessaire. Peut-être une semaine ou deux.

Kaye leva les yeux au ciel.

— Uniquement pour que les forces de police du Fife puissent clamer haut et fort qu'il n'y avait qu'une seule pomme pourrie dans le tonneau et que le reste de l'usine à cidre était propre comme un sou neuf ?

— Ça se fabrique en usine, le cidre ? demanda Naysmith.

— Et où crois-tu, à ton avis ?

Fox ne prit pas la peine de se joindre à la discussion. Une nouvelle fois, il se posait des questions sur le protagoniste principal de l'affaire, Paul Carter. Il était inutile d'essayer de l'interroger, même s'il était disponible. Il avait été reconnu coupable et placé en détention provisoire en attendant que sa condamnation soit prononcée. Le shérif « délibérait ». Fox était d'avis qu'il irait en prison. Deux ans d'incarcération, et peut-être une inscription au registre des délinquants sexuels. Il devait déjà discuter avec ses avocats de la possibilité d'un appel.

Il ne manquerait pas de parler à ses défenseurs, mais certainement pas aux Plaintes. Il n'avait strictement rien à gagner à cafter ses potes du poste, ceux qui l'avaient épaulé et défendu, et Fox n'était pas en position de lui offrir un marché quelconque. Le mieux qu'ils puissent espérer serait qu'il laisse échapper par mégarde un détail significatif. Si toutefois il acceptait d'ouvrir la bouche.

Ce qu'il ne ferait pas.

Fox doutait fort que quiconque accepte de parler, parmi les collègues de Carter. Ou, s'ils parlaient, ce serait pour ne rien dire qui vaille la peine d'être noté. Ils étaient avertis depuis longtemps que ce jour viendrait. Scholes. Haldane. Michaelson. Le shérif les avait sortis du gros de la troupe en se fondant sur leurs témoignages contradictoires ou imprécis, leur façon de noyer le poisson, leurs trous de mémoire judicieusement choisis. Leur chef direct à la Criminelle, l'inspecteur-chef Laird, avait échappé aux critiques, de même qu'un autre agent du nom de Forrester.

— C'est Forrester que nous devrions interroger, dit soudain Kaye en coupant court à sa discussion avec Naysmith.

— Et pour quelle raison ?

— Parce que son prénom, c'est Cheryl. Mes années d'expérience me disent qu'il s'agit d'une femme.

— Et alors ?

— Alors, si l'un de ses collègues était effectivement un obsédé sexuel, sûr et certain qu'elle a dû entendre courir des bruits. Entourée par des mecs qui se sont empressés de se serrer les coudes dès que les premières rumeurs ont commencé à circuler… Il est impossible qu'elle ne sache rien.

Kaye se leva.

— Qui est partant pour une nouvelle tournée ?

— Laisse-moi vérifier d'abord.

Fox sortit son téléphone et trouva le numéro du poste de police.

— Peut-être que Scholes est de retour de sa petite sortie.

Il pianota le numéro et attendit, tandis que Kaye chassait d'une pichenette la chevelure de Naysmith, un peu basse sur la nuque, en lui proposant ses services comme coiffeur.

— Allô ? dit une voix de femme.

— L'inspecteur Scholes, s'il vous plaît.

— Qui le demande ?

Fox jeta un coup d'œil alentour.

— Ici, le Pancake Place. Il est passé un peu plus tôt et nous pensons qu'il a oublié quelque chose.

— Ne quittez pas, je vous mets en communication.

— Merci.

Fox coupa son téléphone et commença à rassembler les papiers.

— Joliment joué, dit Tony Kaye.

Puis, s'adressant à Naysmith :

— Renfile ton caban de prolo, Joe. Direction le chantier, il est temps de démarrer le marteau-piqueur.

2

L'inspecteur Ray Scholes, assis dans l'unique salle d'interrogatoire du poste, passa la main dans ses cheveux noirs coupés court. Fox lui avait laissé le choix du lieu, à condition qu'il y ait une table et quatre chaises.

— Ainsi qu'une prise de courant, avait ajouté Joe Naysmith.

La prise était destinée à l'adaptateur électrique. Naysmith avait installé la caméra vidéo et en avait pratiquement terminé avec l'enregistreur audio, relié à deux microphones, le premier pointé sur Scholes, le second entre Fox et Tony Kaye. Ce dernier croisait les bras, l'air renfrogné. Il avait déjà signifié à Scholes combien sa petite ruse avait été appréciée à sa juste valeur.

— Une mission officielle de police est tout sauf une ruse, lui avait rétorqué l'inspecteur. En revanche, ceci mérite d'être qualifié presque certainement de perte de temps, avait-il ajouté avec un geste vers les appareils.

— Presque certainement, sans plus ? avait réagi à son tour Fox en s'affairant à ses paperasses.

— Nous sommes parés, leur disait maintenant Naysmith.

— Alors ? Heureux de commencer ? demanda Fox à Scholes.

Celui-ci acquiesçait lorsque son portable sonna. Il répondit en s'identifiant comme « Ray Scholes, ennemi public numéro un ». Sa petite amie, apparemment, l'appelait pour lui demander de passer prendre quelque chose pour le dîner. Mais elle était au courant, pour les Plaintes.

— Ouais, ils sont ici, lâcha-t-il d'une voix traînante, sans quitter Fox des yeux.

Fox passa un doigt au travers de sa gorge. Scholes ne parut guère pressé d'obéir, mais il finit néanmoins par mettre un terme à la communication, et Fox lui demanda s'il pouvait éteindre son appareil. Scholes fit non de la tête.

— On ne peut jamais savoir si une chose *vraiment* importante ne risque pas d'arriver inopinément.

— Combien de temps avant qu'il sonne de nouveau ? demanda Fox. Ce sera elle chaque fois, ou avez-vous réparti la tâche entre plusieurs de vos amis ?

Il jeta un coup d'œil à Tony Kaye.

— C'est quoi, d'habitude ? Cinq minutes… ou dix ?

— Dix, assura Kaye.

Fox revint sur Scholes.

— Je doute que vous puissiez nous en apprendre, tout a déjà été essayé des centaines de fois. Donc, pourquoi ne pas éteindre le téléphone, ce serait plus simple.

Scholes parvint à esquisser un petit sourire contrit en s'exécutant, et Fox le remercia d'un signe de tête.

— L'agent Carter était-il un bon flic, à votre avis ? lui demanda-t-il ensuite.

— Il l'est toujours.

— Nous savons l'un et l'autre qu'il ne reviendra pas.

— Comment se fait-il que vous haïssiez les flics à ce point ?

Fox le regarda fixement. Scholes paraissait plus jeune que sa trentaine avancée, un visage moucheté de taches de rousseur et des yeux d'un bleu laiteux. Une image étrange lui revint en mémoire, celle d'un gros sac de billes qu'il possédait quand il était gamin. Sa favorite était une bille bleu pâle, dont les petits défauts n'étaient visibles qu'au prix d'un examen détaillé, quand il la tournait lentement entre ses doigts…

— Que voilà une question originale, répondit Tony Kaye. Si on ne nous l'a pas déjà posée cent fois rien que ce mois-ci…

— C'est juste que je ne comprends pas bien les raisons pour lesquelles vous voulez punir tous ceux qui ont pu travailler avec Paul.

— Pas tous, rectifia Fox. Rien que les noms mentionnés par le shérif.

— Vous appelez ça un shérif ? lâcha Schole après un ricanement. Demandez à qui vous voulez dans le service ! Colin Cardonald est juste bon à enfoncer le couteau dans la plaie. Le nombre d'affaires où il a tout tenté pour faire plonger le prévenu…

— Il y en a toujours un, lui concéda Kaye.

— Existait-il des contentieux entre le shérif Cardonald et l'agent Carter ? demanda Fox.

— Plus ou moins.

— Et entre le juge et vous-même ?

Fox attendit, sans recevoir de réponse pour autant.

— Essayez-vous de me faire comprendre que le shérif Cardonald a sélectionné certains noms parce qu'il avait une dent contre ces hommes ? poursuivit-il.

— Pas de commentaire, répondit Scholes.

— Une plainte avait été déposée il y a presque un an contre Paul Carter. Son propre oncle déclarait que

Carter avait reconnu avoir profité d'une femme sous la contrainte. L'enquête a été conduite…

Fox en rajouta un peu en cherchant les pages pertinentes dans ses notes.

— Il n'en est jamais rien sorti, affirma Scholes.

— Pas immédiatement, non, pas avant que Teresa Collins décide elle aussi qu'elle en avait assez subi….

Petit temps d'arrêt.

— Vous connaissiez l'oncle de Paul Carter ?

— Il était flic.

— Je prends ça pour un oui. À votre avis, pour quelles raisons a-t-il fait ce qu'il a fait ?

Scholes haussa les épaules.

— Une dent de plus à ajouter à la liste ? Et les trois femmes – la première plaignante plus les deux autres qui se sont présentées ensuite –, des vengeances mesquines, toujours ? Cela fait bien beaucoup de griefs accumulés contre votre ami Carter, le bon flic.

Fox s'appuya au dossier de son fauteuil en faisant mine de s'intéresser à quelques pages de son dossier. Les coupures de presse s'étalaient bien en évidence sur le bureau. Kaye et Naysmith savaient qu'à certains moments le silence n'était pas inutile et que la position de Fox, dos collé à son siège, ne signifiait pas pour autant qu'il se trouvait à court de questions. Naysmith vérifia son équipement ; Kaye étudia sa montre.

— En aurait-on terminé avec les hors-d'œuvre, par hasard ? finit par demander Scholes. Nous allons donc passer au plat de résistance ?

— Quel plat de résistance ?

— Quand vous essaierez de me faire tomber en même temps que Paul. Quand vous démontrerez que j'ai menti devant la cour, essayé d'intimider les témoins…

— Teresa Collins déclare que vous étiez dans la voiture en compagnie de Carter lorsque ce dernier s'est arrêté à sa hauteur pour lui annoncer qu'il passerait chez elle un peu plus tard dans la journée pour sa dose de sexe.

— Je n'y étais pas.

— Lorsqu'elle a déposé sa plainte, vous lui avez téléphoné, vous avez essayé de la convaincre de la retirer.

— Non.

— Son téléphone portable avait votre numéro de téléphone enregistré. Avec la date, l'heure et la durée de votre appel.

— Ainsi que je l'ai déclaré devant le tribunal, c'était une erreur. Combien de temps l'appel a-t-il duré ?

— Dix-huit secondes.

— Exact ; dès que je me suis rendu compte que je m'étais trompé, j'ai coupé la communication.

— Pour quelle raison aviez-vous son numéro de téléphone ?

— Je l'ai trouvé inscrit sur un morceau de papier que j'ai vu sur un bureau, au poste.

— Simple petit accès de curiosité, et vous avez donc appelé le numéro mystère ?

— C'est ça.

Tony Kaye secouait lentement la tête, signifiant qu'il n'en croyait pas un mot.

— Donc vous niez lui avoir dit… (Fox jeta une nouvelle fois un coup d'œil à ses notes)… de « retirer sa foutue plainte » ?

— Oui.

— Passiez-vous une part de votre temps libre en compagnie de Carter lorsque vous n'étiez pas de service tous les deux ?

— Quelques bières de temps à autre.

— Et des boîtes de nuit… lors de vos déplacements à Édimbourg et Glasgow ?

— Ce n'est un secret pour personne.

— C'est un fait. Tout a été déballé au grand jour lors du procès.

Scholes ricana.

— Les flics aiment se retrouver entre flics et ne dédaignent pas de boire un verre ensemble, c'est connu.

— Carter était simple agent, alors que vous êtes inspecteur.

— Et alors ?

— Alors ? Il n'a jamais été promu. Tout en bas de la hiérarchie de la Criminelle, alors qu'il est flic depuis aussi longtemps que vous.

— Tout le monde ne cherche pas de promotion à tout prix.

— Tout le monde ne la mérite pas, rétorqua Fox. Carter se situait dans quelle catégorie ?

Scholes ouvrait la bouche pour répondre lorsque la porte de la salle d'interrogatoire s'ouvrit sur une femme en uniforme.

— Désolée de vous interrompre, dit-elle, sans paraître le moins du monde désolée. J'ai pensé que ce serait bien de venir vous saluer.

Elle vit que Naysmith interrompait l'enregistrement et s'approcha du bureau pour se présenter : commissaire Isabel Pitkethly. Fox se leva de son siège avec une certaine réticence et lui tendit la main.

— Inspecteur Malcolm Fox, dit-il.

— Tout se passe bien ? demanda-t-elle en regardant alentour. Vous avez tout ce dont avez besoin ?

— C'est parfait.

Elle avait une bonne tête de moins que lui mais à peu de choses près le même âge, la quarantaine tout juste entamée. Cheveux bruns jusqu'au cou, yeux bleus brillants derrière ses lunettes. Chemisier réglementaire avec épaulettes. Jupe sombre qui s'arrêtait juste au-dessus du genou.

— Ray se tient bien, j'espère ? dit-elle avec un petit rire nerveux.

Il était visible que ces dernières semaines avaient laissé leur marque. Elle qui devait probablement se voir en capitaine maître après Dieu et croyait tenir son navire d'une poigne de fer constatait tout à coup que c'était la structure même de son bâtiment qui était endommagée de l'intérieur.

— Nous commencions tout juste, dit Tony Kaye, sans se donner la peine de masquer sa désapprobation.

— C'est drôle, ça, je croyais qu'on en était au fromage, le contra Scholes.

— L'inspecteur Scholes doit impérativement assister à une autre réunion dans cinq minutes, expliqua Pitkethly. Le bureau du procureur général a un dossier à préparer…

Scholes ne perdit pas une seconde pour se lever de son siège.

— Messieurs, ç'a été un plaisir.

— Quand pourrons-nous le récupérer ? demanda Fox à Pitkethly.

— Probablement en milieu d'après-midi, répondit-elle.

— À moins que le procureur n'ait d'autres projets, dit à son tour Scholes qui avait rallumé son portable et vérifiait ses messages.

— Des appels ratés ? demanda Fox.

— Comment avez-vous deviné ? lui retourna Scholes avec un grand sourire.

Pitkethly semblait se poser la même question.

— Pourrais-je vous voir dans mon bureau, inspecteur Fox ?

— J'allais vous le suggérer.

Une minute plus tard, Kaye et Naysmith se retrouvaient seuls dans la salle d'interrogatoire.

— Est-ce que je remballe le matos ? demanda Naysmith, la main posée sur le trépied de la caméra.

— Vaudrait mieux. Impossible de faire confiance à Scholes et à ses acolytes : ils risqueraient d'entrer ici et de s'exciter sur tout ce qui traîne…

*

— Asseyez-vous, commanda Pitkethly derrière sa table de travail.

Fox resta debout. Ladite table était vide, à angle droit d'une seconde où trônaient un ordinateur et une bannette débordant de travail en instance. Le rebord de la fenêtre donnant sur le parc de stationnement était vierge de bric-à-brac et de colifichets : pas la moindre photo de famille en vue. Les murs étaient nus, à l'exception d'un panneau INTERDICTION DE FUMER et d'un planning annuel.

— Il y a longtemps que vous êtes ici ? demanda Fox.

— Quelques mois.

— Et avant cela ?

Elle n'apprécia pas vraiment que Fox s'arroge le droit de poser des questions. Mais la politesse voulait qu'elle répondît.

— Glenrothes.

GIBERT JOSEPH

TOULOUSE
3, rue du Taur BP 90638
31006 Toulouse
Tel: 05.61.111.777

LES GUETTEURS	2010240974113
	5.30€
RUTH	2010238085463
	8.40€
SAC PLASTIQUE P05 46	2000003000739
	0.10€

	TOTAL:13.80€

NB ART. VENDUS: 3 ART.

TOTAL TTC: 13.80€

PAIEMENTS:
ESPECES: 15.00€

RENDU:
ESPECES: -1.20€

	TAUX	HT	TVA	TTC
3	0%	13.70€	0.00€	13.70€
4	20%	0.08€	0.02€	0.10€
	TOTAL	13.78€	0.02€	13.80€
			NON SOUMIS TVA	13.70€

MAG:26 TRM:1 OP:30 TKT:1349418
le 20/12/2016 a 15:17:01
remboursement de la part
CARTE JEUNE sur présentation
OBLIGATOIRE
d'une pièce d'identité
Merci de votre visite.
Pour tout echange (sous 7 jours
merci de conserver votre ticket
www.gibertjoseph.com

— Le QG ?

— Ce ne serait pas plus rapide d'aller simplement consulter mon dossier ?

Fox leva les deux mains en signe d'excuse et, lorsqu'elle lui désigna le fauteuil d'un signe de tête, il décida de ne pas refuser une seconde fois.

— Je regrette vraiment de n'avoir pas été présente ce matin à votre arrivée, dit-elle en guise de préambule. J'espérais que nous aurions cette discussion avant que vous ne commenciez votre travail.

Un air de petit discours préparé à l'avance. Probable que Pitkethly avait des amis au QG de Glenrothes et qu'elle s'y était rendue pour obtenir quelques conseils sur la façon de s'arranger des Plaintes débarquant dans son fief. Fox aurait pu lui rédiger le script à sa place. Il était très fréquent qu'un haut gradé l'invite dans son bureau et lui serve le même discours.

C'est une bonne équipe que nous avons ici.

Nous avons du pain sur la planche.

Il n'est dans l'intérêt de personne que des officiers de police soient empêchés d'accomplir leur service.

Naturellement, personne ne veut de blanc-seing.

Mais tout de même...

— Et donc, si les éventuels problèmes pouvaient m'être présentés en tout premier lieu...

En constatant que les joues de Pitkethly avaient viré au rouge, Fox se demanda à quel point sa promotion l'avait ravie, lorsqu'elle s'était vu offrir la direction de son propre poste de police. Et maintenant ça.

On lui avait bien sûr expliqué ce qu'elle devait répondre, mais elle avait manqué de temps pour répéter. Sa voix mourut d'elle-même, et elle commença à s'éclaircir la gorge à plusieurs reprises, au point de se mettre à toussoter. Devant ce petit accès de maladresse, Fox ne l'en apprécia que plus. Et se rendit compte qu'elle n'était peut-être pas allée à Glenrothes de son propre chef, mais pour répondre à une convocation de sa hiérarchie.

Voici ce que vous devez lui faire comprendre, commissaire...

— Puis-je vous offrir quelque chose à boire ? lui demanda-t-il. Un verre d'eau peut-être ?

Elle refusa d'un geste. Il se pencha en avant.

— Autant que possible, dit-il, nous essaierons de nous montrer discrets. Et sans nous éterniser outre mesure. Ce qui ne veut pas dire pour autant que nous allons bâcler le travail. Je vous promets que nous irons au fond des choses. Mais nous ne pourrons pas vous tenir informée de l'avancement de notre enquête. Notre rapport sera directement adressé à votre chef. Ce sera à lui ensuite de décider des suites à donner.

Elle était parvenue à reprendre contenance et acquiesçait à mesure, sans le quitter des yeux.

— Notre fonction n'est pas de faire de vagues, poursuivit-il.

Encore une explication convenue, un baratin servi mille fois, dans des pièces très semblables à celle-ci.

— Nous ne cherchons que la vérité. Nous tenons à savoir si les procédures ont été correctement suivies et à nous assurer que personne ne se considère, de quelque façon que ce soit, comme au-dessus de la loi. Si vous pouviez nous aider à faire passer ce message à vos subordonnés, ce serait magnifique. S'il y a une salle que nous pourrions utiliser comme centre d'opérations, ce serait encore mieux. Il faut qu'elle ferme à double tour, et j'aurai besoin de toutes les clés. J'espère avoir débarrassé le plancher d'ici une semaine.

Il décida de ne pas ajouter « ou deux ».

— Une semaine, répéta-t-elle en écho.

Impossible de savoir s'il s'agissait pour elle d'une bonne ou d'une mauvaise nouvelle.

— J'ai appris ce matin que le sergent Haldane était en congé de maladie…

— Une grippe, confirma-t-elle.

— Grippe, paralysie ou peste, dans tous les cas de figure, il nous faudra l'interroger.

Nouvel acquiescement de Pitkethly.

— Je ferai en sorte que l'information lui soit transmise.

— Quelques indications sur les habitudes du cru ne seraient pas non plus superflues ; ne serait-ce que les endroits où déjeuner décemment ou manger un sandwich potable. À condition qu'on n'y rencontre pas vos hommes.

— J'y penserai, répondit-elle.

Elle se levait de son siège, lui signifiant que l'entretien était terminé. Fox ne quitta pas le sien.

— Avez-vous jamais eu la moindre présomption des agissements de l'agent Carter ? demanda-t-il.

Elle s'accorda quelques instants de réflexion avant de faire non de la tête.

— Aucune des femmes qui travaillent ici ? insista-t-il.

— Quoi ?

— Des bavardages dans les toilettes… Des mises en garde contre des mains trop baladeuses…

— Rien du tout, dit-elle.

— Et jamais le moindre doute, pas même l'ombre d'un soupçon ?

— Aucun, répondit-elle d'une voix ferme en se dirigeant vers la porte qu'elle lui tint ouverte.

Fox prit tout son temps pour sortir et lui offrit même un petit sourire en passant devant elle. Kaye et Naysmith l'attendaient au bout du couloir.

— Alors ? lui demanda Naysmith.

— Rien de bien neuf sous le soleil.

— Il y a des chances pour que Michaelson soit dans les murs. Tu veux le passer sur le gril ?

Fox fit non de la tête.

— On retourne en ville, on mange un morceau et on s'offre une balade en voiture.

— Pour prendre nos marques et savoir où on met les pieds ? devina Kaye.

— Effectivement, confirma Fox. Pour prendre nos marques, rien d'autre.

3

Entre autres titres de gloire, Kirkcaldy se targuait de posséder une gare de chemin de fer, un club de football, un musée et une galerie d'art, ainsi qu'une fac de premier cycle baptisée du nom d'Adam Smith. Des rues aux belles demeures victoriennes massives et solides respirant la prospérité, dont certaines avaient été reconverties en bureaux et commerces. En périphérie, des lotissements dont plusieurs étaient si récents qu'ils offraient encore des parcelles à la vente. Deux jardins publics, au moins deux lycées et quelques tours d'immeubles datant des années 1960. Le jargon local n'était pas impénétrable, et les clients des magasins s'arrêtaient sur les trottoirs pour échanger quelques mots devant les boulangeries et les marchands de journaux.

— Je vais finir par piquer un roupillon si ça continue, finit par lancer Tony Kaye.

Il était installé à la place du mort dans sa propre voiture, avec Joe Naysmith au volant et Fox à l'arrière. Le déjeuner avait consisté en petits pains farcis et sachets de chips. Fox avait téléphoné à leur chef à Édimbourg pour lui faire son premier rapport. Le coup de fil avait à peine duré trois minutes.

— Alors ? demanda Kaye en se retournant sur son siège pour croiser le regard de Fox.

— Ça me plaît bien, répondit ce dernier en regardant défiler le paysage.

— Veux-tu que je te dise ce que je vois, moi, Foxy ? Je vois des gens qui devraient être au boulot à cette heure de la journée. Des glandeurs parasites et des blessés de la vie encore en état de marche, des vieux qui se donnent bien du mal pour éviter de faire le grand saut, des poivrots et des casseurs, de gueule et du reste.

En accompagnement, Joe Naysmith avait commencé à fredonner *What a Wonderful World*. Quel monde merveilleux…

— De toutes les voitures qu'on a croisées, s'entêta Kaye, les conducteurs dealent de la came ou alors, la bagnole, ils l'ont piquée. Les trottoirs mériteraient bien d'être passés au jet de même que la moitié des gamins. Ça te dit tout ce que tu as besoin de savoir sur un lieu, quand le plus grand magasin mériterait de s'appeler Déchets et Rebuts, conclut-il en s'arrêtant une seconde, pour l'effet. Et toi, tu veux me faire croire que ça te plaît bien ?

— Tu ne vois que ce que tu veux bien voir, Tony, après quoi, tu lâches les rênes à ton imagination.

Kaye se tourna vers Naysmith.

— Quant à toi, lui lança-t-il, t'étais même pas né quand cette chanson est sortie, alors autant que tu la boucles.

— Ma maman avait le disque. Euh, la cassette, en tout cas. Peut-être même le CD, d'ailleurs.

Kaye regardait de nouveau Fox.

— S'il te plaît, est-ce qu'on ne pourrait pas rentrer et poser nos questions, ramasser les réponses qu'ils daigneront nous cracher à la figure et foutre le camp d'ici en quatrième vitesse ?

— Quand est-ce que les CD ont fait leur apparition ? demanda Naysmith.

Kaye lui donna une bourrade dans l'épaule.

— C'était pour quoi, ça ?

— Cruauté envers ma boîte de vitesses. T'avais déjà conduit, avant ?

— Okay, intervint Fox. Tu gagnes. Joe, ramène-nous au poste.

— Droite ou gauche à la prochaine intersection ?

— Ça va bien comme ça, intervint Tony Kaye à son tour en tendant la main vers la boîte à gants. Je branche le GPS.

*

Le sergent Gary Michaelson avait grandi à Greenock, mais il vivait dans la région de Fife depuis l'âge de dix-huit ans. Il avait fait ses études supérieures au Adam Smith College, puis suivi la formation à l'académie de police de Tulliallan. Marié et père de deux filles, il avait trois ans de moins que Ray Scholes.

— Elles sont bien, les écoles, par ici ? lui avait demandé Fox.

— Pas mal.

Michaelson s'était montré ravi de parler de Fife, de Greenock, de sa famille, mais lorsque le sujet en était arrivé à l'agent Paul Carter, ses réponses étaient restées aussi succinctes que celles de Scholes avant lui.

— J'irais jusqu'à dire, était intervenu Fox à un moment, qu'on vous a fait plancher pour vous préparer à votre grand oral.

— Qu'est-ce que vous cherchez à me faire comprendre ?

— Que vous avez été coaché sur tout ce qu'il ne fallait pas dire – coaché par l'inspecteur Scholes, qui sait…

— C'est pas vrai, avait affirmé Michaelson.

Faux également qu'il eût modifié ou effacé ses notes prises lors d'un interrogatoire de Teresa Collins, au domicile de celle-ci ainsi que dans la salle où ils se trouvaient. Fox récita un passage de la déposition de la jeune femme :

« *Vous pouvez m'inculper de tout ce que vous voudrez, Paul. Seulement, n'allez surtout pas vous faire des idées, vous ne remettrez plus jamais vos sales pattes sur moi.* »

— Elle n'a pas dit ça ?

— Non.

— Le verdict suggérerait le contraire.

— Je n'y suis pas pour grand-chose.

— Mais Carter et Mme Collins se connaissaient, c'était comme qui dirait une histoire déjà ancienne. Vous ne pouviez pas ne pas le savoir.

— C'est elle qui dit qu'il y avait un passé entre eux.

— Les voisins ont remarqué les allées et venues de Carter.

— Sauf que la moitié d'entre eux sont bien connus chez nous, il faut le préciser.

— Vous voulez dire que ce sont des menteurs ?

— À votre avis ?

— Peu importe mon avis, je vous assure. Et en ce qui concerne les pages manquantes dans votre calepin ?

— J'ai renversé du café dessus.

— Les pages suivantes n'en ont apparemment pas souffert.

— Je n'y suis pas pour grand-chose.

— Donc vous persistez à soutenir que…

Pendant tout l'interrogatoire, Fox ne fut pas assez bête pour croiser le regard de Tony Kaye, dont les rares interventions témoignaient d'un agacement grandissant. Ils se heurtaient à un mur et n'arrivaient à rien, et il était plus que probable qu'ils continueraient à faire chou blanc. Scholes, Michaelson et Haldane, prétendument grippé, avaient eu tout le temps d'orchestrer leurs réponses, et ils avaient eu en outre le loisir d'en offrir la primeur au public devant le tribunal.

Teresa Collins mentait.

Les deux autres plaignantes tentaient leur chance et cherchaient à profiter de l'occasion.

Le juge avait aidé l'accusation chaque fois qu'il en avait eu l'occasion.

— Mais cela ne résout pas le problème, voyez-vous, dit Fox lentement, d'une voix paisible, en s'assurant d'avoir ainsi toute l'attention de Michaelson : lorsque votre propre équipe des Normes professionnelles a enquêté sur ces diverses allégations, elle a estimé qu'elles n'étaient pas sans fondement. Et n'oubliez pas : ce n'est pas Mme Collins qui a mis en branle toute cette machinerie…

Il laissa ses paroles faire leur chemin, sous le regard de Michaelson, obstinément fixé sur une portion du mur au-dessus de son épaule gauche. Sec comme une trique, prématurément chauve, Michaelson avait le nez cassé et une cicatrice de deux bons centimètres sur le menton. Peut-être avait-il fait jadis de la boxe en amateur.

— C'est un autre officier de police, poursuivit Fox. L'oncle de Paul Carter. Le traitez-vous lui aussi de menteur ?

— Il n'est plus flic, c'est un ex-flic.

— Et quelle différence cela fait-il ?

Michaelson répondit par un haussement d'épaules et croisa les bras.

— Changement de batterie, intervint Naysmith en éteignant la caméra.

Michaelson s'étira et Fox entendit craquer ses vertèbres. Tony Kaye s'était levé, secouant ses jambes comme s'il voulait remettre en marche sa circulation.

— Ça va durer encore longtemps ? demanda Michaelson.

— Cela ne dépend que de vous, lui répondit Fox.

— Bon, après tout, on touchera notre paie de la journée quand ce sera fini, pas vrai ?

— Vous n'êtes pas pressé de retrouver votre bureau ?

— Quelle importance, au fond, hein ? On résout un crime, et il y en a aussitôt deux ou trois qui vous attendent au tournant.

Fox observa Naysmith fouiller les poches du sac contenant le matériel. Se sentant observé, Joe releva les yeux et eut le bon goût de prendre un air contrit.

— La batterie de rechange est encore en charge, dit-il.

— Et où ça ? demanda Tony Kaye.

— Au bureau. (Une pause, puis :) À Édimbourg.

— Si je comprends bien, nous en avons terminé ? demanda Michaelson, les yeux rivés à ceux de Fox.

— Il semblerait, effectivement, répondit celui-ci à contrecœur. Pour l'instant…

*

— Quelle perte de temps ! Et une journée de gâchée, une ! râla Tony Kaye, et ce n'était pas la première fois.

Ils avaient repris le chemin d'Édimbourg, roulant presque constamment sur la voie de droite. Cette fois, le plus gros de la circulation se dirigeait vers le Fife, et le goulet d'étranglement se situait, côté Édimbourg, sur le pont routier enjambant la Forth. Ils regagnèrent le QG de la police, sur Fettes Avenue. L'inspecteur-chef Bob McEwan, encore dans son bureau, montra le chargeur de batterie posé à côté de la bouilloire et des mugs.

— Je me suis posé la question, dit-il.

— Tu as ta réponse, répondit Fox.

La pièce n'était pas bien grande, la brigade anti-corruption ne comptait que quelques membres. La plupart des policiers appartenant aux Plaintes occupaient une salle plus vaste un peu plus loin dans le couloir, où la section des Normes traitait le tout-venant des affaires en cours. Cette année, McEwan passait la majeure partie de son temps en réunions diverses liées à la restructuration de tout le service.

— Si je devais résumer ça à l'emporte-pièce, je dirais que je prépare la suppression de mon propre poste, avait-il expliqué. Mais inutile de mettre vos jolis petits crânes en ébullition, vous n'êtes pas concernés…

Kaye était assis à son bureau, son manteau sur le dossier de son fauteuil, tandis que Naysmith s'affairait à changer les batteries en charge.

— Deux hommes interrogés, dit Fox à McEwan. Et deux récits réduits à leur plus simple expression.

— Dois-je comprendre que vous êtes confrontés à une certaine réticence ?

— Tony estime que nous nous adressons aux mauvais interlocuteurs, et je commence à penser qu'il a raison, répondit Fox avec un rictus au coin des lèvres.

— Personne ne s'attend à un miracle, Malcolm. Le directeur adjoint de la police m'a téléphoné tout à l'heure. Cela prendra le temps qu'il faudra.

— Au-delà d'une semaine, je risque de me coller un tuyau dans le bec avec l'autre bout sur l'échappement, maugréa Kaye.

— Cela prendra le temps qu'il faudra, répéta McEwan à son intention.

Finalement, ils s'installèrent pour visionner les enregistrements. À la moitié de la cassette vidéo, McEwan consulta sa montre et annonça qu'il devait partir. Puis Kaye reçut un texto.

— Rendez-vous urgent avec mon épouse et une bouteille de vin, déclara-t-il à son tour en tapotant l'épaule de Fox. Tu me diras comment l'enfant se présente, tu veux bien ?

Au cours des cinq minutes qui suivirent, Fox sentit grandir l'impatience de Naysmith. Comme il était 17 heures passées, il dit à son jeune collègue de mettre les voiles.

— T'es sûr ?

Fox se contenta de lui montrer la porte et se retrouva seul dans le bureau, songeant qu'il aurait peut-être dû complimenter le benjamin du trio pour son travail derrière la caméra. Son et image étaient impeccables. Un calepin sur les genoux, encore vierge hormis quelques spirales, étoiles et autres gribouillages distraits, il repensait à une affirmation de Scholes : les Plaintes, avait-il déclaré, tenaient à tout prix à faire tomber tout le monde en même temps que Paul Carter. Carter était désormais du passé. En quoi était-il logique de supposer que Scholes et ses deux collègues allaient continuer à enfreindre les règles ? À l'évidence, ils se protégeraient les uns les autres, se serreraient les coudes, mais peut-être avaient-ils compris la leçon. Fox savait qu'il pouvait désormais mettre son enquête en pilotage automatique, poser ses questions, récolter les réponses et n'aboutir à rien de fracassant. C'était ce à quoi il devait s'attendre, au final. Alors à quoi bon se décarcasser outre mesure ? Il eut la conviction que c'était là le véritable non-dit de cette journée, ce que Tony Kaye avait gardé sur le bout de la langue sans oser l'exprimer. Les trois policiers avaient été cités nommément et cloués au pilori lors de l'audience, et ils étaient désormais prévenus dans le cadre d'une enquête interne. La punition ne se suffisait-elle pas à elle-même ?

Au Pancake Place, Kaye avait mentionné le nom de Colin Balfour. Les Plaintes avaient réussi à monter contre ce dernier un dossier tout juste suffisant pour qu'il soit éjecté de la police, mais elles n'étaient pas parvenues à impliquer deux ou trois autres de ses collègues qui avaient tenté d'étouffer toute l'affaire. Des collègues toujours en poste, et au comportement désormais irréprochable.

Pas de plaintes, selon l'expression consacrée.

Fox coupa l'enregistrement avec la télécommande. Celui-ci ne prouvait qu'une chose, ils faisaient ce qu'on attendait d'eux. Il doutait fort que les grands chefs du quartier général de la police du comté de Fife exigent de mauvaises nouvelles supplémentaires : ils avaient pour seule ambition d'apporter la preuve concrète que les commentaires du juge n'étaient pas restés lettre morte. Il suffisait pour cela que Scholes, Haldane et Michaelson persistent dans leurs dénégations. Ce qui signifiait que Tony Kaye ne se trompait pas : c'était les autres inspecteurs de la Criminelle qu'ils devaient passer sur le gril, si tant est qu'ils veuillent vraiment aller au fond des choses. Et que faire de l'oncle de Carter ? Ne devraient-ils pas également entendre sa version de l'affaire ? Fox était intrigué par le mobile de cet homme. Son témoignage devant la cour avait été succinct, mais pas sans effet. Selon lui, son neveu avait bu quand il lui avait rendu visite, un après-midi. Il s'était montré particulièrement loquace, expliquant comment le travail de police avait évolué depuis l'époque de son oncle. Difficile aujourd'hui de s'arranger pour arrondir les angles et les fins de mois…

Mais il y a un petit avantage dont je profite que toi et papa n'avez peut-être jamais eu…

Ce qui rappela à Fox qu'il n'avait pas parlé à son propre père depuis plusieurs jours. Sa sœur et lui allaient lui rendre visite à tour de rôle, et elle devait probablement se trouver à la maison de retraite médicalisée en ce moment même. Le personnel n'appréciait guère de voir débarquer les visiteurs aux heures de repas et, dès le milieu de l'après-midi, commençait de préparer pour la nuit nombre de ses « clients », ainsi qu'il persistait à appeler les pensionnaires. Fox s'approcha de la fenêtre et scruta la ville qui s'assombrissait. Édimbourg était-il dix fois plus vaste que Kirkcaldy ? Encore plus que ça, certainement. Il revint à son bureau, alluma son ordinateur et s'assit pour chercher la réponse.

Un peu moins d'une heure plus tard, il était dans sa voiture et regagnait son domicile à Oxgangs. Il disposait d'un supermarché quasiment à sa porte et s'y arrêta le temps d'acheter un curry à réchauffer au micro-ondes, une bouteille d'Appletiser et le journal du soir. À la une, il apprit qu'un trafiquant de drogue venait d'être reconnu coupable et envoyé en prison. Fox connaissait l'inspecteur qui avait mené l'enquête – il avait été l'objet d'une investigation des Plaintes deux années auparavant. Aujourd'hui, il souriait aux photographes, mission accomplie.

Comment se fait-il que vous haïssiez les flics à ce point ? La question que Scholes lui avait posée. Fut un temps, les flics de la Criminelle pouvaient « s'arranger » en étant assurés de s'en tirer blancs comme neige. Le boulot de Fox et de son équipe était de les empêcher de le faire, dorénavant. Mais dans un an ou deux, il reprendrait sa place dans les rangs de la Criminelle, à se frotter au plus près à ceux dont il avait démonté les pratiques douteuses ; à essayer de mettre les trafiquants de drogue derrière les barreaux sans s'affranchir des procédures réglementaires, de crainte que les Plaintes ne viennent mettre leur nez dans ses affaires. Il en arriverait à son tour à se méfier d'elles. Il avait commencé à se demander s'il en serait capable... Capable de travailler avec des inspecteurs au courant de son passé ; capable de s'atteler à ce qu'on appelait de « vraies » affaires, dignes de ce nom...

Il fourra le journal au fond de son panier et le recouvrit de ses autres achats.

La maison de plain-pied était plongée dans l'obscurité. Il avait un moment songé à acheter un programmateur, un de ces appareils qui allument automatiquement une lampe à la tombée de la nuit, mais il savait que ce n'était pas vraiment un moyen efficace pour dissuader d'éventuels visiteurs mal intentionnés. Il n'y avait pas grand-chose à voler chez lui, de toute façon : une télé et un ordinateur, point final, après quoi ils pourraient toujours chercher. Deux maisons voisines avaient été cambriolées au cours du mois précédent. Un agent était même venu lui rendre visite pour lui demander s'il avait vu ou entendu quelque chose. Fox n'avait pas pris la peine de s'identifier comme collègue et s'était contenté de faire non de la tête, sur quoi l'agent en uniforme l'avait salué en opinant du chef pour aller voir ailleurs.

Visite de routine. Il faisait ce qu'on attendait de lui.

Six minutes, et le curry fut prêt. Fox trouva une chaîne d'informations à la télé et monta le son. Le monde ne semblait rempli que de guerres, de famines et de catastrophes naturelles. Un séisme par-ci, une tornade par-là. Un expert du changement climatique était interrogé. Il prédisait qu'on allait devoir s'habituer à ce genre de phénomènes, aux inondations, aux sécheresses, aux vagues de chaleur, mais le journaliste parvint malgré tout à rendre l'antenne au studio avec le sourire. Qui sait, une fois son reportage terminé, peut-être allait-il se mettre à courir dans tous les sens en s'arrachant les cheveux par poignées et en hurlant comme un dératé, mais Fox en doutait. Il appuya sur le bouton télétexte de la télécommande et passa en revue les grands titres de la presse écossaise. Rien de neuf sur l'explosion aux abords de Lockerbie ; à Fettes, le niveau d'alerte était passé à MODÉRÉ, comme à Kirkcaldy. Lockerbie : comme si ce lieu obscur n'en avait pas suffisamment vu dans son histoire… Il choisit une chaîne de sports et regarda une compétition de fléchettes en poursuivant son repas.

Il le terminait quand son téléphone se mit à sonner. C'était Jude, sa sœur.

— Quoi de neuf ? lui demanda-t-il.

Ils s'appelaient à tour de rôle. C'était son tour à lui, pas celui de Jude.

— Je viens d'aller voir papa, dit-elle, et il l'entendit renifler en ravalant une larme.

— Il va bien ?

— Il n'arrête pas d'oublier les choses.

— Je sais.

— Une des soignantes m'a dit qu'il n'avait pas eu le temps de gagner les toilettes, ce matin. On lui a mis une couche.

Fox ferma les yeux.

— Il lui arrive même parfois d'oublier mon nom, ou l'année.

— Il a aussi ses bons jours, Jude.

— Comment peux-tu le savoir, toi ? Ce n'est pas parce que tu règles les factures que tu peux t'en désintéresser.

— Qui s'en désintéresse ?

— Je ne te vois jamais là-bas.

— Tu sais parfaitement que c'est faux. Je lui rends visite quand je le peux.

— Ça suffit pas, loin s'en faut.

— Nous ne pouvons pas tous vivre dans l'oisiveté, Jude.

— Tu crois que je ne cherche pas de boulot ?

Fox ferma les yeux, paupières serrées : *Tu l'as bien cherché, cette fois, Malc.*

— Ce n'est pas ce que je voulais dire.

— Au contraire, c'est très précisément ce que tu penses.

— On ne va remettre ça sur le tapis, d'accord ?

S'ensuivirent quelques secondes de silence. Jude soupira et reprit :

— Je lui ai apporté une boîte de photographies, aujourd'hui. J'avais pensé qu'on pourrait les regarder ensemble. Mais cela l'a perturbé plus qu'autre chose, il n'a pas arrêté de répéter : « Ils sont tous morts. Comment est-il possible que tout le monde soit mort ? »

— Je vais passer le voir, Jude. Ne t'en fais pas. Peut-être faudrait-il les prévenir d'un coup de fil, et si le personnel soignant estime qu'une visite n'ajoutera rien à son état ce jour-là…

— Ce n'est pas ce que je dis ! rétorqua-t-elle d'une voix plus forte. Tu crois que ça m'embête d'aller le voir ? C'est notre papa.

— Mais je le sais. C'est juste que…

Il s'interrompit et posa la question qu'elle attendait de lui.

— Tu veux que je vienne ?

— Ce n'est pas moi que tu dois aller voir.

— Tu as raison.

— Donc tu le feras ?

— Naturellement.

— Alors même que tu es très occupé ?

— Dès que j'aurai raccroché ce téléphone, lui assura Fox.

— Et tu me rappelleras ensuite ? Pour me dire ce que tu penses de son état ?

— Je suis sûr qu'il va bien, Jude.

— Tu tiens absolument à ce qu'il aille bien ; de cette façon, tu ne l'as pas sur la conscience.

— Je raccroche, Jude. Je raccroche et je vais voir papa…

4

Le personnel de Lauder Lodge, en revanche, n'était pas de cet avis.

Il était 21 heures passées quand il s'y présenta. Une télé gueulait dans le salon. Des tas de gens allaient et venaient – apparemment, un changement de poste.

— Votre père est couché, lui dit-on. Il doit certainement dormir.

— Je ne le réveillerai pas. Je veux juste le voir une minute.

— Nous essayons de ne pas déranger nos résidents quand ils sont couchés.

— Il n'avait pas l'habitude de rester debout jusqu'aux infos de 22 heures ?

— Ça, c'était avant.

— A-t-il eu un nouveau traitement ? De nouveaux médicaments ? Y aurait-il des choses que j'ignore ?

La femme prit son temps pour estimer si oui ou non une accusation venait d'être prononcée. Elle finit par pousser un soupir résigné.

— Rien qu'une minute, vous dites ?

Fox confirma de la tête, et elle confirma à son tour. Tout pour avoir la paix…

La chambre de Mitch Fox se situait dans une nouvelle annexe, sur le côté de la propriété victorienne originelle. Fox passa devant la chambre qui, deux mois auparavant, abritait encore Mme Sanderson. Mme Sanderson et son père étaient devenus de grands amis le temps de leur séjour à Lauder Lodge. Fox avait aidé son père à assister aux funérailles de son amie. À peine plus d'une douzaine de personnes étaient réunies dans la chapelle du crématorium, mais aucun membre de la famille, parce que de famille, il ne restait plus rien. Un nouveau nom s'affichait à côté de la porte de son ancienne chambre : D. Nesbitt. Fox eut le sentiment qu'en enlevant l'autocollant, il en trouverait un autre au nom de Mme Sanderson, voire peut-être encore un autre dessous.

Il ne prit pas la peine de frapper. Il se contenta de tourner le bouton et entra. Les rideaux étaient tirés et la lumière éteinte, mais l'éclairage en provenance de la rue suffisait pour qu'il distingue la forme de son père sous la couverture. Il était quasiment arrivé à la table de chevet quand une voix sèche lui demanda l'heure qu'il était.

— Il est vingt, dit-il.

— Vingt, mais de quelle heure ?

— De 21 heures.

— Alors qu'est-ce qui t'amène ici ?

Mitch Fox alluma la lampe et voulut s'asseoir dans son lit. Son fils s'avança pour l'aider.

— Il est arrivé quelque chose ?

— Jude se fait un peu de souci.

Fox aperçut sur la chaise la boîte à chaussures pleine de vieilles photos de famille. Il la souleva, s'assit et la posa sur ses genoux. Les cheveux de son père, presque aussi fins que ceux d'un bébé, avaient une teinte jaunâtre, son visage était plus hâve que jamais, et sa peau évoquait un parchemin. Mais ses yeux semblaient clairs et vifs, son regard sans inquiétude.

— Nous savons l'un et l'autre que ta sœur adore les petits mélodrames. Qu'est-ce qu'elle t'a raconté, cette fois ?

— Juste que ta mémoire n'est plus ce qu'elle était.

— Qui peut prétendre le contraire ? demanda Mitch avec un signe de tête vers la boîte en carton. Tout ça parce que j'ai été incapable de lui dire très exactement l'endroit où une photo avait été prise il y a un demi-siècle ?

Fox souleva le couvercle de la boîte et en sortit une poignée d'instantanés. Certains portaient des indications au dos : des noms, des lieux, des dates… et aussi des points d'interrogation. Quantité de points d'interrogation… et quelque chose qui ressemblait à la trace d'une larme. Fox la frotta du doigt avant de retourner la photo. Sa mère, assise en bordure d'un jardin de rocaille, faisait sauter deux enfants sur ses genoux.

— Celle-là ne remonte qu'à trente ans et quelque, dit Fox, en la présentant à son père qui la détailla avec soin.

— Peut-être à Blackpool, dit-il. Toi et Jude…

— Et maman.

Mitch confirma lentement de la tête.

— Y a de l'eau quelque part ? demanda-t-il.

Fox inspecta la pièce mais ne vit pas de carafe sur la table de nuit.

— Tu veux bien m'en donner, s'il te plaît ?

Fox alla dans la salle de bains voisine. La carafe était là, à côté d'un gobelet en plastique. Il se dit que les soignantes ne voulaient pas voir Mitchell Fox boire de l'eau le soir, si cela devait conduire à d'éventuels petits problèmes au petit matin. Le paquet de couches était bien visible à côté du lavabo. Il remplit carafe et gobelet et les emporta.

— C'est gentil, fiston.

Quelques gouttes dégoulinèrent de son menton quand il but, mais il n'eut besoin de personne pour reposer le gobelet vide à côté de lui près du lit.

— Tu diras bien à Jude de ne pas s'en faire, hein ?

— Bien sûr, promit Fox en se rasseyant.

— Et tu réussiras à faire ça sans te fâcher avec elle ?

— Je ferai de mon mieux.

— Il faut être deux pour se disputer.

— T'es sûr ? Je crois que Jude serait capable d'y arriver toute seule, dans une pièce vide.

— Tu as peut-être raison, mais tu ne lui facilites pas toujours les choses.

— Et nous voilà maintenant en train de nous disputer ? C'est ça ?

Fox vit son père répondre par un sourire las.

— Tu veux que je reparte pour que tu puisses te rendormir ?

— Je ne dors pas. Je me contente de rester allongé ; et j'attends.

Sachant par avance ce que serait la réponse à la question suivante, Fox ne la posa pas et se contenta de dire qu'il venait de passer une journée infructueuse dans le Fife. Une perte de temps.

— Tu adorais pourtant y aller, lui dit Mitch.

— Où ça ?

— Dans le Fife.

— Quand est-ce que j'ai mis les pieds là-bas ?

— Chez mon cousin Chris. On allait lui rendre visite régulièrement.

— Où habitait-il ?

— À Burntisland. La plage, la piscine en plein air, le terrain de golf…

— J'avais quel âge ?

— Chris est mort jeune. Jette un œil, il devrait être quelque part là-dedans.

Fox comprit que son père voulait parler de la boîte à chaussures et ils se mirent à deux pour en déposer le contenu sur le lit. Certains clichés étaient en vrac, d'autres sous étui, avec leurs négatifs. Un mélange de photos couleur et noir et blanc, y compris des photos de mariage. (Fox ignora celles où il apparaissait en compagnie d'Elaine – leur mariage n'avait pas duré longtemps.) Tout un stock d'images un peu floues mêlant vacances, Noëls, anniversaires, sorties du comité d'entreprise. Jusqu'à ce que Mitch finisse par lui tendre un cliché précis.

— C'est Chris, là. Il porte Jude sur ses épaules. Grand, costaud, bien charpenté.

— Et ça, ce serait Burntisland alors ?

Fox étudia la photographie. Jude était bouche bée et on voyait ses dents de lait manquantes. Difficile de dire si elle riait ou était terrorisée de se trouver à une telle hauteur si loin du sol. Chris offrait un large sourire à l'objectif. Fox essaya de se souvenir de lui, mais renonça vite.

— Possible que ce soit son jardin, derrière la maison, disait Mitch.

— Comment est-il mort ?

— À moto, l'imbécile. Regarde-les tous.

Mitch agita la main au-dessus des photographies étalées sur le lit.

— Morts, enterrés et le plus souvent oubliés.

— Mais certains d'entre nous sont toujours de ce monde, dit Fox. Et j'aime bien qu'il en soit ainsi.

Mitch tapota le dos de la main de son fils.

— J'ai vraiment adoré aller dans le Fife ?

— Il y avait un jardin public tout près de St Andrews. On y est allés un jour. Il y avait un train et on y est tous montés. Il reste peut-être une photo, si on cherche bien. Y avait aussi plein de plages, et un marché à Kirkcaldy, une fois par an…

— Kirkcaldy ? C'est précisément là que je suis allé. Comment se fait-il que je ne m'en souvienne pas ?

— Un jour, tu y as gagné un poisson rouge. Le pauvre est mort le lendemain.

Mitch fixa son regard sur son fils.

— Tu feras en sorte d'apaiser les angoisses de Jude ?

Fox acquiesça et son père lui tapota la main une nouvelle fois, avant de se laisser aller contre les oreillers. Fox resta auprès de lui encore une heure et demie, à regarder les photos. Il éteignit la lampe juste avant de partir.

DEUX

— Voulez plaisanter, [illegible]

[illegible] de ce que j'ai [illegible]
de [illegible]

[illegible] des [illegible] semblait [illegible] la [illegible] qu'aucun [illegible]

[illegible]

en [illegible]

— [illegible] Nyan [illegible]

[illegible]

Aupar[illegible] tout à fait [illegible] Autour [illegible] des formes [illegible]

Les trois chaises branlantes [illegible] peut [illegible] se laissait [illegible] suffisante pour une table, et les étagères [illegible] cartonnées — [illegible] leur nombre d'[illegible] de bureau [illegible]

— Il serait possible [illegible] commissaire [illegible] Fox en [illegible]

— [illegible] Elle [illegible]

[illegible]

5

— Vous voulez plaisanter, j'imagine ?

— C'est tout ce que j'ai à offrir, répondit le sergent de permanence.

La tournure des événements de la matinée semblait le ravir autant que la veille, lorsqu'il les avait informés qu'aucun des policiers censés passer sur la sellette n'était disponible.

— La porte se verrouille, et la clé est à vous si vous en voulez, précisa-t-il.

— Mais c'est un placard, dit Naysmith en allumant la lumière.

— Ampoule de quarante watts, ajouta Tony Kaye. Autant prendre des torches électriques.

Les trois chaises branlantes disposées au centre du petit cagibi ne laissaient même pas la place suffisante pour une table, et les étagères étaient pleines de boîtes cartonnées – d'anciens dossiers d'enquêtes portant chacun leur numéro d'identification –, à côté de matériel de bureau désuet ou cassé abandonné là au rebut.

— Il serait possible de parler à la commissaire Pitkethly ? demanda Fox au sergent.

— Elle est à Glenrothes.

— Ça, pour une surprise, c'est une surprise.

Le sergent agitait la clé pendue à son doigt.

— En tout cas, ça pourrait au moins nous servir à planquer le matériel, réfléchit Naysmith.

Fox souffla bruyamment par le nez et arracha la clé de la main du sergent.

Tandis que Naysmith allait chercher le sac d'équipement dans la voiture, Fox et Kaye contemplaient l'intérieur du fameux placard depuis le couloir, lequel fut soudainement envahi par une troupe d'individus, en uniforme comme en civil, qui passèrent à côté d'eux en étouffant des ricanements.

— Il est hors de question que je mette les pieds là-dedans, annonça Kaye en secouant lentement la tête. J'aurais l'air de quoi ? D'un fichu concierge ?

— Mais Joe a raison, néanmoins. On pourra toujours y ranger le matériel entre deux interrogatoires.

— Y aurait pas moyen d'accélérer le processus, Malcolm ?

— Qu'est-ce que tu veux dire ?

— Toi et moi, on pourrait chacun prendre un de nos lascars, on y passerait moitié moins de temps. Il n'y a que Scholes, Haldane et Michaelson que nous devons enregistrer en vidéo. Les autres, ce ne sera que de simples entretiens, du baratin, quoi.

Fox confirma d'un signe de tête.

— Mais nous ne disposons que d'une salle pour les interrogatoires.

— Il n'y a pas que le poste de police…

— Tu as vraiment envie de boucler ça au plus vite, hein ?

— Gestion élémentaire du temps, répondit Kaye, l'œil brillant. Le meilleur rapport qualité-prix pour le contribuable croulant sous les impôts.

— Alors, comment on se partage le boulot ? demanda Fox en croisant les bras.

— T'as des préférences ?

— Un petit entretien avec l'oncle ne me déplairait pas.

Kaye réfléchit une seconde avant d'acquiescer en silence.

— Prends ma voiture. Moi, je vais tenter ma chance avec Cheryl Forrester.

— Ça me paraît équitable. Et Joe, on en fait quoi ?

Ils tournèrent la tête lorsque Joe Naysmith ouvrit la porte au bout du couloir, le lourd sac noir à l'épaule.

— Pile ou face, dit Kaye en sortant une pièce de cinquante pence. Le perdant le prend avec lui.

Quelques minutes plus tard, Malcolm Fox sortait du bâtiment, direction la Ford Mondeo de Kaye, sans Naysmith. Il régla la position de son siège, ouvrit la boîte à gants et en sortit le GPS qu'il brancha avant de le coller sur le tableau de bord. Le code postal d'Alan Carter était dans le dossier, et il finit par le trouver, non sans mal. Le GPS chercha quelques secondes avant de flécher la bonne direction et il se retrouva bientôt plein sud, sur la route du bord de mer, en direction d'un lieu appelé Kinghorn. Quand les panneaux indicateurs lui apprirent que la ville suivante était Burntisland, il repensa à Chris, le cousin de son père. Qui sait, sa moto s'était peut-être écrasée sur cette même portion de route, car à ses yeux, avec ses virages bien dégagés, la mer d'un côté et un flanc de colline abrupt de l'autre, c'était le genre d'itinéraires que les motards devaient affectionner. C'était quoi, ça ? Une tête de phoque qui jouait au bouchon sur l'eau ? Il ralentit un peu, mais le conducteur qui le suivait lui fit un appel de phares et le doubla en lâchant un grand coup de klaxon.

— Ouais, ouais, marmonna Fox en jetant un coup d'œil au GPS.

Il arrivait à destination. Il longea un parc de caravanes et bifurqua sur une piste plutôt qu'une route, défoncée et pleine d'ornières, et raide en plus, où il souleva des nuages de poussière dans son sillage. Parce qu'il n'oserait jamais faire subir le plus petit outrage à la joie et la fierté de Kaye, il termina son ascension en première. Le chemin continuait à grimper. À en croire le GPS, il était dans le grand nulle part et avait raté sa destination. Il s'arrêta et sortit de la voiture. La vue était imprenable sur la ligne de côte, des rangées de caravanes à sa gauche et un hôtel sur sa droite. Il relut l'adresse d'Alan Carter : Gallowhill Cottage. La voie d'accès disparaissait dans les bois, mais il repéra une mince volute de fumée au-dessus de la cime des arbres. Il reprit le volant et engagea doucement la première.

Le cottage se dressait pratiquement au sommet de l'escarpement, là où la piste s'arrêtait en cul-de-sac devant une barrière ouvrant sur des pâturages où paissaient de-ci de-là quelques moutons. Des corbeaux planaient sans bruit entre les arbres, sous un vent âpre et mordant alors même que le soleil avait refait son apparition au sortir d'une montagne de nuages.

La fumée montait toujours de la cheminée et sur un des flancs du cottage, un Land Rover vert olive était garé à l'écart, à côté d'un énorme tas de bûches fendues. La porte s'ouvrit bruyamment. L'homme qui en emplit l'embrasure ressemblait en tout point à une caricature du gros policier à bajoues. Alan Carter avait le visage rougeaud, les joues et le nez quadrillés de fines veinules rouges. Un regard luisant et un torse boudiné dans un cardigan jaune pâle aux boutonnières distendues, prêtes à lâcher. La chemise à carreaux qu'il portait dessous était ouverte au col, laissant une toison fournie de poils gris prendre l'air. Malgré son crâne quasiment chauve, il avait tenu à conserver des rouflaquettes broussailleuses qui se rejoignaient presque sur l'un de ses mentons.

— Je savais que j'aurais droit à une petite visite, lança-t-il d'une voix tonitruante, une main boudinée appuyée au chambranle de la porte. Vous auriez quand même dû prendre rendez-vous. J'ai l'impression d'être chaque jour plus occupé, par les temps qui courent.

Fox s'avança jusqu'à lui et ils échangèrent une poignée de mains.

— Vous n'êtes pas maçon, hein ? demanda Carter.

— Non.

— Fut un temps, la plupart des flics qu'on croisait étaient francs-maçons. Entrez donc alors, mon gars…

Un vestibule court et étroit dont des rayonnages pleins de livres, un portemanteau et un assortiment de bottes en caoutchouc occupaient presque tout l'espace. Un salon petit et étouffant, surchauffé par le feu vif dans la cheminée.

— Jimmy Nicholl a besoin de chaleur, expliqua Carter.

— Qui ça ?

— Le chien.

Un vieux border collie cligna ses yeux chassieux en direction de Fox, depuis son panier près de la cheminée.

— D'où lui vient son nom ?

— Du manager des Raith. Pas celui d'aujourd'hui bien sûr, mais le Jimmy de l'époque nous avait emmenés en Europe, expliqua Carter avant de s'interrompre pour lui jeter un regard en coin. Pas vraiment fan de football non plus, à ce que je vois ?

— Je l'ai été. Je m'appelle Fox à propos. Inspecteur Fox.

— De la brigade des semelles de crêpe. C'est toujours comme ça qu'on vous surnomme ?

— Ça ou les Plaintes.

— Et aussi certainement un tas de noms d'oiseaux dès que vous avez le dos tourné.

— Quand ce n'est pas en pleine figure.

— Ce sera quoi ? Un mug de thé ou quelque chose de plus costaud ? demanda Carter en indiquant de la tête une bouteille de whisky sur une étagère.

— Le thé suffira bien.

— Un peu tôt pour une boisson d'homme, concéda Carter. Je vous demande une minute.

Il alla dans la cuisine où Fox l'entendit verser de l'eau dans une bouilloire. Sa voix tonna dans le couloir.

— Quand j'ai lu les conclusions de Cardonald, j'ai compris qu'une enquête serait inévitable. Mais vous n'êtes pas du coin. Un gars du cru aurait pu savoir qui était Jimmy Nicholl. En plus, votre voiture vient d'Édimbourg…

Carter revint dans le salon, l'air content de lui.

— La plaque minéralogique ? crut deviner Fox.

— L'autocollant du concessionnaire qui l'a vendue, sur la lunette arrière, rectifia Carter. Lait et sucre ?

— Que du lait. Travaillez-vous toujours dans la sécurité, monsieur Carter ?

— Vous voulez me prouver que vous avez bien fait vos recherches, c'est ça ? sourit Carter. Je suis toujours propriétaire de la société.

— Et que fait-elle exactement, votre société ?

— Portiers pour les bars et les boîtes de nuit, gardes de sécurité, protection des dignitaires en visite officielle.

— Il y a beaucoup de dignitaires qui passent à Kirkcaldy ?

— Il y en a eu beaucoup quand Gordon Brown était Premier ministre. Et ils continuent à beaucoup apprécier le golf de St Andrews.

Carter alla chercher le thé, et Fox s'avança jusqu'à la fenêtre. Sur la table de salle à manger s'empilaient des chemises pleines de paperasses et des revues. Une carte du Fife y était étalée, certains emplacements cerclés à l'encre noire. Les revues semblaient toutes remonter aux années 1980, et, lorsqu'il en saisit une, il vit le journal qu'elle cachait. Il datait du lundi 29 avril 1985.

— Vous devez me prendre pour quelqu'un qui entasse et ne jette rien, dit Carter, chargé d'un plateau.

Il le posa sur un coin de la table et servit le thé, accompagné d'une assiette à motifs garnie d'une demi-douzaine de biscuits sablés allongés.

— Et aussi célibataire ? suggéra Fox.

— Vous avez failli dans vos recherches. Mon épouse est partie il y a vingt ans de ça avec un individu plus jeune que moi du même nombre d'années.

— Elle les prenait au berceau, si je comprends bien.

Carter le tança du doigt.

— J'ai soixante-deux ans. Jessica en avait quarante, et le petit merdeux vingt et un.

— Et plus de femme depuis ?

— Seigneur, mon gars, c'est quoi, ça ? Un interrogatoire des Plaintes ou un service de rencontres ? Elle est décédée, de toute façon. Dieu ait son âme. Elle a eu un gamin avec le merdaillon.

— Mais avec vous, pas d'enfant ?

Carter fit une petite grimace.

— Ça vous reste sur le cœur ?

— Pour quelle raison ? Qui peut savoir si mon fils ou ma fille ne seraient pas devenus aussi mauvais que mon neveu ?

Carter désigna les fauteuils et les deux hommes s'assirent avec leur mug de thé. Sentant ses yeux le picoter, Fox cligna des paupières, sans faire disparaître la sensation désagréable.

— C'est la fumée de bois, expliqua Carter. On ne la voit pas, mais elle est bien là.

Il offrit un demi-biscuit à Jimmy Nicholl.

— Il lui reste tout juste assez de dents pour ça. Mais à bien réfléchir, les miennes ne valent pas beaucoup mieux.

— Il y a quinze ans que vous êtes retraité ?

— J'ai quitté la police il y a quinze ans, c'est un fait.

— Votre frère était flic en même temps que vous ?

— Un an avant son départ à la retraite, son cœur a lâché.

— Et c'est à ce moment-là que votre neveu s'est engagé dans la police ?

Alan Carter acquiesça.

— C'est peut-être même pour cette raison qu'il s'y est engagé. Il n'avait jamais montré le moindre… talent pour ce métier. Non, ce n'est pas le bon mot. C'est quoi, déjà ?

— Vocation.

— Ouais. Voilà ce que Paul n'a jamais eu.

— Vous n'étiez donc pas très chaud pour qu'il reprenne le flambeau et suive la tradition familiale ?

Alan Carter resta un instant silencieux, puis se pencha en avant autant que le lui permettait sa corpulence en posant son mug de thé sur son genou.

— Paul n'a jamais été un bon fils. Il en a fait voir des vertes et des pas mûres à sa mère avant qu'elle meure d'un cancer. Après quoi, ç'a été le tour de son père. À l'enterrement, une seule chose semblait l'intéresser, la valeur de la maison ainsi que la corvée qui l'attendait, à savoir faire place nette pour la vider du sol au plafond.

— Vous n'étiez pas exactement en termes amicaux, l'un et l'autre, et pourtant, c'est à vous qu'il est venu rendre visite…

— Il était midi passé, et je crois bien qu'il avait dû faire la fête toute la nuit. Comment est-il parvenu à monter jusqu'ici sans emplafonner sa voiture, ça reste un mystère.

Carter fixa son regard sur les flammes de la cheminée.

— Il voulait un peu se hausser du col, je crois. Mais il s'apitoyait aussi sur son sort, en pleurnichant, comme ça peut nous arriver à tous quand on a un coup dans l'aile.

— Une des raisons pour lesquelles je ne bois pas, justement, expliqua Fox en prenant une gorgée de thé, noir et fort, qui lui engourdit la langue et le fond de sa gorge.

— Il a débarqué ici pour jouer au fanfaron. En m'expliquant qu'il était meilleur flic que nous tous.

C'était lui, le maître de Kirkcaldy, alors surtout que je n'aille pas m'imaginer un seul instant que c'était moi, malgré l'armée de videurs derrière laquelle je pouvais me cacher.

— J'ai le sentiment que vous le citez mot pour mot.

— Je suis bien forcé d'avoir une bonne mémoire. Chaque fois que j'étais appelé à témoigner, je connaissais toujours ma déposition par cœur – une façon d'impressionner le jury.

— Et donc, au bout du compte, il a fini par vous parler de Teresa Collins ?

— Ouais.

Carter hocha la tête pour lui-même sans cesser de contempler le crépitement des flammes crachant des étincelles.

— Il n'a cité que son nom à elle, mais il a dit qu'il y en avait eu d'autres. Je m'étais imaginé que les services s'étaient débarrassés des individus de son espèce – vous n'êtes peut-être pas assez âgé pour vous rappeler comment c'était, dans le temps.

— Plein de racistes et de sexistes ? suggéra Fox, puis, après un temps de silence : Et de francs-maçons ?

Carter gloussa discrètement.

— C'est toujours vrai, poursuivit Fox. Leur nombre a peut-être diminué par rapport à votre époque, mais il n'empêche.

— Étant donné vos fonctions, je suppose que vous en voyez plus que la plupart des gens.

Fox répondit par un haussement d'épaules et posa son mug vide par terre, déclinant l'offre de Carter de le resservir.

— Le jour où il est venu ici, a-t-il mentionné les autres ? Scholes, Haldane, Michaelson ?

— Juste en passant, sans plus.

— Rien sur leurs façons de contourner le règlement ?

— Non.

— Et vous n'avez entendu aucune rumeur sur leurs pratiques ?

— Je dirais qu'on vous les a servis tous les trois sur un plateau.

— Mmm, répondit Fox comme s'il était complètement d'accord.

— La police va vouloir aller de l'avant.

— J'imagine volontiers.

Fox changea de position sur son fauteuil et l'entendit craquer sous son poids.

— Puis-je vous demander autre chose concernant votre neveu ?

— Allez-y.

— Eh bien, c'est une chose de désapprouver ce qu'il vous a révélé…

— Mais c'en est une autre que d'aller plus loin ? compléta Carter en faisant la moue. Je n'ai rien fait au début…, en tout cas pas immédiatement. Mais dans mon lit, le soir, je pensais à Tommy, le père de Paul. Un homme bien ; un homme vraiment bien. Et aussi à la maman de Paul ; elle était tellement adorable. Je me demandais ce qu'ils en penseraient. Ensuite, il y a eu Teresa Collins. Je ne la connaissais pas, mais je n'ai pas apprécié la façon dont il avait parlé d'elle. Donc j'en ai touché un petit mot…

— À qui… ?

— Au superintendant Hendryson. Il n'est plus là aujourd'hui. Retraité, il me semble.

— À présent, c'est une femme du nom de Pitkethly.

Carter acquiesça.

— C'est en fait Hendryson qui a mis toute la machine en branle, dit-il.

— Mais ça n'a pas abouti, pourtant, non ?

— Teresa Collins refusait de parler. Au moins au début. Sans elle, les Plaintes du Fife n'avaient rien à se mettre sous la dent, rien qui aurait pu justifier une enquête.

— Aucune idée de la raison pour laquelle elle a changé d'avis ?

— Peut-être à force de se tourner et de se retourner dans son lit, comme moi.

— Vous n'avez plus d'amis en activité dans la police, monsieur Carter ?

— Ils sont tous retraités.

— Le superintendant Hendryson ?

— Il est arrivé alors que j'étais déjà quasiment sur le départ.

— Donc vous êtes allé le voir, et c'est lui qui a commandité l'équipe locale des Plaintes. Laquelle n'est pas allée bien loin. Jusqu'à ce que les deux autres femmes se présentent à leur tour, et c'est à ce moment-là seulement que Teresa Collins a décidé de coopérer ?

— C'est à peu près comme ça que les choses se sont passées.

Fox resta encore assis quelques instants. Alan Carter ne semblait pas pressé de le voir partir, mais il n'avait rien à lui offrir pour le retenir plus longtemps, hormis la chaleur de l'âtre et un silence plaisant.

— Vous êtes bien loin d'Édimbourg, pas vrai, inspecteur ? avança Carter d'une voix tranquille. Ici, c'est la cambrousse, et les choses tendent à se régler sans beaucoup de bruit.

— Vous regrettez ce qui est arrivé à votre neveu ? Tout cet étalage médiatique ?

— Je doute qu'il lui soit « arrivé » quoi que ce soit, répondit Carter en se tapotant le côté de la tête. Pas là-dedans, en tout cas.

— Il se retrouve néanmoins derrière les barreaux. C'est dur pour la famille.

— C'est moi, la famille ; je suis tout ce qu'il en reste. Vous avez encore la vôtre ? demanda Carter après une pause.

— Mon père, oui.

— Des frères et des sœurs ?

— Rien qu'une sœur.

— Et vous êtes proches, tous les deux ?

Fox choisit de ne pas répondre.

— Si c'est le cas, vous avez plus de chance que la plupart des gens. Parfois vous êtes obligé d'ériger une barrière entre vous-même et ceux que vous êtes censé aimer, dit Carter en traçant d'un doigt une ligne horizontale dans l'air. C'est un peu douloureux pendant un moment, mais ça ne signifie pas pour autant qu'il ne faut pas le faire.

Fox resta encore un instant sans rien répondre, puis se leva, aussitôt imité par son hôte. Alan Carter était tellement engoncé dans son fauteuil qu'il s'y était coincé, mais Fox doutait qu'il accepte le moindre coup de main pour se remettre debout.

— Gratin de macaronis, c'est ma faiblesse, pas vrai Jimmy ?

Fox s'était immobilisé à côté de la table et le chien dressa les oreilles à la mention de son nom.

— Si je devais vous décrire, dit alors Fox, je dirais que vous êtes quelqu'un de très ordonné : les vêtements suspendus au portemanteau, les bottes bien alignées, les biscuits servis sur une assiette et pas directement du paquet. Et cela m'étonne d'autant plus, quand je vois tout ça…

Il montra le bazar qui couvrait la table.

— Ce n'est pas tant votre manie de tout garder, je me trompe ? Il y a une raison particulière à toutes ces archives ressorties au grand jour ?

— Un peu de recherche historique.

— 1985 ?

— Dans ces eaux-là, oui.

— Fin avril, peut-être ?

— Allez-y, dites-moi donc ce qui s'est passé.

— En avril 1985 ? dit Fox en se creusant les méninges, en pure perte.

— Dennis Taylor a battu Steve Davis au snooker, dit Carter en ouvrant la marche vers la porte.

6

L'agent Cheryl Forrester aimait bien poser des questions. Du genre : Depuis combien de temps êtes-vous aux Plaintes ? Existe-t-il un processus de sélection ? Vous êtes combien à y travailler ? Est-ce que c'est pour la vie, ou seulement pour une durée limitée ? Comment se fait-il que vous ayez le grade d'inspecteur de la Criminelle mais qu'on ne vous appelle pas inspecteur ? Quel a été votre cas le plus scandaleux ? Elle est comment, la vie nocturne à Édimbourg ?

— Vous savez, un petit trajet en train et vous y êtes, répondit Joe Naysmith.

— Oh, j'y suis allée des tas de fois.

— En ce cas, vous devez connaître sa vie nocturne bien mieux que nous, dit Tony Kaye.

— Mais je veux parler des endroits que fréquentent les gens du cru…

— Agent Forrester, la raison de notre présence ici n'est pas de donner des tuyaux pour touristes.

— Moi, j'aime bien les Voodoo Rooms, l'interrompit Naysmith avant de ravaler de plus amples commentaires en voyant l'expression de son collègue.

Le seul problème, c'est que l'enthousiasme de Forrester était presque contagieux, le terme « pétillante » aurait pu être spécialement créé pour elle. Une chevelure brune bouclée, une peau hâlée, un visage rond plein de taches de rousseur et de grands yeux marron. Elle était dans la police depuis six ans et à la Criminelle depuis deux. Dès le début de l'entretien, elle leur avait déclaré être beaucoup trop occupée pour avoir un petit ami.

— Je suis sûr que beaucoup ont tenté leur chance, avait répliqué Kaye avec l'intention de glisser le nom de Paul Carter au passage, mais elle avait détourné la conversation vers un autre sujet en demandant à Naysmith si les Plaintes faisaient leurs huit heures, de 9 à 17, ce à quoi celui-ci avait obligeamment répondu en lui parlant de leur camionnette et des opérations de surveillance qui pouvaient durer jusqu'à douze mois d'affilée.

— Une année entière de sa vie ? Vaudrait mieux qu'il y ait du résultat, à la fin !

L'entretien se poursuivit sur ce même mode, jusqu'à ce que Kaye finisse par tambouriner des phalanges sur la table. Ils étaient une nouvelle fois installés dans la salle d'interrogatoire, mais sans leurs appareils d'enregistrement. Forrester, sentant qu'elle risquait un blâme, pinça les lèvres et croisa les mains devant elle.

— Comme vous le savez, attaqua Tony Kaye, certaines allégations ont été faites, dirigées contre plusieurs de vos collègues. Auriez-vous l'obligeance de nous faire part de votre opinion sur le sujet ?

— Lequel de sujet ? Les allégations ou les collègues ?

— Pourquoi pas les deux ?

Forrester gonfla les joues.

— J'ai été choquée quand j'ai appris. Je crois que ç'a été le cas de tout le monde ici. J'avais travaillé presque dix-huit mois avec l'agent Carter, et jamais il… Jamais il ne m'a donné l'impression d'être comme ça.

— Vous êtes allée sur le terrain avec lui ?

— Oui.

— Vous étiez en voiture avec lui ?

— Oui.

— Et il n'a jamais rien dit ? Jamais il ne vous a proposé de l'attendre, le temps qu'il fasse un saut dans une maison ou un appartement ?

— Pas ça, non.

— Les postes de police sont de vrais repaires à commérages…

— Je ne crois pas y avoir jamais entendu courir le moindre bruit, répondit-elle à Kaye en le fixant de ses grands yeux innocents.

— Vos collègues de la Criminelle : Scholes, Haldane, Michaelson…

— Oui. Que voulez-vous savoir ?

— Lorsque l'enquête sur Carter a débuté, ils ont dû en parler.

— Je suppose.

— Et rien ne vous a frappée ? Vous les avez peut-être vus se retrouver comme des conspirateurs ?

Elle se concentra une seconde avant de secouer la tête, lentement mais avec conviction.

— Vous êtes-vous jamais sentie mise sur la touche ? Peut-être qu'ils partaient ensemble au pub…

— Il nous arrive de nous retrouver au pub le soir, effectivement.

— Vous avez dû discuter de l'affaire.

— Oui, mais pas de la façon de trafiquer les preuves et les pièces à conviction.

— La fois où Michaelson a renversé du café sur son calepin, est-ce que vous étiez présente ?

— Non.

— Et vous n'avez jamais vu Teresa Collins, vous n'avez jamais entendu Carter lui téléphoner ?

— Non.

— Comment se fait-il que vous n'ayez pas été convoquée comme témoin, lors du procès ? J'ai l'impression que vous lui auriez été d'un précieux secours.

— Je ne sais pas vraiment. Vous comprenez, je n'aurais pas pu raconter autre chose que ce que je viens de vous dire.

— Carter ne vous a jamais fait d'avances ?

Silence dans la salle. Forrester contempla ses mains croisées avant de relever la tête.

— Jamais, répondit-elle.

— Et c'est la vérité, n'est-ce pas, non pas une chose qu'on vous a commandé de dire ?

— C'est bien la vérité. Apportez-moi une bible et je le jurerai sur elle.

— Si on ne réussit pas à mettre la main sur une bible, intervint Naysmith, est-ce qu'une carte des cocktails ferait l'affaire ?

Cheryl Forrester éclata de rire, affichant une dentition étincelante absolument parfaite.

L'entretien terminé, Naysmith se proposa de la raccompagner à la Criminelle.

— Elle ne risque pas de se faire agresser pendant le trajet, tu sais, le gronda son collègue, mais Naysmith l'ignora.

Kaye décida d'aller prendre l'air. Dans le parc de stationnement, une mouette le rata de peu et éclaboussa le pare-brise d'une MG. Aucun signe de la Mondeo ni de Fox. Kaye sortit son portable et vérifia ses messages. Sur les trois qu'il avait reçus, l'un émanait de Malcolm. De retour dans le poste, il garda le doigt sur la sonnette jusqu'à ce que le sergent de permanence daigne apparaître, affichant toujours la même expression revêche.

— Je voudrais voir l'inspecteur-chef Laird, s'il est dans les murs, dit Kaye.

— Je ne suis pas certain qu'il soit là.

— Okay, ça n'a pas d'importance.

Kaye gagna le couloir et monta l'escalier jusqu'à l'étage supérieur, où la Criminelle disposait de plusieurs bureaux dont l'un était occupé par Cheryl Forrester. Il vit Naysmith appuyé au chambranle de la porte, un pied croisé sur la cheville opposée, occupé à discuter avec elle. Il lui donna un coup de coude dans le dos au passage avant de pousser la porte ouvrant sur un vaste bureau paysagé. Scholes et Michaelson relevèrent la tête. Scholes était au téléphone, Michaelson balayait son écran d'ordinateur à l'aide de sa souris. Un troisième homme, légèrement plus âgé qu'eux, était debout au centre de la pièce. Il avait ôté sa veste de costume et remonté ses manches de chemise. Un teint cireux olivâtre, des cheveux grisonnant aux tempes, des valises sous les yeux. Il lisait une liasse de papiers.

— Inspecteur-chef Laird ? dit Kaye en tendant la main.

Laird n'avait pas encore relevé la tête pour regarder le nouvel arrivant. Il ajouta deux mots en marge d'un feuillet avant de remettre son stylo dans sa poche.

— C'est vous, Fox ? lâcha-t-il d'une voix traînante.

— Sergent Kaye, le corrigea Kaye en retirant sa main.

— Où est Fox ?

— Probablement de sortie, pour juger en personne de l'état de santé de Haldane.

— Voyez-vous ça…, lui lança Laird en daignant enfin croiser son regard. Un vrai petit malin, et effronté avec ça, je me trompe ?

— Tout dépend de la situation, monsieur.

Kaye perçut aussitôt qu'il se trouvait face à un gradé qui avait confiance dans les hommes placés sous son commandement et les défendrait vaille que vaille jusqu'au bout. Forrester ne leur avait pas été d'un grand secours parce qu'elle n'avait rien à leur offrir qui fût susceptible de les aider, mais Laird, c'était une autre paire de manches. Il ne leur donnerait rien parce que c'était tout ce qu'ils méritaient. C'était perceptible dans le ton de sa voix, sa manière d'être, sa façon de se tenir, ses pieds plantés au sol bien écartés… Le genre de personnages que Kaye avait maintes fois rencontrés. Il était toujours possible de les démonter pièce par pièce, mais cela exigeait du temps et des efforts. Un temps qui se comptait en semaines, et un effort sans cesse renouvelé.

Le message de Fox disait : « Demande à Laird pour quelle raison Pitkethly a été nommée là. » Question logique et raisonnable dont Kaye savait qu'il était préférable à tous égards de ne pas la poser à Pitkethly en personne, tout simplement parce qu'elle ne devait probablement pas le savoir elle-même : elle n'avait fait la connaissance du poste de police que le jour où on l'y avait expédiée. Laird, lui, avait servi le régime précédent. Un vieux briscard. S'il y avait quelque chose à raconter sur le sujet, c'était peut-être lui qui le leur raconterait.

Sauf que quelques secondes en compagnie du bonhomme avaient suffi pour que Kaye comprenne que cela n'arriverait jamais.

— Mon chef, dit-il, désirait que je vous pose une question.

— Crachez le morceau.

Mais Kaye se contenta de faire non de la tête.

— Je ne pense pas, non, répondit-il.

Il tourna les talons et s'éloigna. À mi-chemin du couloir, il agrippa Naysmith par le col et l'emmena avec lui.

7

L'emplacement de parking de la Mondeo était occupé par une Astra dont le moteur tournait au ralenti. En fait, la seule place disponible était celle marquée « Superintendant », et c'est là que Fox finit par se garer. Il se dirigeait vers l'entrée du bâtiment quand il jeta un coup d'œil au conducteur de l'Astra. Le visage lui était familier.

— T'en a mis du temps ! grommela Kaye en quittant le poste Naysmith dans son sillage. J'ai bien eu ton texto, mais j'ai estimé que Laird ne risquait pas de répondre à ma question.

— L'agent Forrester en revanche s'est montrée gentille et coopérative, ajouta Naysmith sous l'œil mauvais de Kaye.

— Coopérative ? le singea celui-ci. Elle nous a donné la racine carrée de que dalle, oui, lâcha-t-il avant de se tourner vers Fox : Dis-moi au moins que tu as eu pire que nous. Que tu t'es perdu plusieurs fois. Que t'as trouvé le tonton mais qu'il débloque… Foxy ? Tu m'écoutes ?

Fox continuait à accorder toute son attention à l'Astra.

— C'est Paul Carter, dit-il.

— T'es sûr ?

Fox se dirigeait vers la voiture quand il la vit quitter son emplacement en marche arrière vers la sortie. Il se lança à ses trousses, le temps de quelques enjambées, puis s'arrêta. Kaye le rattrapa, et les deux hommes virent disparaître l'Astra à toute allure dans le rugissement de son échappement modifié.

— T'es sûr ?

Fox le regarda sans chaleur.

— Bon, d'accord, lui concéda Kaye. T'es sûr.

Fox sortit son téléphone et appela le bureau du procureur. On le renvoya de service en service jusqu'à ce que finalement il tombe sur celui qui pouvait le renseigner : Paul Carter avait bien été libéré contre caution à 8 h 15, en attendant la décision du shérif.

— Les cellules sont bondées, lui expliqua-t-on. Le shérif Cardonald a estimé que la libération de ce prévenu présentait un risque minimal. Ses déplacements sont limités ; il lui est interdit de s'approcher des trois femmes.

— Qui a fixé la caution ?

— Elle n'était pas très élevée.

— Et c'est l'idée du shérif ? Colin Cardonald ?

— Je suppose.

— Le juge qui n'aime pas les flics ?

— Hé là, doucement...

Mais Fox avait déjà coupé la communication.

— Il est bien sorti, confirma-t-il à l'intention de Kaye et de Naysmith.

— Tu veux qu'on le récupère pour un petit entretien ? demanda Naysmith.

Fox secoua la tête.

— Bon Dieu, qu'est-ce qu'il fichait ici ? se demanda Kaye.

— Se rencarder auprès de ses potes, suggéra Fox.

Il se retourna vers le premier étage du poste et vit Ray Scholes planté dans l'embrasure d'une fenêtre, un mug à la main, dont il le salua avant de faire demi-tour.

— Ça ne change rien, déclara Tony Kaye.

— Non, effectivement, reconnut Fox.

— Et tu ne nous as toujours pas dit comment ça s'était passé avec le tonton.

— Bon gars, dit Fox, avant d'ajouter : Il m'a bien plu.

— Mais certainement beaucoup moins que Joe ici présent n'apprécie Forrester.

Kaye inspecta le parking.

— Où est passée ma Mondeo ?

— J'ai dû me garer à la place de Pitkethly.

— Alors vaudrait mieux la bouger, non ? dit Kaye en tendant la main pour avoir la clé.

— Mieux encore, proposa Fox. On y monte tous les trois et on va se casser une petite graine. C'est pour moi.

— Où est le piège ? se demanda Kaye en le fixant dans les yeux.

Un petit rictus aux lèvres, Fox répondit :

— Mais d'abord, une petite balade en ville.

— En ouvrant l'œil pour repérer une Astra gris argent ? devina Kaye.

Fox lui tendit la clé.

Au bout d'une demi-heure infructueuse, ils se retrouvèrent au Pancake Place. Comme Fox régalait, Kaye commanda une soupe épaisse et une crêpe au poisson sauce Mornay. La même table que la fois précédente étant disponible, ils s'y étaient installés.

— Où habite Carter ? demanda Joe Naysmith.

— Dunnikier Estate, répondit Fox. On a traversé le lotissement hier.

— On en a traversé des tas, hier.

— Maisons mitoyennes, murs crépis et paraboles.

— On peut pas dire que tu nous aides beaucoup.

— On pourrait aller jusque-là, suggéra Kaye. Et voir s'il apprécie de nous voir planquer devant chez lui une heure ou deux.

— Dans quel but ? demanda Fox.

— Le mettre en rogne. On pourrait peut-être aussi installer la camionnette de surveillance, et mettre sur écoute son téléphone et son ordi…

Naysmith parut intéressé.

— Il nous faudrait l'autorisation du QG, leur rappela Fox. Et on ne nous la donnera pas.

— Et pourquoi ça ? demanda Naysmith, un peu renfrogné.

— Parce que nous sommes ici pour Scholes, Haldane et Michaelson. Carter n'est plus dans nos attributions.

— Et si on mettait leurs téléphones à eux sur écoute ? suggéra Naysmith.

— Une opération de surveillance, Joe, expliqua Fox en se tournant vers lui, est un assez joli sac de noeuds. Et une activité bien à part. Je doute que quiconque au QG considère nos trois lascars comme suffisamment importants pour mériter ça. En plus, nous ne sommes pas d'ici. Il faudrait que ce soit une opération du Fife : les Plaintes locales.

Naysmith réfléchit une seconde et s'attaqua à sa soupe écossaise épaisse. Le portable de Fox se mit à sonner et il prit l'appel. C'était la commissaire Isabel Pitkethly.

— Paul Carter n'est plus en détention, lui dit-elle.

— Je sais.

— Il semblerait que le shérif ait quelque confiance en lui.

— Effectivement.

— S'il décide de faire appel, les allégations portées contre mes hommes pourraient très bien être contestées devant le tribunal.

— Ce n'est pas mon problème, commissaire.

— Que voulez-vous dire ?

— Je ne travaille pas pour le tribunal ou l'accusation. Ce sont vos chefs à Glenrothes qui me disent ce que je dois faire et, jusqu'à présent, ils ne m'ont rien dit d'un éventuel abandon de l'enquête.

Un temps de silence, puis il demanda :

— Avez-vous parlé à Carter ?

— Bien sûr que non.

— Il se trouvait devant le poste de police, il y a une heure.

— Ça, je l'ignorais.

— Scholes était au courant. Vous devriez peut-être lui demander pour quelles raisons il a gardé ça pour lui.

— Je viens tout juste de rentrer du QG.

— Il me semble que vous passez beaucoup de temps là-bas. Vous les tenez informés personnellement ?

Elle ignora sa question, reprit :

— Donc, si je comprends bien, vous n'en avez pas terminé ici ?

— Loin de là.

— Je vous verrai plus tard, dans ce cas. Et, inspecteur… ?

— Oui, commissaire ?

— Ne vous garez plus jamais sur mon emplacement.

*

L'après-midi se résuma à une perte de temps dans la salle d'interrogatoire, avec l'inspecteur-chef Laird sur la sellette – rien d'inhabituel dans le départ en retraite du superintendant Hendryson ; il avait fait son temps, voilà tout –, puís au domicile du grippé, le sergent Haldane, qu'ils trouvèrent vautré sur le canapé de son salon, noyé sous une couverture, avec maman venue pour l'occasion le servir en thé, remèdes contre le rhume et conseils éprouvés.

— Ça ne pourrait pas attendre qu'il aille mieux ? avait-elle tancé les trois inspecteurs.

Finalement, ils étaient arrivés à un accord au terme duquel Haldane se présenterait de son propre chef au poste d'ici un jour ou deux afin d'être soumis à un interrogatoire digne de ce nom.

— Et maintenant ? demanda Kaye une fois qu'ils furent remontés en voiture.

— Dunnikier Estate, dit Fox.

Kaye esquissa un petit sourire, à croire qu'il savait d'avance la réponse. Le lotissement se trouvait de l'autre côté de la ville et la circulation était dense.

— C'est la sortie des écoles, expliqua Naysmith au spectacle de nombreux écoliers en uniforme sur les trottoirs.

— Tu rendrais des points à Hercule Poirot, marmonna Kaye.

Ils finirent par arriver dans la rue de Carter.

— Cette maison, là-bas, dit Fox.

— Celle avec l'Astra gris argent dans l'allée ? intervint Kaye. C'est Hercule Poirot et Sherlock Holmes réunis, ma parole.

— À qui appartient l'autre voiture ? demanda Naysmith.

— À Ray Scholes, répondit Fox.

— T'es sûr ?

— Si c'est bien lui qui sort de la maison…

Effectivement. Brève accolade entre Scholes et Carter, puis Carter se réfugia chez lui en refermant la porte. Scholes repéra la Mondeo sans paraître surpris ni agacé le moins du monde. Il déverrouilla sa Golf noire et s'y installa, sous le regard de Fox qui le surveillait par la lunette arrière.

— Allons-nous lui présenter nos respects ? demanda Kaye tandis qu'ils ralentissaient à une intersection.

— Non.

— On fait quoi alors ?

— Retour à Édimbourg.

— Ça, c'est parler.

— Et pour faire passer le temps plus vite, je nous propose une petite énigme à résoudre.

Fox se pencha en avant et passa la tête entre les deux sièges.

— Test de mémoire. Que pouvez-vous me dire de l'année 1985 ? Plus précisément, de la fin du mois d'avril.

*

Kaye réussit aisément à convaincre ses deux collègues d'aller prendre un verre au Minter's avant de se séparer : il se dirigea droit sur le pub et se gara devant.

— C'est ma tournée, dit-il.

Il commanda une pinte pour lui, une demi pour Naysmith et un Big Tom pour Fox. Sachant par expérience que la « demi-pinte » de Naysmith n'était qu'une douce plaisanterie, le barman tira deux pintes de Caledonian 80. Les trois hommes emportèrent leurs boissons et s'installèrent à une table. Kaye demanda à Fox depuis combien de temps il ne s'était pas autorisé un verre digne de ce nom.

— J'ai cessé de compter.

— Ah ouais, je vois, commenta Kaye en essuyant la mousse sur sa lèvre supérieure.

— Vous savez, avança Naysmith, la surveillance ne serait pas une mauvaise idée.

— Hé, l'avertit Kaye d'un doigt presque menaçant, on n'est plus de service ici.

— Je veux juste préciser qu'en temps normal, c'est bien comme ça qu'on bâtit nos dossiers.

— Je croyais t'avoir déjà expliqué..., attaqua Fox.

Naysmith hocha la tête.

— Parce que sinon – corrige-moi si je me trompe – nous n'allons arriver à rien. Disons qu'on demande la permission à Bob McEwan et on monte l'opération sans rien dire à personne dans le Fife. Après quoi, quand on aura quelque chose à se mettre sous la dent...

— Si toutefois on obtient quelque chose...

— Et le si est très conditionnel, ajouta Kaye.

— Oui, mais ce qu'on ferait ensuite, c'est de présenter au QG du Fife un *fait accompli*[1].

— Ce garçon me fait perdre les pédales avec ses grands mots, commenta Kaye.

— D'abord qu'est-ce qui te fait croire que McEwan donnerait son accord ? demanda Fox à Naysmith.

— On lui demanderait très très gentiment.

Kaye s'esclaffa.

1. En français dans le texte.

— Oh ouais, c'est tout à fait son genre de craquer devant un mot gentil.

— Comme je te l'ai déjà expliqué, répondit Fox à Naysmith, c'est une décision qui revient de droit au Fife.

— Alors où est le mal, si on leur pose la question ? Tu dois bien connaître quelqu'un aux Plaintes là-bas ?

Fox hésita une seconde avant d'opiner du chef.

— Je doute que nous soyons dans leurs petits papiers, déclara-t-il. Logiquement, notre enquête leur revient de droit, ils sont chez eux et c'est leur territoire.

— Mais est-ce que tu connais quelqu'un ? insista Naysmith.

— Oui, reconnut Fox avec un regard à Kaye.

— Je ne vois pas comment ça pourrait marcher, dit Kaye en haussant les épaules.

— Et pourquoi ça ?

— Pour monter une opération de surveillance, il nous faut obligatoirement l'aval des supérieurs. Est-ce qu'on n'a pas dit et répété depuis le début que Glenrothes ne voulait pas nécessairement nous voir soulever un vrai lièvre ?

— Mais si elles refusent de donner leur accord à leur propre service des Plaintes, rétorqua Naysmith, ce sera du plus mauvais effet, il ne faut pas l'oublier.

Le regard de Kaye restait fixé sur le visage de Malcolm Fox.

— Qu'est-ce que tu en dis, Foxy ?

— C'est un champ de mines, question protocole.

— Mais il n'est pas du tout certain que notre premier pas fasse tout sauter, quand même ?

— Téléphones fixes et portables, ajouta Naysmith, rien que pour savoir ce que Carter raconte à ses potes de la Crim.

— Je vais y réfléchir, finit par dire Fox.

Kaye claqua le genou de Naysmith.

— Ce qui signifie que c'est bon, on va pouvoir passer à l'action. Bien joué, Joseph. Et à propos…, c'est toi qui régales, cette fois.

*

Une fois rentré chez lui, Fox se prépara un nouveau plat cuisiné au micro-ondes et le mangea à table. Perdu dans ses réflexions, il n'alluma pas la télé. Après avoir débarrassé, il appela sa sœur et s'excusa de ne pas l'avoir contactée plus tôt.

— Inutile de me préciser que tu as été très occupé…

— Il se trouve que c'est la vérité, répondit Fox en se pinçant l'arête du nez.

— Mais tu es bien allé voir papa, dis ?

— Hier soir, comme promis. Il était redevenu lui-même, quand je suis arrivé.

— Oh ?

— Nous avons regardé quelques-unes des vieilles photos.

— Elles ne l'ont pas bouleversé ?

— Pas vraiment, non.

— Alors c'est peut-être moi qui… C'est bien à ça que tu veux en venir, non ? Tu penses que j'exagère ?

— Non, Jude. Je suis sûr que non. Et j'ai vu le paquet de couches dans la salle de bains.

— S'il commence à mouiller son pantalon, ils vont le virer.

— J'en doute.

— Ils voudront que l'un de nous deux le prenne à la maison.

— Écoute, Jude…

— Ça ne pourra pas être moi, Malcolm ! Je ne tiendrai jamais le coup ! Comment je pourrais ?

— Ils ne vont pas se débarrasser de lui.

— Et pourquoi pas ? Parce c'est toi qui casques pour lui assurer le gîte et le couvert ? C'est très bien tant que papa ne devient pas une charge pour eux.

— Est-ce que tu te sentirais un peu apaisée si nous allions le voir ensemble ?

— Toi, tu y vas. Moi, ils me détestent, là-bas.

— Mais non.

— Ils me traitent comme une chienne. Toi, tu ne le vois pas parce que c'est toi qui sors le carnet de chèques. Ce qui n'est pas un problème, pas vrai ? Puisque question héritage, c'est toi qui recevras la part du lion. C'est toi qu'il apprécie, il ne cesse de parler de toi quand je suis là-bas. Jamais de moi, je suis tout juste bonne à jouer à la bonniche, comme si je faisais partie de leur foutu personnel !

— Écoute-toi un peu, Jude.

Au lieu de quoi, c'est lui qui dut écouter. Il écouta sa sœur et son catalogue de griefs gagnant en ampleur et en intensité, et il revit en esprit sa photo, la fillette explosant d'une énergie insouciante, à cheval sur les épaules de Chris. Une énergie distillée au fil des années, pour aboutir à ça.

Parfois, vous êtes obligé d'ériger une barrière…

Fox regarda sa main reposer délicatement le téléphone sur sa base. Une fois le contact établi, la communication fut coupée. Il se mordilla la lèvre inférieure, les yeux rivés au combiné, en se demandant s'il allait sonner, avec Jude enragée à l'autre bout du fil.

Il n'en fut rien, aussi se prépara-t-il du thé en réfléchissant à ce qu'il aurait pu dire à Jude pour qu'elle se sente mieux : lui proposer de rendre visite à leur père plus fréquemment ; prendre ses dispositions pour qu'ils aillent tous les trois déjeuner dehors le week-end. *C'est toi qu'il apprécie... Moi je suis juste bonne à jouer à la bonniche.*

Avec un soupir, il s'installa devant son ordinateur et l'alluma, en se demandant ce que le moteur de recherches allait lui dénicher sur l'année 1985, en attendant que le souvenir cuisant de cet appel téléphonique houleux commence à se dissiper.

TROIS

8

— Tu n'es pas un fantôme, dis-moi ?

— Toujours en chair et en os, la dernière fois que j'ai regardé.

Fox était sur point de lui tendre la main quand il vit qu'elle lui ouvrait les siennes. Il voulut les saisir avant de comprendre que c'était le prélude à une accolade. Il la serra en retour dans ses bras, maladroitement.

— Ça fait combien ? Trois, ou quatre ans ? lui demanda-t-elle.

Depuis la nuit qu'ils avaient passée ensemble, à l'occasion d'une conférence à l'académie de police de Tulliallan portant, entre autres, sur les Normes du comportement.

— Pas tout à fait quatre. Tu n'as pas changé.

Il se recula d'un pas pour estimer de visu la réalité de son compliment. Elle s'appelait Evelyn Mills, quasiment le même âge que lui, mais les années lui avaient été plus douces. Elle était mariée à l'époque de leur passade et, à en juger par l'anneau qu'elle portait au doigt, elle l'était toujours. Ils avaient convenu de se retrouver sur le front de mer à Kirkcaldy. Une grosse averse était tombée un peu plus tôt, mais le ciel s'était éclairci. De gros nuages glissaient doucement au-dessus de leurs têtes, deux cargos étaient visibles à l'horizon. Fox admira le panorama, attendant de voir si elle avait quelque commentaire à faire sur sa propre apparence.

Au lieu de quoi, elle se contenta de lui demander :

— Alors comme ça, tu es toujours aux Plaintes, à ce que je vois ?

— Toi aussi, apparemment.

— Mmm…

Elle donnait l'impression de le détailler des pieds à la tête sans rien laisser échapper. Puis elle glissa son bras sous le sien et ils se mirent à marcher en silence.

— Excellent résultat pour vous autres, finit par lâcher Fox. Je veux parler de Paul Carter.

— Ce n'est pas vraiment à nous qu'en revient le mérite. Mais aux différents témoins. Pourtant…, un autre jour, un autre tribunal…, les choses auraient parfaitement pu basculer dans le sens contraire.

— Quand même, insista-t-il.

— Oui, quand même… Nous sommes tellement doués dans notre petite branche d'activités que c'est *toi* qu'il a fallu faire venir de la grande métropole.

— La distance, toujours, Evelyn. De cette façon, personne ne pourra vous accuser de couvrir vos collègues.

— Tu crois que nous ferions une chose pareille ?

— Dans tous les cas, ce ne serait pas à moi de désigner le coupable, dit-il avant d'ajouter : Si ça peut te consoler…

— Je ne cherche pas de consolation, Malcolm, dit-elle.

Elle lui pressa l'avant-bras de sa main libre, et il comprit qu'elle se proposait d'être son alliée plutôt que son adversaire.

— Carter est libre comme l'air, dit-il. Tu le savais ?

Elle fit signe que oui. Ils s'approchaient du dock à l'extrémité nord-est de l'Esplanade, où se trouvait amarré en solitaire un bateau de pêche, sans autre signe de vie alentour que quelques mouettes à l'air féroce.

— Nous pensons qu'il pourrait être intéressant d'entendre ce qu'il raconte à Scholes et aux autres.

— Oh ?

— Ses téléphones. Domicile et portable.

— Quatre inspecteurs au total ?

— Trois. L'appel de Carter – si toutefois il en dépose un – passerait comme une lettre à la poste, si nous le mettions sur écoute.

— Je ne sais pas si nous pouvons aller jusque-là, Malcolm.

— Manque de personnel, ou de ressources ?

Elle souffla bruyamment.

— Les deux, pour te dire la vérité. En fait, tu as devant toi le département des Plaintes du comté de Fife. C'est moi. Je veux dire par là que je peux toujours, le cas échéant, réquisitionner quelques individus s'il s'agit d'une urgence…

— Et c'est ce que tu as fait quand Alan Carter est venu déposer sa plainte ?

Elle acquiesça en repoussant une mèche de cheveux de son visage.

— Scholes est le plus proche de Carter. Si je voulais m'intéresser à quelqu'un de très près, c'est lui que je choisirais.

— Hier, nous l'avons vu quitter le domicile de Carter.

— Tu veux dire que la surveillance est déjà opérationnelle ?

Fox secoua la tête.

— Non, nous passions par là.

Elle plissa les paupières.

— Vous passiez par Dunnikier Estate ?

— Façon de parler.

Elle scruta son visage avant de se mettre à rire.

— Seigneur, tout ce que nous sommes amenés à faire.

Il n'était pas certain de savoir si elle parlait de leur travail ou repensait à leur nuit à Tulliallan. Mieux valait ne pas courir de risque, estima-t-il, et il garda la question pour lui.

— Tu sais qu'il va falloir que j'en informe mon chef ? dit-elle après un moment de réflexion. Et lui devra à son tour en informer le sien.

Fox fit oui de la tête.

— Et j'ai la permission de lui dire que c'est ton idée ?

Nouvel acquiescement.

— Et tout cela, dans le seul but de déterminer, preuves à l'appui, si certains collègues se sont oui ou non serré les coudes pour défendre l'un des leurs ?

— En commettant au passage un parjure, lui rappela Fox.

Elle passa son doigt sur le haut de son nez, un nez que Fox se rappela soudain avoir embrassé. Ce soir-là, elle avait beaucoup bu au bar. Lui était sobre, pas elle, il aurait dû se contenter de la raccompagner à la porte de sa chambre et en rester là. Une chambre où, manque de chance, elle disposait d'une bouilloire. Et aussi de sachets de café instantané. Ainsi que d'un lit pour une personne, étroit.

— Qu'en penses-tu ? finit-il par lui demander.

— Je pense qu'on se les gèle, ici.

— Quelle que soit ta réponse, je te remercie d'avoir accepté de me retrouver.

Cette fois, elle lui toucha le bras et ils firent demi-tour, direction sa voiture. Ils la rejoignirent sans avoir échangé une parole, et elle voulut savoir où il avait garé la sienne.

Il fit un vague signe de la tête en direction du centre-ville. Elle ouvrit son Alfa Romeo à l'intérieur bleu foncé et s'installa au volant.

Fox referma doucement la portière et la regarda mettre le contact. Sa vitre descendit et elle leva les yeux vers lui.

— Je suis allée à Fettes il y a quelques mois de ça, une simple commission, rien de plus. J'ai songé à aller frapper à ta porte.

— Tu aurais dû.

Elle desserra le frein à main, lui offrit un petit signe de la main et s'en alla. Fox resta immobile jusqu'à ce qu'elle disparaisse, puis se dirigea vers le café du centre commercial Mercat. Kaye et Naysmith l'y attendaient devant un café en lisant leurs journaux favoris : le *Guardian* pour Naysmith, le *Daily Record* pour Kaye.

— Ne commande rien, l'avertit Kaye. Rien à voir avec là où on était.

— Mais plus près de la voiture, cependant, lui rappela Fox.

Kaye le regardait fixement, en attente du résultat des courses.

— C'est « peut-être », le renseigna Fox, en se faufilant dans le box étriqué.

Kaye ouvrit grand les narines et se pencha pour renifler le manteau de Fox.

— Chanel N° 5, dit-il, à moins que je n'aie perdu la main… ou le flair. Ton contact n'a rien d'un mec, si je comprends bien.

— C'est qui, maintenant, notre Hercule Poirot de service ? maugréa Naysmith, sans se donner la peine de relever les yeux de son journal.

*

Pas dans la salle d'interrogatoire, avait insisté Teresa Collins. En fait, aussi loin que possible de cette « saloperie d'endroit », raison pour laquelle Fox lui avait suggéré son domicile. Elle vivait à l'étage supérieur d'une maison à Gallatown, dont Gary Michaelson avait suggéré qu'il ne s'agissait pas vraiment du quartier le plus salubre de la ville. Fox le trouva néanmoins plutôt agréable, il connaissait pire à Édimbourg. Des maisons alignées, d'autres mitoyennes, dont beaucoup étaient à trois niveaux. Des murs crépis et un grand nombre de paraboles. De jeunes mères, certaines une nouvelle fois enceintes, promenaient leurs poussettes en parlant dans leur portable. Quelques ados coiffés de casquettes de base-ball firent la grimace quand la Mondeo s'arrêta au bord du trottoir, puis lâchèrent spontanément des grognements en voyant les trois hommes en sortir. Fox appuya sur la sonnette marquée « Collins ».

— C'est ouvert, hurla une voix.

Fox tourna la poignée et commença à gravir la volée de marches. Au rez-de-chaussée, quelqu'un organisait une fête.

— Eminem, précisa Naysmith.

— Pour moi, du bruit et ça, c'est pareil, grommela Tony Kaye.

Teresa Collins était assise dans un fauteuil du salon bien rangé, une jambe pendouillant dans le vide par-dessus l'accoudoir, une cigarette allumée aux lèvres, vêtue de cuissardes en Lycra noir et d'un tee-shirt mauve portant les mots Porn Star inscrits en strass.

— Inutile de vous mettre sur votre trente et un pour nous, lui dit Kaye en examinant un poster de Beyoncé au-dessus de la cheminée.

La musique en provenance de l'étage du dessous faisait vibrer les vitres.

— J'ai oublié de poser la question, dit Collins. Peut-être aurais-je dû appeler mon avocat ?

— C'est vous la victime, lui rappela Fox en faisant les présentations.

Un second fauteuil était encombré d'une pile de linge. Pour ce qui était des dessous, Teresa avait apparemment un faible pour les strings.

— Victime est bien le mot, dit-elle en tirant une nouvelle bouffée.

Un coin de la pièce était occupé par une télévision à écran plat et une box Freeview. Sur une étagère dépourvue de livres trônaient le boîtier et les haut-parleurs d'un enregistreur MP3, et la moquette beige était ponctuée d'une impressionnante collection de brûlures de cigarette.

— Tout le monde a besoin d'être en bons termes avec ses voisins, c'est ça ? annonça Kay en tapant du talon sur le sol.

— Ils sont sympas.

Le pied qui pendait sur l'accoudoir battait la mesure tandis que l'autre genou pompait furieusement la moquette.

— Quelques excitants pour compenser la méthadone ? devina Fox.

— Vous ne trouverez rien qui ne soit prescrit sur ordonnance, rétorqua-t-elle aussi sec.

— Nous ne cherchons rien. Comme je vous l'ai dit au téléphone, c'est sur les collègues de Carter que nous enquêtons.

— Ça, c'est ce que vous dites.

— Ce serait bien si vous me croyiez.

Elle le regardait comme si elle avait du mal à faire sa mise au point.

— Allez-y, alors, finit-elle par dire. Posez-les, vos foutues questions, toujours les mêmes…

— L'inspecteur Carter venait ici ?

— Ouais.

— Quelques-uns de vos voisins l'ont vu ?

— C'est bien ce qu'ils ont déclaré, non ?

— Ce n'était pas très discret de sa part. Et en ce qui concerne ses collègues, ils ne sont jamais entrés chez vous ?

— Si, Scholes, une fois. Mais c'était au tout début, quand ils voulaient que je fasse l'indic pour eux.

— Scholes n'a jamais été présent quand Carter cherchait à obtenir une de ses « faveurs » ?

Elle fit non de la tête.

— Peut-être bien qu'il attendait dans la voiture, dit-elle, visiblement agitée. Quand vous avez été mis au parfum, vous autres, c'est Scholes qui m'a téléphoné, il a essayé de me dissuader de porter plainte.

— Je sais qu'il n'y a rien de facile à revenir sur tout ça.

— Je croyais en avoir fini avec ce truc. Et aujourd'hui, voilà ce qui me tombe dessus ! Il est sous les verrous, et vous autres, vous continuez à me persécuter jusqu'à ce que je pète un câble et que je me fasse sauter le caisson ?

Fox ne répondit pas immédiatement.

— Vous savez qu'il existe des associations susceptibles de vous venir en aide, des numéros de téléphone que vous pouvez appeler ?

— Allô Viol ? Tous ces machins-là ? répondit-elle en secouant la tête avec conviction. Je veux juste qu'on me fiche la paix.

Elle exhala un nuage de fumée et balaya quelques cendres sur son tee-shirt.

— Maintenant qu'il est au trou, c'est tout ce que je demande…

— Et au cas où il ne le serait pas, au trou ?

À peine les mots étaient-ils sortis de sa bouche que Naysmith comprit qu'il venait de commettre une gaffe de taille, tant il se sentit cloué sur place par les regards de Fox et de Kaye.

— Vous voulez dire qu'il est sorti ? fit-elle, ses yeux pâles comme deux soucoupes dans son visage plus pâle encore.

— Vous auriez dû être prévenue, dit Fox d'une voix douce.

— Il est… ?

Collins se leva de son fauteuil et alla jusqu'à la fenêtre pour scruter la rue.

— Il a été averti de ne pas s'approcher de vous à moins de huit cents mètres, précisa Fox en essayant de la rassurer. S'il le fait, il repart en prison illico.

— Eh bien ça, c'est super, dit-elle, d'un ton lourd d'ironie. Car bien sûr, Carter est forcément le genre à obéir à un truc pareil, pas vrai ? Un salaud respectueux de la loi comme lui…

Elle pivota sur place en s'écartant de la fenêtre.

— Et si je déclare que tout ça, c'est des mensonges ? Que j'ai tout inventé pour lui chercher des crosses ?

— Dans ce cas, c'est vous qui vous retrouverez en cellule, la prévint Fox avant de déposer sa carte professionnelle sur l'accoudoir du fauteuil. Mon numéro est dessus, au moindre signe de Carter, appelez-moi.

— Vous êtes venus ici pour me menacer, déclara Teresa Collins en pointant un doigt tremblant. Et vous êtes venus à trois ; ça suffit amplement comme intimidation. En plus vous venez m'apprendre qu'il est libre comme l'air… Comme ça, je le sais, pas vrai ? Scholes, Haldane, Michaelson, et maintenant vous trois.

— Je peux vous assurer que nous…

— J'irai voir les journaux ! C'est ça que je vais faire ! Et je vais hurler au meurtre.

— Vous voulez bien vous calmer, Teresa ?

Fox, les mains levées en signe de reddition, avança d'un pas mais elle avait pivoté de nouveau et ouvert la fenêtre.

— Au secours ! hurla-t-elle. À l'aide, quelqu'un !

Fox vit que Kaye le regardait, attendant sa décision.

— Je vous appellerai, dit Fox à Collins en élevant la voix dans l'espoir qu'elle l'entendrait. Plus tard, lorsque vous aurez eu l'occasion de…

Il signala à Kaye et Naysmith qu'ils partaient. Les voisins du dessus les observaient depuis le palier.

— Elle est hystérique, expliqua Fox en commençant à descendre les marches.

Au rez-de-chaussée, les participants à la fête n'avaient rien entendu – ou, si c'était le cas, ils s'en fichaient tellement qu'ils n'allaient pas gaspiller leur précieux temps pour y changer quelque chose. Mais, devant la maison, les mômes rassemblés sur le trottoir barraient le passage à Fox et à ses deux collègues. Fox sortit sa carte de police en la mettant bien en évidence.

— Reculez, leur ordonna-t-il.

— L'avez violée, vous aut', hein ? lança une voix d'un ton accusateur.

— Elle est juste bouleversée.

— Ouais, et la faute à qui, hein ? Vous aut'…

— Bon Dieu ! explosa Tony Kaye en apercevant l'état de sa voiture.

On avait renversé le contenu d'une poubelle sur le capot et le pare-brise : emballages de fast-food, mégots de cigarettes, boîtes de bière écrasées, et ce qui ressemblait aux restes d'un pigeon mort.

— Y a un stand de lavage un peu plus bas, trois livres seulement la bagnole, suggéra un membre de la bande.

— Cinq si vous leur dites que vous êtes des poulets, ajouta un autre.

Quelqu'un rigola, et Fox lui en fut reconnaissant. La situation était désamorcée, et Teresa Collins avait cessé de hurler et fermé sa fenêtre.

Tony Kaye, en revanche, était furieux. Il voulut se lancer à l'assaut de la troupe, mais Fox le retint par le bras.

— Doucement, Tony, tout doux. On fiche le camp d'ici, tu veux bien ?

— Mais ces petits branleurs…

— En voiture, ordonna Fox.

Kaye attendit encore deux secondes avant de s'exécuter et mit les essuie-glaces pour nettoyer une partie des déchets, avant de passer brutalement la marche arrière pour finir de les dégager du capot.

— Je jure devant Dieu que je reviendrai ici avec une batte de base-ball, grommela-t-il.

La bande accompagna leur départ au petit trot, à côté de la Mondeo, en offrant de temps à autre une tape à la carrosserie ou un coup de pied en guise d'adieu. Tony accéléra et fonça en première, exécutant un demi-tour qui débarrassa la Mondeo de tout ce qui la couvrait encore, ou presque.

— Oublie ça, Kaye, dit Joe Naysmith. T'es à Gallatown.

— Tu te crois marrant, hein ?

Tony se pencha et lui allongea un méchant coup de poing sur le côté du crâne.

— Maintenant, tu peux rigoler, espèce de petit merdeux.

9

— Ç'a été rapide, dit Malcolm Fox au téléphone.

Evelyn Mills était à l'autre bout du fil. L'opération surveillance avait obtenu le feu vert.

— Mon chef a jugé bon de ne pas en informer les échelons supérieurs, expliqua-t-elle.

— Et pourquoi donc ?

— Il doit estimer qu'on aurait pu lui refuser l'autorisation.

— J'aime assez ton chef.

— Il me rappelle un peu toi, en fait.

— Je suis flatté. Combien de temps avant que tout soit en place ?

— Il nous faut un ingénieur en télécom pour nous aider avec la ligne fixe.

— Nous ?

— J'ai obtenu de l'aide : deux jeunots de la Crim. Les téléphones mobiles prendront plus de temps, on aura d'abord les numéros appelés et les appels reçus… (Elle s'interrompit.) Mais ça, tu le sais déjà.

— Exact.

Il l'entendit pousser un petit soupir.

— La question de la ligne fixe sera réglée dans la journée ; demain pour tout le reste. Peu probable que

Scholes prenne la peine de contacter Carter par mail, donc j'allais faire l'impasse sur la surveillance de son ordi.

— Ça me va très bien. Et merci encore, Evelyn.

— C'est à ça que servent les amis, non ?

— Tout à fait.

— Encore une petite chose, cependant : Scholes n'a rien d'un imbécile. Ce qui pourrait expliquer pourquoi il s'est rendu au domicile de Carter. Un excellent moyen de garder leurs conversations confidentielles. Possible que tout ce qu'on se récupère se limite à des textos pour convenir de nouveaux rendez-vous.

— Je sais.

Nouveau soupir.

— Bien sûr que tu sais. J'oublie à quel point nous sommes pareils, toi et moi. C'est peut-être pour ça qu'il y a eu une étincelle ce fameux soir.

— Tu es sûre que tu tiens à en dire plus ? Cette ligne n'est peut-être pas aussi sûre que nous le souhaiterions.

Elle gloussait quand Fox mit un terme à l'appel.

— Résultat positif, apparemment, en conclut Kaye.

Ils se trouvaient tous les trois serrés comme des sardines dans le placard, porte entrouverte, Joe Naysmith aux aguets pour se protéger d'éventuels espions ou d'oreilles à la traîne.

— Tout devrait être en place et prêt à fonctionner d'ici demain. Peut-être même ce soir, pour le fixe.

— Ça, c'est de l'efficacité. Tu voudrais bien partager avec nous le secret de ton succès ?

— Non.

— Rien que le nom, alors.

— Plus tous les non-dits que tu as jugé bon de laisser en suspens concernant une ligne non sécurisée, ajouta Naysmith en se tournant vers eux.

Il sursauta quand on frappa violemment à la porte. Elle s'ouvrit aussitôt sous la poussée de la commissaire Pitkethly, le visage aussi sombre qu'un nuage d'orage, les yeux lançant des éclairs.

— Ai-je raison de penser que vous venez tous les trois de rendre visite à Teresa Collins ?

— Pourquoi ? dit Fox en se levant. Elle a porté plainte ?

— En quelque sorte. Une carte de visite à votre nom déposée sur son fauteuil a été découverte à son domicile… quand les infirmiers sont entrés avec la civière.

Elle constata aussitôt l'effet de ses paroles et garda le silence un moment pour mieux savourer le malaise qu'elle lisait sur le visage des trois hommes.

— Un passant l'a vue à sa fenêtre, les poignets dégoulinant de sang. Il a appelé les urgences.

Les trois policiers s'étaient levés et ne la quittaient plus des yeux. Kaye fut le premier à parler.

— Est-ce qu'elle est… ?

— Elle est à l'hôpital. Ses blessures n'ont pas l'air trop graves. La question est : qu'est-ce qui l'a poussée à faire une chose pareille ? À voir vos têtes, je crois que j'ai la réponse.

— Elle était hystérique, bredouilla Naysmith. Alors nous l'avons laissée…

— Après l'avoir calmée, de toute évidence, dit Pitkethly en retournant le couteau dans la plaie. Vous aviez affaire à une femme traumatisée par l'expérience qu'elle a subie. Déjà fragile, pour commencer, et avec un passé de droguée. Je présume que vous ne vous êtes pas contentés simplement de passer ?

— Ce n'est pas à vous qu'on doit des explications, déclara Fox en se reprenant.

— Il est possible que vous y soyez contraints, néanmoins.

— Nous ferons notre rapport.

— Seulement après avoir discuté entre vous, j'imagine ?

La question était posée par l'inspecteur-chef Peter Laird, qui venait d'apparaître à côté de la commissaire. Sentant qu'il y avait d'autres spectateurs dans le couloir, Fox écarta Pitkethly et alla s'en assurer : il ne se trompait pas. Laird ne faisait même pas mine de masquer sa satisfaction devant la tournure des événements.

— J'entends par là, poursuivit-il en croisant les bras, après vous être assurés de bien accorder vos violons.

— Elle va s'en sortir, n'est-ce pas ? demanda Naysmith à Pitkethly.

— Un peu tard pour lui manifester votre sympathie, vous ne croyez pas ? lui répondit-elle.

Fox ne perdit pas une seconde pour la moucher.

— Suffit, dit-il.

Puis, à l'intention de Kaye et de Naysmith :

— Nous partons.

— Vous nous quittez déjà ? leur disait Laird en saluant leur départ de la main, tandis qu'ils avançaient à grands pas dans le couloir.

— J'aurai besoin de ces dépositions, lança Pitkethly.

En sortant du bâtiment, Fox aperçut Scholes, en provenance du parking, qui pressait le pas.

— On dirait que j'ai raté le plus drôle, dit-il en souriant de toutes ses dents.

Fox l'ignora, mais Kaye, d'une bourrade de l'épaule, faillit l'expédier au sol. Scholes ne réagit pas, mais son rire les accompagna jusqu'à la voiture.

— Destination ? demanda Kaye.

— On rentre, lui commanda Fox.

*

Les premiers kilomètres du trajet, ils n'échangèrent pas une parole. Ce fut Naysmith qui rompit le silence.

— Pauvre femme.

Kaye se contenta d'acquiescer sans mot dire.

— Vous croyez qu'on aurait dû rester ?

Kaye se tourna vers Fox mais comprit aussitôt que celui-ci ne répondrait pas. Il regardait dehors, le front presque collé à la vitre.

— Je ne vois pas ce que nous avons pu faire de mal, reprit Kaye en essayant de paraître plus convaincu qu'il ne l'était. C'est à cause de nous qu'elle s'était mise dans cet état, alors nous l'avons laissée.

— Mais c'est bien moi le fautif, non ? Quand je lui ai appris que Carter avait été libéré…

— Ce n'était pas notre boulot de lui cacher les faits, Joe.

— À t'entendre, l'interrompit Fox, on dirait que tu as ton rapport déjà fin prêt dans ta tête.

— C'était sa façon à elle de crier au secours, poursuivit Kaye avec conviction. Nous avons déjà vu ça tous les trois.

— Pas moi, le corrigea Naysmith.

— Pourtant, tu connais ce type de personnalité. Si elle avait réellement voulu faire le grand saut, elle ne se serait pas postée devant sa fenêtre, en montrant à qui voulait la voir ce qu'elle avait fait.

— Et si personne n'était passé dans la rue à ce moment-là ?

— Alors elle aurait téléphoné pour demander une ambulance. Ce sont des choses qui arrivent.

— Je ne peux pas m'empêcher de penser…

— Alors ne pense plus ! le rembarra Kaye. Contentons-nous de regagner la civilisation et de rédiger le compte rendu de ce qui s'est passé.

Il regarda une nouvelle fois Fox.

— Allez, Malcolm, viens à mon secours sur ce coup-là. Elle aurait pu craquer n'importe quand, mais avec nous, c'est juste la faute à pas de chance…

— On aurait pu tenter de la calmer.

— Au cas où tu l'aurais oublié, elle hurlait à pleins poumons, on aurait dit qu'elle allait exploser. Deux minutes de plus là-dedans et tous les fêlés du quartier nous seraient tombés dessus, expliqua Kaye en pétrissant le volant à deux mains. Je ne vois pas ce qu'on pourrait se reprocher, répéta-t-il.

Fox constata qu'ils se trouvaient sur la M90 et avaient dépassé Inverkeithing.

— J'ai besoin que tu me rendes un petit service, dit-il à mi-voix.

— Lequel ?

— Il y a une aire d'arrêt juste avant le pont. Gare-toi et laisse-moi descendre.

— Tu as envie de vomir ?

Fox secoua la tête.

— Gare-toi, c'est tout.

Kaye mit son clignotant et changea de file, puis bifurqua au panneau. Le parc de stationnement était destiné aux gros camions qui devaient se faire escorter pour gagner la rive opposée de l'estuaire. Fox sortit de la voiture et sentit le flux rapide des véhicules qui cherchait à l'aspirer vers les voies de circulation, mais il existait un trottoir conduisant à un passage qui permettait aux piétons de franchir le pont routier.

— Tu plaisantes, j'espère, s'écria Kaye dans son dos.

— J'ai besoin d'un peu d'air, c'est tout.

— Et on est censés faire quoi, tous les deux, nom d'un chien ?

— Attendez-moi de l'autre côté, aussi près que possible des anciens guichets de péage.

— Tu veux que je vienne avec toi ? demanda Naysmith, mais Fox secoua la tête, claqua la portière et remonta son col.

Il avait parcouru trente ou quarante mètres quand un vide dans la circulation permit à la Mondeo de repartir. Elle le dépassa avec un coup d'avertisseur. Fox y répondit d'un geste et poursuivit sa marche. Il n'avait jamais franchi le pont routier sur la Forth en piéton, comme le faisaient couramment nombre de joggers et de touristes. Le bruit du trafic était une vraie souffrance, le vide jusqu'au Firth of Forth vertigineux, mais il continua, en emplissant ses poumons d'air chargé de vapeurs de carburant. Un foulard noué emprisonnant ses cheveux, une promeneuse de chien arrivait face à lui et lui offrit un salut de la tête et un sourire, petites civilités entre inconnus qu'il fut incapable de rendre. Sur sa gauche, il voyait le pont ferroviaire, en majeure partie bâché pour entretien. Il y avait également des îles, par là-bas, et sur la droite, le port de Rosyth. Le vent lui déchirait les oreilles, mais il avait le sentiment que c'était mérité. Kaye avait raison, bien sûr : un appel au secours bien plus qu'une vraie tentative de suicide. Mais il n'empêche : ils avaient balancé une bombe à retardement en lui révélant que Paul Carter était libre, puis s'étaient contentés de partir en la plantant là, livrée à elle-même. Pas un coup de fil aux services sociaux ni à quiconque susceptible de passer la voir pour s'assurer de son état. Un voisin ? Un parent dans le coin ? Non, ils s'étaient bien plus souciés de leur propre peau et de cette foutue voiture.

Fox n'avait pas vécu trop de violence ni de tragédie au cours de ses années dans la police. Quelques ivrognes en pleine bagarre à séparer quand il était en uniforme, deux méchantes affaires de meurtre à la Crim… Une part de son attrait pour les Plaintes avait été que ce service s'intéressait plus aux règles enfreintes qu'aux gueules cassées, aux flics qui franchissaient la ligne mais n'avaient rien de violent pour autant. Cela faisait-il de lui un lâche ? Il estimait que non. Un flic de second ordre ? Non plus. Mais c'était sa nature profonde que d'éviter le conflit direct ou de faire en sorte, d'abord et avant tout, que les choses n'en arrivent jamais à ce stade. En ce sens, il avait le sentiment d'avoir échoué avec Teresa Collins. Chaque seconde passée avec elle, il aurait pu la jouer différemment pour aboutir à une issue moins dramatique.

Il se frottait le visage à deux mains tout en marchant et accélérait le pas, dans le vent de plus en plus âpre à mesure qu'il atteignait le mitan du pont. Il se trouvait maintenant au milieu du Firth of Forth, et seuls des câbles d'acier le maintenaient en l'air. Il en dépendait entièrement, confiant dans leur capacité à faire ce qui était attendu d'eux, sans jamais risquer de les voir se rompre brutalement. Sans même savoir pourquoi, il se lança au pas de course, petit trot de jogger d'abord, avant d'accélérer l'allure. À quand remontait la dernière fois qu'il avait couru ? Impossible de se rappeler. Son sprint ne dura que quelques dizaines de mètres et il se retrouva à bout de souffle quand il reprit sa marche. Deux joggers, des vrais ceux-là, le détaillèrent des pieds à la tête en le croisant.

— Tout va bien, leur dit-il en les saluant du geste.

Peut-être même en était-il convaincu, d'ailleurs. Il sortit son portable et prit une photo du panorama, uniquement pour ne plus l'oublier. South Queensferry se trouvait en dessous de lui, avec ses yachts ballottés par les vagues et ses balades en bateau jusqu'à l'abbaye d'Inchcolm. Il chercha la Mondeo devant lui, sans résultat. En avaient-ils eu assez tous les deux, pour l'abandonner ainsi à son triste sort ? Il vérifiait une seconde fois les rares véhicules garés quand il entendit un coup de klaxon dans son dos : il se retourna et vit Kaye se ranger sur le bas-côté.

Fox ouvrit la portière passager.

— Comment as-tu réussi ce tour de force ? lui demanda-t-il.

— Joe ici présent a commencé à se faire des cheveux, il craignait que tu ne choisisses le grand plongeon, expliqua Kaye. Alors on a fait demi-tour au rond-point pour repasser le pont, et pareil de l'autre côté… et nous voici.

— C'est sympa de vous préoccuper de mon sort.

— Seulement Joe, note bien, moi, je t'aurais laissé faire.

Fox sourit, monta à bord et attacha sa ceinture.

— Merci, en tout cas, dit-il.

— Agréable, la promenade à pied ? demanda Naysmith depuis la banquette arrière.

— Elle m'a un peu éclairci les idées.

— Et alors ? demanda Kaye.

— Alors je vais bien.

— On aurait pu jurer tous les deux qu'on t'avait vu courir.

Fox lui jeta un regard glacé.

— Est-ce que j'ai l'air d'un coureur ?

— Je n'aurais pas dit ça, répondit Kaye avec un demi-sourire.

— Donc, je ne courais pas, nous sommes bien d'accord ?

— C'est votre version, inspecteur, conclut Kaye en jetant un coup d'œil à Naysmith dans le rétroviseur. En ce qui nous concerne, nous aurons toujours la nôtre. Mais à présent, puis-je présumer que nous nous dirigeons vers la base ?

— Sauf si tu désires d'abord faire une halte dans une laverie de voitures.

Fox eut la satisfaction de voir Kaye secouer la tête.

— Okay, allons voir si les nouvelles arrivent jusqu'à Bob McEwan avant nous…

10

À leur entrée dans le service, McEwan les attendait, appuyé contre le bureau de Fox, les mains dans les poches.

— Ah, vous voilà, leur dit-il.

— Tu es donc déjà au courant.

— Par le chef adjoint de la police du Fife, celui-là même qui nous a demandé notre aide.

— Mais il est satisfait de la progression de notre enquête, sinon ? tenta Kaye.

— Ce n'est ni le lieu ni le moment de faire le malin, sergent Kaye, rétorqua sèchement McEwan. Alors, si l'un de vous voulait bien éclairer ma lanterne sur ce qui a pu se passer ?

— Nous sommes allés l'interroger à son domicile, commença Fox. Nous lui avons appris que Carter avait été remis en liberté, et elle a piqué une crise.

— Nous avons alors décidé que notre présence ne faisait qu'aggraver les choses, ajouta Kaye. Prudence étant mère de sûreté, comme dit le proverbe…

— Quel était son état quand vous l'avez laissée ?

— Elle était un peu secouée, décida de répondre Naysmith.

— Un peu secouée, c'est tout ? répéta McEwan. Et pas en pleine crise de folie furieuse à hurler comme une possédée, ainsi que le prétendent les voisins ?

— Elle a effectivement un peu hurlé, concéda Fox.

— Et pour ce qui est de l'intimidation policière ?

— Elle a mal jugé la situation, chef.

— Apparemment, elle n'a pas été la seule, répliqua McEwan en se pinçant le nez avant de fermer les yeux, bien serrés.

Il ne les rouvrit pas quand il ajouta :

— C'est le genre d'incidents qui ne peut qu'apporter de l'eau à leur moulin, vous le comprenez bien ?

— Est-ce que le chef adjoint veut nous dessaisir ?

— Je dirais qu'il doit peser le pour et le contre.

— Elle refusait obstinément d'être interrogée au poste, Bob, expliqua calmement Fox. Il a fallu qu'on aille jusque chez elle.

McEwan rouvrit les yeux et cligna des paupières comme pour mieux y voir.

— C'est vous qui lui avez appris que Carter avait été libéré ?

— Ça, c'est ma faute, reconnut Naysmith, ce que McEwan accepta avec un petit signe de tête.

— Très bien, dit-il. Il serait bon que vous écriviez votre version des faits et nous verrons ce que Glenrothes en pense. Autre chose que je devrais savoir ?

Échange de regards entre Fox et Kaye.

— Non, monsieur, répondit Fox.

La mise en place de l'opération de surveillance de Scholes pouvait attendre. Probable qu'une bombe à retardement à la fois suffisait amplement à leur chef.

Un peu plus tard, Fox alla prendre un café à la cantine et se rendit compte qu'il n'avait rien avalé depuis le petit déjeuner. Il ne restait du menu de midi que des sandwichs œufs et cresson, aussi en ajouta-t-il un à son plateau en même temps qu'une barre chocolatée et une pomme. Quand son téléphone sonna, il songea une seconde à ne pas répondre, mais se ravisa en voyant sur l'écran qui l'appelait :

— Comment va, Evelyn ?

— Waouh, répondit Mills.

— Je constate que tu es au courant.

— C'est à peu près le seul sujet de conversation par ici. Sans compter que la presse locale semble s'être mise elle aussi sur le coup. Tu sais comment ces gens-là sont capables de déformer les choses.

— Ils peuvent toujours essayer.

— Est-ce qu'elle vous a paru suicidaire ?

— Pas plus que n'importe lequel d'entre nous, répondit Fox en essuyant ses doigts pleins de chocolat. Tu vas quand même pouvoir nous aider, malgré tout ?

— Est-ce que tu seras toujours là au moins pour que je puisse vous aider ?

— Avec un peu de chance.

— En ce cas…, nous verrons bien.

— Ça veut dire quoi, ça ?

— Ça veut dire que mon chef risque d'avoir été refroidi et qu'il sera beaucoup moins chaud pour donner son aval.

— Alors achète-lui des chaussettes.

Silence sur la ligne, jusqu'à ce qu'elle lui demande comment il se sentait.

— Ça va.

— À t'entendre, on le dirait pas.

— Ça va aller, t'inquiète.

Il contempla le contenu de son plateau. Un sandwich à peine entamé, mais la barre était de l'histoire ancienne. Le café lui parut huileux, et il ne se sentait pas de s'attaquer à la pomme.

— Tout ce que tu peux faire, c'est leur dire la vérité, lui expliquait Mills. Leur présenter ta version des événements.

Il aurait pu lui répondre que c'était justement là le problème. Chaque récit offrait de multiples facettes, et votre version pouvait tout à fait différer de celle des autres. Dans l'appartement de Collins, s'étaient-ils montrés pragmatiques, lâches ou sans pitié ? La charge d'établir la vérité de l'incident ne lui incombait pas, il reviendrait à d'autres de le faire officiellement, avec le risque inévitable que leur vision des choses n'ait de vérité que le nom.

— Malcolm ?

— Je suis toujours là.

— Est-ce que tu voudrais en parler avec quelqu'un ? On pourrait se retrouver devant un verre.

— Je ne bois plus.

— Depuis quand ? demanda-t-elle, sincèrement surprise.

— Bien avant notre rencontre.

— J'ai dû oublier alors. Mais on pourrait quand même se retrouver quelque part, non ? reprit-elle après un silence.

— Une autre fois, d'accord ?

Il la remercia et coupa la communication avant de faire rouler sa pomme sur la table, d'une main à l'autre et retour.

Personne ne suggéra de se retrouver au Minter's après le boulot. Mais, en quittant le bureau, Naysmith eut un geste qui ne lui ressemblait pas : il tendit la main et serra celle de Fox puis celle de Kaye. Fox comprit ensuite que c'était pour lui un moyen de se conforter dans l'idée qu'ils formaient bien une équipe. Il sortit sa Volvo du parking et se dirigea vers son domicile. Il était pratiquement arrivé à Oxgangs quand il s'engagea presque malgré lui sur le périphérique. Embouteillé comme d'habitude à cette heure de pointe, mais il n'était pas pressé, plus maintenant en tout cas, car il avait pris sa décision. Il suivit les panneaux direction le pont routier sur la Forth.

*

Ils étaient passés devant le Victoria Hospital lors d'une de leurs virées dans les environs de Kirkcaldy. Un hôpital qui ressemblait plus à un chantier de construction, ce qu'il était effectivement, avec un nouvel édifice flambant neuf en instance d'achèvement à côté de l'ancien complexe d'origine. Fox montra sa pièce d'identité à la réception et donna le nom de Teresa Collins. On lui précisa le service où elle était hospitalisée en lui indiquant l'emplacement des ascenseurs. Il finit par se retrouver devant un poste d'infirmières.

— Pas de visiteurs, s'entendit-il répondre quand il demanda Teresa, sur quoi il sortit une nouvelle fois sa carte de police.

— Je ne veux pas la déranger si elle est assoupie, expliqua-t-il.

L'infirmière le fixa sans ciller en se demandant peut-être en quoi Teresa lui serait utile endormie. Elle finit néanmoins par aller vérifier. Derrière Fox, près des portes battantes du service, s'alignaient une demi-douzaine de chaises en plastique dont l'une était occupée à son arrivée par un jeune homme qui pianotait furieusement un texto sur son portable. Il venait de se lever et se dirigeait vers le distributeur sur le mur opposé pour prendre une dose de liquide antibactérien pour les mains.

— On n'est jamais trop prudent, dit-il en frottant ses paumes l'une contre l'autre.

— C'est bien vrai, confirma Fox.

— Police…, devina le jeune homme.

— Et vous êtes… ?

— Vous avez l'air d'un policier, et je me targue de connaître la plupart des visages de la Criminelle dans le coin. Édimbourg, je me trompe ? Normes professionnelles ? J'ai entendu dire que vous étiez en ville.

Il traficotait quelque chose avec son écran de téléphone et lorsqu'il le présenta devant lui, Fox comprit que c'était également un enregistreur audio.

Le jeune homme aux cheveux blond-roux en anorak noir était journaliste.

— Si je peux me permettre de vous poser la question, étiez-vous chez Teresa Collins un peu plus tôt aujourd'hui ?

Fox ne bougea pas d'un pouce et ne répondit pas.

— J'ai les signalements de trois officiers de police en civil et…

Il détailla Fox de la tête aux pieds.

— … je parierais que vous êtes l'un d'eux. Portrait craché. L'inspecteur Malcolm Fox, c'est ça ?

Malgré tout le mal que se donnait Fox, quelque chose dans son expression avait dû changer.

— Le nom se trouvait sur une carte laissée sur le fauteuil, proposa-t-il en guise d'explication.

— Et que diriez-vous de me donner le vôtre, de nom ? demanda Fox à mi-voix.

— Je m'appelle Brian Jamieson.

— Journal local ?

— Parfois. Puis-je vous demander ce qui s'est passé dans l'appartement ?

— Non.

— Mais vous étiez effectivement là-bas ?

Il attendit quelques secondes la réponse.

— Et voilà que je vous trouve ici…

Fox tourna les talons et suivit la direction empruntée par l'infirmière. Laquelle apparut au détour du couloir.

— À moitié endormie à cause des sédatifs, l'informa-t-elle.

Fox s'assura d'abord que Jamieson n'avait pas l'oreille qui traînait mais s'adressa néanmoins à l'infirmière d'une voix à peine audible, juste au cas où.

— Mais elle va bien ?

— Juste quelques points de suture. Nous ne la garderons que cette nuit. Le service psychologique procédera à son évaluation demain matin.

Après quoi, elle serait renvoyée chez elle ou transférée ailleurs.

— Encore vingt minutes, ajouta l'infirmière, et il y a des chances qu'elle s'endorme pour de bon.

Fox jeta un regard en direction de Jamieson.

— Vous savez que c'est un journaliste ?

Elle suivit son regard et confirma d'un hochement de tête.

— Qu'est-ce qu'il vous pose comme questions ?

— Je ne lui ai rien dit.

— La sécurité ne pourrait-elle pas le faire sortir du service ?

Elle reporta son attention sur Fox.

— Il n'embête personne.

— A-t-il demandé à parler à Teresa Collins ?

— On lui a répondu que ça n'arriverait pas.

— Alors pour quelle raison est-il encore ici ?

— Pourquoi ne pas lui demander vous-même ? répondit l'infirmière d'un ton plus froid. Et maintenant, si vous voulez bien m'excuser…

Elle le frôla au passage en regagnant son bureau où un téléphone sonnait. Fox resta encore trente secondes. Jamieson s'était réinstallé sur sa chaise, textant toujours furieusement. Il releva la tête à l'approche de Fox.

— Qu'est-ce que vous espérez obtenir d'elle ? lui demanda ce dernier.

— C'est exactement la question que je me proposais de vous poser, inspecteur.

— Encore un ! C'est pas vrai ! protestait l'infirmière dans son combiné.

Lorsqu'elle constata qu'ils la regardaient tous les deux, elle se détourna et mit la main en coupe sur l'appareil. Jamieson se préparait une nouvelle fois à tendre son micro de portable dans la direction de Fox, mais il laissa retomber son bras, fit demi-tour et s'en alla. L'infirmière mettait un terme à sa communication en hochant lentement la tête.

— Qu'est-il arrivé ? lui demanda Fox.

— Un homme vient d'essayer de mettre fin à ses jours, répondit-elle. Il risque de ne pas s'en sortir.

— J'espère que ce n'est pas toutes les nuits comme ça.

Elle soupira bruyamment.

— Deux par an, ce serait plus proche de la vérité, dit-elle avant de remarquer l'absence de Jamieson. Il est parti ?

— Je crois que le mérite vous en revient.

— Il sera très certainement aux urgences, si je connais mon Brian, expliqua-t-elle en roulant les yeux au ciel.

— Effectivement, on dirait que le connaissez, je me trompe ?

— Il est sorti un moment avec une de mes amies.

— Pour qui travaille-t-il ?

— Un peu partout. C'est quoi, le nom qu'il se donne, déjà… ?

— Correspondant local ?

— C'est ça.

Le téléphone sonnait de nouveau. Elle lâcha un bruit d'exaspération et décrocha. Fox réfléchit, salua l'infirmière d'une petite courbette et se dirigea vers les ascenseurs.

Au rez-de-chaussée, il alla chercher une bouteille en plastique d'Irn-Bru au distributeur automatique. Pas de sucre demain, se promit-il en sortant de l'hôpital. Au-dessus de sa tête, le ciel était noir et il comprit qu'il ne lui restait plus qu'une chose à faire, rentrer chez lui. Est-ce que le budget de l'opération irait jusqu'à lui permettre de s'offrir une chambre en ville ? Il avait repéré un hôtel derrière la gare, non loin du parc et du terrain de football. Cela lui épargnerait de faire l'aller-retour le lendemain – mais, le cas échéant, que pourrait-il bien faire le restant de sa soirée ? Un restaurant italien…, peut-être un pub… Quelques ambulances étaient rangées devant l'hôpital, et deux infirmiers en uniforme vert cherchaient à faire sortir Brian Jamieson. Le reporter leva les mains en signe de reddition et fit demi-tour, son téléphone collé à l'oreille.

— Tout ce que je sais, c'est qu'il a tenté de se faire sauter la cervelle. Certainement pas un tireur d'élite, le gars, il était toujours vivant dans l'ambulance qui l'amenait ici. Mais je suis plus aussi sûr maintenant…

Jamieson vit qu'il allait passer devant Fox.

— Attends une seconde, dit-il dans son téléphone.

Apparemment, il se préparait à partager la grande nouvelle, mais Fox l'arrêta.

— Je suis déjà au courant, dit-il.

— Ça me révulse, lâcha Jamieson en secouant la tête, les yeux comme des soucoupes, le cerveau en ébullition.

— Il y a beaucoup d'armes à feu à Kirkcaldy ?

— Possible que ce soit un fermier. Eux, ils en ont des armes, non ?

Fox ne le quittait pas des yeux.

— Ça s'est passé en dehors de la ville, expliqua-t-il. Quelque part aux abords de la route de Burntisland.

Fox essaya de ne pas afficher son intérêt soudain.

— Vous avez un nom pour la victime ? demanda-t-il.

Jamieson fit non de la tête et se retourna vers les infirmiers.

— Mais j'en trouverai un, vous pouvez y compter, répondit-il avec le même sourire plein d'assurance que précédemment. Laissez-moi faire et regardez bien.

Fox le regarda, effectivement. Il le vit se diriger une fois encore vers les portes de l'hôpital, son téléphone toujours collé à l'oreille. Il attendit qu'il ait disparu dans le bâtiment pour se dépêcher de rejoindre sa voiture.

*

Le cordon de police avait été dressé au croisement de la grand-route et du chemin de terre menant au cottage d'Alan Carter. Fox sentit un flux acide remonter entre son estomac et sa gorge et jura entre ses dents avant de se ranger sur le bas-côté et de sortir de son véhicule. La voiture de patrouille garée là avait laissé sa rampe lumineuse en fonctionnement, pulsant dans la nuit d'un bleu froid et électrique. Le seul agent en uniforme sur les lieux essayait de délimiter une scène de crime en fixant un ruban entre deux poteaux encadrant la piste. Une rafale de vent lui en avait arraché une extrémité, et il essayait tant bien que mal de ne pas le laisser échapper. Fox avait déjà sorti sa carte de police.

— Inspecteur Fox, lui dit-il, ajoutant : Avant que vous finissiez ça, j'ai besoin de passer de l'autre côté.

Il retourna à sa voiture et l'agent déplaça la voiture de patrouille afin de laisser le passage à la Volvo. Fox le salua du geste et entama la lente ascension vers le sommet de la colline.

Les lumières étaient allumées dans le cottage et il n'y avait qu'un seul véhicule dehors, le Land Rover de Carter. Fox fermait la portière de la Volvo quand il entendit une voix s'écrier :

— Qu'est-ce que vous venez foutre ici, nom de Dieu ?

Ray Sholes était planté, mains dans les poches, sur le seuil.

— Est-ce qu'il s'agit d'Alan Carter ? demanda Fox.

— Ça fait quoi si c'est lui ?

— Je suis venu ici hier.

— Vous portez la poisse partout où vous allez ?

— Que s'est-il passé ? demanda Fox en essayant de regarder par-dessus l'épaule de Scholes qui lui barrait le passage.

— Il a essayé de se faire sauter le caisson.

— Pourquoi ferait-il une chose pareille ?

— Si j'avais vécu dans ce trou, possible que j'aurais fait la même chose.

Scholes renifla l'air de la nuit, regarda une nouvelle fois Fox et finit par céder, lui tournant le dos pour le précéder à l'intérieur de la maison.

Fox hésita une seconde.

— Est-ce qu'on ne devrait pas… ? commença-t-il en regardant les pieds du flic.

— C'est pas une scène de crime, pas vrai ? répondit Scholes en entrant dans le salon. Le cordon est juste là pour empêcher les timbrés de venir s'égarer par ici pour reluquer le spectacle. Le truc qui me tracasse, c'est qu'est-ce qu'on va faire du chien ?

Dans le salon, le feu était désormais réduit à quelques braises. À sa gauche, Jimmy Nicholl haletait, allongé dans son panier, les yeux tout juste entrouverts. Fox s'accroupit à côté de lui et lui caressa la tête et le dos.

— Pas de mot, dit Scholes en enfournant une tablette de chewing-gum. En tout cas, moi, j'en vois pas.

Il embrassa du geste la table et son bazar.

— Difficile à dire avec tout ce foutoir…

Foutoir.

Des papiers répandus partout, sortis de leurs chemises. Chiffonnés, certains déchirés en lanières, d'autres balayés par terre. Ceux qui restaient sur la table étaient tachés de sang, dont une grosse flaque séchait à l'endroit où Carter s'était tenu, assis dans son fauteuil.

— L'arme ? dit Fox à mi-voix, la bouche sèche.

Scholes montra la table d'un signe de la tête. L'arme était à moitié masquée par une revue. Fox n'était pas expert, mais, à première vue, il s'agissait d'un revolver d'un modèle ancien.

— Comment était-il quand vous lui avez parlé ? voulut savoir Scholes.

— Il m'a semblé très bien.

— Jusqu'à ce que vous débarquiez, c'est ça ?

Fox l'ignora.

— Qui l'a découvert ? demanda-t-il.

— Un de ses potes. Il fait régulièrement le trajet à pied depuis Kinghorn. Ils descendent quelques verres de whisky et il rentre. Sauf qu'aujourd'hui il vient jusqu'ici et tombe sur ça. Pauvre vieux…

Fox avait envie de s'asseoir mais n'en fit rien. Sans raison, il savait juste que ce ne serait pas bien. Le téléphone de Scholes sonna. Il écouta un moment, lâcha un grognement et coupa la communication.

— Il est mort dans l'ambulance, dit-il.

Les deux hommes restèrent silencieux, et on n'entendit plus que le souffle haletant du chien.

— Tous les deux, vous avez parlé de Paul ? finit par demander Scholes.

Fox fit mine de n'avoir pas entendu la question.

— Où se trouve ce fameux vieux pote, en ce moment ? demanda-t-il.

— Michaelson le raccompagne chez lui en voiture, répondit Scholes en consultant sa montre. J'aimerais bien d'ailleurs qu'il accélère le mouvement, j'ai une bière qui m'attend au pub.

— Vous connaissiez Alan Carter… et ça ne vous pose pas de problème ?

Scholes continua à mâcher son chewing-gum en croisant le regard de Fox.

— Si, ça me pose un problème, dit-il. Qu'est-ce que vous voulez voir ? Du spectacle ? Des larmes et des grincements de dents ? Est-ce que je devrais menacer le ciel du poing ? Il était flic… Ensuite il ne l'a plus été. Et maintenant, il est mort. Je lui souhaite bonne chance, où qu'il se trouve.

— Il était également l'oncle de Paul Carter.

— Effectivement.

— Et son premier accusateur.

— Peut-être est-ce justement pour cette raison qu'il est passé à l'acte…, submergé par un sentiment de culpabilité. On peut jouer aux psychologues amateurs toute la nuit, si vous voulez. Sauf que ma voiture arrive.

Fox entendit lui aussi : un bruit de moteur, un véhicule s'approchait du cottage.

— Qu'est-ce que vous allez faire ? demanda-t-il. Simplement boucler la maison ?

— Il n'a jamais été dans mes intentions d'y passer la nuit. On a jeté un coup d'œil et vu tout ce qu'il y avait à voir. Les uniformes peuvent prendre le relais.

— Et le plus proche parent ?

— Il se pourrait bien que ce soit Paul, dit Scholes avec un haussement d'épaules.

— Vous l'avez mis au courant ?

Scholes fit oui de la tête.

— Il va venir.

— Comment a-t-il réagi quand il l'a appris ?

Silence dans la pièce et Scholes fixa Fox.

— Pourquoi est-ce que vous ne foutez pas le camp d'ici et que vous ne rentrez pas à Édimbourg ? Parce que si j'étais vous, j'aurais vidé les lieux avant l'arrivée de Paul.

— Mais vous, vous ne restez pas ? Je croyais que c'était votre pote.

Scholes inclina la tête de côté, de toute évidence une idée lui était brusquement venue.

— Attendez une seconde… Qu'est-ce vous fichez ici, d'abord ?

— Ce ne sont pas vos oignons.

— Vraiment ? dit Scholes en haussant un sourcil. Je vais m'assurer de mettre ça dans mon rapport… En capitales. Et souligné.

Gary Michaelson se tenait sur le seuil de la pièce et fusillait Fox du regard.

— Je me disais aussi que je sentais comme une mauvaise odeur, dit-il, avant de s'adresser à Scholes : Pourquoi tu le laisses piétiner une scène de crime avec ses gros sabots ?

— Une quoi ?

— Son pote dit que Carter ne se serait jamais donné la mort. Ils en avaient discuté tous les deux, de ce qu'ils feraient si jamais ils avaient le cancer ou autre. Carter lui a répondu qu'il se raccrocherait à la vie bec et ongles, jusqu'au bout.

— Quelque chose a dû le faire changer d'avis, supposa Scholes.

— Et ce n'est pas tout ; son pote dit aussi qu'il aurait été au courant, si jamais Carter avait possédé une arme à feu. C'était un autre sujet de conversation entre eux : comment abattre les mouettes à cause de leur boucan.

Michaelson se tourna vers le panier.

— Qu'est-ce qu'on fait du chien ?

— Tu le veux ? lui demanda Scholes. Est-ce qu'on connaît au moins son nom ?

— Jimmy Nicholl, dit Fox. Il s'appelle Jimmy Nicholl.

Le chien dressa les oreilles.

— Jimmy Nicholl, répéta Scholes en croisant les bras. Ton propriétaire aurait pu faire les choses mieux et t'emmener avec lui, hein, Jimmy ?

Puis, à l'intention de Michaelson :

— On lève le camp ?

Fox était en plein dilemme, ne sachant s'il devait rester ou sortir, mais Scholes ne risquait pas de lui laisser le choix :

— Allez, ouste. Dehors, du vent, dit-il.

— Et le chien ?

— Z'en voulez ?

— Non, mais…

— Alors laissez ça aux professionnels.

Ils furent accueillis à leur sortie par des lumières bleues clignotantes : une autre voiture de patrouille, suivie d'une camionnette.

— C'est à vous, cria Scholes à l'intention du premier conducteur.

Mais il y avait désormais trop de véhicules pour un espace aussi étriqué, ils allaient devoir manœuvrer. Quelqu'un eut l'idée d'ouvrir la barrière donnant sur le champ voisin. Quelques marches arrière, trois quarts de tour sur place et ils partirent, Scholes et Michaelson veillant à ce que la Volvo de Fox ouvre la marche. En arrivant près de la grand-route, le même agent en uniforme défit le cordon pour leur laisser le passage. À côté de sa voiture était garé un scooter blanc, avec Brian Jamieson assis à califourchon, un pied sur la chaussée pour l'équilibre, toujours en pleine conversation téléphonique. Il s'interrompit en reconnaissant la Volvo. Fox ne quitta pas la route des yeux, suivi par Scholes et Michaelson qui lui filèrent le train sur deux ou trois kilomètres, histoire de s'assurer qu'il regagnait bien ses pénates.

QUATRE

11

— Tu portes vraiment la poisse !

— Scholes m'a dit exactement la même chose, répondit Fox avec un regard méchant à Tony Kaye.

C'était le lendemain matin, et ils étaient de retour à Kirkcaldy. D'un commun accord, ils avaient décidé de ne plus utiliser le placard et réquisitionné la salle d'interrogatoire.

Lorsque Fox en avait informé le sergent de permanence, en lui précisant qu'il leur faudrait la salle pour la journée, ce dernier s'était contenté d'un hochement de tête sans protester, avant de replonger dans ses paperasses.

Fox en avait été surpris et s'était posé des questions : alors, pas le plus petit commentaire de jubilation malveillante à propos de Teresa Collins ? Terminé, tout ça ?

— Non, avait-il lâché à haute voix une fois de retour dans la salle. *L'homme est en deuil...*

— Non ? avait répété Naysmith en écho, en débarquant avec une chaise supplémentaire, récupérée dans le placard.

— Aucune importance, avait répondu Fox.

Kaye était sorti et leur avait rapporté de grands gobelets de café. Fox lui avait téléphoné la veille pour le prévenir de la mort d'Alan Carter.

— Une simple coïncidence ? lui avait aussitôt demandé Kaye, mettant le doigt sur le cœur du problème.

— Je ne vois pas comment il pourrait en être autrement, disait maintenant Naysmith en ouvrant l'opercule de son gobelet pour y ajouter deux dosettes de lait.

— Je ne sais pas, rétorqua Fox. Hier soir, Scholes a parlé de culpabilité. Peut-être que Carter a eu vent de la libération de son neveu et s'est dit qu'il risquait de faire appel de son jugement.

— Ce qui aurait suffi selon toi pour qu'il se colle un pistolet sur la tempe ? lui lança Kaye, incrédule.

— Un revolver, corrigea Fox.

— Ça ne peut pas être aussi simple, Malcolm. Il y a autre chose là-dessous.

— Ou derrière, ajouta Naysmith.

— Naturellement, tu n'as pas enregistré l'entretien que vous avez eu tous les deux, j'imagine ? demanda Kaye à Fox.

— Ça n'avait rien d'un interrogatoire officiel…, mais la réponse est non.

— Tu crois qu'on a maintenant des chances de pouvoir respirer un peu ? Le suicide de Carter risque de les occuper un moment, alors on peut espérer que Teresa Collins cessera de faire les gros titres.

— Qui sait.

— Personne d'en haut ne t'a rien dit ?

— Non, répondit Fox en secouant la tête. Pour autant que je sache, nous sommes toujours sur l'affaire.

— En l'état, donc, telle qu'elle se présentait à notre arrivée.

Fox le lui concéda en haussant les épaules.

— Alors, qu'est-ce qu'on va faire aujourd'hui ? demanda Naysmith.

— Bonne question, répondit Kaye en se grattant la tête. Foxy ?

— Il y a deux autres victimes que nous pourrions interroger, proposa celui-ci sans paraître très emballé.

— Tu veux parler des deux soûlardes, j'imagine ? demanda Kaye, apparemment plus enthousiaste. Ça se défend.

— Et la surveillance, alors ? intervint Naysmith.

— Possible qu'elle soit en place et déjà opérationnelle, reconnut Fox.

— Sinon, on reste ici et on passe la journée à se faire suer comme des rats morts, proposa à son tour Kaye. Je dois avoir un jeu de cartes quelque part dans la voiture…

— Il nous reste des tas de questions à poser à l'inspecteur Scholes, leur rappela Naysmith. On venait à peine de commencer quand il nous a fait faux bond.

— C'est vrai, reconnut Fox qui finissait son café en essayant tant bien que mal de trouver un goût à la dernière gorgée.

— Et il faudra aussi repasser l'inspecteur-chef Laird à la question, ajouta Kaye. Même s'il nous donne que dalle.

— Ça ne me plaît pas de mettre ça sur le tapis, intervint Naysmith, mais nous n'en avons pas encore terminé non plus avec Teresa Collins…

— Laisse-la en dehors de ça pour le moment, le prévint Fox.

— Scholes, alors, c'est d'accord ? dit Kaye en faisant mine de se remettre debout. Tu veux que j'aille le chercher ?

— Finis ton café, Tony. C'est moi qui y vais.

Manque de chance, il gagnait les escaliers quand il vit la silhouette reconnaissable entre toutes de Ray Scholes qui se dirigeait dans la direction opposée. Il marchait à côté d'un individu âgé un peu voûté, une main passée délicatement autour de ses épaules, et tous deux avançaient vers la réception. Il ne l'accompagna pas jusqu'à la sortie, se contentant de lui indiquer la bonne direction avant de retourner à son bureau. Apercevant Fox, il ralentit le pas et releva le menton d'un air de défi.

— Je n'arrête pas de me répéter que vous allez me porter la poisse, dit-il.

— C'est bien possible. Nous avons besoin de vous en salle d'interrogatoire.

— Pas maintenant, répondit Scholes en secouant la tête. Il se pourrait qu'il y ait du nouveau concernant Alan Carter.

— Quel genre ? ne put s'empêcher de demander Fox.

— Ce n'est pas votre problème.

Sur ces mots, il se dirigea vers les escaliers et Fox le suivit un instant des yeux avant de revenir vers la réception. Le visiteur n'était pas encore parti. Il s'entretenait avec le sergent, et les deux hommes échangeaient une poignée de main. Lorsqu'il ouvrit la porte pour sortir, Fox le suivit.

— Où vous allez ? aboya le sergent, mais Fox l'ignora.

Le vieil homme était planté au bas des marches, l'air un peu égaré.

— Je vous ramène à Kinghorn ? lui demanda Fox. Je peux, si vous le désirez. Ma voiture est là-bas.

Le vieux le détailla. Myope, mais pas de lunettes. Le peu de cheveux qui lui restaient étaient d'un noir de jais. Certainement teints, se dit Fox. Des yeux petits enfoncés dans leurs orbites, la bouche resserrée aux lèvres pincées, comme s'il avait oublié de mettre son dentier.

— Marcher ne me gêne pas, finit-il par dire après un examen attentif. Est-ce que je vous connais ?

— Je m'appelle Fox. Désolé, je ne connais pas le vôtre.

— Teddy Fraser.

— C'est vous qui avez découvert le corps d'Alan Carter ?

Fraser acquiesça avec solennité, et Fox remarqua qu'il avait mis une mince cravate noire sur sa chemise élimée. Lui aussi portait le deuil.

— Une chose abominable, vraiment abominable, marmonna-t-il pour lui-même.

— Vous êtes venu voir l'inspecteur Scholes ?

— Oui.

— Je n'ai rencontré M. Carter qu'une seule fois, mais j'ai bien apprécié sa compagnie.

— Il était difficile de le détester.

— Comment êtes-vous venu jusqu'ici ce matin ? À pied ?

— J'aime bien marcher. Ce n'est pas si loin.

— Mais ça circule beaucoup sur la route.

— Je connais quelques raccourcis.

— Ç'a dû vous faire un choc de découvrir M. Carter dans cet état…

— Un choc ? dit Fraser avec un petit rire sans joie. On pourrait appeler ça comme ça.

— Ce que je veux dire, c'est… Je ne le connaissais pas vraiment, vous comprenez, mais il m'a semblé plutôt du genre solide.

Fraser acquiesça une nouvelle fois.

— Il n'y avait rien qui clochait chez lui. L'inspecteur m'a expliqué qu'on vérifiait son état de santé, au cas où le docteur lui aurait annoncé une mauvaise nouvelle. Mais à moi, il me l'aurait dit, pas vrai ? Il n'y avait pas de secrets entre nous.

— Il y a longtemps que vous vous connaissiez ?

— Nous étions à l'école ensemble – deux ans de différence, mais lui et moi, on était dans la même équipe.

Fox ne se sentait pas vraiment de lui dire qu'il paraissait pourtant plus âgé. S'il était l'aîné de Carter de deux ans, il ne devait pas avoir plus de soixante-quatre ans.

— L'équipe de foot, je présume ? préféra-t-il demander.

— Champions du comté de Fife deux années de suite, répondit Fraser avec un tel sentiment de fierté que Fox se demanda si, depuis, sa vie était jamais parvenue à lui offrir une satisfaction aussi absolue.

— À quel poste jouait Carter ?

— Avant-centre ; un vrai renard des surfaces. Vingt-neuf buts en une saison. Un record pour l'école. Si par malheur le pasteur oublie d'en parler au cours du service d'enterrement, vous pouvez compter sur moi pour que je me lève et que je rafraîchisse la mémoire à toutes les personnes présentes.

Fox sourit.

— Qu'est-ce que voulait l'inspecteur Scholes ?

— Il m'a posé des tas de questions sur le revolver et tout ça. Dans quelle position se trouvait Alan quand je l'ai trouvé. Est-ce que je l'avais bougé.

— Vous l'avez effectivement bougé ?

— J'ai décroché le téléphone et appelé le 999, les urgences.

— Mais M. Carter n'était pas mort, n'est-ce pas ?

— C'était tout comme.

— Vous avez essayé de le ranimer ?

— Il respirait encore. Sauf qu'il avait perdu connaissance. Mais une arme à feu ? Alan n'en a jamais possédé. Et la porte était ouverte, ajouta Fraser en secouant la tête avec force. Alors qu'il la verrouillait toujours, même s'il savait que je devais venir. S'il m'entendait arriver, il sortait sur le seuil et m'attendait, sinon, j'étais obligé de frapper, et Jimmy Nicholl se mettait à aboyer.

— La porte n'était donc pas verrouillée ?

— Pas d'aboiements quand j'ai ouvert. J'ai pensé qu'ils étaient partis se promener tous les deux, lui et le chien, sauf que la pauvre bête ne pouvait faire que quelques pas avant que ses pattes la lâchent. Et donc, je m'attendais à tomber sur une porte fermée à double tour.

Il parut se souvenir d'un autre détail.

— En fait, elle n'était même pas fermée correctement. C'est vrai…, quand j'ai frappé, elle s'est entrouverte.

— Je suppose que s'il avait vraiment eu l'intention de mettre fin à ses jours, dit Fox en se faisant l'avocat du diable, il aurait laissé sa porte ouverte pour qu'on puisse le retrouver.

Fraser réfléchit à cette hypothèse avant de la rejeter avec un petit ricanement de dérision.

— Vous savez que c'est moi qui m'occupe de Jimmy Nicholl ? C'est le moins que je puisse faire. Alan aimait beaucoup cet animal ; et vous voudriez me faire croire qu'il n'aurait pas conduit Jimmy chez le véto avant de se faire sauter la cervelle ?

Son visage tout entier se changea en grimace.

— Puis-je vous demander autre chose, monsieur Fraser ?

— Je m'appelle Teddy, fiston. Tout le monde m'appelle Teddy.

— Je me posais simplement des questions sur l'objet de ses recherches – toute cette masse de papiers qu'il avait sur sa table.

— De l'histoire ancienne.

— 1985, ce n'est pas si vieux que ça.

— Mais si, pour certaines personnes. Et je m'en vais vous le prouver ici même.

Fraser s'interrompit et, se préparant à juger de la réaction de Fox, serra les mains et prononça un nom.

— Voilà ce que j'appelle une colle, reconnut Fox au bout d'un moment. Qui est donc Francis Vernal ?

— Vous feriez bien d'aller vérifier par vous-même.

— Pourquoi Carter s'intéressait-il tant à lui ?

— Je ne suis pas sûr que ce soit vraiment ça – au début, en tout cas.

— Je ne vous suis pas.

— Alan était simple flic à l'époque, et c'est pour cette raison qu'on lui a confié ce boulot.

— Quelqu'un le payait pour faire des recherches sur des événements remontant à 1985 ? Pour quel motif ? Une enquête à laquelle il avait participé ?

Fraser lui poignarda la poitrine d'un doigt osseux et en rythma sa réponse en détachant lentement les mots :

— Feriez-bien-d'aller-vérifier-par-vous-même.

Et sur ces belles paroles, il lui offrit une petite courbette, tourna les talons et s'en fut d'un pas bien plus vif que ne l'aurait imaginé Fox, dont la poitrine restait douloureuse aux endroits où le vieil homme l'avait touché.

À son retour au poste, le sergent l'attendait.

— Venez un peu ici, vous, lui dit-il depuis son bureau.

Fox s'exécuta.

— Vous ne lui avez pas cherché de poux dans la tête, au vieux Teddy, j'espère ?

— Il sait se défendre et ne m'a pas fait de cadeaux. Je ne me trompe pas si je dis que vous le connaissez ?

— Depuis le déluge.

— Et vous connaissiez également Alan Carter ?

— J'ai servi avec lui, répondit le sergent en gonflant la poitrine. Un flic de la vieille école…

— J'ai eu le même sentiment la seule fois où nous nous sommes rencontrés. Je suis désolé.

Il vit tressauter les muscles du visage du sergent.

— Je ne connais même pas votre nom, s'excusa Fox une nouvelle fois, pour faire bonne mesure.

— Robinson. Alec Robinson.

Fox tendit la main et après une brève hésitation, Robinson la serra.

— Enchanté de faire votre connaissance, dit-il, un sourire sur ses lèvres.

— Désolé si vous avez pu penser que je vous en faisais baver, dit-il. Vous savez comment c'est…

— J'ai connu bien pire, vous pouvez me croire, répondit Fox. Mais puis-je vous demander si vous avez beaucoup vu Alan Carter au cours de ces dernières années ?

— Pas vraiment. Peut-être au football ou à des réunions…

— Mais il n'était pas du genre à ne rien faire, il aimait s'occuper, non ?

— Sa société, il l'a bâtie de ses mains, et à partir de rien, en plus, répondit Robinson.

Il paraissait si impressionné que Fox hocha la tête pour confirmer qu'il ne se trompait pas.

— Le jour où je l'ai vu, il était en plein travail, dit-il.

— Ah bon ?

— Un sacré boulot, ce qu'il faisait sur Francis Vernal.

Le visage de Robinson se figea.

— Vous voudriez bien éclairer ma lanterne ?

— Ce n'est pas à moi qu'il faut demander ça, finit par avouer Robinson.

— À qui alors ?

— Par les temps qui courent ? Probablement personne, répondit le sergent après mûre réflexion.

*

De retour en salle d'interrogatoire, Fox s'adressa à Naysmith.

— J'ai besoin que tu fasses quelque chose pour moi. Tu as un ordinateur portable avec toi ?

— Non.

— Il doit bien y avoir un ordi libre dans le coin, non ?

— Qu'est-ce que tu veux ?

— Une recherche Internet.

— Je peux faire ça avec mon téléphone.

— Mais tu pourras aussi imprimer ?

Voyant son jeune collègue secouer la tête, il lui dit qu'il fallait absolument un ordinateur.

— Et je dois chercher quoi ?

— Francis Vernal.

— Tu veux parler de l'avocat ? demanda Tony Kaye. Il a trouvé la mort dans un accident de voiture dans les années 1980.

— Continue, dit Fox en se tournant vers lui.

Kaye haussa les épaules.

— J'étais encore gamin… Maintenant que j'y repense, il ne se serait pas tiré une balle dans la tête ?

— Avant ou après avoir fracassé la voiture ?

Nouveau haussement d'épaules de Kaye, et Fox concentra alors toute son attention sur Naysmith, lequel comprit le message et se dépêcha de sortir de la pièce.

— De quoi s'agit-il ? demanda Kaye tandis que la porte se refermait.

— Un truc sur lequel Carter travaillait.

— Et qu'est-ce que ça a à voir avec nous ?

— Peut-être rien.

— Peut-être rien ? Et moi qui croyais que tu allais nous ramener Ray Scholes… Joe a déjà tout préparé, la caméra et le reste.

Fox, qui ne les avait pas encore remarqués, aperçut le trépied et l'enregistreur audio posé sur la table, flanqué de ses deux microphones.

— Il dit qu'il est très occupé.

— Hourra pour lui. Ne nous reste donc plus qu'à prendre congé et à nous mettre en vacances jusqu'à ce que monsieur daigne nous faire l'honneur de sa présence.

— Les deux femmes, dit Fox. Pourquoi tu n'irais pas t'entretenir avec elles ?

— Tu essaies de te débarrasser de moi, c'est ça ?

— Et moi qui croyais que tu en mourais d'envie…

— Je me dis que ce sera toujours mieux que de rester assis ici, à suivre les rouages de ton cerveau tourner à plein régime.

— Eh bien, dans ce cas…

— Mais d'abord, il faut que tu me mettes au parfum : qu'est-ce qui se passe ?

— Mais rien du tout. Un type est mort, il me plaisait bien, et son salon ressemblait à un mausolée édifié à la mémoire d'un dénommé Francis Vernal.

— Et tu veux en connaître la raison.

— Oui, je tiens à en connaître la raison. Absolument. Ça te va comme ça ? conclut Fox après un silence, le regard rivé à celui de son collègue et ami.

— Moi, tout me va si ça me simplifie la vie, répondit Kaye en se levant de sa chaise pour enfiler son veston. Est-ce que j'emmène Junior ?

— Si tu as besoin de lui.

— Il n'a pas un petit boulot à faire pour toi qui le tient occupé ?

— Ça peut attendre.

— Et pendant que nous serons dehors à arpenter les rues, tu as l'intention de faire quoi exactement ?

— Voir où en est la surveillance, informer McEwan du suicide, essayer de mettre la main sur Ray Scholes. Rassure-toi, je ne risque pas de me tourner les pouces.

— Okay, fit Kaye en hochant lentement la tête. Mais tu vas nous manquer, tu sais. Bon Dieu, il se pourrait même qu'on aille jusqu'à t'envoyer une carte postale !

12

Fox n'y était pour rien si Evelyn Mills ne répondait pas au téléphone, pas plus que Bob McEwan, d'ailleurs ; et quant à Ray Scholes, il s'était fait la malle. Il se retrouva donc à la réception du poste de police à étudier de plus près une affichette au mur. Une pub pour une compagnie de taxis locale. Cinq minutes plus tard, il avait pris place côté passager dans une Hyundai blanche un peu bosselée dont le chauffeur, apparemment très désireux d'en savoir plus sur le suicide, essaya de lui tirer les vers du nez. En vain : il ne lui lâcha pas un mot. Le cordon de police avait été enlevé et rien ne semblait bouger aux abords du cottage. Le chauffeur lui demanda s'il devait l'attendre.

— Bonne idée.

L'homme coupa le moteur et fit mine de sortir à son tour du véhicule, mais Fox l'arrêta aussitôt.

— Y a rien à voir, dit-il fermement.

Le chauffeur du taxi alluma alors son autoradio et Fox gagna la bâtisse au son d'une musique de R&B.

La porte d'entrée était fermée à clé.

Il fit le tour de la maison mais n'en trouva pas d'autre sur l'arrière. Il scruta l'intérieur du salon par la fenêtre dont deux vitres étaient mouchetées d'éclaboussures de sang. Frôlant au passage une petite plante en pot posée en équilibre instable sur le rebord, il la souleva et découvrit dessous une clé. Un double peut-être, ou alors la clé d'origine laissée là par la police. Il déverrouilla la porte et entra.

Le panier de Jimmy Nicholl avait disparu du salon, et Fox songea qu'il aurait dû demander à Teddy Fraser comment allait le chien, tant il était fréquent que les animaux de compagnie décèdent eux aussi peu après la disparition de leur maître. La pièce sentait la fumée de bois, des restes de bûche calcinée occupaient l'âtre, et une fine couche de cendres couvrait le manteau de la cheminée. Fox commença à feuilleter les papiers étalés sur la table. Les coupures de journaux avaient effectivement bien trait à la carrière et à la mort de Francis Vernal. Un long article était intitulé « Les conflits intimes de l'activiste patriote », et Fox eut le sentiment que les médias de l'époque étaient vite passés du panégyrique obligé d'après funérailles à un sujet plus croustillant : la vie privée du disparu. En témoignaient une photo un peu floue de sa séduisante épouse et la mention du style de vie de l'avocat Vernal, « grand buveur et grand amateur de femmes ». Plusieurs journaux avaient repris la même photo, où on le voyait haranguer la foule lors d'un meeting du Scottish National Party, le Parti national écossais, devant une usine dont la fermeture était imminente. On le voyait dans le feu de l'action, véhément, bouche ouverte et poing serré. Fox jeta un coup d'œil par la fenêtre pour vérifier que le chauffeur de taxi était toujours dans la voiture. Le bonhomme sifflotait en lisant le journal.

Francis Vernal avait trouvé la mort un dimanche soir, le 28 avril 1985, le jour même où Dennis Taylor affrontait Steve Davis lors du championnat du monde de snooker. C'est le conducteur d'une camionnette qui avait repéré sa voiture. Elle avait quitté la route près d'Anstruther. Une Volvo 244. Elle devait rouler très vite. Vernal avait été trouvé mort au volant, et son corps emporté au Victoria Hospital, où il avait été établi qu'il était décédé d'une balle sur le côté du crâne. Gros buveur et gros fumeur, il était sujet à des accès dépressifs. Ses bien-aimés nationalistes ayant apparemment atteint leurs limites dans les sondages, son rêve d'une République écossaise socialiste et indépendante semblait condamné à ne jamais se réaliser de son vivant. Fox feuilleta la masse de coupures. Certains passages étaient soulignés, et les notes manuscrites d'Alan Carter quasiment illisibles. Sans compter qu'il y en avait des tonnes. Aucun signe d'ordinateur de bureau ni de portable, ce qui signifiait que rien n'avait été tapé. Fox se demandait qui avait bien pu lui proposer cette enquête, et dans quelle intention. Brusquement, une photo attira son regard. Encore un meeting politique, mais remontant plus loin dans le temps : Vernal n'avait pas trente ans, il était plus mince de torse et de ventre, mais il haranguait déjà la foule bouche ouverte et poing serré. Un autre jeune homme se tenait à côté de lui, et Fox resta abasourdi de le reconnaître : c'était Chris – Chris, le cousin de son père –, avec les mêmes traits et la même allure que sur l'instantané où il portait Jude sur ses épaules. Fox sortit le cliché du lot et l'étudia de près. Découpé dans le *Fife Free Press*, il ne portait pas de date, uniquement une légende de quelques lignes : un pique-nique du SNP sur le terrain de golf de Burntisland : « Le célèbre avocat d'Édimbourg Francis Vernal à la tribune pour le discours de l'après-midi. » Avec Chris debout à côté de lui, riant et menant la claque…

Fox arpenta la pièce plusieurs fois, la photo toujours à la main, avant de la plier et de la glisser dans sa poche, en regardant alentour comme s'il craignait qu'on ait remarqué son geste. Derrière la porte, sur une commode, était posé un téléphone et il s'en approcha. Un répertoire d'adresses s'y trouvait. Il s'en saisit et constata qu'il était resté ouvert à la page des C, avec, en tête de liste, Paul Carter, suivi de ses numéros de fixe et de portable. Il le feuilleta sans trop savoir ce qu'il espérait trouver. Quelques cartes professionnelles s'en échappèrent, et il dut se baisser pour les ramasser par terre. Un restaurant indien, un garage. Mais la troisième portait le nom d'un certain Charles Mangold, associé fondateur d'un cabinet d'avocats appelé Mangold Bain, avec une adresse à New Town, Édimbourg. Fox nota les coordonnées dans son calepin, avant de tapoter son stylo à côté du téléphone, en fixant de nouveau la page des C. Trois noms au total, dont l'un était barré d'un trait ferme et épais, signifiant probablement que l'individu en question ne faisait plus partie de la vie d'Alan Carter ou qu'il était décédé. Restaient deux noms.

Dont celui de Paul Carter…

Fox décrocha le combiné et appela le 1471. La voix informatisée l'informa que le dernier numéro à avoir appelé était celui du portable de Paul Carter. Et que l'appel datait de la veille au soir, à peine une heure avant la découverte du corps d'Alan Carter. Il reposa l'appareil et ouvrit tous les tiroirs de la commode. Propres et bien rangés : le policier à la retraite y conservait ses relevés bancaires et ses diverses factures, eau, gaz et électricité. Ainsi que des factures de téléphone détaillant ses appels et prouvant à l'évidence que l'oncle n'avait pas passé le moindre coup de fil à son neveu au cours des six derniers mois. Leurs relations étaient distantes – n'est-ce pas ce qu'Alan Carter avait en personne déclaré ? Mais Paul, peu de temps après sa remise en liberté, avait éprouvé le besoin d'appeler son oncle, et Fox se demanda pourquoi. Il inspecta une nouvelle fois la pièce. Quelle était la raison d'un tel foutoir ? Était-ce Alan Carter qui avait piqué une colère pour une raison ou pour une autre, avant de disperser par terre les papiers qui se trouvaient sur la table ? Ou était-ce un autre que lui ?

Fox tressaillit en entendant qu'on frappait au carreau. Le chauffeur de taxi. Fox lui adressa un signe de tête pour lui signifier qu'il arrivait, mais le type s'attarda un moment et ne perdit pas une miette du bazar. Fox reposa le répertoire et sortit, après s'être assuré qu'il laissait bien la pièce dans l'état où il l'avait trouvée – à l'exception de la photo discrètement empruntée.

Le chauffeur de taxi s'excusa.

— C'est pas vraiment mon problème, mais le compteur en est déjà à trente livres…

— Ne vous inquiétez pas, lui répondit Fox en verrouillant la porte d'entrée avant de glisser la clé sous le pot de fleurs.

— Retour à la case départ ? demanda le taxi.

— Retour à la case départ, lui confirma Fox en se glissant sur le siège passager.

*

Les appels entrants et sortants du téléphone fixe de Ray Scholes étaient désormais répertoriés et enregistrés, apprit-il par un texto d'Evelyn Mills. Le fournisseur d'accès de son téléphone portable avait été contacté, et ils disposeraient bientôt des coordonnées des appels passés et reçus – sans avoir cependant accès aux appels proprement dits, s'ils n'en faisaient pas la demande expresse, impliquant une dépense supplémentaire en argent et en heures du personnel.

Fox avait réussi à joindre Bob McEwan pour l'informer qu'Alan Carter était décédé. Son patron lui avait paru distrait – entre deux réunions budgétaires – et l'avait remercié pour sa « contribution », un mot qu'il avait très certainement dû piquer au passage lors de sa toute dernière réunion.

Fox avait dit à Kaye qu'il allait essayer de mettre la main sur Scholes, mais il changea d'avis comme de destination en se rendant dans le bureau de Pitkethly.

— Qu'est-ce qu'il y a encore ? lui demanda-t-elle en ôtant ses lunettes pour se frotter les yeux.

— C'est un peu gênant, commença Fox.

Le mot suscita immédiatement l'intérêt de son interlocutrice, laquelle remit ses lunettes pour ne pas en perdre une miette. Elle l'invita d'un geste à s'asseoir. Il s'exécuta, l'air embarrassé, frottant ses mains sur ses genoux.

— Alors ? dit-elle pour l'inciter à s'expliquer, les coudes sur la table, les paumes jointes.

— L'oncle de Paul Carter est censé s'être suicidé.

— Je suis au courant.

— Un suicide qui s'est produit peu de temps après qu'il a reçu un coup de fil de son neveu…

Elle réfléchit un instant.

— Oui, et alors ?

— Leurs relations étaient plutôt distantes, insista Fox. Ce serait peut-être une bonne chose de savoir pour quelle raison Paul l'a appelé.

Elle s'appuya au dossier de son fauteuil.

— Pourquoi donc ? Quelle différence cela ferait-il ?

— Peut-être aucune, concéda-t-il.

— Et d'abord, comment pouvez-vous être vous au courant de ce coup de fil ?

— J'ai fait le 1471.

— Depuis le domicile du décédé ? Mais bon Dieu, qu'est-ce qui vous faisiez là-bas ?

N'ayant pas vraiment de réponse à lui offrir, Fox resta muet.

— Cela dépasse de très loin vos prérogatives.

On frappa à la porte et le sergent Michaelson passa la tête bouche ouverte, prêt à dire quelque chose, mais il se reprit vite en constatant que Pitkethly avait de la compagnie.

— Je repasserai, dit-il.

— De quoi s'agit-il, Gary ?

Michaelson parut peser le pour et le contre, mais il était si excité qu'il cracha le morceau.

— Il faut que je vous dise, Alan Carter ne peut pas être mort, ma'am.

— Quoi ? fit Pitkethly en se tournant vers lui.

— Il ne peut pas être mort.

— Et pourquoi donc ? demanda alors Fox, devançant la commissaire.

— Parce que le revolver qu'il a utilisé n'existe pas. Il n'existe plus depuis une vingtaine d'années.

— Ce que vous dites n'a ni queue ni tête.

Michaelson sortit une feuille de papier dont Fox fut incapable de reconnaître l'origine, fax ou tirage de mail. L'inspecteur s'approcha du bureau et la tendit à sa chef, qui prit son temps pour la lire en détail avant de relever les yeux sur Fox.

— Nous terminerons cette petite conversation un peu plus tard, lui dit-elle en se levant.

Michaelson l'accompagna quand elle quitta la pièce, Fox leur emboîtant le pas jusqu'à ce qu'elle l'arrête.

— Pas de votre ressort, se contenta-t-elle de lui lancer avant de rejoindre les bureaux de la Criminelle.

Michaelson tourna la tête et, par-dessus son épaule, offrit à Fox un grand sourire aussi satisfait que glacé.

Fox fit la moue et les regarda s'éloigner. Puis il eut une idée.

Il fallut un moment avant que Robinson réponde au coup de sonnette de la réception. Fox pouvait deviner pourquoi.

— Vous avez entendu ? lui demanda le sergent.

— Des bribes, répondit Fox. Je suis surpris que cela ait pris aussi peu de temps.

Robinson hocha la tête, il était d'accord.

— Il n'y a pas beaucoup d'armes à feu dans le Fife, expliqua-t-il. Le registre a été informatisé l'année dernière. Je ne comprends pas bien pourquoi ils sont remontés si loin dans le temps, mais toujours est-il que c'est ce qui a été fait.

— Une vingtaine d'années en arrière, je dirais…, supposa Fox pour l'inciter à poursuivre, ne sachant pas bien ce qu'il devait comprendre.

— Comme j'ai dit, nous ne récupérons pas beaucoup d'armes à feu dans les rues.

— Non, mais quand ça se produit…, relança Fox, toujours incertain du terrain sur lequel il s'avançait.

— Démontées et fondues, c'est comme ça que ça se faisait dans le temps. Une ou deux opérations dans l'année, une fois que le nombre était suffisant pour que ça en vaille la peine.

Ce fut au tour de Fox de hocher la tête.

— Et ce revolver est enregistré comme ayant été détruit ?

— Je croyais que vous le saviez, lui dit Robinson en le fixant avec attention.

— Oui, mais je ne sais pas tout, expliqua Fox en croisant les bras. Alors comment se fait-il qu'il réapparaisse soudain dans le cottage d'Alan Carter ? Est-ce qu'il aurait pu le piquer en douce ?

Robinson haussa les épaules.

— Je suis pas sûr qu'il ait jamais participé à ce genre d'opérations. Et de toute façon, ce n'est pas ici qu'on stockait les armes, mais à Glenrothes, il me semble.

Fox souffla bruyamment.

— C'est un mystère, dit-il.

— C'est exactement ça, confirma Robinson, avant de regarder Fox droit dans les yeux et d'ajouter : Ne me dites pas que nous allons avoir droit à une nouvelle enquête. Manquerait plus que ça, bon Dieu…

13

— Des filles vraiment sympa, dit Tony Kaye.

— Très, confirma Joe Naysmith.

Ils étaient tous trois de retour dans la salle d'interrogatoire, assis autour de la table devant des gobelets géants de thé.

— Elles sont coiffeuses.

— Sauf que Billie est styliste senior, alors que Bekkah n'en est pas encore là.

— Heureusement, le salon était calme. Nous avons réussi à voler vingt minutes de tranquillité parfaite, sans être dérangés, dans la cabine de bronzage. Mais ne te fais pas de souci, l'appareil n'était pas branché.

— Sauf qu'à voir Bekkah, on dirait qu'elle y a déjà passé du temps.

— Et en plus, jolie silhouette, si ce que je dis n'est pas trop sexiste.

Fox pouvait constater que ses deux collègues avaient beaucoup apprécié l'entretien.

— Elle aimerait se lancer et devenir mannequin, précisa encore Naysmith.

— Venez-en au fait, maugréa Fox.

— Eh bien…, commença Naysmith, mais Tony Kaye lui vola la vedette.

— Virée nocturne après le boulot, commencée avec toute l'équipe du salon. Il y a eu quelques pertes en chemin. Restaurant chinois, puis tournée des pubs et, enfin, boîte. Il est minuit passé, et elles se disent qu'il est l'heure de se rentrer. Bekkah connaît un raccourci, et elles s'engagent dans une petite rue. Une voiture s'arrête. C'est Paul Carter. Il s'identifie et dit qu'il les embarque. Exhibition sur la voie publique ou quelque chose de ce genre. Billie lui demande alors s'il ne serait pas plus simple qu'il les dépose chez elles. Il répond peut-être, mais pour ça, il faudrait qu'elle accepte de passer un petit moment sur la banquette arrière. Il tend la main pour lui toucher le bas-ventre. Elle le repousse, et, à ce moment-là, il demande à Bekkah si elle a envie de passer la nuit en cellule. Même topo, même marché. Elles lui répondent qu'il peut aller se faire voir, alors il retourne à son véhicule et appelle le poste. Une voiture de patrouille arrive, et on les colle toutes les deux en cellule de dégrisement. Moment que choisit Carter pour brusquement réapparaître et renouveler sa proposition : abandon de toutes les charges qui pèsent contre elles, mais sous condition. Il leur fait une fleur, mais ce sera un échange de bons procédés, il va falloir qu'elles « se montrent très gentilles ». Hors de question.

— Billie lui a répondu que son petit ami était videur, réussit à placer Naysmith.

— Comme si c'était le genre de choses qui risquait d'arrêter Carter.

Fox se frotta le menton.

— L'oncle de Carter dirigeait une agence de sécurité, dit-il.

— Et alors ?

— Je me posais juste la question, c'est tout, répondit Fox avec un haussement d'épaules.

— On peut toujours retourner voir les deux filles et leur demander, dit Kaye en se tournant vers Naysmith, lequel ne parut pas vraiment opposé à la proposition. De toute façon, ça se termine là, il n'y a rien d'autre. Elles ont été libérées le lendemain matin sans être inculpées.

— Mais elles n'ont pas porté plainte ?

— Non, pas avant d'avoir appris par les journaux l'existence de Teresa Collins et ce qui lui était arrivé.

Kaye s'interrompit.

— À propos, comment va-t-elle ? Tu as des nouvelles ?

— Je ne suis pas allé vérifier. Il y a eu du nouveau ici…

Il les mit tous les deux au courant des derniers développements et put constater que Naysmith était de loin le plus intéressé, à poser question sur question et à lui demander de répéter certains détails pour que tout soit bien clair. Kaye en revanche tirait une tête de six pieds de long.

— Quoi ? finit par lui demander Fox.

— Je déteste prendre le parti de Pitkethly, mais son argument se défend : qu'est-ce que tout ça a à voir avec nous ?

— Paul Carter revient en ville, et, le lendemain, son oncle a passé l'arme à gauche ? Tu ne crois pas qu'il existe un lien entre les deux événements ?

— Qu'il y en ait un ou pas, nous sommes ici pour enquêter sur ces trois policiers, et il se trouve qu'aucun d'eux ne s'appelle Paul Carter. Nous faisons notre rapport sur ce que nous avons pu trouver et nous rentrons au bercail.

— Ainsi donc, le revolver, disait Joe Naysmith pour lui-même, était destiné à être détruit, mais de toute évidence, il ne l'a pas été. Ils doivent bien tenir un registre de tout ça…

Kaye tendit les bras en feignant de supplier son jeune collègue.

— Ce n'est pas notre enquête, dit-il en mettant délibérément l'accent sur chaque mot. Un point, c'est tout.

— Oui, mais il est possible qu'elle soit liée à la nôtre, lui répondit Fox. En fouinant un peu, on ne peut jamais prévoir ce qu'on va trouver…

— Est-ce qu'Alan Carter travaillait dans l'équipe chargée de récupérer les armes pour les détruire ? demanda Naysmith.

— Je suis sûr que la Crim est en train de s'y intéresser de près, dit Kaye. Parce que c'est le genre de choses que fait une unité de police criminelle. Nous, en revanche, on est les Plaintes.

La porte s'ouvrit. Fox, sur le point de protester, se ravisa en reconnaissant la commissaire Pitkethly.

— Vous, il faut que je vous parle, dit-elle en pointant le doigt sur lui, puis, s'adressant à Kaye et Naysmith : Avant sa mort, avez-vous vu Alan Carter ou lui auriez-vous parlé ?

— Pas plus avant sa mort qu'après, répondit Kaye en secouant la tête.

Il eut droit en retour à un regard peu amène.

— Donc vous êtes le seul, dit-elle à Fox. Mon bureau… À moins que vous ne préfériez que cela se passe ici.

Fox lui répondit qu'il préférait son bureau. Elle tourna les talons et il se leva pour la suivre.

À son arrivée, elle était déjà installée derrière sa table de travail. Elle lui dit de fermer la porte et le voyant sur le point de s'asseoir, lui commanda de rester debout. Tout le temps de son petit exposé, elle concentra son attention sur le stylo qu'elle tenait à la main.

— Il est bien possible que vous ayez été la dernière personne à voir Alan Carter vivant, inspecteur. Ce qui signifie que la Criminelle aimerait vous poser quelques questions.

— C'est difficilement concevable, dans la mesure où j'enquête moi-même sur trois de ses membres.

— C'est bien pour cela que je vous soumets le problème.

Petit temps de silence.

— À supposer toutefois que vous m'ayez, moi, lavée de tout soupçon.

Il ne répondit pas, l'obligeant à relever les yeux. Elle plissa les paupières un instant avant de reporter son attention sur le stylo.

— Pour quelle raison êtes-vous allé lui rendre visite ?

— C'est lui qui a déposé la première plainte contre Paul Carter.

— Cela n'établit pas pour autant un quelconque lien entre lui et Scholes, Haldane et Michaelson. À propos, Haldane se sent beaucoup plus mal depuis votre petite visite à domicile, et c'est à vous que je le dois. Merci beaucoup.

Une fois encore, Fox choisit de ne rien répondre.

— Alors, de quoi avez-vous discuté avec Alan Carter ? Comment vous a-t-il semblé ?

— Il m'a bien plu. Il allait droit au but et c'était un hôte accueillant.

— Il n'avait pas l'air préoccupé ?

— Je dirais que non, répondit Fox, puis il demanda après un silence : Il y a autre chose, ou je me trompe ?

— Une femme de la police scientifique qui doit être fan des *Experts*. C'est elle qui a retrouvé l'origine du revolver…

— Et ?

— Et elle se pose des questions à propos des empreintes.

— Les empreintes sur l'arme ?

— Ne vous excitez pas trop ; rien que deux anomalies.

Fox repensa à la scène de crime : Ray Scholes déjà sur les lieux ; des papiers par terre ; le revolver à moitié caché par une revue… Il se rappela Alan Carter se déplaçant dans le salon, faisant le thé, lui apportant son mug…

— Carter était droitier, déclara-t-il.

— Quoi ?

— Pourquoi l'arme se trouvait-elle sur sa gauche ? Sa tête était affalée sur la table, et le revolver était à sa gauche, pas à droite.

Elle le regarda fixement.

— Et ce n'est pas l'une des anomalies ? devina-t-il.

— Non, reconnut Pitkethly en prenant note.

— Alors c'est quoi ?

— Ce sont bien les empreintes de Carter sur l'arme – les siennes, celles de personne d'autre. Un beau gros pouce au beau milieu de la crosse.

Fox fit semblant de braquer un revolver et constata que son pouce était en haut de la crosse. Il essaya de le baisser, mais la prise devenait malaisée.

— Ainsi qu'une empreinte partielle à mi-chemin du canon, ajouta Pitkethly en balançant le stylo sur le sous-main pour croiser les bras.

— Pas d'autres empreintes nulle part ?

— Vous êtes sûr qu'il ne vous a pas donné l'impression d'avoir des problèmes ?

Fox fit non de la tête.

— Mais il faut dire qu'à ce moment-là il ne savait probablement pas que son neveu avait été remis en liberté.

— Ne mettons pas la charrue avant les bœufs, Malcolm.

Entendre Pitkethly l'appeler par son prénom lui fit l'effet d'une décharge électrique. Elle avait besoin de lui. Elle avait besoin de lui comme allié.

— Vous allez devoir ordonner qu'on appréhende Paul Carter et qu'on vous l'amène, dit-il calmement.

— Je ne peux pas faire une chose pareille.

Non, effectivement, pas dans son poste de police, pour être interrogé par ses propres amis.

— Mais c'est moi qui poserai les questions, si vous le voulez, lui proposa-t-il.

Elle secoua la tête. C'était non.

— Vous êtes les Plaintes. Là… là, il s'agit d'autre chose.

Quand il se tourna vers elle, il croisa son regard.

— Il n'existe aucune preuve que ce soit Paul Carter qui ait appuyé sur la détente, dit-elle d'une voix égale.

— Mais tout de même…

— Des anomalies, répéta-t-elle. Alan Carter dirigeait une société de sécurité. Possible qu'il se soit fait des ennemis.

— En plus de ça, il faisait des recherches sur une affaire déjà ancienne.

— Ah oui ?

— Il était entouré de dossiers quand il est mort… Scholes ne vous l'a pas dit ?

— Il a dit que la pièce ressemblait à une poubelle…

— Plutôt bien rangée, m'a-t-il semblé lors de ma première visite. Ensuite, on aurait dit que quelqu'un était passé fouiller partout. Scholes et Michaelson ont été les premiers sur les lieux. Michaelson a raccompagné Teddy Fraser en voiture jusqu'à son domicile, en laissant Scholes seul dans la maison…

Pitkethly ferma les yeux en se frottant les sourcils du pouce et du majeur. Fox s'assit en face d'elle, de l'autre côté de la table.

— La lune de miel est terminée, dit-il. Vous avez quelques décisions importantes à prendre. La première serait de téléphoner au QG. Si vous connaissez du monde là-bas, parlez-leur avant toute chose.

Elle acquiesça et rouvrit les paupières avant de prendre deux profondes inspirations et de décrocher son téléphone.

— Ce sera tout, inspecteur, lui dit-elle d'une voix ferme.

Mais en se levant de son siège, il vit sur ses lèvres un sourire fugace de remerciement.

14

Dans la voiture qui les ramenait à Édimbourg, Naysmith demanda à Fox s'il cherchait toujours des renseignements sur Francis Vernal.

— Je peux faire ça chez moi ce soir, proposa-t-il.

— Je te remercie, répondit Fox.

— Et au cas où tu penserais qu'on meurt d'ennui à Kirkcaldy…

Il sortit un tirage d'imprimante plié de sa poche et le lui tendit.

— Tiens, voilà ce que j'ai déjà découvert sur ce bel endroit.

Il s'agissait d'un article de journal sur un agent des services secrets yougoslaves envoyé à Kirkcaldy en 1988 pour assassiner un dissident croate. Si l'histoire avait de nouveau fait la une, alors que l'assassinat avait échoué et que le tueur croupissait en prison, c'était parce qu'il prétendait maintenant détenir des renseignements sur le meurtre du Premier ministre suédois Olaf Palme.

Fox lut l'article à haute voix à l'intention de Tony Kaye.

— Incroyable, fut le seul commentaire de ce dernier avant qu'il allume la radio.

— Encore Alex Harvey, gémit Naysmith.

— Le *sensationnel* Alex Harvey, le corrigea Tony, ses doigts battant la mesure sur le volant. Partie intégrante de ton éducation musicale, jeune Joseph.

— Les terroristes et les fêlés, hein ? commenta Naysmith. Apparemment, ils reviennent toujours. Impossible de s'en débarrasser, on dirait.

— On ne s'en débarrassera jamais, répondit Fox en lisant l'article une seconde fois.

Ils décidèrent d'aller prendre un verre au Minter's. Milieu d'après-midi, pub désert. Fox sortit et appela les bureaux de Mangold Bain.

— Je crains que le carnet de rendez-vous de M. Mangold ne soit rempli, s'entendit-il répondre.

— Je m'appelle Fox. Je suis inspecteur de police dans le Lothian and Borders. Si cela ne suffit pas pour qu'il m'accorde un peu de son précieux temps, dites-lui que cela concerne Alan Carter.

On lui demanda de ne pas quitter. La voix chantante de la femme fut remplacée par une minute entière des *Quatre Saisons* de Vivaldi. Après quoi, elle lui proposa :

— 18 heures ? M. Mangold se demande si le New Club vous conviendrait – il a un autre rendez-vous à 18 h 30.

— Il faudra bien que je m'en contente, non ? répondit Fox sans rien montrer de sa satisfaction.

Le New Club était une des institutions d'Édimbourg dont il avait entendu parler mais où il n'avait jamais eu l'occasion de mettre les pieds. Il savait qu'il se situait quelque part dans Princes Street et que sa clientèle se composait essentiellement d'avocats et de banquiers qui se retrouvaient là pour échapper à leurs épouses.

À son retour dans le pub, Kaye et Naysmith attendaient de savoir s'ils devaient retourner au bureau ou s'ils pouvaient faire une croix sur la journée. Fox consulta sa montre – pas tout à fait 16 heures. Il hocha la tête, leur signifiant qu'ils avaient quartier libre.

— Ça mérite une deuxième tournée, dit Kaye en vidant son verre. Et c'est la tienne, Joseph.

Naysmith se leva de la table et demanda à Fox s'il désirait un nouveau Big Tom. Fox secoua la tête.

— Il faut que je parte, expliqua-t-il en jetant un coup d'œil à la télé au-dessus du comptoir.

Le présentateur des infos régionales disait qu'il n'y avait rien de neuf sur les explosions dans les bois aux abords de Lockerbie.

— Encore un malade qui croit faire une plaisanterie fine, marmonna Kaye. À moins que tu ne penses que les Yougoslaves sont de retour, Joe…

Une demi-heure plus tard, Fox se trouvait à Lauder Lodge. Lorsqu'il ouvrit la porte de la chambre de son père, il vit que Mitch avait de la visite. Une demi-bouteille de Bell's trônait sur le dessus de cheminée.

— Comment va, papa ? dit-il.

Son père avait l'air requinqué. Il s'était habillé et ses yeux brillaient.

— Malcolm, lui dit-il avec un signe de tête en direction du visiteur, tu te souviens de Sandy ?

Malcolm serra la main de Sandy Cameron. Ils avaient assisté jadis tous les trois aux matches des Hearts, quand il était encore gamin, et son père ne ratait jamais l'occasion de lui rappeler que Sandy avait failli devenir professionnel en son temps. Des années plus tard, les deux hommes avaient joué aux boules en salle pour une équipe de deuxième division.

— Plutôt bien tassé, fit remarquer Fox, quand Cameron changea son verre de main pour pouvoir lui serrer la sienne.

— Whisky panaché, expliqua Cameron en hochant la tête vers une bouteille de limonade Barr posée par terre à côté de la chaise.

— Je sais pas comment tu peux supporter de diluer ça, dit Mitch Fox en serrant son verre.

— Tu ferais peut-être bien d'en prendre de la graine, papa, le gronda Malcolm en tirant une chaise pour se joindre aux deux hommes. Comment allez-vous, monsieur Cameron ?

— Je peux pas me plaindre, fiston.

— Sandy évoquait ses souvenirs. La patinoire, lui confia Mitch.

C'était certainement le genre de récits qu'il avait déjà dû entendre une demi-douzaine de fois, sinon plus, songea Fox.

— T'étais un sacré patineur, Sandy. T'aurais pu passer pro.

— C'est vrai que j'adorais ça, reconnut Sandy en souriant pour lui-même. Et le football…

Mais Fox savait qu'il avait fini par devenir dessinateur industriel. Marié à Myra. Deux enfants. Une vie remplie et bienheureuse.

— Qu'est-ce qui t'amène ici ? demanda Mitch à son fils. Je croyais que tu étais occupé dans le Fife ?

Fox fouilla dans sa poche et sortit la photographie.

— Je suis justement tombé là-dessus, expliqua-t-il en la tendant à son père.

Lequel fit tout un numéro, en bon presbyte qu'il était devenu, tenant la coupure de presse à bout de bras aussi loin qu'il le pouvait, avant d'extraire de la poche de son cardigan ses lunettes de lecture.

— Ça, c'est Francis Vernal, déclara-t-il.

— Mais qui se trouve à côté de lui ?

— Ce serait Chris ? dit son père d'une voix plus forte, surpris. C'est bien Chris, je ne me trompe pas ?

— On dirait bien, reconnut Fox.

Mitch avait fait passer la photo à son vieil ami.

— Francis Vernal, confirma ce dernier. Et tu as dit que c'était qui, l'autre gars ?

— Un de mes cousins, expliqua Mitch. Chris, il s'appelait. Mort jeune dans un accident de moto.

— Comment se fait-il qu'il connaissait Vernal ? demanda Fox.

— Chris était délégué syndical au chantier naval.

— Et militant du SNP ?

— Ça aussi, effectivement.

— J'ai un jour assisté à un discours de Francis Vernal, ajouta Cameron. Dans un institut de mineurs quelque part – Lasswade, peut-être. « Boutefeu », c'est le premier mot qui me vient à l'esprit. Parfait pour attiser les esprits.

— Je ne me souviens pas de lui, avoua Fox. J'étais adolescent quand il est mort.

— À l'époque, des bruits ont couru, poursuivit Cameon. Son épouse…

— Des commérages, oui, dit Mitch avec mépris. Juste bons à faire vendre les canards. Où est-ce que t'as trouvé ça ? demanda-t-il à son fils.

— Il y a un ex-flic dans le Fife, il s'intéressait à Vernal.

— Pourquoi ?

— Je ne suis pas sûr de savoir, répondit Fox avant de réfléchir une seconde. En quelle année Chris est-il mort ?

Ce fut au tour de son père de se creuser les méninges.

— 1975, 1976, je dirais. Crématorium à Kirkcaldy, puis repas dans un hôtel près de la gare.

Mitch avait repris la photo et la fixait avec attention.

— Sacré beau gars, notre Chris.

— Il ne s'est jamais marié ?

Son père secoua la tête.

— Il m'a toujours dit qu'il aimait vivre libre et sans contraintes. De cette façon, il pouvait sauter sur sa moto et partir où et quand ça lui chantait.

— À quel endroit s'est produit l'accident ?

— Pourquoi tu t'intéresses à ça, tout d'un coup ?

Fox haussa les épaules pour toute réponse.

— Tu n'essaierais pas de faire du vrai boulot de détective, pour une fois ? dit Mitch en se tournant vers Cameron. Il lui reste encore un an ou deux avant de retourner à la Criminelle.

— Ah bon ? On ne fait pas carrière aux Plaintes, alors ?

— Et je crois que Malcolm préférerait ça, pourtant.

— Et c'est censé vouloir dire quoi ? répliqua Fox sans pouvoir tout à fait contenir son agacement.

— Tu n'as jamais été heureux là-bas, lui dit son père.

— Qui est-ce qui dit ça ?

— Tu vas te retrouver un peu rouillé alors, ajouta Cameron, quand tu vas devoir reprendre ton boulot d'inspecteur.

— Ce que je fais aujourd'hui, c'est ça, précisément. Du boulot de détective.

— Mais ce n'est pas la même chose, quand même ? insista son père.

— C'est très exactement la même chose.

Son père se contenta cette fois de secouer la tête, lentement. Un silence pesant envahit la chambre.

— Un boutefeu, finit par répéter Cameron au bout d'un moment, avec l'air de repenser à ce fameux discours de Francis Vernal. On en avait la chair de poule et les poils hérissés. S'il nous avait demandé de marcher sur les lignes ennemies, nous aurions obéi comme un seul homme, armés ou pas.

— Je l'ai vu une année au cours du défilé James Connolly[1], ajouta Mitch. C'est le type de truc auquel d'habitude je ne prêtais pas attention, mais un pote à moi a voulu aller au meeting. Sur le terrain de golf de Leith, je crois que c'était. Francis Vernal s'est levé pour prendre la parole, et c'est vrai ce que tu dis, Sandy, il avait ce don. Je dis pas que j'étais d'accord avec lui, mais j'ai écouté ce qu'il avait à dire.

— Les gens le comparaient à Jimmy Reid[2], dit Cameron d'un ton rêveur. Moi, je le trouvais encore meilleur. Il n'en avait pas que pour les « camarades »...

— Mais ça ressemblait à une cause perdue, à l'époque, non ? relança Fox, heureux de ne plus être le centre de la conversation. Je veux parler du nationalisme.

— L'époque était étrange, dit Mitch. Beaucoup de colère. Des trucs qu'on faisait sauter...

1. Né en Écosse, ce militant révolutionnaire, un des dirigeants de l'insurrection irlandaise de Pâques 1916, fut arrêté puis fusillé le 12 mai 1916.

2. Célèbre militant syndical écossais, puis journaliste, mort en 2010.

Il s'était servi un autre whisky et la bouteille était maintenant aux trois quarts vide.

— J'ai toujours été travailliste, mais je me souviens que ta mère montait sur ses grands chevaux dès qu'il s'agissait du SNP. Ils recrutaient souvent à la sortie des concerts folk.

— Même chose quand *Braveheart* est sorti : ils étaient devant les cinémas, ajouta Cameron.

— Mais Malcolm n'a jamais été très engagé en politique, dit Mitch. Il craignait peut-être de se faire remarquer en sortant la tête au-dessus du parapet – ou en tout cas au-dessus de ses livres de classe…

Fox fixait le whisky de son père.

— Un peu d'eau avec ça ? lui demanda-t-il.

— L'eau, qu'elle aille au diable.

*

Le New Club fut difficile à trouver. L'édifice dont Fox avait toujours présumé que c'était le bon se révéla appartenir à la Royal Overseas League. À la réception, une femme lui expliqua qu'il devait revenir sur ses pas dans Princes Street. Le vent commençait à se lever en bourrasques. Des voies de tramway avaient été installées, mais les travaux avaient de nouveau pris du retard car les entrepreneurs étaient en bisbille avec le conseil de région pour le paiement. Les gens faisaient la queue aux arrêts de bus, impatients de rentrer chez eux leur journée terminée. En plus, rares étaient les boutiques de Princes Street à afficher un numéro, et cela n'arrangeait pas ses recherches. Il cherchait le 86 mais le rata une fois encore et dut rebrousser chemin. Au bout du compte, tout à côté d'un distributeur de billets, il découvrit une porte anonyme, en bois, simplement vernie, surmontée d'une petite fenêtre où il parvint tout juste à déchiffrer le nom gravé. Il sonna et fut finalement admis.

Il s'attendait à de petites pièces surchargées en style géorgien et fut surpris par un intérieur vaste et moderne. Un portier en uniforme lui dit qu'il était attendu et le précéda dans l'escalier. Quelques messieurs âgés se promenaient tranquillement dans la place et on pouvait en apercevoir d'autres installés dans leur fauteuil, absorbés par la lecture du journal. Fox imaginait que la rencontre se déroulerait dans un bar ou un salon, mais il fut surpris d'arriver dans une véritable salle de réunion, très bien équipée, où il trouva Charles Mangold assis à une grande table circulaire, une carafe d'eau devant lui.

— Merci, Eddie, dit-il au portier.

Celui-ci fit une petite courbette et les laissa. Mangold s'était levé et il serra la main de Fox.

— Charles Mangold, dit-il en se présentant. Inspecteur Fox, c'est bien ça ?

— Tout à fait.

— Cela vous dérangerait de m'en montrer la preuve ?

Fox sortit sa carte de police.

— On n'est jamais trop prudent de nos jours, je le crains.

Mangold lui rendit son étui et lui fit signe de s'asseoir.

— J'ai oublié de demander à Eddie de nous apporter des boissons.

— L'eau me va très bien, monsieur.

Mangold leur servit un verre à chacun, sous l'œil inquisiteur de l'inspecteur. Costume sombre trois pièces, chemise citron pâle avec boutons de manchettes en or et cravate à rayures diagonales bordeaux et bleues. Et affichant une telle assurance qu'elle confinait à la suffisance. Comme si tout lui était dû.

— Vous êtes déjà venu ? demanda-t-il.

— C'est la première fois.

— La plupart des autres clubs ont fermé leurs portes, mais cet endroit résiste vaillamment.

Il but une gorgée d'eau.

— Je regrette de ne pouvoir vous offrir plus de temps, inspecteur. Comme ma secrétaire vous l'a peut-être dit…

— Vous avez une autre réunion à 18 h 30.

— Oui, confirma Mangold en jetant un coup d'œil à sa montre.

— Saviez-vous que Alan Carter était décédé, monsieur Mangold ?

L'homme de loi s'immobilisa une seconde.

— Il est mort ?

— Il s'est tiré une balle dans la tête hier soir.

— Bonté divine, dit Mangold en se tournant vers le mur lambrissé de bois.

— Comment l'avez-vous connu ?

— Il faisait un travail pour moi.

— Sur Francis Vernal.

— Connaissiez-vous Carter depuis longtemps ?

— Je le connaissais à peine.

Mangold sembla alors réfléchir à ce qu'il allait dire. Fox ne le pressa pas, sirotant son verre d'eau à petites gorgées.

— Le *Scotsman* a fait un portrait de lui il y a un moment de ça, en mettant l'accent sur ses diverses activités. On y disait que c'était un ex-policier et on précisait qu'il avait joué un petit rôle dans l'enquête originelle.

— Vous voulez parler de l'enquête sur la mort de Francis Vernal ?

Mangold confirma de la tête.

— Non pas qu'il y en ait eu une. Le suicide a été retenu par tout le monde. Il n'y a même pas eu d'enquête, un accident ayant entraîné la mort.

— C'est un peu étrange, déclara Fox.

— Oui, reconnut Mangold.

— Vous estimez qu'on a essayé d'étouffer l'affaire, d'une façon ou d'une autre ?

— Ce que je cherche à établir, inspecteur, c'est la vérité.

— Au bout de vingt-cinq ans ? Pourquoi avoir attendu si longtemps ?

Mangold eut un petit hochement de tête, comme pour saluer la pertinence de la question.

— Imogen ne va pas bien, finit-il par dire.

— La veuve de Vernal ?

— D'ici six mois à un an, je doute qu'elle soit encore parmi nous – et je sais que les journaux vont de nouveau faire remonter la boue à la surface.

— Comme quoi c'est elle qui l'a conduit à mettre fin à ses jours ?

— Oui.

— Et vous n'êtes pas de cet avis ?

— Bien sûr que non.

— Travailliez-vous aux côtés de M. Vernal ?

— Depuis longtemps.

— Vous êtes un de ses amis à lui, ou à son épouse ?

Mangold fixa Fox d'un œil noir.

— Je ne suis pas sûr de laisser passer une telle insinuation.

— Alors ne le faites pas.

— Écoutez, je regrette que Alan Carter soit mort, mais en quoi cela me concerne-t-il très précisément ?

— Il va falloir que vous récupériez ses dossiers, tout ce qu'il a amassé au cours de ses recherches. Le cas échéant, il faudra peut-être vous habituer à quelques taches de sang par-ci par-là…

Fox semblait prêt à se lever et à partir.

— Francis Vernal a été assassiné, lâcha brusquement Mangold. Et rien n'a été entrepris pour retrouver son meurtrier. Personne n'a rien fait. J'oserais presque dire que les policiers de l'époque ont fait preuve d'une négligence délibérée, sinon préméditée.

— Ce qui veut dire ?

— Ce qui veut dire qu'ils étaient impliqués au premier chef. Lorsqu'ils ont fini par s'apercevoir qu'il avait été tué par balle, sa voiture n'était plus sur la scène du crime, laquelle était complètement piétinée, traces et preuves effacées à jamais. Il leur a fallu une journée entière pour retrouver l'arme – est-ce que vous le saviez ? Elle était par terre, à une vingtaine de mètres de l'endroit où la voiture s'était arrêtée.

Mangold parlait très rapidement, comme s'il avait besoin que ses paroles franchissent la barrière de sa bouche.

— Francis ne possédait pas d'arme à feu, à propos. Les papiers qu'il avait dans son attaché-case étaient éparpillés alentour. La lunette arrière du véhicule explosée, mais pas le pare-brise. Il manquait des choses…

— Lesquelles ?

— Ses cigarettes, d'abord : il en fumait deux paquets par jour. Et un billet de cinquante livres qu'il portait toujours sur lui, les honoraires de sa première affaire.

Mangold se passa la main sur la tête, puis regarda Fox.

— Je ne m'attendais pas à quelqu'un comme vous… pas du tout.

— En quel sens ?

— Je croyais que vous alliez me mettre en garde. Mais vous… vous êtes trop jeune pour avoir été partie prenante de ce qui s'est passé jadis. Et votre carte de police dit Normes professionnelles. Ce qui signifie corruption policière, n'est-ce pas ?

— Cela signifie toute plainte contre les membres de la police.

Mangold hocha lentement la tête.

— Francis Vernal mériterait un livre, inspecteur. Il y a tellement de lacunes dans l'enquête de l'époque…

— Carter progressait-il ?

— Lentement…, dit Mangold avant de réfléchir une seconde. Pas grand-chose de neuf à vrai dire, reconnut-il. Beaucoup des participants à cette affaire ne sont plus parmi nous. Je doute même qu'il aurait accepté le travail que je lui ai confié si Gavin Willis avait été toujours en vie.

— Gavin Willis étant… ?

— Le mentor d'Alan. Il était inspecteur quand Francis a trouvé la mort. C'est lui qui a dirigé l'enquête. Plus âgé qu'Alan, d'une dizaine d'années peut-être, mais Alan l'admirait énormément.

Mangold se pencha légèrement en avant, comme s'il se préparait à partager une confidence.

— Alan vous a-t-il parlé du cottage ?

— Non.

— C'est Gavin Willis qui en était le propriétaire. À sa mort, Alan l'a acheté – c'est vous dire à quel point les deux hommes étaient proches.

— Auquel cas, dit Fox, Carter ne risquait guère de ternir le nom et la réputation de Willis.

— Je n'en suis pas si sûr. Les gens aiment aller au fond des choses, inspecteur, vous ne pensez pas ?

— Alors qu'allez-vous faire, maintenant que vous avez perdu votre enquêteur ?

— En trouver un autre, déclara Mangold en lui lançant un regard lourd de sous-entendus.

On frappa à la porte et le portier, Eddie, annonça que le premier des invités de Mangold venait d'arriver et l'attendait au rez-de-chaussée. Mangold se leva et contourna la table pour serrer la main de Fox et le remercier d'être venu.

— Il est dommage que les circonstances n'aient pas été plus favorables…

Fox le salua de la tête très discrètement et laissa Eddie le raccompagner au bas de l'escalier.

Juste devant la porte d'entrée, un nouvel arrivant tendait son manteau à un portier en bavardant de la pluie et du beau temps. Il accorda un regard à Fox comme pour vérifier si ce dernier méritait d'être salué dignement. Au bout du compte, Fox n'eut droit qu'à un bref signe de tête.

— Serez-vous à votre place habituelle, shérif Cardonald ? lui demandait le portier. Je vous apporte votre boisson.

— L'endroit habituel, convint Cardonald.

Fox s'immobilisa pour le regarder se diriger vers l'escalier. Le shérif Cardonald, l'homme dont la décision avait permis à Paul Carter d'être de nouveau libre d'aller et venir.

*

Manger une nouvelle fois un plat préparé ou réchauffé au micro-ondes ne lui disant rien, il s'offrit le luxe d'un restaurant à Morningside, un italien avec quantité de poissons frais à son menu. Le journal du soir le tint occupé dix minutes, après quoi il fit tout son possible pour ne pas avoir l'air de s'intéresser aux autres clients. Le fait est qu'il réfléchissait. Et il avait beau essayer de n'en rien faire, il réfléchissait quand même.

À Ray Scholes et à Paul Carter.

À Paul Carter et à son oncle.

À Alan Carter et à Charles Mangold.

Charles Mangold et Francis Vernal.

Vernal et Chris Fox.

Chris et Mitch.

Mitch et lui-même.

Et, immanquablement, retour sur Scholes et Carter, encore une fois. Pas étonnant qu'il ait la tête qui tourne : des gens dansaient sur la piste, un quadrille à huit avec trop de couples et pas suffisamment de place pour les figures. Quand le serveur s'approcha, l'air préoccupé, pour lui demander si tout allait bien, Fox se rendit compte qu'il avait à peine touché à son plat.

— Tout est parfait, dit-il en avalant une fourchetée de lotte.

Tu n'as jamais été heureux là-bas…

Tu seras un peu rouillé quand...

Aurait-il dû protester avec plus de véhémence ? Se défendre de l'accusation portée contre lui ? Deux vieux avec quelques verres dans le nez – à quoi bon ? Il repensa à ses années dans la police, avant son transfert aux Plaintes. Il s'était montré diligent et scrupuleux, il avait toujours bien travaillé. Il n'avait pas compté ses heures, on l'avait loué pour la qualité de ses rapports sans la moindre faute et sa capacité à diriger une équipe : pas d'ego et pas de héros. Il n'avait pas été malheureux. Il avait beaucoup appris et veillé à ne pas s'attirer d'ennuis. Si un problème surgissait, il s'en occupait personnellement, ou il faisait en sorte qu'il ne soit plus de son ressort.

Le candidat idéal pour les Plaintes et Conduites, avaient commencé à conclure ses rapports d'évaluation. Mais l'un dans l'autre, était-ce une bonne chose ou plutôt le moyen qu'avait trouvé la Criminelle de lui signifier qu'il n'avait pas sa place dans ses rangs ?

Trop scrupuleux.

Trop enclin à éluder les problèmes.

Quand il réussit à accrocher le regard du serveur, il lui dit qu'il avait terminé.

— J'avais moins faim que je ne le pensais, proposa-t-il en guise d'excuse.

De retour chez lui, il alluma la télé et tomba sur une succession de programmes sans intérêt. Les informations ne parlaient que de fiançailles dans la famille royale, et de quasiment rien d'autre. Il tint bon dix minutes puis s'installa à son ordinateur. Il savait qu'il pouvait attendre le lendemain matin : Joe Naysmith tiendrait parole. Il tapa malgré tout le nom de Francis

Vernal sur son moteur de recherche et cliqua sur le premier des 17 250 liens.

Une demi-heure plus tard, il recevait un texto de Tony Kaye.

Nouvelle explosion copie conforme. À Peebles cette fois. Foutus gamins !

Fox ne voyait pas ce qu'il pouvait répondre, aussi reporta-t-il son attention sur l'écran de son ordinateur.

Copie conforme... Foutus gamins...

Comme à l'accoutumée, Tony Kaye ne voyait que ce qu'il voulait voir. Fox personnellement n'en était pas aussi sûr.

CINQ

15

Il y avait une aire de stationnement près de l'endroit où la voiture de Francis Vernal avait quitté la route. Un petit cairn y avait été érigé, avec une plaque commémorant « Un Patriote ». Quelqu'un avait même déposé un bouquet de fleurs, aujourd'hui fanées. Possible qu'elles aient été déposées là à la date anniversaire de l'accident. Peut-être un geste de Mangold, de sa part et de celle de la veuve.

Ce matin-là, Fox avait pris sa voiture personnelle pour se rendre dans le Fife et quitté la M90, passant non loin de Glenrothes pour se diriger vers ce qu'on appelait le « East Neuk », un ensemble de petits villages de pêcheurs qui avaient la faveur des peintres paysagistes et des amateurs de caravaning. Lundin Links et Elie, St Monans et Pittenweem, puis Anstruther – prononcé « Ainster » par les gens du cru. Francis Vernal avait trouvé la mort sur une portion de la B9131 au nord d'Anstruther. Il ne jouait pas au golf, mais il possédait une maison de week-end aux abords de St Andrews. Personne ne pouvait réellement expliquer la raison pour laquelle il n'était pas resté sur la A915 – le chemin le plus direct. Une seule théorie tenait la route : il avait fait le détour pour le paysage, plus pittoresque. Une fois qu'on quittait la côte pour s'enfoncer dans les terres, ce n'étaient que champs cultivés et bois. Impossible de dire quel arbre la voiture avait heurté précisément. Une autre théorie voulait que la boue laissée par les tracteurs sur la chaussée ait fait déraper sa Volvo. Logique et possible, Fox pouvait en accepter l'idée. Mais quelque chose s'était produit ensuite. Tous les conducteurs qui emplafonnaient un arbre ne se sentaient pas obligés de sortir leur arme. Le mode de vie de Vernal l'avait-il rattrapé ? Le stress, un mariage bancal, trop d'alcool. En état d'ivresse, il quitte la route, peut-être veut-il en finir une bonne fois pour toutes. Mais il survit au choc et tend la main vers la boîte à gants pour sortir son arme.

Un revolver : le même type d'arme que celle utilisée par Alan Carter.

Par lui-même – ou par quelqu'un d'autre.

Fox passa les doigts sur le mémorial. Au fil des années, des gamins y avaient gravé leurs noms. En chemin, à quelques kilomètres de là, deux voitures au moteur gonflé l'avaient doublé comme des bolides, la stéréo beuglant plein pot, avec peut-être à leur volant « Cambo » ou « Ali », « Desi » ou « Pug ». Il se releva et respira profondément. Le lieu était plutôt agréable, particulièrement paisible, avec le ronron distant de machines agricoles, les croassements presque discrets des corbeaux, une odeur de terre fraîchement retournée. Malgré le terrain boueux, il s'aventura aux alentours sans découvrir de nouveaux indices. Pas le moindre arbre au pied garni d'un bouquet. Aucun journaliste n'était parvenu à photographier la voiture *in situ*, et, apparemment, même les rares clichés en noir et blanc du site laissaient la porte ouverte à toutes les interprétations. Mangold avait raison : la Volvo avait été emportée dans une casse locale avant que le labo de la police ait pu l'examiner. Les premiers articles de journaux ne parlaient même pas de suicide mais de « tragique accident » qui avait privé le pays d'un « homme politique brillant ». Les notices nécrologiques avaient été nombreuses, se cantonnant à l'unisson au même script anodin. Un livre avait été publié quelques années plus tard et un demi-chapitre y était consacré à la « mort mystérieuse » de « l'activiste politique Francis Vernal ». Ce n'était qu'une brève compilation de crimes écossais non résolus, mais il n'apportait aucune nouvelle preuve, bien au contraire : l'auteur s'y posait des questions, les mêmes que celles qui taraudaient Fox depuis sa première lecture en ligne de la veille au soir. Il avait imprimé la plupart des informations recueillies, au point d'user une cartouche entière d'encre, et cela n'avait pas suffi. De retour dans sa voiture, il se saisit de l'épaisse chemise de tirages posée sur le siège passager et envisagea une seconde de s'y plonger. Mais son téléphone sonna, lui signifiant qu'il venait de recevoir un texto. De Tony Kaye.

Y a du neuf.

Fox appela son numéro, sans résultat. Il ne répondait pas. Il démarra, fit demi-tour et reprit la route de Kirkcaldy.

Le parc de stationnement de la police était plein, et il dut se garer dans la rue. Une seule ligne jaune, il pouvait donc espérer ne pas avoir de prune. Le panneau près du comptoir de la réception affichait le niveau d'alerte qui avait monté d'un cran, passant de MODÉRÉ à SUBSTANTIEL. Comme le placard resté ouvert était vide, il se dirigea vers la salle d'interrogatoire.

En ouvrant la porte, il vit Paul Carter affalé dans un fauteuil. De l'autre côté de la table était assise Isabel Pitkethly.

— Dehors, lui ordonna-t-elle.

Fox marmonna une excuse et, refermant la porte, aperçut Kaye et Naysmith qui s'avançaient dans le couloir.

— T'aurais pu me prévenir, grogna-t-il.

— C'est juste ce que je viens de faire, lui répondit Kaye.

Effectivement, il avait un nouveau texto.

SI zone interdite !

— Tu devrais voir la Criminelle, intervint Naysmith. Ils s'arrachent les cheveux.

— Ce serait sympa si quelqu'un m'expliquait pourquoi.

— Un petit reporter qui met son nez partout, l'obligea Kaye. Il y a une station-service sur Kinghorn Road, et il s'y est arrêté pour faire le plein de sa pétrolette…

— Et, intervint une nouvelle fois Naysmith, il demande à l'employé s'il a vu quelque chose le soir où Alan Carter est mort. Il se trouve que le gars a bien vu quelqu'un.

— Paul Carter, ajouta Kaye. C'est Paul Carter qu'il a vu.

— Sur des charbons ardents.

— Il a arrêté sa voiture près des pompes avant de sortir, mais il n'a même pas fait semblant de remplir son réservoir.

— Il n'a fait que marcher de long en large comme un lion en cage.

— En regardant son téléphone.

— À pianoter sur le clavier sans obtenir de réponse, apparemment…

— Nous savons déjà que Paul Carter a téléphoné à son oncle, se sentit obligé de préciser Fox.

— Mais c'est bien au cottage qu'il se rendait, déclara Naysmith avec force.

— Donc, si je comprends bien, il y a une demi-heure de ça, il n'y avait pas de question à se poser, c'était bien un suicide, et voilà que d'un coup le neveu se retrouve suspect de meurtre, dit Fox.

Il regarda fixement Kaye puis Naysmith, puis revint sur le premier.

— Il va retourner en prison, avança Kaye, en grande partie à cause de son oncle…

— Au moins, ajouta Naysmith, ça signifie qu'il s'est probablement rendu au cottage. Quel qu'ait été le sujet de leur discussion, elle s'est terminée par un coup de feu et un cadavre.

Ils entendirent des bruits de pas. Deux hommes et une femme venaient de passer les portes battantes, conduits par le sergent Alec Robinson dont le visage ne laissait rien paraître. Les nouveaux arrivants jaugèrent au passage Fox, Kaye et Naysmith avant de frapper à la porte de la salle d'interrogatoire et d'entrer. Robinson évita de croiser le regard de Fox en regagnant son bureau.

— Glenrothes ? estima Kaye.

— Ouais, répondit Fox.

Une minute plus tard, les trois policiers escortaient Paul Carter vers la sortie. Voyant Fox et ses deux acolytes, Carter s'arrêta.

— On veut me faire porter le chapeau, aboya-t-il en montrant les dents. J'ai jamais rien fait !

Les deux hommes qui l'accompagnaient le prirent chacun par un bras et le firent avancer.

— Me touchez pas !

La femme se retourna vers Fox en leur emboîtant le pas.

— Tu la connais ? demanda Kaye, la bouche collée à l'oreille de son chef.

— Elle s'appelle Evelyn Mills, reconnut Fox. Elle est aux Plaintes, comme nous.

— Et elle met du Chanel comme parfum.

Pitkethly était debout sur le seuil de la salle d'interrogatoire. Le regard qu'elle lança à Fox était explicite : elle lui signifiait que c'était bien elle qui avait décidé de faire venir Glenrothes dans son fief. Il lui fit comprendre d'un petit signe de la tête qu'à sa place il aurait fait la même chose.

— Qu'est-ce qu'il raconte ? demanda-t-il à la commissaire.

— Il a reçu un appel, c'était le numéro de son oncle. La personne a raccroché. Nouveau coup de fil, et même chose, expliqua-t-elle en croisant les bras. Il s'est demandé ce qui se passait et a décidé d'aller voir en personne au cottage, avant de changer d'avis à mi-chemin.

— C'est peut-être effectivement ce qui s'est passé.

— Peut-être.

— Vous n'avez pas l'air convaincue.

Elle le fusilla du regard et décida de ne pas lui répondre. Fox, Kaye et Naysmith la regardèrent s'éloigner dans le couloir à grandes enjambées.

— *Home sweet home*, dit Kaye en s'apprêtant à entrer dans la salle.

Fox vit Naysmith mettre à l'épaule un sac plutôt lourd posé à ses pieds.

— Les trucs que tu m'as demandés, expliqua le jeune homme. Ça m'a pris la moitié de la nuit, une rame de papier et une cartouche d'imprimante neuve. Tu ne devineras jamais combien de réponses j'ai trouvées en remettant à Fox le contenu du sac.

Il en resta comme deux ronds de flanc lorsque Fox lui donna le nombre exact.

*

Il s'écoula plus d'une heure avant que Mills puisse téléphoner à Fox. Il hésita une seconde avant de prendre son appel.

— Ta petite amie ? devina Kaye.

— Oui, inspecteur Mills ? répondit Fox, lui signifiant qu'il avait de la compagnie.

— Je ne suis pas sûre de savoir où cela risque de nous conduire, je veux parler de nos écoutes.

— Moi non plus.

— Si nous tombons sur Carter avec Scholes qui avoue quelque chose…

— Cela risque de ne pas être admissible devant le tribunal, confirma Fox, d'accord avec elle.

— Le bureau du procureur étudie le pour et le contre, mais avec leur manière de travailler, ça risque de prendre un certain temps. Il serait peut-être plus sage de tout arrêter, dit-elle après un silence.

— D'un autre côté, argumenta Fox, l'écoute ne concerne que Scholes et pas Carter. Et Scholes n'est pas le seul à se trouver dans le collimateur de la Criminelle.

Il s'accorda un temps de réflexion.

— Comment ça se présente pour Carter ?

— La commissaire nous dit que c'est toi qui as soulevé le lièvre à propos du revolver, le détail sur le gaucher-droitier.

— C'est vrai.

— Ce ne sont que des preuves indirectes, naturellement…

— Bien sûr, reconnut-il à son tour.

— Mais elles pourraient conduire à quelque chose de tangible.

— Un acte criminel ?

— Oui.

— Une enquête pour meurtre ?

— Tout à fait possible.

— Dont la base opérationnelle s'installerait ici ? demanda Fox en regardant la petite pièce.

— C'est le poste de police le plus proche. Il faudrait naturellement que nous y envoyions notre propre équipe.

— Naturellement. La Crim et les Plaintes travaillant main dans la main ?

— Si c'est ce que les chefs décident.

— Scholes, Michaelson, Haldane ?

— Sur la touche.

— On dirait qu'on ne saura bientôt plus où donner de la tête par ici.

— Tu as l'intention de ne pas bouger ?

— Sauf si on me dit le contraire.

— Malcolm… Tu te rends bien compte que tu es témoin dans cette enquête. Il faudra que nous t'interrogions à propos d'Alan Carter.

— Pas de problème.

— Scholes commence déjà à échauffer son monde.

— Oh ?

— Il dit que tu as débarqué bien vite sur les lieux.

— Moitié moins vite que lui et Michaelson.

— La différence est qu'eux avaient été appelés sur place.

— Je serai heureux de répondre à toutes les questions, inspecteur Mills.

— À bientôt, alors, dit-elle en raccrochant.

Fox relaya toutes les informations à Kaye et à Naysmith, puis leur dit qu'il sortait un moment prendre l'air. De l'autre côté du parc de stationnement, Brian Jamieson était debout à côté de son scooter, accompagné d'une femme portant une sorte de magnétophone sur l'épaule et des écouteurs sur les oreilles. Elle pointait un micro en direction du journaliste.

La radio locale interviewait le correspondant local.

Fox s'avança. Jamieson l'avait repéré et expliquait à la femme de qui il s'agissait. Le microphone pivota aussitôt vers lui.

— J'ai besoin de vous parler, dit Fox à Jamieson.

— Inspecteur, fit à son tour la jeune femme, puis-je simplement vous poser une question sur l'arrestation de Paul Carter ?

Fox répondit de la tête par la négative, puis indiqua du menton l'autre bout du parking, sachant que Jamieson allait suivre. Ce faisant, il gagnait en importance, et Fox avait le sentiment qu'il tenait absolument à se donner de l'importance devant la journaliste, à la fois collègue et rivale.

— Nous l'avons vu partir encadré par des policiers, lui dit Jamieson en le rattrapant. On l'emmène à Glenrothes, c'est ça ?

— Pour quelle raison vous êtes-vous arrêté à la station-service ?

— Pour recharger mes batteries. Après votre départ, je suis resté là-bas pratiquement encore deux heures. J'avais besoin de ma dose de caféine.

— L'employé connaissait Paul Carter ?

Jamieson secoua la tête.

— C'est la voiture qu'il m'a décrite, plus que le bonhomme.

— Donc vous ne pouvez pas affirmer avec certitude qu'il s'agissait bien de Carter ?

Jamieson le regarda bien en face.

— Les pompes à essence sont couvertes par les caméras de la police. Il a fallu que j'attende d'avoir l'autorisation du propriétaire du garage pour visionner les bandes. C'est pour cette raison que je ne me suis pas présenté plus tôt. Le doute n'est pas possible, inspecteur, il s'agit bien de Paul Carter, la vidéo le confirme.

— Et ensuite, il repart ?

— Oui.

— Toujours en direction du cottage ?

— Est-ce qu'il prétend que c'est une simple coïncidence ?

— Il dit qu'il a fait demi-tour.

Jamieson resta songeur et devança Fox de quelques pas.

— La caméra ne couvre que les pompes, dit-il en se retournant vers lui. Étrange, non ?

— Quoi ?

— Paul Carter… si près de la maison de son oncle le soir où celui-ci décide de se tuer. Et qui sont les deux premiers policiers sur les lieux ? Les meilleurs potes de Paul Carter.

Fox garda un visage impassible.

— Qu'est-ce qui vous a poussé à demander à l'employé de la station s'il avait vu quelque chose de suspect ?

— Peut-être le flair, répondit Jamieson avec un petit rictus. Que voulez-vous, c'est grâce à mon flair que je suis arrivé là où je suis aujourd'hui. J'ai la bosse de l'intuition.

— Un vrai Quasimodo, quoi, reconnut Fox en se dirigeant vers l'arrière du poste de police.

Ray Scholes l'y attendait, derrière la porte, les mains dans les poches, les pieds écartés.

— Vous savez qui c'est ?

Fox hocha la tête.

— Et vous lui refilez des tuyaux ?

— Non.

— Très bien. Alors continuez dans cette voie.

Fox voulut avancer, mais Scholes lui barra le passage.

— Il faut que je vous montre quelque chose.

L'écran de son téléphone. Fox prit l'appareil qu'il tenait à la main et jeta un regard au message. Il venait de Paul Carter.

Trouve Fox pour moi. Cinq minutes.

Le portable se mit à vibrer. Fox regarda Scholes.

— Ça doit être pour vous, dit celui-ci.

— Ça ne m'intéresse pas.

Scholes ne répondit rien mais refusa de reprendre le portable lorsque Fox le lui tendit. L'appel fut coupé, les deux hommes restèrent face à face, en se regardant dans les yeux. Le téléphone se remit immédiatement à sonner.

— On vous a compris, inutile d'en rajouter, dit Scholes. Vous pouvez répondre, maintenant.

— Allô ? dit Fox.

— C'est Carter.

— Je sais.

— Écoutez, il m'est arrivé de monter des coups dans ma vie, je le reconnais. Mais pas ça. Ça, jamais.

— Que voulez-vous que j'y fasse ?

— Putain de merde, Fox. Je suis flic, pas vrai ?

— Vous l'étiez.

— Et on essaie de me faire porter le chapeau.

— Et alors ?

— Alors il faut que j'aie quelqu'un de mon côté pour me défendre !

La colère dans sa voix était perceptible, la peur tout autant.

— Dites ça à Teresa Collins, dit Fox, les yeux rivés sur Scholes.

— Vous voulez que je me mette à table ? lança Paul Carter. Toutes les fois où j'ai franchi la ligne ou même celles où j'y ai seulement songé ?

— Pourquoi Alan Carter est-il mort ?

— Comment je le saurais ?

— Vous n'êtes pas allé le voir ? dit Fox avant d'ajouter d'un ton plus dur : Si vous essayez de me mentir, je ne pourrai rien pour vous.

— Je vous jure que non.

— Avez-vous envoyé quelqu'un d'autre à votre place ?

Il ne quittait pas Scholes des yeux et celui-ci se raidit en serrant les poings.

— Non.

— Une idée de la raison pour laquelle il vous a téléphoné ?

— Je me tue à vous le dire, je n'en sais *rien* !

— Alors je suis censé faire quoi, moi ?

— Difficile pour Ray d'aller fouiner, pas vrai ?

— Ça ne passerait pas bien, je le crains, lui concéda Fox.

— Mais il me dit que vous avez parlé à mon oncle…

Le bruit de gorge de Carter à cet instant hésitait entre le soupir et le geignement.

— Peut-être que vous pouvez faire quelque chose…, n'importe quoi.

— Pourquoi le devrais-je ?

— Je ne sais pas, avoua Carter. Vraiment, je ne sais pas…

Impossible de savoir où se trouvait Carter, mais Fox entendit de nouveaux bruits, des voix étouffées. Il ne pouvait plus parler librement. La communication s'interrompit, et Fox vérifia l'écran avant de rendre l'appareil à Scholes.

— Alors ? demanda celui-ci.

Fox donna un instant l'impression de peser le pour et le contre, puis il secoua la tête et se dirigea vers la salle d'interrogatoire en bousculant Scholes au passage. Lequel ne baissait toujours pas les bras.

— Alan Carter s'est fait des ennemis, expliqua-t-il en lui emboîtant le pas. Certains autrefois dans la police, d'autres plus récemment. Les Shafiq… Ils sont propriétaires de toute une flopée de boutiques et de commerces. Ils se sont pris de bec avec les hommes de Carter. Et ils ont la rancune tenace.

Fox s'arrêta et leva la main.

— Vous n'avez pas le droit de lancer des noms sans preuves.

— Des bombes ont explosé à Lockerbie et à Peebles, on pourrait jouer la carte antiterroriste, les garder en détention jusqu'à ce qu'ils parlent…. Oh ouais, c'est vrai, j'oubliais, ricana Scholes devant l'expression du visage de Fox : Il est raciste de boucler quelqu'un qui porte un drôle de nom.

Fox secoua la tête et s'éloigna. Cette fois, Scholes ne prit même pas la peine de le suivre, il se contenta de crier :

— Quand il m'a envoyé son texto disant qu'il voulait vous parler, je lui ai répondu aussi sec qu'il perdait son temps. Ce qu'il lui faut, c'est un flic, un *vrai*. Rien à voir avec vous, Fox !

Sa voix baissa d'un ton, à peine.

— Ce qu'il lui faut, c'est un vrai flic, répéta-t-il, tandis que Fox poussait les doubles portes.

16

— Qui tu vois encore à interroger ? demanda Tony Kaye.

Ils étaient tous les trois perchés sur la digue et dégustaient poisson frit et frites à même l'emballage. De l'autre côté de l'estuaire, un rayon de soleil fit apparaître Berwick Law. Loin sur la droite, Arthur's Seat était visible, avec Édimbourg en ligne d'horizon. Pétroliers et cargos étaient à quai dans l'estuaire. C'était l'heure du déjeuner, et les mouettes n'étaient jamais bien loin, l'air très intéressées.

— Haldane mériterait peut-être une deuxième visite, suggéra Fox.

— Tu es sûr ?

— Qu'est-ce que tu en penses ?

— Vu qu'une enquête pour meurtre est sur le point de démarrer, je pense qu'il serait préférable de prendre nos distances, répondit Kaye. La dernière chose dont la police du Fife a besoin, c'est de nous voir dans ses jambes à cavaler en faisant tout notre possible pour ne pas tomber sur l'équipe chargée de l'enquête.

— C'est juste, admit Fox.

— En dépit de quoi, je constate que malheureusement nous sommes toujours là.

Jetant un morceau de poisson frit en l'air, Kaye observa une mouette piquer et s'en emparer, ses copines prêtes à se liguer contre elle.

— Alors dis-moi ce que nous pourrions dénicher d'autre à ajouter à tout ce que nous savons déjà.

— Il y a la surveillance, proposa Fox.

— Mais cette opération-là n'est pas de notre ressort.

— Scholes, Haldane et Michaelson, c'est tout juste si nous avons égratigné leur carapace…

— Tu es en train de te raccrocher à des fétus de paille, Malcolm.

Cette fois ce fut une frite salée qui tournoya en l'air avant de retomber au sol, aussitôt assaillie par quatre mouettes à la fois.

— Très bien, j'abandonne, dit Fox en se tournant vers Naysmith : Joe, explique-lui pourquoi nous ne pouvons pas encore rentrer.

— Francis Vernal, répondit aussitôt Naymith.

Dès le départ, Fox avait compris que Naysmith lisait en ligne les mêmes articles, rumeurs et suppositions que lui, et il était devenu accro.

— À l'époque, son suicide a été pris pour argent comptant. C'est à peine si les médias s'y sont intéressés – pas d'info en continu ni d'Internet, à cette époque –, mais Vernal s'était confié à des amis, il avait le sentiment d'être surveillé, des intrus avaient pénétré dans son bureau comme dans sa maison ; sans rien emporter, d'ailleurs, simplement divers objets remis à des places qui n'étaient pas les bonnes.

— Qui est-ce qui le surveillait ? demanda Kaye.

— Des barbouzes, j'imagine. Des espions.

— Et pour quelle raison se seraient-ils intéressés à lui ?

— Je ne m'étais pas rendu compte à quel point la situation était violente au milieu des années 1980, expliqua Naysmith en léchant le vinaigre qu'il avait sur ses doigts. Il y avait les manifestations du CND[1], des sommets sur la guerre des étoiles…

— *La guerre des étoiles ?*

— Non, pas le film, un truc sur les boucliers de défense anti-missiles. Reagan et Gorbatchev. Des missiles de croisière américains devaient être déployés en Grande-Bretagne, et il y avait des piquets de manifestants sur la Clyde à cause de Polaris. Les Amis de la Terre protestaient contre les pluies acides. Les droits des animaux… Hilda Murrell. (Petit silence, avant que Naysmith reprenne :) Vous vous souvenez d'elle, hein ?

— Fais comme si je ne savais rien, dit Kaye.

— Retraitée mais aussi activiste. Tam Dalyell…

Naysmith s'interrompit.

— Le député, lança Kaye. Je ne suis pas complètement ignare.

— Eh bien, il avançait l'hypothèse selon laquelle elle aurait été assassinée par le MI5. Les services de contre-espionnage payaient un privé pour la garder à l'œil…

— Tu ne dis pas un mot sur Francis Vernal, intervint Kaye en faisant une boule de ses restes de *fish and chips*.

— Le début des années 1980 a également été un foyer de nationalisme, l'informa Fox. N'est-ce pas, Joe ?

Naysmith confirma d'un signe de tête.

1. *Campaign for Nuclear Disarmament.*

— Le SNP ne faisait pas de bons scores dans les sondages, ce qui a conduit un certain nombre de nationalistes à se tourner vers l'Irlande pour y chercher l'inspiration. Ils se disaient que quelques explosions attireraient l'attention de Londres.

— Des explosions ?

— Des lettres piégées ont été envoyées à Mme Thatcher et à la reine. Ainsi qu'à l'arsenal de Woolwich, au ministère de la Défense et aux City Chambers, l'hôtel de ville de Glasgow – dans ce dernier cas, le jour d'une visite de la princesse Diana. Tous ces groupes de dissidents : Seed of Gael – la Graine des Gaéliques –, SNLA…

— L'Armée de libération nationale écossaise, expliqua Fox à l'intention de Kaye.

— Scottish Citizen Army – l'Armée des citoyens écossais –, Dark Harvest Commando – le Commando de la moisson noire. Lequel est même allé jusqu'à faire une petite excursion à Gruinard.

Nouvelle pause de Naysmith.

— Éclaire ma lanterne, marmonna Kaye.

— C'est une île au large de la côte ouest. Infectée par le virus de l'anthrax pendant la Seconde Guerre mondiale.

— Les Allemands ? supposa Kaye.

Naysmith fit non de la tête.

— C'est nous qui avons fait ça. Avec l'intention de répandre l'anthrax par avion au-dessus de toute l'Allemagne, mais il fallait d'abord tester les souches.

— À la suite de quoi Gruinard est devenue inhabitable, ajouta Fox. Au point qu'on a supprimé l'île des cartes, pour empêcher une bonne fois pour toutes que les gens ne la trouvent.

— Mais le Dark Harvest Commando est allé là-bas pour y ramasser de la terre infectée, et il a commencé à en envoyer par lettre à diverses agences gouvernementales.

— Et je présume que Francis Vernal était impliqué ? fit Kaye.

— Quelques années après sa mort, un journaliste a écrit un article. Il affirmait que Francis Vernal avait été financier du Dark Harvest Commando.

— En avait-il la preuve ?

— L'information circulait beaucoup moins à l'époque et elle était aussi moins accessible. Tu te souviens de ce livre, *Spycatcher*[1] ? Aujourd'hui, il serait sur le Net, et aucun gouvernement ne pourrait empêcher les gens de le lire.

Naysmith leva les yeux vers Fox qui, d'un petit signe de la tête, lui fit comprendre qu'il avait bien travaillé. Il sourit comme un bienheureux, se passa la main dans les cheveux et poursuivit :

— Je me suis vraiment plongé là-dedans jusqu'au cou, dit-il, l'air presque gêné devant son propre enthousiasme. J'ai même trouvé des extraits d'un feuilleton télévisé : *Edge of Darkness*.

— Ça, je m'en souviens, intervint Kaye. Un grand Américain baraqué de la CIA avec un sac de golf bourré d'armes…

— Et tout tourne autour de l'industrie nucléaire, expliqua Naysmith. On y sent très bien la paranoïa de l'époque. C'est mon avis, en tout cas, ajouta-t-il avec un haussement d'épaules.

---

1. *Spycatcher*, de Peter Wright, 1987 (éd. Robert Laffont pour la traduction française) : cette autobiographie d'un officier de haut rang du MI5 fut censurée par le gouvernement Thatcher.

— Qu'est-ce que tu as pu trouver sur le Dark Harvest Commando ? lui demanda Fox.

— Quasiment rien.

— Même chose pour moi.

— D'abord, pratiquement aucun de ses membres n'est jamais passé en justice. Ensuite, le groupe semble s'être évaporé dans la nature.

Fox hocha lentement la tête.

— Polaris et pluies acides, dit Kaye d'un air rêveur. On croirait de l'histoire ancienne.

Il se laissa glisser au bas de la digue et leva sa boulette de restes au-dessus d'une poubelle.

— Tu vois ce que je me prépare à faire ? dit-il avant de la laisser tomber. Je ferais exactement la même chose avec tout ce bazar, déclara-t-il avant de se frotter les mains.

— Tu le penses vraiment ? demanda Fox.

— Absolument. Nous ne sommes pas la Crim, Malcolm. Ce n'est pas de notre ressort, tout ça n'aboutira à rien qui puisse nous intéresser. Alors, inutile d'aller y fourrer notre nez.

— Je n'en suis pas si sûr.

Kaye leva les yeux au ciel.

— Est-ce qu'Alan Carter s'est donné la mort ? demanda calmement Fox.

— C'est possible, répondit Kaye après réflexion.

— S'il a été assassiné…

— Son neveu est dans de beaux draps.

— Paul soutient que ce n'est pas lui le coupable.

— Et il n'est pas non plus une ordure qui essaie de forcer les femmes à lui tailler des pipes.

— Oh, c'est bien une ordure, cela ne fait aucun doute. Ce qui ne signifie pas pour autant que nous devons les laisser le clouer au pilori sans intervenir.

— Laisser *qui* le clouer au pilori ?

— C'est ce que je veux qu'on découvre.

Kaye s'était avancé si près de Malcolm que leurs deux visages se touchaient presque.

— Nous sommes les Plaintes, Malcolm. Pas *Mission : Impossible.*

— Je le sais bien.

— Moi, j'adorais ce feuilleton quand j'étais gamin, commenta Naysmith.

Les deux hommes tournèrent le regard vers lui, puis Kaye sourit d'un air las en secouant la tête.

— Très bien, dans ce cas, dit-il en baissant les bras, vaincu. Qu'est-ce qu'on fait ?

— Vous deux, vous poursuivez l'enquête – deuxième série d'interrogatoires de nos trois lascars. Ce qui nous donne une raison de rester ici.

— Pendant que toi, tu iras fouiner ?

— Juste un jour ou deux.

— Un jour ou deux ?

— Promis juré, parole de scout, dit Fox en levant deux doigts serrés.

17

Le cordon de police, réduit à l'habituel ruban de scène de crime et à l'agent en uniforme se morfondant d'ennui qui le gardait, avait été remonté plus haut sur le chemin de terre. Fox et Naysmith montrèrent leurs papiers d'identité.

— La Criminelle doit être là, expliqua Fox à Naysmith tandis que l'agent soulevait le ruban pour permettre à leur voiture de passer.

La barrière du pâturage était ouverte, le champ vide d'animaux faisant désormais office de parking temporaire. Deux voitures banalisées, une voiture de patrouille et deux camionnettes blanches.

À côté d'un des véhicules banalisés, en costume et le crâne rasé, le portable à l'oreille, un policier qui n'était plus de première jeunesse observait les nouveaux venus à leur descente de voiture. Fox le salua d'un signe de tête et se dirigea vers le cottage. À l'intérieur, deux silhouettes en combinaison blanche réglementaire, avec capuche, mains gantées et pieds couverts, de manière à ne pas contaminer le lieu, se déplaçaient parmi d'autres. Des spécialistes de scène de crime…

— Un peu tard pour ça, marmonna Fox entre les dents en pensant au nombre d'individus passés là depuis la découverte du corps.

— Hé, vous !

L'homme au téléphone avait quitté le champ et s'approchait d'eux à petites enjambées pressées, si bien qu'il finit par glisser dans la boue et faillit perdre l'équilibre. À voir son air furibond, ça ne devait pas être la première fois.

— C'est un peu traître, commenta Fox.

L'homme l'ignora et pointa son téléphone sur eux.

— Qui êtes-vous ?

— Je m'appelle Fox et je suis inspecteur, Lothian and Borders, répondit-il en sortant une fois encore sa carte.

— Qu'est-ce qui vous amène ici ?

— Vous voulez bien vous identifier ? On n'est jamais trop prudent.

L'homme lui lança un regard méchant mais finit par s'exécuter. Brendan Young. Il était sergent.

— Glenrothes ? supposa Fox.

— Dunfermline.

— C'est vous le responsable ?

— Le chef est dans la maison.

— Plus maintenant.

L'homme qui sortit du cottage mesurait près d'un mètre quatre-vingt-dix. Épaules de rugbyman, cheveux noirs de jais plaqués vers l'avant, petits yeux perçants.

— Je suis l'inspecteur Cash.

— Ils sont de Lothian and Borders, dit Young.

— Seriez-vous un peu perdus, messieurs ? demanda Cash.

— Je suis venu ici il y a quelques jours, commença à expliquer Fox. Pour interroger Alan Carter à propos de son neveu.

— Vous appartenez aux Plaintes.

Sûr de lui, l'inspecteur Cash avait durci le ton, et le visage de Young se durcit à l'unisson. Deux réactions normales.

— Effectivement, reconnut Fox.

— Donc, je ne me suis pas trompé, vous vous êtes effectivement perdus, bordel.

Cash sourit à Young, qui lui sourit en retour.

— Nous avons une mort suspecte sur les bras…

— Pas encore de meurtre, alors ? l'interrompit Fox.

Cash n'allait pas lui offrir de réponse :

— Au lieu de venir vous perdre ici, pourquoi ne pas aller fouiller à corps vos propres collègues et les mettre à poil pour vérifier qu'ils n'ont pas piqué un trombone dans la réserve de papeterie ?

— Merci du conseil, rétorqua Fox avec un petit rictus, mais je suis ici pour les empreintes.

— Quelles empreintes ? voulut savoir Cash.

— Les miennes.

Il expliqua comme à un enfant :

— Je suis allé dans le salon et le couloir. Possible que j'y aie laissé des traces de doigts. Si je donne mes empreintes à l'équipe de scène de crime, ils pourront les vérifier et les éliminer.

— Ce sera à nous d'en décider, déclara Cash.

— Absolument, reconnut Fox.

Cash continua à le fixer quelques secondes encore avant de se tourner vers Young.

— Va me chercher quelqu'un.

Young entra dans la maison dont le montant de porte avait été éclaté : on s'était servi d'une pince à décoffrer pour ouvrir. Fox alla jusqu'au rebord de fenêtre, souleva le pot de fleur et montra la clé à Cash.

— La Crim de Kirkcaldy ne vous a donc rien dit ? en conclut-il.

— Non.

— Eh bien, vous savez comment c'est : ici, c'est leur territoire. Ne vous attendez pas à un régime de faveur.

— Je pourrais dire la même chose.

Nouveau petit rictus de Fox, presque un sourire cette fois.

— Vous nous ferez une déposition concernant le mort ? demanda Cash.

— C'est quand vous voulez.

— Combien de fois l'avez-vous rencontré ?

— Cette seule et unique fois, c'est tout.

— Qu'en avez-vous pensé ? Brave type ?

Fox acquiesça.

— Mais mieux valait ne pas être contre lui, à mon avis.

— Ah bon ?

— J'ai le sentiment que les imbéciles – ou la famille – n'étaient pas son fort, il ne les supportait guère. En plus, il dirigeait une société de sécurité, expliqua Fox en mettant les mains dans ses poches. Je suis revenu par la suite, poursuivit-il, peu de temps après la découverte du corps. Les papiers sur la table avaient été dérangés, il y en avait partout dans la pièce.

— Il manquait des choses ?

— Impossible à dire, répondit Fox, observant un instant de silence avant de demander : Vous savez sur quoi Carter travaillait ?

— J'ai l'impression que vous n'allez pas tarder à me l'apprendre.

— Un avocat du nom de Francis Vernal. Mort dans des circonstances mystérieuses. Par arme à feu.

À l'époque, tout le monde a parlé de suicide. Ça s'est produit à une cinquantaine de kilomètres d'ici.

— Francis Vernal ? Mais c'était dans les années 1980.

Fox haussa les épaules. Une des silhouettes en combinaison sortait du cottage. Une femme qui ôta capuchon et couvre-chaussures.

— Lequel d'entre vous ? demanda-t-elle.

— Moi, répondit Fox.

Il la suivit jusqu'à une des camionnettes. Elle monta à l'arrière et trouva tout ce dont elle avait besoin, mais le scanner portable refusa de se mettre en marche.

— Batterie à plat ? suggéra Fox.

Elle dut se résoudre à revenir à l'encre et au papier. Le résultat fut contresigné par tous les deux, après quoi elle lui tendit une lingette pour ses doigts. S'ensuivirent, pour l'analyse ADN, la prise d'un échantillon de salive au creux de la joue et l'arrachage de deux cheveux.

— Je ne peux pas me permettre d'en perdre beaucoup, se plaignit Fox.

— Faut que j'aie la racine, expliqua-t-elle.

Une fois les prélèvements scellés sous poche plastique, elle verrouilla le véhicule.

— Désolée, lui dit-elle en regagnant le cottage.

— C'est quand, la dernière fois qu'on t'a pris tes empreintes ? demanda Naysmith.

— Ça fait un bail, répondit Fox.

Cash les observait depuis le salon et leur fit un petit signe de la main, comme s'il leur accordait la permission de partir. Sauf que Naysmith se dirigeait déjà vers le Land Rover.

— Plutôt haut de gamme, dit-il en regardant à l'intérieur par la vitre conducteur.

— Veille à ne pas laisser d'empreintes, l'avertit Fox.

Naysmith recula d'un pas et examina les alentours.

— J'ai une question pour toi, dit-il. Pourquoi laisser sa bagnole dehors quand on a un garage ?

Fox regarda dans la direction qu'il indiquait : un petit chemin de terre gravissait la pente pour s'arrêter devant un bâtiment délabré.

— La crainte qu'il ne s'effondre ?

Ce qui ne l'empêcha pas de remonter péniblement le versant, Naysmith sur ses talons.

Un cadenas fermait le garage. Il ne datait pas d'hier et les portes étaient de simples lames de bois verticales, patinées et gauchies par le temps et les intempéries.

— Il y a une fenêtre par ici, annonça Naysmith.

Lorsque Fox le rejoignit, son jeune collègue avait nettoyé la vitre à l'aide de son mouchoir, mais pour autant, on ne distinguait pas bien ce que la bâtisse abritait.

— Une bâche, on dirait…

Ils contournèrent le garage, donnant même quelques coups de pied au passage, mais y pénétrer ne serait pas facile.

— Attends-moi une seconde, dit Fox en redescendant la pente.

Ne voyant personne dans le vestibule du cottage, il se dépêcha, passa devant le salon et entra dans la petite cuisine. À la gauche de l'évier une série de crochets portait diverses clés suspendues. Il les examina et choisit les mieux adaptées à ce qu'il cherchait. Il se retournait, prêt à repartir, quand il vit Cash sortir du salon.

— Qu'est-ce que vous fichez ici ?

— Je vous cherche.

Fox glissa les clés dans la poche intérieure de sa veste et en sortit dans le même temps une carte professionnelle.

— Afin que vous puissiez me joindre pour cet interrogatoire, expliqua-t-il en lui tendant sa carte.

Cash la regarda d'abord avant de lever les yeux sur Fox.

— Je sais que vous êtes excité comme une puce, dit-il à mi-voix, vu que vous n'êtes pas autorisé en temps normal à jouer dans la cour des grands et tout ça, mais je vais vous demander de vider les lieux, maintenant.

— Compris, fit Fox en faisant de son mieux pour paraître impressionné en présence d'un inspecteur de la Brigade criminelle.

Cash l'escorta jusqu'à la porte d'entrée et scruta les environs.

— Où est passé votre stagiaire ?

— Un besoin naturel, répondit Fox avec un petit signe de la tête vers les arbres.

Il se dirigea vers sa voiture, l'ouvrit et s'y installa. De nouveau à la fenêtre, Cash le surveillait. Fox attendit quelques instants qu'il quitte son poste, sortit de la voiture et retourna au garage.

La deuxième clé déverrouilla le cadenas, ils purent entrer. Naysmith ne s'était pas trompé, une bâche recouvrait ce qui ressemblait à un véhicule. La poussière était omniprésente. Un établi pouvait encore se vanter d'abriter quelques outils rouillés. Des étagères de fabrication maison fléchissaient sous le poids de vieilles boîtes de peinture. Il y avait aussi une tondeuse à gazon, pour les carrés d'herbe devant et derrière la maison, ainsi qu'une rallonge. Les seuls objets récents à la ronde.

Naysmith avait soulevé un coin de la bâche.

— Pas vraiment en état de prendre la route, commenta-t-il, avant d'ajouter : Juste bonne pour la ferraille, je dirais.

Fox alla à l'autre extrémité du véhicule et souleva le coin opposé de la bâche. La voiture était une Volvo 244 de couleur bordeaux. La lunette arrière était explosée.

— Donne-moi un coup de main, dit-il.

Ensemble, ils tirèrent la bâche : l'avant de la voiture était complètement défoncé, le moteur visible, radiateur et capot manquants.

— Dis-moi que c'est pas vrai, dit Naysmith d'une voix à peine plus forte qu'un murmure.

Fox quant à lui n'avait plus de doute. C'était bien la voiture de Vernal, celle qui avait été conduite à la casse. Il essaya d'ouvrir la portière côté passager, mais elle avait été coincée par la violence de l'impact. L'intérieur, apparemment, n'avait pas été touché depuis un quart de siècle. Seuls quelques fragments de verre brisé jonchaient la banquette arrière, rien de plus. Pas plus que Fox, Naysmith ne parvint à ouvrir la portière opposée.

— Comment se fait-il qu'elle se trouve ici ? demanda-t-il à voix basse.

— Aucune idée, lui répondit Fox, avant que la mémoire lui revienne : Le cottage appartenait en ce temps-là à un flic du nom de Gavin Willis. C'est lui qui a dirigé la première enquête.

— Ce qui justifierait le fait qu'il ait gardé la voiture pour lui ? Ça n'explique toujours pas pourquoi.

— Non, effectivement.

Il réfléchit un moment, puis :

— Tu crois que tu pourrais te faufiler par là ?

Il parlait de la lunette arrière. Naysmith ôta son beau caban, le tendit à Fox puis se hissa avant de s'introduire par l'orifice béant.

— Et maintenant ? demanda-t-il depuis la banquette.

— Tu vois quelque chose susceptible de nous intéresser ?

Naysmith se laissa glisser entre les deux sièges avant de s'étirer, le bras tendu pour ouvrir la boîte à gants. Il trouva les papiers du véhicule, qu'il remit à Fox, lequel les fourra dans sa poche.

— Un blister garni d'une moitié de ses ampoules et quelques papiers de bonbons, signala Naysmith. Mais c'est à peu près tout.

Fox entendit des voix aux abords du cottage. Les gens de la Crim n'allaient pas manquer de se demander pour quelle raison la voiture était toujours là, sans personne à bord.

— Sors vite de là, dit-il à Naysmith.

Il le tira pour l'aider à repasser par la lunette arrière et les deux hommes étaient debout côte à côte, Naysmith remettant son caban, quand la porte du garage s'ouvrit en faisant trembler tout l'édifice. Cash et Young apparurent sur le seuil.

— Où est-ce que vous vous croyez ? Qu'est-ce que vous fichez ici ? s'écria le premier.

— La voiture de Francis Vernal, répondit simplement Fox.

Cash fixa la voiture d'abord, Fox ensuite.

— Comment le savez-vous ?

— Marque, modèle, couleur, expliqua Fox.

— Et dégâts, ajouta Naysmith en montrant le moteur.

— Dehors tous les deux ! grogna Cash en pointant le doigt vers la sortie.

— On partait, justement, lui dit Fox.

Cash et Young leur collèrent aux basques jusqu'à leur véhicule puis les gardèrent à l'œil le temps qu'ils effectuent un demi-tour et redescendent lentement la colline, Cash allant jusqu'à les suivre à pied pour être bien sûr de leur départ. Ils attendirent que l'agent en uniforme leur livre le passage en levant le cordon, le saluèrent et rejoignirent lentement la grand-route.

— Et maintenant ? demanda Naysmith.

— C'est l'occasion pour toi de montrer tes talents d'enquêteur, Joe… Bibliothèque de Kirkcaldy ; déniche-moi un annuaire de 1985 et relève toutes les casses et les ferrailleurs que tu pourras trouver. Si nous pouvons remonter jusqu'à l'endroit où la voiture a été déposée, nous avons une demi-chance de découvrir pour quelle raison elle en est ressortie.

Naysmith acquiesça.

— Possible néanmoins que ça ne veuille rien dire de particulier, dit-il.

— Tu as toutes les chances d'avoir raison, lui concéda Fox. Mais au moins, nous pourrons dire que nous avons essayé, pas vrai ?

18

Après avoir déposé Naysmith devant la bibliothèque, Fox prit la direction du poste de police. Il mit ses essuie-glaces, la pluie ayant commencé à dégringoler en bourrasques sur le pare-brise, d'énormes gouttes qui claquaient comme les étincelles d'un feu de cheminée. Il repensa au jour de sa première visite au cottage. Alan Carter et lui assis de part et d'autre de l'âtre, un mug de thé à la main, un vieux chien pour leur tenir compagnie. Difficile de trouver situation plus douillette et plus familiale. Et pourtant, Carter était un homme qui, parti de rien, avait monté une société de sécurité, ce qui impliquait, aux yeux de Fox, un noyau dur incontestable, voire peut-être un caractère impitoyable. À quoi s'ajoutait le témoignage de son vieil ami Teddy Fraser : la porte du cottage restait toujours fermée à clé, à toute heure du jour et de la nuit. Pour quelle raison ? Qu'est-ce qu'il avait à craindre, ce vieil homme si sympathique ? Peut-être rien du tout. Peut-être était-ce l'homme d'affaires avisé qui devait rester sur ses gardes en toutes circonstances ; au point d'avoir une arme à feu à portée de main…

Si toutefois l'arme en question lui appartenait, et Teddy Fraser n'était pas de cet avis.

Devant le parc de stationnement du poste, pas le moindre signe de Jamieson ni de sa consœur, mais, une fois entré, il repéra la Mondeo de Tony Kaye. L'emplacement réservé à Pitkethly était de nouveau libre, mais elle lui avait interdit de l'utiliser. Apparemment, sa Volvo allait devoir se contenter de la rue, avec le risque de récolter une contravention. Francis Vernal aussi conduisait une Volvo. Un choix sensé et mesuré, sans prise de risques, ainsi que voulait vous en convaincre la pub – et Kaye l'avait charrié suffisamment sur le sujet. La route de part et d'autre du lieu de l'accident présentait quelques virages, mais rien de bien méchant, et Fox pensa aux voitures qui l'avaient doublé à toute vitesse près du mémorial. Existait-il des têtes brûlées fans de voitures en ce temps-là ? Rien d'autre à faire pour les jeunes du coin le soir dans la cambrousse ? Quelqu'un aurait-il pu obliger Vernal à quitter la route ?

Une fois garé, il regarda alentour pour repérer d'éventuelles contractuelles, sortit de la voiture et la ferma à clé. Il sentit un objet incongru dans sa poche de manteau : le carnet d'entretien de la Volvo de Vernal. Tranche des pages brunie par le temps, gondolée par l'humidité. Certains feuillets collés ensemble. À la fin du carnet, il vit des cadres à remplir après chaque révision. À première vue, l'avocat avait acheté la voiture neuve. Il la conduisait depuis trois ans au moment de l'accident. Treize mille kilomètres au compteur à son dernier passage au garage. Le tampon du centre de service portait le nom d'un concessionnaire de Seafield Road, à Édimbourg, depuis longtemps installé ailleurs. Dans la poche en plastique transparent attachée à la couverture du carnet, il trouva quelques feuilles libres pliées relatives à des remplacements de pièces et à des réparations. Il déverrouilla sa portière, balança le carnet sur le siège passager et se dirigea vers le poste. Il se trouvait au milieu du parking quand son téléphone sonna. Bob McEwan.

— Oui, chef, dit Fox en guise d'introduction.

— Malcolm…, dit McEwan d'un ton qui obligea Fox à ralentir le pas.

— Qu'est-ce que j'ai fait, cette fois ?

— J'ai eu Fife au bout du fil ; le chef adjoint.

— Il veut que nous arrêtions ?

— Il veut que *toi*, tu arrêtes.

Fox s'immobilisa.

— Kaye et Naysmith peuvent continuer leurs interrogatoires et préparer leur rapport.

— Mais, Bob…

— La Criminelle a appelé son bureau, apparemment furieuse contre toi.

— Parce que je leur ai appris leur boulot ?

— Parce que tu as débarqué comme un chien dans un jeu de quilles au beau milieu d'une scène de crime potentielle. Parce qu'au lieu de repartir quand on te l'a ordonné, tu as trouvé un autre endroit où aller fourrer ton nez…

— J'y suis allé pour apporter mon aide.

McEwan resta un instant silencieux.

— C'est ce que tu dirais sous serment devant un tribunal, Malcolm ?

Fox ne répondit pas.

— Et est-ce que tu demanderais à Joe Naysmith de confirmer ?

— D'accord, reconnut Fox. Tu marques un point.

— Tu le sais mieux que personne, nous devons *absolument* respecter les règles et n'en pas dévier.

— Oui, chef.

— Et c'est la raison pour laquelle tu rentres au bercail.

— S'agit-il d'un ordre ou d'une requête, Bob ?

— C'est un ordre.

— Ai-je droit d'aller faire une bise à mes petits d'abord ?

— Ce ne sont plus des enfants, Malcolm. Ils se débrouilleront très bien sans toi.

Fox contemplait fixement la porte arrière du poste de police.

— Je les informerai de ce qui s'est passé, poursuivit McEwan. Tu seras ici dans une heure, n'est-ce pas ?

Fox changea de point d'horizon et se tourna vers le ciel. L'averse était passée mais une autre se préparait.

— Oui, répondit-il à McEwan. Je serai là.

*

Lorsque Fox entra dans le bureau des Plaintes, un petit mot de McEwan l'y attendait.

Une nouvelle foutue réunion. Sois sage.

Il remarqua ensuite deux sacs de supermarché posés par terre à côté de sa table de travail. Ils étaient lourds. Il en sortit un classeur qu'il ouvrit. Une photographie de Francis Vernal emporté par l'élan de son discours le fixa droit dans les yeux. En dessous était rangée une série de feuilles agrafées, certaines garnies de Post-it gribouillés de texte. Le deuxième classeur semblait avoir le même type de contenu. Pas de lettre explicative sur le dessus. Il téléphona à la réception et interrogea l'agent.

— C'est un monsieur élégant qui les a déposés.

— Donnez-moi un signalement.

Une longue pause de réflexion.

— Un monsieur élégant, c'est tout.

— Et il a donné mon nom.

— Il a donné votre nom.

Fox raccrocha et passa un autre coup de fil, à Mangold Bain. La secrétaire le mit en communication avec Mangold.

— Je suis sur le point de partir, l'avertit ce dernier.

— J'ai bien reçu votre petit cadeau.

— Parfait. C'est tout ce qu'Alan Carter m'avait remis avant sa mort.

— Et qu'est-ce que je vais bien pouvoir en faire, selon vous… ?

— Y jeter un coup d'œil, peut-être ? Ensuite, vous me donnerez votre opinion. C'est le mieux que je puisse espérer. Et maintenant, il faut que je vous quitte, je dois absolument partir.

Fox raccrocha et contempla les deux gros classeurs. Pas ici : Bob McEwan poserait trop de questions. Il alla jusqu'à la table de son chef et lui laissa un mot.

Levé le camp de bonne heure. Chez moi si tu veux me joindre. Appelle sur le fixe si tu as des doutes.

Puis il rentra chez lui et déposa les deux classeurs sur la table de son salon. Il revenait de la cuisine avec un verre d'Appletizer quand il se rendit compte à quel point les deux intérieurs risquaient de se ressembler finalement – la table d'Alan Carter avec ses piles de paperasses et maintenant la sienne.

Il pinça les lèvres et se mit au travail.

Carter avait bien accompli un travail de titan, qu'il avait sous les yeux. Il avait déniché tous les exemplaires du quotidien *Scotsman* d'avril et mai 1985, dans le seul but de prouver que la mort de l'avocat Francis Vernal était passée quasiment inaperçue. Fox se plongea aussitôt dans leur lecture et s'y perdit. Il vit une publicité pour un magasin d'informatique où il se souvenait d'être allé. La pub en question concernait un ordinateur domestique ICL dont le prix affiché se montait presque à quatre mille livres, à une époque où une Renault 5 flambant neuve, avec radiocassette, en coûtait six mille. Dans la colonne Offres d'emploi, une compagnie de sécurité cherchait des gardes en offrant un salaire hebdomadaire de soixante-quinze livres. Un appartement à Viewforth était en vente pour trente-cinq mille livres.

Les articles lui arrivaient en masse et en pleine figure : des bombes en Irlande du Nord, une manif du CND à Loch Long, « Le gel des missiles soviétiques ignoré par Washington »… Foule de protestataires sur le site proposé pour une base de missiles dans le Cambridgeshire. On conseillait aux entreprises de protéger leurs « données électroniques sensibles » des effets d'une explosion nucléaire. La princesse de Galles, en visite à Scotland Yard, avait pu voir le four et la baignoire utilisés par le tueur en série Dennis Nilsen…

Alex Ferguson était le manager de l'Aberdeen Football Club, resté en tête du championnat tout le mois d'avril. L'essence augmentait de cinq pence pour dépasser les deux livres le gallon, et la princesse Michael de Kent se déclarait « choquée » d'apprendre que son père avait été dans les SS. Fox se surprit à tendre la main vers son mug de thé sans se souvenir de s'être levé pour en préparer. Les défenseurs des droits des animaux, les manifestants contre les pluies acides et les enseignants avertis par leurs employeurs qu'il était interdit de porter les badges du CND en salle de cours. Neil Kinnock était à la tête du Parti travailliste, et le Premier ministre, Margaret Thatcher, faisait une tournée au Moyen-Orient. Un sondage montrait que les électeurs du SNP plafonnaient obstinément à quinze pour cent de la population écossaise. Une mine de charbon inondée allait être fermée, et on craignait que la Trustee Savings Bank ne déplace son siège social au sud de la frontière.

Joe Naysmith avait mentionné Hilda Murrell, et, malgré son décès l'année précédente, elle continuait elle aussi à faire parler d'elle dans la presse. Le député Tam Dalyell déclarait avec force qu'elle avait été assassinée par les renseignements britanniques et qu'il fallait auditionner Leon Britten, le ministre de l'Intérieur, à ce sujet.

Fox fut surpris de constater qu'il se souvenait de bien peu de ces événements. Il devait être en terminale à Boroughmuir, convaincu qu'une place l'attendait à l'université. Jude s'intéressait plus que lui à la politique – une fois, elle avait distribué des tracts pour le Parti travailliste. Pendant ce temps, lui avait transformé sa chambre en sanctuaire où il pouvait se concentrer sur son ordinateur Sinclair Spectrum, perdant patience chaque fois qu'il échouait à charger un nouveau jeu parce qu'il ne parvenait pas à régler le juste volume de son lecteur de cassettes. Les matchs des Hearts avec papa le samedi, mais uniquement s'il réussissait à le convaincre qu'il avait fait tous ses devoirs. Le travail scolaire ne le dérangeait pas, mais il ne regardait jamais les informations à la télé, pas plus qu'il ne lisait le journal – mis à part *2000 AD*[1] et la page des sports.

Francis Vernal avait trouvé la mort le dimanche 28 avril en fin d'après-midi. Ce soir-là, une grosse partie de la population – Fox compris – s'était retrouvée scotchée à son écran de télévision pour suivre la finale du championnat du monde de snooker opposant Dennis Taylor et Steve Davis. À un moment, Taylor, avec huit points de retard, avait effectué une mémorable remontée, pour gagner la manche de sa carrière. Lorsqu'il avait fini par envoyer la dernière bille noire du dernier point dans la poche, pour l'emporter par 18 à 17, c'était la première fois qu'il menait depuis le début de la compétition. Les quelques jours suivants, son visage avait fait la une de tous les journaux. La mort de Vernal ne méritait pas la moindre mention, jusqu'à la publication de sa notice nécrologique, dont une ligne comportait une coquille à son nom, écrit « Vernel ».

— Ça ne serait plus possible aujourd'hui, se prit à rêvasser Fox à haute voix.

Pas d'Internet à l'époque, comme l'avait dit Naysmith. Les rumeurs pouvaient être contenues. Même l'actualité pouvait être muselée. Les Woodward et Bernstein[2], dans les médias écossais du moment, étaient une denrée rare dans le meilleur des cas. Fox pouvait aisément imaginer un rédacteur en chef répugnant à rapporter les détails d'un suicide : il y avait la famille

1. Hebdomadaire de BD de science-fiction où figurait entre autres *Judge Dredd*.

2. Journalistes du *Washington Post* à l'origine du Watergate, en 1974.

à prendre en compte, et ce mec, vous l'aviez peut-être apprécié, vous l'aviez respecté. À quoi pourrait servir de ternir son nom et sa réputation en mettant des inconnus au courant de la manière dont il était mort ?

Un patriote.

En ouvrant le second classeur, Fox sentit ses sourcils se relever. Photocopies des rapports de police originaux sur l'affaire, accompagnées des photos et des détails de l'autopsie. Quelqu'un était allé fouiller dans les archives pour récupérer ces pièces, que Carter avait ensuite photocopiées et adressées à son employeur. De l'argent avait-il changé de mains, ou Carter disposait-il toujours d'amis dans la police ? Où la police du Fife conservait-elle ses anciens dossiers d'enquêtes ? À Édimbourg, on les stockait dans un entrepôt d'une zone industrielle. Il consulta sa montre. Il lui faudrait plusieurs heures pour tout passer en revue et il savait qu'il devait s'arrêter. Le signal sonore annonçant l'arrivée d'un texto tomba à pic. Tony Kaye et Joe Naysmith buvaient un verre au Minter's.

Jour des POETS, oublie pas !

Fox sourit : *Piss Off Early, Tomorrow's Saturday.* Casse-toi de bonne heure, demain, c'est samedi.

Il n'avait pas besoin d'autre invitation.

19

— Il faut que je te dise, lui lança Tony en le voyant s'approcher de leur table. Tu risques fort de devenir le héros local à Kirkcaldy.

— Comment ça ? demanda Fox en prenant place.

— Ils n'apprécient pas vraiment de voir la Brigade criminelle jouer les gros bras, et, jusqu'à présent, tu as été le seul qui soit parvenu à les renvoyer à leurs chères études.

— A-t-on décidé qu'il s'agissait d'un meurtre ?

Kaye fit non de la tête en buvant une gorgée de bière.

— Mort suspecte, pour l'instant, confirma-t-il.

Joe Naysmith revint du comptoir avec un jus de tomate épicé pour Fox.

— Merci, Joe, dit Fox. Qu'est-ce que tu as trouvé à la bibliothèque ?

— Huit casses dans le Fife, dont six qui fonctionnent encore.

— Tu as réussi à toutes les joindre ?

— Oui.

— Résultat positif ?

— Pas vraiment, non. Un des mecs à qui j'ai parlé m'a dit que l'épave serait normalement revenue à un casseur du nom de Barron.

— Et j'imagine qu'il s'agit d'une des deux boîtes qui ont mis la clé sous la porte ?

Naysmith confirma de la tête.

— Cette casse-là a été transformée en lotissement.

— Et M. Barron ?

— Ça, c'est la bonne nouvelle : quand il a vendu, il y a gagné une des nouvelles maisons en construction. Ça faisait partie du marché.

— Et il vit dans le lotissement ?

— Ce n'est pas un lotissement à proprement parler. Juste six maisons « haut de gamme ».

— Et il y habite toujours ?

— Je n'ai pas encore réussi à le contacter, mais ça ne saurait tarder.

— Bon travail, mon vieux, le complimenta Fox avant de se sentir gêné par le regard attendri de Tony Kaye, un attendrissement qui ressemblait fort à de la pitié.

— Une perte de temps, estima celui-ci. Tout ça va finir en eau de boudin.

— Et de ton côté, Tony ? Tu as du nouveau ?

Kaye réfléchit à sa réponse en avalant une nouvelle gorgée de bière, avant de se lécher les babines.

— Pas grand-chose.

Fox attendit la suite, et Kaye s'exécuta.

— La salle d'enquête a été installée dans le bureau principal de la Crim, ce qui revient à dire que Scholes et Michaelson sont tenus à l'écart.

— Haldane est toujours en congé de maladie ?

Kaye acquiesça.

— L'inspecteur-chef Laird a décidé que la Crim devait s'installer dans la salle d'interrogatoire. Conclusion, Joe et moi sommes maintenant à la rue.

— Tu en as touché un mot à Pitkethly ?

— On ne peut pas vraiment dire qu'elle ait beaucoup compati… Il y a cependant un truc…

— Lequel ? demanda Fox.

— La surveillance, répondit Kaye. Maintenant que tu te retrouves sur la touche, tu ne crois pas que tu devrais me mettre en contact avec Coco Chanel ? Joe et moi, on a besoin de connaître le contenu de ces écoutes téléphoniques.

— Je vais voir ça avec elle, promit Fox.

Kaye hocha lentement la tête.

— Et toi, alors, Foxy ? Tu en as suffisamment pour te tenir occupé ?

— Je ferai avec.

— Je n'en doute pas un instant.

Kaye avait fini sa bière et se levait pour une nouvelle tournée. Fox lui signifia qu'il ne prendrait rien, et Joe Naysmith dit qu'il se contenterait d'une demi-pinte. Une fois Kaye au comptoir, Naysmith se pencha vers Fox comme un conspirateur.

— Tu vas avoir besoin de moi ? lui demanda-t-il.

— Continue simplement ce que tu as entrepris.

Naysmith acquiesça.

— Je pensais à l'arme, ajouta-t-il.

— Quelle arme ?

— Celle qui a servi à tuer Francis Vernal.

— Oui, et alors ?

— D'où venait-elle ?

— Je me suis moi aussi posé la question.

— Serait-il extravagant d'imaginer un instant que… ?

— Que ce soit la même que celle de Carter ? compléta Fox avant de réfléchir une seconde. Parfaitement extravagant, décida-t-il.

— Il y aurait moyen de vérifier ?

— Peut-être.

— Tu veux que…

— Tu te débrouilles très bien comme ça, lui signifia Fox en faisant non de la tête.

— L'autre truc, c'est la voiture.

Les mots se bousculaient dans la bouche de Joe. Fox l'avait rarement vu aussi excité. Peut-être que ce jeunot aurait mieux sa place à la Criminelle qu'aux Plaintes.

— Je veux dire par là, le labo n'a jamais pu l'examiner de près, pas vrai ? Et aujourd'hui, la technologie a fait de sacrés progrès par rapport à ce qui se pratiquait à l'époque. Si on pouvait la conduire jusqu'à un labo, qui sait ce qu'on pourrait y trouver… ?

— Peut-être des empreintes à l'intérieur, parmi lesquelles les tiennes, tu te souviens ? lui rappela Fox. Ce qui t'obligerait très certainement à répondre à quelques questions gênantes.

L'argument rappela un détail à Naysmith.

— Et les trucs que j'ai sortis de la boîte à gants ?

— Carnet d'entretien du véhicule, répondit Fox avec un haussement d'épaules.

Naysmith eut l'air très déçu, avant de reprendre :

— Mais est-ce que j'ai raison, pour ce qui est de l'examen du véhicule par le labo ?

Fox hocha la tête, lentement.

— Voyons d'abord si l'enquête est rouverte, d'accord ?

— Sur Internet, c'est la veuve, la coupable de choix. Belle femme. Un peu plus jeune que lui. Issue d'une famille riche. Elle vit toujours ? demanda Joe après un silence.

— Pour l'instant.

— Ça vaudrait la peine de l'interroger, tu crois ?

— Peut-être.

Mangold risquait de ne pas apprécier, songea Fox ; néanmoins… Kaye revenait avec les verres pleins.

— Mais regardez-vous, tous les deux, les gronda-t-il. On dirait deux gamins en train de comploter parce qu'ils ne veulent pas que les adultes soient au courant.

Il posa les verres sur la table.

— À votre avis… et si on faisait la fête, hein ? On est vendredi, non…

— Moi, je préfère rentrer, objecta Fox.

— Moi aussi, ajouta Naysmith.

Kaye soupira, secoua la tête, plus peiné qu'en colère, et porta la pinte à sa bouche.

— Un duo de satanés gamins, marmonna-t-il pour lui-même. Allez, fichez-moi le camp et n'oubliez pas de faire vos devoirs.

— Tu peux y compter, sourit Naymith.

— Une dernière chose, cependant, ajouta Kaye en les tançant du doigt. Inutile d'attendre papa.

*

Une fois chez lui, Fox envoya un texto à Evelyn Mills et s'assit à sa table. Du courrier encore cacheté traînait sur le rebord de la fenêtre. Il ne l'avait pas ouvert parce qu'il y avait reconnu un relevé bancaire et une facture de carte de crédit, et savait que ni l'un ni l'autre ne serait porteur de bonnes nouvelles. Les honoraires de la maison de retraite avaient augmenté deux fois au cours de l'année passée, mais, pour autant, Fox ne les réglait pas à contrecœur. Bon, si, un peu quand même. Plus d'une fois, il avait envisagé de demander à Jude si elle ne pourrait pas s'occuper de leur père.

Vu qu'elle n'avait pas de boulot digne de ce nom. Il la paierait, grassement, sans rechigner et en sortirait quand même gagnant. Il n'était pas très sûr de savoir pourquoi il se dégonflait chaque fois que l'occasion se présentait. Ce n'était pourtant pas faute de lui faire comprendre à demi-mot… Et dans tous les cas, elle pouvait toujours lui en faire la proposition elle-même. Au lieu de quoi, elle ne cessait de l'asticoter en répétant qu'elle serait heureuse de régler sa part si jamais elle avait une rentrée d'argent.

Tu pourrais toujours le prendre chez toi…

— Toi aussi, Malcolm, se dit-il pour lui-même.

Payer une aide ménagère pour préparer le repas de midi et faire un peu de ménage. Ça ne poserait pas de problème. Enfin, pas vraiment. Non, il ne pouvait pas imaginer une chose pareille. Il était bien trop installé dans ses petites habitudes, il aimait qu'il en soit ainsi et pas autrement. Ça ne marcherait pas…

Ce fut presque un soulagement quand son téléphone sonna. Il décrocha. C'était Mills.

— Pourquoi m'envoyer un texto alors que tu aurais pu m'appeler ? demanda-t-elle abruptement. Tu es radin ou quoi ?

— Je me disais juste… Est-ce que ça ne paraît pas suspect quand je te téléphone le soir ?

— Des coups de fil, j'en reçois sans arrêt, s'esclaffa-t-elle. Freddie a l'habitude.

Freddie. Certainement son mari.

— En revanche, un texto mystérieux…

— J'aurais dû y penser.

— Toujours est-il que je suis au bout du fil, alors qu'est-ce que je peux faire pour toi ?

— Je me demandais comment se déroulaient les écoutes.

— Rien à signaler… Et d'abord, à qui je le fais, mon rapport ?

— Tu es donc au courant.

— L'inspecteur Cash peut être comme ça.

— Tu le connais ?

— De réputation.

— Fais-moi plaisir, dis-moi que tu l'as sur ton radar.

Petit rire à l'autre bout du fil.

— Il n'a jamais dépassé les bornes, Malcolm. En tout cas, pas encore.

— Dommage, dit Fox en se passant une main sur le front. Pour répondre à ta question, je pense que c'est Tony Kaye ton contact, désormais. Je vais te donner son numéro.

Ce qu'il fit, avant de lui demander si elle était d'accord pour qu'il donne son nom à Tony, ainsi que son numéro de téléphone.

— Bien sûr, dit-elle.

— Comment se présente l'enquête sur la mort d'Alan Carter ?

— Elle avance lentement. Kirkcaldy ne manifeste pas vraiment d'entrain.

— Evelyn… je voudrais te demander un autre service.

— Tu désires que je glisse un mot en ta faveur ? Que je me renseigne pour savoir s'ils accepteront de te faire revenir ?

— Non, il ne s'agit pas de ça. Ce qui m'intéresse, c'est l'arme. Le revolver.

— Mais encore ?

— Je me demandais juste s'il ne me serait pas possible d'en discuter avec quelqu'un.

— Et tu voudrais que j'arrange le rendez-vous, c'est ça ? Juste une broutille, si je comprends bien. Tu crois que c'est aussi simple ?

— Je suis désolé. Un nom et peut-être aussi un numéro de téléphone, c'est tout.

— Et qu'est-ce que j'y gagne en retour ? demanda-t-elle, d'un ton beaucoup moins professionnel.

Fox se plongea dans la contemplation des dossiers posés devant lui.

— Qu'est-ce que tu veux dire par là ?

— C'est juste une petite plaisanterie rien qu'à moi, sans plus, répondit-elle en éclatant de rire. Inutile d'être aussi effrayé, je l'entends à ta voix.

— Ce n'est pas ça, Evelyn.

— C'est quoi alors ?

— Rien.

— Aurais-tu passé un aussi mauvais moment que ça à Tulliallan ?

— Le moment que j'ai passé à Tulliallan a été super.

— Mmm… Moi, j'aimerais qu'il m'en reste un peu plus de souvenirs.

Nouvelle pause, dans l'attente d'une éventuelle réponse de sa part. Comme il ne réagit pas, elle lui dit qu'elle lui enverrait un texto si elle avait de nouvelles infos sur le revolver.

— Merci encore.

— Peux-tu me dire pour quelle raison tu t'intéresses autant à cette arme ?

— Pas vraiment, non. Ce n'est peut-être rien du tout, ajouta-t-il après un blanc.

— Tu devrais mettre ta matière grise un peu en repos. J'entends d'ici les rouages qui tournent. Lâche-toi un peu.

— Tu as probablement raison, dit-il avec un semblant de sourire. Bonsoir, Evelyn.

— Fais de doux rêves, Malcolm. Tu ronfles toujours… ?

Il en resta bouche bée, ne sachant quoi répondre, mais elle avait déjà mis fin à la communication.

SIX

20

— Il ne s'agit pas de la même arme, ça, je peux vous le garantir.

Fiona McFadzean était, pour reprendre le texto de Mills, « la spécialiste balistique du comté de Fife » et exerçait son activité au QG de la police, à Glenrothes. Il avait fallu un moment à Fox pour trouver l'endroit : trop de ronds-points et trop peu de poteaux indicateurs. Elle ne travaillait pas dans le bâtiment principal, et on l'avait dirigé vers une bâtisse en briques, basse et trapue, derrière les pompes à essence. Un agent en uniforme y faisait le plein de sa voiture de patrouille.

— Ouais, c'est bien la tanière de Fiona, lui confirma-t-il.

McFadzean était venue en personne lui déverrouiller la porte, en civil, sans blouse blanche et apparemment très heureuse dans son espace sans fenêtres. Contre un mur se dressait tout un assortiment de matériaux de construction, depuis le bois jusqu'à la brique, entièrement grêlé d'impacts de balles. Un cagibi vitré sur un côté offrait un mur peint en blanc, moucheté de rose. McFadzean avait expliqué à Fox qu'ils s'en servaient afin de vérifier les éclaboussures de sang produites par une arme à feu.

— Et sur quoi tirez-vous, précisément ?

— Tout et n'importe quoi, de la pastèque à la tête de cochon. Mon oncle est boucher, c'est pratique.

La jeune femme débordait d'énergie et lui avait offert une visite rapide de son domaine. Installé devant un ordinateur se trouvait son assistant qu'elle présenta comme étant Paul, lequel le salua de la main sans lever les yeux de son écran.

— Le crime fleurit, dans la région ? lui demanda-t-il.

— Pas exactement. Nous ne sommes là qu'à titre expérimental, toujours en instance de fermeture, avec le risque de devoir mettre la clé sous la porte à tout moment, vu les réductions de budgets et autres.

McFadzean ne disposait pas de véritable bureau et semblait parfaitement s'accommoder d'un haut tabouret sur lequel elle se perchait devant une paillasse étroite qui courait sur toute la longueur d'un mur. Elle disposait cependant d'une cafetière et les servit pendant que Fox essayait de trouver une position à peu près confortable sur le tabouret vacant, avant de se résoudre à rester debout.

— Merci encore une fois de me recevoir, dit-il.

Elle hocha la tête et porta son mug à ses lèvres en le tenant à deux mains.

— Comment pouvez-vous être aussi sûre de vous, pour ce qui est des deux armes en question ? lui demanda Fox.

Le café était trop amer mais, soucieux de ne pas la vexer, il en but néanmoins une autre gorgée.

— Pour commencer, les numéros de série, expliqua-t-elle. Comme Paul a disposé d'un peu de temps l'année dernière, il a transféré toutes les anciennes archives sur ordinateur.

Elle lui montra un tirage papier.

— Voici le revolver dont Francis Vernal s'est servi. Canon de quatre pouces et non six. Balles de calibre identique mais six chambres dans le barillet, et non pas cinq.

Fox eut droit à un deuxième tirage papier.

— Le revolver utilisé pour tuer M. Carter…

— Effectivement, ce sont bien deux armes différentes, reconnut Fox après avoir étudié les caractéristiques de plus près. Mais il est dit ici que l'arme utilisée par Vernal a été détruite.

Elle confirma d'un signe de tête.

— C'est ainsi que finissent toutes les armes confisquées.

Elle lui tendit alors une troisième feuille de papier qui détaillait toutes les armes à feu récupérées par les polices du Fife et du Tayside et envoyées à la fonderie. Elles n'étaient guère nombreuses. Le revolver trouvé sur la table d'Alan Carter aurait dû être détruit en octobre 1984. Celui récupéré à côté de la voiture de Vernal avait connu un sort identique une année plus tard.

— Disposez-vous d'un historique pour ces deux revolvers ?

— Malheureusement, nous ne pouvons pas tout faire, s'excusa-t-elle en soufflant sur son café.

— On doit pouvoir le dénicher dans un vieux dossier quelconque, intervint Paul. Probablement au labo national de balistique de Glasgow. Enterré quelque part dans les archives.

— Donc, vous ne connaissez pas l'origine de ces deux armes ?

McFadzean secoua la tête.

— Le revolver retrouvé dans le cottage d'Alan Carter, à votre avis, comment est-il arrivé jusque-là ?

— Quelque part entre la mise sous clé et la fonderie, il a joué la fille de l'air.

Fox acquiesça pour lui montrer qu'il était bien d'accord.

— Cela s'est déjà produit dans le passé ?

— Les procédures sont plutôt strictes, des tas de vérifications par des services différents.

— J'en déduis que c'est vraiment rare, dit-il en étudiant de nouveau les tirages, et que quelqu'un a dû l'empocher au passage, non ?

— C'est probable. Je veux dire, on aurait pu le laisser tomber ou l'égarer, mais…

Devant l'expression du visage de Fox, elle rectifia :

— Je vous l'accorde, ce n'est guère plausible.

— On sait qui en avait la responsabilité ? Qui était chargé de se débarrasser des armes ?

— C'est écrit, lui répondit-elle en lui faisant signe de passer au dernier feuillet.

— Ah, lâcha-t-il, en reconnaissant un nom.

Inspecteur Gavin Willis.

— Oui ? l'incita-t-elle à poursuivre.

Fox tapota la feuille du doigt.

— L'inspecteur Willis, expliqua-t-il. Alan Carter avait travaillé sous ses ordres. C'est lui aussi qui a acheté la maison de Willis, au décès de ce dernier.

— Ce serait peut-être l'explication, dit Paul en faisant pivoter son fauteuil pour leur faire face. L'arme se trouvait dans la maison. Carter l'a trouvée et il l'a conservée…

— Ce qui renforcerait la thèse du suicide, ajouta McFadzean.

— Ou au moins le fait que le revolver traînait dans la maison, à la disposition d'une tierce personne susceptible d'en faire usage, rétorqua Fox. N'est-ce pas vous qui avez remarqué la position aberrante des empreintes ?

Elle acquiesça.

— La première chose que nous faisons, expliqua-t-elle, c'est examiner chaque arme afin de déterminer si elle porte des traces quelconques. Après quoi, nous vérifions la correspondance entre l'arme et les balles, simplement pour confirmation. C'est seulement ensuite que nous cherchons sa provenance.

— Il y a un moment que ce revolver n'a pas servi, poursuivit Paul. Il n'a pas été entretenu.

— Rouille, expliqua McFadzean. Et manque d'huile.

— Des balles non utilisées dans les autres chambres, ajouta Paul. Elles devaient bien remonter à vingt ans.

— À partir des fibres que nous avons trouvées, j'en ai déduit qu'on l'a probablement conservée enveloppée dans un tissu, du simple coton blanc.

— Donc, il faudrait fouiller le cottage pour retrouver ce morceau de coton, dit Fox.

— C'est ce qui a été fait, à notre demande.

— Jusqu'ici, sans résultat.

— Pas encore de résultat, confirma McFadzean.

Fox gonfla les joues et souffla.

— Comment interprétez-vous cela ?

— Je ne suis pas très sûre, dit-elle. Selon la théorie de Paul, l'arme a été emportée au cottage, où elle a servi à tuer la victime dont on a ensuite pressé les empreintes à la va-vite sur la crosse et le canon pour tenter de faire croire à un suicide.

Elle s'interrompit.

— Mais ? fit Fox pour l'inviter à continuer.

— Mais vous venez de nous donner une explication qui laisse à penser que l'arme pouvait aussi se trouver dans le cottage depuis le début.

— Il est possible qu'Alan Carter ait eu des raisons d'avoir peur, déclara Fox. Peut-être gardait-il l'arme à portée de main en cas de besoin.

— Ça ne marche pas, intervint Paul en se levant de son siège pour reprendre du café. La victime était assise à sa table. À partir de l'étendue et de la direction des éclaboussures de sang, nous savons que c'est bien là que Carter se trouvait quand il a été abattu. Si quelqu'un vous prend votre arme et la braque sur vous…

— Il est peu probable que vous restiez sagement assis en lui tournant le dos, reconnut Fox avant de réfléchir plus avant. Et si quelqu'un pointe l'arme sur vous et vous ordonne de vous asseoir ? S'il cherche à obtenir de vous quelque chose qui se trouve sur la table ?

Paul réfléchit à son tour et opina lentement du chef.

— Vous lui donnez ce qu'il demande et ensuite, il vous abat ?

— Ou vous refusez et il vous abat quand même, ajouta McFadzean.

Grand silence dans la pièce pendant un moment.

— Donc, demanda Fox, l'arme se trouvait-elle là depuis des années ou quelqu'un l'a-t-il apportée avec lui ?

— Je sais que la Criminelle a le neveu dans le collimateur, dit McFadzean. Il devait connaître le cottage, il est raisonnable de penser qu'il savait également où l'arme était cachée.

— Les deux hommes n'étaient pas vraiment proches, objecta Fox. Si effectivement il y avait une arme à feu dans la maison, Carter n'avait mis personne dans la confidence, même ses plus vieux et fidèles amis. Et qu'est-il advenu du morceau de coton ?

— Le tueur l'a emporté avec lui, suggéra Paul.

— Si toutefois tueur il y a eu, le contra McFadzean pour ralentir son ardeur.

— Si effectivement il y a eu un tueur, reconnut son assistant avant de se tourner vers Fox. Autre chose… Fiona a tout à fait raison quand elle dit que rares sont les armes qui disparaissent – aujourd'hui, je dirais que cela n'arrive plus.

— Mais à l'époque ?

— Parmi les armes qui se retrouvaient confisquées par la police, quelques-unes avaient un passé dans l'armée. Dans les années 1970, beaucoup de matériel militaire – y compris des explosifs – disparaissait des casernes sans laisser de traces et circulait dans le pays, la majeure partie ayant pour destination les Troubles[1].

— L'Irlande du Nord ?

— Les paramilitaires en avaient besoin. On les volait sur ordre. Presque sur commande.

— Où voulez-vous en venir ?

— Possible que le revolver ait été destiné à Belfast, répondit Paul avec un haussement d'épaules.

---

1. Formule qui désigne le conflit nord-irlandais.

— L'Ulster n'est pas le seul endroit où les terroristes sévissaient, lui rappela Fox. Nous aussi, nous en avons eu notre content sur le territoire national.

Il pensait à l'Armée nationale écossaise de libération, aux lettres piégées à Downing Street, au Dark Harvest Commando et à ses spores d'anthrax…

Et à leur possible financier, Francis Vernal.

— Votre argument se défend, dit Paul.

Il alla jusqu'à un classeur à dossiers et ouvrit un tiroir qu'il commença à fouiller. McFadzean sourit avec indulgence à Fox qui acquiesça en silence : Paul était sincèrement passionné par son travail et, une minute plus tard, il avait effectivement retrouvé la chemise qui l'intéressait. Il en sortit une photographie qu'il tendit à Fox. Un bureau dans un poste de police. Soigneusement disposées à l'intention des journalistes et des médias, des armes à feu. Une douzaine de carabines étiquetées, plus un assortiment de pistolets, de revolvers et de munitions, tous sous sachets plastique. Fox lut la référence au dos du cliché : « 1980, procès de la Ligue socialiste républicaine écossaise ». Il salua Paul d'un petit signe de la tête.

— Un autre groupuscule à ajouter à la liste, commenta-t-il. Certaines de ces armes appartenaient donc au départ à l'armée ?

— Volées par « effraction » dans les casernes.

— Par des soldats ? demanda Fox en le regardant.

— Il suffit de quelques sympathisants, c'est tout, une tête qui se détourne obligeamment, une clé qui change de main…

— Je vois des cartouches de fusil de chasse mais pas de fusil, dit Fox en remettant la photo à McFadzean.

— Rien de très surprenant, lui expliqua cette dernière. Il n'a jamais été dit que ces groupes avaient de gros QI.

— Pas même leurs leaders ?

— Nous les avons bien capturés, la preuve ! répondit-elle en brandissant la photo.

Paul replaçait le cliché dans la chemise pendant que Fox se frottait la mâchoire.

— Puis-je vous demander autre chose ?

— Feu à volonté, répondit-elle, si vous voulez bien me pardonner l'expression.

Sourire de Fox.

— Avez-vous une théorie concernant les récentes explosions dans la région ?

McFadzean montra l'ordinateur de Paul.

— Paul a un peu travaillé sur le sujet. Des conteneurs en plastique remplis de fragments métalliques – des vis, des rondelles, des trucs qu'on trouve dans n'importe quel magasin de bricolage. La détonation a éparpillé le tout sur un rayon de trente mètres.

— Probable dans ce cas qu'il ne s'agisse pas de gamins ?

— À moins que leur livre de chevet ne soit *The Anarchist Cookbook*[1], dit Paul.

— Mais ce n'est pas encore au point, ajouta McFadzean, en croisant les bras.

— Non, mais ils s'améliorent, l'avertit son collègue.

McFadzean confirma la chose d'un signe de tête, l'air pensif.

— Effectivement, ils font des progrès, dit-elle.

---

1. Littéralement, *Le Livre de cuisine anarchiste*, dont les recettes ne sont pas à proprement parler culinaires.

— Et une fois qu'ils seront satisfaits ? demanda Fox.

— Eh bien, ce n'est plus des arbres qu'ils prendront pour cibles, dit McFadzean.

*

Fox envisagea sérieusement de faire un détour par Kirkcaldy, peut-être même d'aller manger un morceau au Pancake Place en compagnie de Kaye et de Naysmith, mais, après évaluation des risques, il décida de s'abstenir. Il retourna donc à Édimbourg, s'arrêtant en chemin pour faire le plein et manger un hamburger. Il avait téléphoné, mais Charles Mangold était occupé jusqu'à 14 heures. À 13 h 30, Fox était garé devant le QG de Mangold Bain, à New Town. Les bureaux se situaient au rez-de-chaussée d'une maison géorgienne mitoyenne avec d'autres, dans une rue en pente, et donnaient directement sur Queen Street Gardens. La jeune femme à la réception sourit et lui demanda de s'asseoir. Un exemplaire du *Financial Times* traînait sur la table basse, à côté des tout derniers guides immobiliers publiés et d'une revue de golf.

Voyant un taxi s'arrêter devant l'immeuble, Fox se leva et regarda Mangold en descendre, le visage rougi par l'alcool. Dès son entrée, celui-ci le repéra et s'avança, main tendue.

— Le week-end a été bon, inspecteur ?

— J'ai beaucoup lu.

— Des choses intéressantes ?

— J'ai littéralement dévoré les pages.

Mangold parut satisfait par la réponse.

— Du café, Marianne, s'il vous plaît, aboya-t-il à l'adresse de la réceptionniste. Bon et corsé.

D'un signe de tête, Fox signifia à la jeune femme que lui n'en prendrait pas. Mangold avait déjà ouvert la marche et franchissait une porte à droite de la réception. Ils entrèrent dans ce qui avait dû être jadis le vestibule d'une maison particulière, avec une cheminée simplement décorative et un escalier majestueux menant aux étages. Une autre porte au bas de l'escalier les conduisit dans un ancien salon bourgeois : cheminée avec miroir ancien sur le manteau, corniches tarabiscotées et rosace au plafond. Mangold alluma la lumière.

— D'après Marianne, c'était urgent, commença-t-il en posant la main sur un radiateur électrique avant de se baisser pour l'allumer. Un peu de chaleur sera bienvenu, expliqua-t-il en se frottant les mains.

— Bon déjeuner ? s'enquit Fox. Au New Club ?

— À l'Ondine, corrigea Mangold.

— L'autre soir… vous attendiez des invités…

— Oui, et alors ?

— Colin Cardonald aurait-il par hasard été du nombre ?

Mangold fit non de la tête, ajouta :

— Mais je l'ai vu au club un peu plus tard – il somnolait dans son fauteuil avec des mots croisés non terminés.

Il consulta sa montre.

— Marianne vous a dit ?

— Elle m'a informé que je ne disposerais que de quinze minutes, répondit Fox qui, imitant Mangold, s'assit à la table ovale cirée. Mais cela ne vaut que si je suis votre employé – ce qui n'est pas le cas. Je suis officier de police et il s'agit ici d'une affaire de police, ce qui signifie que je prendrai tout le temps qu'il me faudra.

On frappa à la porte : on leur apportait le café, accompagné d'une bouteille d'eau et de deux verres. La réceptionniste demanda à son patron s'il désirait qu'elle les serve.

— Oui, s'il vous plaît, Marianne.

Ils attendirent qu'elle sorte en refermant la porte derrière elle et Mangold but son café à longues gorgées, les yeux fermés.

— Je ne peux plus boire comme par le passé, expliqua-t-il. Et incontestablement, j'ai un après-midi chargé.

— J'en viendrai donc au fait – deux, plus exactement.

— Je vous écoute.

— Je veux voir Imogen Vernal.

— Impossible, répondit aussitôt Mangold avec un petit geste méprisant de la main. Point suivant, s'il vous plaît.

— Si je ne parviens pas à la voir, je dépose les deux boîtes à la réception et vous n'entendrez plus jamais parler de moi.

Mangold le fusilla du regard, la lèvre inférieure, en avant.

— Pour quelle raison tenez-vous tant à la rencontrer ? demanda-t-il.

— Et pour quelle raison estimez-vous devoir la protéger à ce point ?

— Je vous l'ai déjà dit, elle est très malade. Je ne veux en aucun cas qu'elle se sente plus mal encore.

Second point, ordonna-t-il après un silence, en sortant de sa poche un mouchoir volumineux.

— Pas avant d'avoir résolu le premier.

— Ce point-là est résolu, déclara Mangold en s'essuyant la commissure des lèvres.

— Je tiens absolument à avoir son opinion personnelle, expliqua Fox.

— Moi, je peux vous parler de Francis.

— Sauf que vous n'étiez pas marié avec lui.

— Je le connaissais aussi bien qu'elle.

Fox ne prit pas la peine de répondre, cette fois. Il passa au point numéro deux.

— Tous les groupuscules de l'époque… SRSL, SNLA, Dark Harvest Commando… j'oublie celui qui a un nom celte…

— Siol Nan Gaidtheal.

— C'est ça.

— Seed of the Gael.

— Vernal était-il proche d'eux ? Je ne sais que ce que j'ai pu en lire.

— Imogen ne pourra guère vous aider là-dessus. Les rumeurs qui ont couru ne sont jamais arrivées jusqu'à elle.

— Mais vous, vous les avez entendues, j'imagine ?

— Naturellement.

— Et vous les avez crues ?

— J'ai posé la question à plusieurs reprises à Francis. Chaque fois, d'un simple regard comme il en avait le secret, il s'est contenté de rejeter toute implication.

— Mais quel est votre sentiment personnel ?

Mangold but une gorgée de café en préparant sa réponse.

— Était-il un activiste paramilitaire ? J'en doute fort. Mais il aurait pu leur apporter son aide de bien des façons.

— Comme avocat conseil ?

— C'est possible.

— Quoi d'autre ?

— Il fallait lever des fonds et ensuite les mettre à l'abri. Frank aurait su ce qu'il fallait faire de tout cet argent.

— Il était leur banquier ?

— Je n'en ai absolument aucune preuve.

— Aurait-il gardé l'argent sur lui ?

Mangold haussa les épaules à cette suggestion.

— De quel ordre de grandeur parlons-nous ?

— De milliers de livres, répondit Mangold. Au début de la décennie, il y a eu quelques cambriolages de banques, ainsi que des braquages de transports de fonds, un ou deux.

— Tous revendiqués par le SNLA ?

— C'est ce qui se racontait à l'époque.

— Et au cours de toutes ces années passées à travailler à son côté..., pas de visiteurs douteux, de réunions très confidentielles, portes verrouillées à double tour, de coups de fil bizarres... ?

— Pas plus que n'importe quel autre avocat, répondit Mangold avec un sourire de guingois, en contemplant le fond de sa tasse. Il faut absolument que j'arrête de boire à l'heure du déjeuner. Je ne me sens vraiment pas dans mon assiette ensuite. En avons-nous terminé, inspecteur ? finit-il par demander en relevant la tête.

— Pas tout à fait. Avez-vous jamais entendu citer des noms ?

— Des noms ?

— Ceux de membres de ces divers groupes.

— Les gens du MI5 doivent en savoir bien plus que moi sur le sujet.

— Sauf que ce n'est pas à eux que je m'adresse, en cet instant…

Mangold reconnut la validité de l'argument et, le front plissé, fouilla dans sa mémoire.

— Non, pas de noms, finit-il par répondre.

— Vous avez connu des amis de Vernal qui détonnaient dans le cadre ?

— Nous rencontrions toutes sortes d'individus, inspecteur. Il nous suffisait de passer dans un ou deux pubs pour nous retrouver en compagnie de vagabonds et de coupeurs de gorge. Nous ne savions jamais si nous allions nous réveiller au matin avec un tatouage ou une infection – voire ne pas nous réveiller du tout.

Avec le sentiment que c'était ce qu'on attendait de lui, Fox offrit à son interlocuteur un petit sourire obligé.

— Et comment vous situez-vous sur le plan politique, monsieur Mangold ?

— Unioniste aujourd'hui…

— Mais à l'époque ?

— Grosso modo la même chose.

— Vous ne trouvez pas étrange d'avoir été le grand ami d'un nationaliste bon teint aux convictions farouches ? Ou est-ce là justement qu'intervient Mme Vernal ?

— Je préférerais qu'elle n'intervienne en rien du tout, répondit Mangold presque à mi-voix.

— Mais il le faut cependant, insista Fox en baissant lui aussi le ton.

Subitement, Mangold lui parut bien fatigué, presque défait. Il leva les mains en signe de reddition puis les plaqua avec force sur la table.

— Je vais voir ce que je peux faire, dit-il en fixant une nouvelle fois le fond de sa tasse. Il me faut plus de café, je crois.

— Merci de m'avoir consacré tout ce temps, dit Fox en se levant. Mais souvenez-vous..., c'est *vous* qui êtes venu me chercher.

— Effectivement, reconnut Mangold, presque à regret.

— Oh, une dernière chose...

Mangold était debout et lui faisait face.

— Carter vous aurait-il parlé de la voiture ?

— Quelle voiture ? demanda Mangold, l'air de ne plus rien comprendre.

— Je veux parler de la Volvo de Francis Vernal.

— Non, je ne crois pas ; pourquoi cette question ?

— Sans raison, à vrai dire, répondit Fox en haussant les épaules.

En son for intérieur, il ne pouvait s'empêcher de penser : *Quels autres renseignements Alan Carter a-t-il choisi de ne pas vous communiquer ?... Et pourquoi les garder pour lui seul ?*

Sur son insistance, Mangold ne le raccompagna pas et resta dans la pièce. Sur le chemin de la sortie, Fox s'arrêta devant le bureau de la réceptionniste, qui releva la tête et lui sourit.

— Marianne, c'est bien ça ? s'enquit-il.

Elle acquiesça, toujours souriante.

— Il y a une question qui me trotte dans la tête depuis longtemps et que j'oublie toujours de poser à Charles.

— Oui ?

— Le nom de la compagnie, Mangold Bain : existe-t-il toujours un Bain ?

— C'était Vernal Mangold, jadis, expliqua-t-elle.

— Ah oui, jusqu'au décès de ce pauvre Francis…, dit-il d'un ton entendu, comme l'aurait fait un très vieux client de Charles. Naturellement, vous êtes bien trop jeune pour l'avoir connu ?

— Naturellement, reconnut-elle, un peu vexée qu'il ait pu penser une seconde qu'elle appartenait à cette génération-là.

— Et donc M. Bain… ? insista-t-il.

— Il n'y a jamais eu de M. Bain. C'est un nom de jeune fille.

— Imogen, la veuve de M. Vernal ? proposa Fox. Elle possède des parts dans la société ?

— Non, pas du tout, ce n'est pas ça. M. Mangold a voulu que ce soit… comment dire… une sorte d'hommage, je suppose.

— L'hommage n'aurait-il pas été plus parlant s'il s'était contenté tout simplement de conserver le nom de Vernal sur le papier à lettres ? demanda Fox.

Apparemment, Marianne ne s'était jamais posé la question.

— Merci de votre aide, dit-il en prenant congé d'un signe de la tête.

21

Fox était assis devant son ordinateur dans la salle des Plaintes et fixait l'écran vide tandis que Bob McEwan parlait au téléphone. Comme à l'accoutumée, la conversation avait trait à la réorganisation imminente du service. Les Plaintes allaient se retrouver englouties par les « Normes et Valeurs » et passeraient ce faisant, selon les propres termes de McEwan, de « micro » à « macro ».

— Simplement, ne viens pas me demander ce que ça signifie.

Il avait adressé des SMS à Kaye et Naysmith et attendait leurs réponses. Il avait songé un instant à se rendre à la Bibliothèque centrale avec l'intention de fouiller les archives des journaux. Il disposait bien des coupures du *Scotsman*, mais rien du *Herald* ni des autres quotidiens écossais de l'époque, même s'il doutait fort d'y trouver du neuf. L'intérêt des médias pour l'affaire, déjà faible au départ, n'avait pas tenu bien longtemps.

La porte de la salle s'ouvrit sur le chef de la police, suivi par un visiteur. Jim Byars, le chef, était en uniforme de gala, casquette à visière incluse, signe qu'il se rendait à une réunion officielle, ou alors qu'il cherchait à impressionner son monde. Le visiteur avait une bonne quarantaine d'années, un visage bronzé, la mâchoire carrée et les cheveux grisonnants. Il portait un costume trois pièces et une cravate apparemment en soie. Sa pochette était garnie d'un mouchoir.

— Ah, Malcolm, fit Jim Byars, avant d'ajouter, à l'intention de l'inconnu : voici l'unité des Normes professionnelles.

— Autrement dit les « semelles de crêpe » ? traduisit le visiteur avec un petit sourire.

L'accent était anglais, et la main qu'il tendit à Fox ne portait pas de bagues. McEwan quant à lui était en pleine valse hésitation, incapable de se décider : la politesse aurait voulu qu'il mît fin à sa communication, mais dans le même temps, il tenait absolument à convaincre Byars qu'il ne se tournait pas les pouces. D'un geste, il indiqua qu'il allait couper court, mais le chef de la police lui fit comprendre d'un signe que c'était inutile.

— Je fais faire un petit tour du propriétaire à l'inspecteur-chef Jackson, expliqua Byars à Fox avant de se tourner vers le visiteur : Malcolm Fox est inspecteur détective[1], mais c'est un terme que nous n'utilisons pas.

— Pas trop débordé ? demanda Jackson à Fox.

— Non, pas vraiment, répondit celui-ci.

Il regrettait de n'avoir pas allumé son ordinateur tant sa table paraissait vide, avec juste un centimètre de dossiers en instance dans la corbeille. Jackson était-il partie prenante de la réorganisation à venir ? Cherchait-il

1. *Detective*, accolé au grade proprement dit, signifie que le policier appartient à la police judiciaire.

quels postes il allait se résoudre à supprimer ? En tout cas, il avait l'allure du comptable qui ne fait pas de sentiment et taille dans le vif sans s'émouvoir.

— Vous travaillez dans le comté de Fife, n'est-ce pas ? demanda le chef, avant de plisser le front en s'avisant que sa question était stupide.

— Pas aujourd'hui, monsieur, non. Mais le reste de mon équipe s'y trouve.

Fox ravala sa salive. Il n'avait aucune raison de supposer que le chef de la police avait été informé qu'on l'avait mis sur la touche. Et même s'il était au courant, ce n'était pas le genre de choses qui se claironnait devant le premier visiteur venu.

— Qu'est-ce qui vous amène ici ? se contenta-t-il de demander à Jackson.

Byars prit les devants et répondit à sa place.

— L'inspecteur-chef Jackson travaille avec la Special Branch, section antiterrorisme.

— Je ne savais pas que nous avions beaucoup de terroristes à Édimbourg, se sentit obligé de répondre Fox.

Jackson lui offrit le même bref sourire.

— L'explosion dans la forêt aux abords de Peebles ? proposa-t-il en guise d'exemple. Et Lockerbie avant ça ?

Fox le remercia d'un hochement de tête, il était au courant.

— Nous pensons qu'ils n'en sont qu'à leur coup d'essai, inspecteur.

— Pourquoi Peebles ?

— N'importe quel endroit aurait pu faire l'affaire, dit Jackson avant d'ajouter : Vous vous souvenez de l'aéroport de Glasgow ? Les responsables étaient des banlieusards bien tranquilles.

— Et comme Peebles relève de la juridiction de Lothian and Borders, expliqua Byars, nous assistons l'inspecteur-chef Jackson et son équipe.

Pas vraiment le comptable standard, donc.

Jackson examinait la salle, à croire qu'il en enregistrait jusqu'au moindre détail, à toutes fins utiles. Bob McEwan pour sa part essayait désespérément de mettre un terme à sa communication.

— Que se passe-t-il dans le Fife ? demanda l'Anglais.

— Pas grand-chose, répondit Fox.

— Un policier de la Criminelle, expliqua Byars. Passé en jugement pour avoir dépassé les bornes. On nous a demandé de vérifier si certains de ses collègues avaient pu couvrir ses activités.

Jackson regarda Fox et Fox comprit immédiatement ce qui lui trottait dans la tête : *Je suis avec toi, mon pote ; n'en révèle jamais plus que nécessaire.*

McEwan avait conclu son coup de fil et s'avançait vers eux. Nouvelle tournée de présentations et d'explications, par Byars en personne.

— Intéressant, conclut McEwan, les bras croisés. Impossible de s'en débarrasser, n'est-il pas vrai ?

— De quoi parlez-vous ? lui demanda Jackson.

— Du terrorisme sur le sol national. La dernière affaire de Malcolm n'est pas sans rapport…

— Vraiment ? fit Jackson, subitement intéressé.

Ça ne pouvait être que Naysmith. Naysmith avait dû faire une gaffe et lâcher le morceau à McEwan.

Fox haussa ostensiblement les épaules.

— Un rapport des plus ténus, précisa-t-il.

Mais Jackson n'était pas du genre à laisser tomber aussi facilement.

— De quel genre ? demanda-t-il.

— Un homme que Malcolm a interrogé, le renseigna McEwan. Il faisait des recherches sur un avocat impliqué dans les mouvements séparatistes écossais.

— Mais il y a un quart de siècle de ça, précisa Fox.

Le chef de la police se tourna vers Jackson.

— Pas vraiment la même pointure que vos poseurs de bombes à Peebles, dit-il.

— Pas vraiment, non, reconnut Jackson qui posa directement sa question à Fox cette fois : Qu'est-il arrivé à l'avocat ?

— Il a trouvé la mort dans un accident de voiture, déclara Fox.

— Tandis que le chercheur en question, ajouta McEwan, s'est lui-même collé un revolver sur la tempe.

— Mon Dieu, lâcha Jackson avec le même sourire agaçant.

*

Lorsque Naysmith rappela une heure plus tard, Fox était seul dans la pièce, McEwan étant parti rejoindre une nouvelle réunion quelque part dans le bâtiment. Avant que Naysmith ait pu ouvrir la bouche, Fox le remercia d'avoir parlé à McEwan d'Alan Carter et de Francis Vernal.

— Il m'a simplement demandé ce que je faisais, répondit Naysmith.

— Eh bien, merci quand même. Grâce à toi, nous avons maintenant la Special Branch qui s'intéresse à nous, ajouta Fox avant d'entrer dans les détails.

— Ça pourrait être un bonus, fit valoir Naysmith. Tu ne pourrais pas lui demander s'il existe quelque chose dans leurs dossiers sur Vernal ? Est-ce que Vernal était réellement surveillé ?

— Tu te figures qu'il me le dirait, même s'il le savait ? Tout ça remonte à une vingtaine d'années… Tu penses sérieusement que les barbouzes disposent d'un accès direct aux archives ?

— Peut-être pas, concéda Naysmith. Mais sinon, par quel autre moyen découvrir s'il était ou non placé sous surveillance ?

— Aucun, répondit finalement Fox.

S'ensuivit un moment de silence sur la ligne.

— Tu veux savoir où j'en suis ? demanda Naysmith.

— Qu'est-ce que tu as ?

— La casse de Barron.

— Tu as parlé au patron ?

— Il est bien âgé aujourd'hui, mais quelle mémoire ! Quand je l'ai complimenté là-dessus, il a plaisanté et m'a expliqué que la plupart des affaires qu'il traitait à l'époque se faisaient au noir et n'étaient pas portées sur les registres comptables. Et que je pouvais le balancer aux impôts si ça me chantait…

— Mais tu as quand même fini par lui poser la question à propos de la voiture de Vernal ?

— Il s'en est très bien souvenu. Une dépanneuse l'a transportée jusqu'à son entrepôt, mais à peine était-elle arrivée chez lui que quelqu'un est venu demander de la déplacer ailleurs.

— Gavin Willis ? devina Fox.

— En personne, confirma Naysmith. Ils ont réussi à la monter jusqu'au cottage, mais il a fallu qu'ils s'y mettent à quatre pour la pousser au sommet de la petite côte jusqu'au garage.

— Willis a-t-il expliqué les raisons pour lesquelles il tenait à l'avoir chez lui ?

— Je ne crois pas que quiconque lui ait posé la question. Il a réglé Barron en liquide, et les choses en sont restées là.

— Et personne ne s'est jamais présenté à la casse pour demander où était passée la Volvo ?

— Willis a glissé un billet de vingt supplémentaire à Barron en lui disant de répondre qu'elle était passée au compacteur.

— Et Barron n'a jamais pris la peine de lui demander pourquoi ?

— Il a exprimé ça à sa façon : quand un flic te dit de faire quelque chose, tu le fais.

— Je ne suis pas sûr que ce soit toujours aussi vrai, remarqua Fox.

Il réfléchit un moment.

— Willis était affecté à la destruction des armes à feu confisquées, reprit-il. Possible qu'il ait empoché le revolver qui a mis fin aux jours d'Alan Carter.

— Mais pour quelle raison ?

— Je n'en suis pas encore très sûr. Est-ce que Barron se souvient d'un détail quelconque à propos de la Volvo ? Il n'a rien piqué à l'intérieur ?

— Rien qu'il accepte de reconnaître, en tout cas.

— Plus grand chose à espérer de ce côté-là, dit Fox en arpentant la salle vide.

— Qu'est-ce que tu veux que je fasse maintenant, Malcolm ?

— Gavin Willis. Ça ne me déplairait pas de savoir comment et où il est mort. Peut-être lui reste-t-il encore de la famille…

— Je peux vérifier, dit Naysmith, exactement comme s'il rédigeait une note dans son pense-bête.

— Tu as vu Tony ? demanda Fox.

— Il m'a dit qu'il emmenait Billie et Bekkah prendre un café.

— Les coiffeuses ?

Fox s'arrêta près de la fenêtre, avec vue sur le parc de stationnement et le lycée de Fettes en arrière-plan. Les élèves semblaient rentrer chez eux, à voir la file de voitures qui attendaient pour les ramener au bercail.

— Qu'est-ce qu'il a derrière la tête ?

— Un trop-plein d'hormones ? proposa Naysmith.

Fox vit l'inspecteur-chef Jackson escorté jusqu'à sa voiture par le chef de la police. Jackson avait son chauffeur personnel et ne se refusait rien, à en juger par sa grosse berline. Il monta à l'arrière, Byars refermant obligeamment la portière derrière lui. Lorsque la voiture s'éloigna, Fox vit une vitre se baisser et un visage se lever vers la salle des Plaintes. Là où il se tenait, Jackson ne pouvait pas l'apercevoir, mais il se recula néanmoins, sans trop savoir pourquoi.

22

La veuve de Francis Vernal habitait une demeure victorienne sans voisins immédiats en pleine ville, dans le quartier de Grange aux rues étroites et vides. On ne voyait quasiment pas de maisons, elles restaient invisibles, à l'image de leurs propriétaires et de leur fortune, derrière les hauts murs et de solides portails en bois. Charles Mangold avait été catégorique, il était hors de question que Fox rende visite à Mme Vernal s'il ne l'accompagnait pas. Fox, tout aussi catégorique, lui avait répondu que c'était absolument exclu. Il n'empêche qu'à son arrivée, un taxi stationnait, moteur au ralenti, et Mangold apparut dès qu'il sortit de sa voiture pour annoncer sa présence à l'interphone.

— Je me dois d'insister, l'attaqua-t-il aussitôt.

— Insistez autant que vous voulez.

— Et si Imogen tient à ce que je sois présent ?

— Elle pourra me le dire en face. Mais jusque-là, vous, vous restez de ce côté-ci du portail.

Malgré sa fureur, Mangold ne répondit pas, regagna son taxi en maugréant d'indignation et claqua la portière. Fox annonça dans l'interphone qu'il avait rendez-vous. Les deux battants du portail s'écartèrent avec un bruit de bourdon électrique et il entra en voiture, remontant une longue allée sinueuse encadrée par d'épaisses haies pour finalement déboucher sur un terre-plein gravillonné, devant une maison à pignons à un étage. Le crépuscule était tombé, les oiseaux déjà nichés dans les arbres centenaires. Il verrouilla sa voiture, par simple habitude. La porte d'entrée était ouverte, et une femme d'une trentaine d'années l'attendait sur le seuil.

— Eileen Carpenter, dit-elle en se présentant. Je m'occupe de Mme Vernal.

— Vous êtes son infirmière, vous voulez dire ?

— Entre autres.

Le vestibule sentait le moisi mais le ménage avait été fait. Carpenter lui demanda s'il désirait du thé.

— S'il vous plaît, répondit-il en la suivant dans le salon.

Le fauteuil d'Imogen Vernal avait été placé face à une énorme baie vitrée ouvrant sur le jardin, sur un côté de la maison.

— Vous me pardonnerez si je ne me lève pas, dit-elle.

Fox se présenta et lui serra la main. Sous ses cheveux fins et délicats couleur blond cendré, il remarqua des lésions sur les joues et le front. On voyait les veines sous la peau presque translucide et il jugea qu'elle ne devait guère peser plus de quarante-cinq kilos. Mais ses yeux, malgré la fatigue qui s'y lisait, étaient alertes et pleins de vie, leurs pupilles dilatées par le médicament qu'elle venait de prendre.

Une chaise se trouvait à côté d'elle et il y prit place. Un livre ouvert traînait par terre, un roman de Dickens sous couverture cartonnée. Une des fonctions d'Eileen Carpenter devait être de lui faire la lecture.

— Vous avez une maison impressionnante, dit-il.
— En effet.
— C'est ici que vous viviez avec votre mari ?
— Mes parents nous l'ont offerte, en cadeau de mariage.
— Des parents généreux…
— Non, des parents riches, corrigea-t-elle en souriant.

Sur le manteau de la cheminée trônaient des photographies encadrées de son époux. L'une d'elles lui sembla familière : l'orateur saisi en plein discours, le poing serré face à son public.

— Je regrette de ne l'avoir jamais entendu, dit Fox.
— Il me semble que j'ai des enregistrements, dit Mme Vernal avant de s'interrompre en levant le doigt. Non, rectifia-t-elle, j'en ai fait don à la Bibliothèque nationale, en même temps que ses livres et ses papiers. Vous savez que des gens ont fait leur thèse de doctorat sur lui ? À sa mort, un sénateur américain a même rédigé sa notice nécrologique pour le *Washington Post*.

Elle hocha la tête à ce souvenir.

— C'était un sacré personnage, reconnut volontiers Fox. En public.
— Charles m'a parlé de vous, inspecteur, dit Imogen en plissant légèrement les paupières. Dommage pour cet homme, celui qui a trouvé la mort… Charles attend devant le portail ?
— Oui.
— Il est très protecteur.
— A-t-il été un de vos amants ?

Elle ne réagit pas immédiatement, comme si elle hésitait sur la manière de répondre à la question.

— Vous me feriez passer pour une vraie Jézabel, finit-elle par dire d'une voix où l'accent écossais transparaissait de plus en plus.

— Il semble avoir beaucoup d'affection pour vous, c'est tout.

— C'est un fait, confirma-t-elle.

— Et le bruit avait toujours couru que votre mariage était… disons, tempétueux.

— Tempétueux ? répéta-t-elle en goûtant le mot. La description n'est pas mauvaise.

— Comment vous êtes-vous rencontrés, tous les deux ?

— Sur les barricades.

— Pas littéralement, j'imagine ?

— Presque ; au cours d'un sit-in à l'université. Il me semble que nous protestions contre la guerre au Vietnam, expliqua-t-elle, plongée dans ses souvenirs. Ou alors c'était peut-être l'apartheid, ou la Rhodésie. Lui était déjà avocat, alors que j'étais encore étudiante. Le coup de foudre…

— En dépit de la différence d'âge ?

— Au départ, mes parents n'ont pas du tout apprécié, concéda-t-elle.

— M. Vernal était-il déjà nationaliste, à l'époque ?

— Il avait été communiste dans sa jeunesse. Ensuite ç'a été le Parti travailliste. Le nationalisme écossais est arrivé ensuite.

— Vous partagiez ses opinions politiques ?

Elle le scruta d'un peu plus près.

— Je ne suis pas sûre de savoir ce que vous attendez de moi, inspecteur.

— J'avais simplement le sentiment que nous devions nous rencontrer.

Elle s'interrogeait toujours sur sa réponse lorsqu'Eileen Carpenter apparut avec un plateau. La théière était petite, et il ne vit qu'une tasse en porcelaine sur sa soucoupe. Le thé était en feuilles, accompagné d'une petite passette en argent. Fox la remercia. Elle demanda à sa patronne si elle désirait autre chose.

— Nous n'avons plus besoin de rien, je crois, répondit Imogen. Mais ce serait bien de prévenir Charles.

Puis, à l'adresse de Fox :

— Il doit certainement attendre qu'elle lui transmette un message.

Un peu de couleur était monté aux joues de Carpenter quand elle quitta la pièce.

— Je ne dirais pas qu'elle m'espionne, expliqua Imogen. Mais Charles est toujours tellement aux petits soins…

Fox se servit du thé.

— Vous savez pour quelle raison il a engagé Alan Carter ? demanda-t-il.

— Pour faire toute la lumière sur le meurtre de mon mari.

— Vous êtes sûre qu'il s'agit bien d'un meurtre ?

— Oui, certainement.

— Êtes-vous allée jusqu'à le clamer haut et fort, à l'époque ? Je ne me souviens pas que les journaux l'aient mentionné.

— Pour être tout à fait honnête, répondit-elle, j'avais un peu peur.

Fox accepta sa réponse.

— Mais vous n'aviez que des soupçons… Pas de certitudes à proprement parler.

— Pas plus que tout ce que vous pourrez glaner, admit-elle en posant les mains dans son giron.

— Et le suicide… ?

— C'est tout à fait exclu, Francis était beaucoup trop lâche. C'est une chose à laquelle j'ai beaucoup réfléchi récemment. Je leur ai dit que je ne voulais plus de chimio ni rien – c'est trop, vraiment trop. Il y a la morphine, contre la douleur, mais on la sent quand même, juste au-delà du nuage de coton sur lequel on flotte. Penser au suicide est devenu inévitable, mais aller jusqu'au bout de ce choix-là exige un certain courage. Je ne suis pas brave, et Francis ne l'était pas non plus.

— Mais il n'était pas malade, dites-moi ?

— Fort comme un bœuf.

— Malgré les cigarettes ?

— Oui.

— Vous seriez-vous violemment disputés, tous les deux ?

— Pas plus que d'habitude.

— La même relation toujours tempétueuse, donc ?

— Tempétueuse plutôt que bancale. Auriez-vous entendu prononcer le mot « boutefeu » à son propos ?

Elle le regarda hocher la tête.

— Le contraire m'aurait étonnée. Et déçue. C'était Francis tout craché, comprenez-vous : dans sa vie, son travail, son engagement politique. Il ne souciait guère de vous savoir pour ou contre lui, tant que vous brûliez d'un feu intérieur…

— Il y a un cairn à l'endroit où il a trouvé la mort.

— C'est Charles qui l'a fait placer là.

— Et le bouquet de fleurs annuel ?

— C'est moi qui le dépose.

Fox se pencha un peu vers elle.

— À votre avis, qui l'a tué, madame Vernal ?

— Je ne sais pas.

— La période qui a précédé sa mort, était-il préoccupé ?

— Non.

— Il était convaincu qu'on le surveillait.

— Ce n'était pas pour lui déplaire : cela signifiait qu'il était bien pour eux une épine dans le pied.

— Qui, eux ?

— Les pouvoirs établis, je présume.

— Et comment réussissait-il à les inquiéter ?

— Par ses discours. Ce talent et ce pouvoir qu'il avait de changer l'opinion des gens.

— Les sondages suggèrent pourtant qu'il n'en entraînait pas une si grande proportion.

Elle rejeta l'argument d'un mouvement brusque de la tête.

— Tous ceux qu'ils croisaient sur sa route..., il avait un effet sur eux.

Elle s'interrompit et regarda Fox qui sortait la photographie de son mari en compagnie de Chris Fox.

— Connaissiez-vous cet homme ? lui demanda-t-il.

— Non.

— Il s'appelle Chris Fox. Il a trouvé la mort dans un accident de moto, quelques années avant votre mari. Cela s'est produit près de Burntisland.

— Pas très loin de l'endroit où ils ont tué Francis, dit-elle après un temps de réflexion. Vous croyez qu'il y a un lien ?

— Pas vraiment.

— Il porte le même nom de famille que vous.

— C'était le cousin de mon père.

— Il connaissait bien Francis ? dit-elle en le regardant en face.

— Je n'en ai pas la moindre idée, répondit Fox en contemplant un instant la photo, qu'il rangea ensuite dans sa poche.

Il but une gorgée de thé et reprit :

— J'ai entendu parler d'effractions…

— Effectivement, ici même et au bureau. Deux en l'espace de deux semaines.

— La police a été prévenue ?

— Oui, acquiesça-t-elle, mais personne n'a jamais été appréhendé.

— Qu'a-t-on emporté ?

— De l'argent et des bijoux.

— Aucun papier appartenant à votre mari ?

— Non.

— Francis a-t-il jamais parlé d'enfreindre la loi ?

— Que voulez-vous dire ?

Toute son attention semblait se concentrer sur la vue de la fenêtre, alors même que la nuit était tombée et qu'on ne voyait plus rien.

— On a dit qu'il était proche de certains groupes…

— Il n'en parlait jamais.

— Mais je ne vous apprends rien, cependant ?

— Il connaissait des tas de gens, inspecteur, et j'oserai dire que parmi eux, un ou deux manifestaient le désir de porter le combat un peu au-delà des limites que la loi autorisait.

— Et il aurait apporté son soutien à ces extrémistes-là ?

— Peut-être.

— Aucun nom ne vous vient à l'esprit ?

Elle secoua la tête.

— Vous pensez, j'imagine, qu'il arrive parfois en politique que des amis finissent par devenir ennemis.

Mais si Francis avait des ennemis – de *véritables* ennemis, j'entends –, il le gardait pour lui et n'en parlait pas.

— Mais vous savez qu'il a soutenu des groupes paramilitaires ? M. Mangold semble convaincu que jamais ce soupçon ne vous a effleurée.

— Charles ne sait pas tout.

Fox but une gorgée de thé et reposa tasse et soucoupe sur le plateau. L'espace d'une minute, il n'y eut plus que silence dans la pièce, et il eut le sentiment que livrée à elle-même, sans personne alentour, c'est ainsi qu'elle passait ses heures : calme, immobile et attendant la mort, les yeux fixés sur son reflet dans la vitre, le reste du monde perdu quelque part tout là-bas. Il revit son propre père lui disant : *Je ne dors pas... Je me contente de rester allongé et j'attends...*

— À votre avis, pourquoi s'était-il engagé sur cette route-là ? finit-il par demander après s'être éclairci la gorge.

— Politiquement parlant, vous voulez dire ?

Il sourit à cette erreur d'interprétation.

— Non, je veux parler de la route entre Anstruther et St Andrews.

— C'était le week-end, dit-elle d'une voix plus fluette soudain. Il passait souvent ses week-ends dans le Fife.

— Seul ?

— Pas avec moi.

Au ton de sa voix, il comprit ce qu'elle sous-entendait.

— Avec d'autres femmes ? suggéra-t-il.

Petit acquiescement de la tête.

— Beaucoup ?

— Je n'en ai aucune idée.

— Il utilisait la maison de week-end ?

— Je suppose.

Elle baissa les yeux sur ses genoux et en chassa quelque chose, que Fox ne vit pas.

— Et Anstruther… ? la relança-t-il patiemment.

Finalement, elle poussa un soupir et prit une profonde inspiration.

— C'est là-bas qu'elle habitait, dit-elle en le fixant droit dans les yeux. J'étais un vrai prix de beauté quand Francis m'a rencontrée, mais peut-être savez-vous comment c'est…

— Un peu, avoua-t-il avec complaisance, car elle attendait sa réponse.

— Elle aussi était étudiante. Alice Watts, c'était son nom.

— C'est lui qui vous l'a dit ?

Elle fit non de la tête.

— Des lettres d'elle. Cachées dans le tiroir de son bureau à lui. Je ne suis tombée dessus que des mois après sa mort… J'avais tant à faire, pour m'en sortir.

— Elle habitait à Anstruther ?

Imogen Vernal s'était de nouveau plongée dans la contemplation de la baie vitrée.

— Elle étudiait la politique et la philosophie à St Andrews. Il est venu faire une conférence aux étudiants, et elle a tenu à le rencontrer ensuite. Je suppose qu'on pourrait dire que c'était une groupie, précisa-t-elle avant d'ajouter, d'une voix qui n'était plus qu'un murmure : Je n'ai jamais parlé d'elle à quiconque.

— Charles Mangold ?

Elle secoua la tête.

— Donc, Alan Carter ignorait tout lui aussi de son existence ?

— Il est néanmoins possible que Charles ait été au courant, dit-elle. Il était l'ami de Francis, après tout. Il arrive que les hommes se confient à leurs amis, non ? Quand ils vont boire ensemble.

Fox acquiesça. Dans la pièce, la température était descendue de quelques degrés – il aurait fallu tirer les épais doubles rideaux et allumer le poêle à gaz.

— Je tiens à vous remercier de m'avoir accordé cet entretien et de vous être montrée si franche, dit Fox. Nous pourrions reprendre cette conversation une autre fois ?

Mais la veuve de Vernal n'en avait pas terminé avec lui.

— Je l'ai cherchée, vous savez ? J'avais le sentiment que je devais la voir, non pas lui parler, seulement la voir, *de mes yeux*. J'avais son adresse, grâce aux lettres. Mais quand je m'y suis rendue, elle avait fait ses valises, elle n'était plus là. L'université m'a dit qu'elle avait abandonné ses études… (Un silence, puis :) Donc je suppose qu'elle a pu l'aimer.

— Avez-vous toujours ces lettres en votre possession, madame Vernal ?

Elle lui confirma que oui, d'un signe de tête.

— Je me demandais si vous alliez poser la question.

Elle glissa la main contre le flanc de son fauteuil et les sortit, toujours dans leurs enveloppes d'origine. Sans adresse ni timbre. Déposées directement dans la boîte.

Fox les prit et les retourna sans les ouvrir.

— Vous vous étiez préparée, en conclut-il. Pourquoi suis-je la première personne à qui vous ayez parlé de tout cela ?

Elle lui sourit.

— Vous avez insisté pour venir ici seul, expliqua-t-elle. Vous avez tenu tête à Charles. Ce qui implique à mes yeux un petit quelque chose de plus… une qualité certaine.

— Vous connaissez les rumeurs qui ont couru à l'époque ? demanda-t-il alors. Les journaux insinuaient que vous aviez des tas d'amants et que l'un d'eux avait peut-être pu…

— Vous n'en croyez pas un mot vous-même, le coupa-t-elle. Francis est le seul homme que j'aie jamais aimé, et c'est toujours vrai, je l'aime encore. Au revoir, inspecteur. Merci de votre visite.

Elle s'interrompit subitement, comme si une autre idée venait de se faire jour.

— Vous m'avez demandé tout à l'heure qui l'avait tué. En un sens, je crois que c'est nous tous. Mais si je devais prendre les paris, vos gens seraient grands favoris.

— Vous voulez dire, la police ?

— La police, les services secrets…, vous saurez cela mieux que moi. Mais prenez garde, inspecteur : l'homme que Charles a engagé y a laissé sa vie. Vous feriez bien d'être très prudent.

— Pour quelle raison à votre avis Mangold a-t-il décidé de l'engager ?

— Je croyais avoir déjà répondu à cette question. Et vous, que pensez-vous qu'elle soit, cette raison ?

— La volonté de résoudre le mystère tant que vous êtes tous deux encore en vie, pour entendre la vérité.

Elle réfléchit un instant avant de secouer lentement la tête.

— Peut-être, dit-elle.

— Quelle autre raison, sinon ?

— Charles cherche obstinément à rabaisser Francis à mes yeux afin que je le tienne, *lui*, en plus haute estime.

— Il veut absolument prouver que votre époux fréquentait des poseurs de bombes ainsi que d'autres femmes.

Il eut droit en retour à mince sourire.

— Ce qui conduirait à une conversion sur mon lit de mort. Je désavoue Francis et je serre Charles contre mon sein – métaphoriquement parlant, voire plus.

— Cela me semble peu probable.

— Je vous en prie, ne vous méprenez pas : Charles a toujours été un excellent ami, aimant et loyal.

— Sans trouver chez vous la réciprocité de sentiments ?

— Non.

— Et l'ajout de votre nom de jeune fille à celui de son cabinet d'avocats… ?

— Cela fait partie de son entreprise de séduction, confirma-t-elle. Selon vous, devrais-je m'en sentir flattée ?

Fox n'avait pas de réponse à cette question. En sortant de la vaste pièce presque vide de mobilier, il vit le reflet de la veuve Vernal dans la vitre, de la même façon qu'elle voyait le sien.

*

Ce soir-là, Fox passa un moment allongé dans son lit à repenser à Imogen Vernal. Elle avait abandonné la chimio mais pas la vie. Elle aimait toujours son mari. Elle était aimée, à son tour, par Charles Mangold. Il se demanda si elle était riche – un héritage de ses parents, de l'argent laissé par son mari – ou si c'était Mangold qui réglait les factures, pour Eileen Carpenter et tout le reste. Il pensa à son propre père, bataillant dur contre l'Alzheimer, avec les visites régulières de son fils et de sa fille, les balades en bord de mer à Portobello, la crème glacée coulant sur son menton jusqu'à ce que quelqu'un trouve un mouchoir…

Les lettres d'Alice Watts à Francis Vernal ressemblaient plus à des essais – longues, discursives, politiques. Il y trouva aussi des moments d'émotion, mais pas de prose fleurie ni de cœurs percés de flèches, et moins encore de lignes de baisers au bas de la page. Il était incapable de déterminer si Francis Vernal avait jamais écrit de lettres, lui aussi. De toute évidence, il se rendait régulièrement à Anstruther, mais les lettres n'étaient pas datées. À en juger par les quelques événements contemporains auxquels elles faisaient référence, elles devaient dater de 1984-1985.

Son téléphone était en charge sur la table de nuit, et, quand il sonna, il dut le débrancher avant de répondre. Evelyn Mills, et elle l'appelait à 23 heures.

— Evelyn ?

— Je t'ai réveillé ?

— Que se passe-t-il ?

S'ensuivit un moment de silence sur la ligne.

— C'est drôle, non ? finit-elle par dire en parlant un peu du nez. Toi, qui réapparais dans ma vie. Réapparais dans ma vie maintenant, je veux dire.

Il comprit qu'elle avait bu.

— C'est un peu difficile à la maison ?

— Non… Pas vraiment, dit-elle en donnant soudain l'impression de se rappeler qu'il était tard. J'aurais dû attendre demain matin.

— Ce n'est pas un problème, je t'assure.

— Freddie est un homme adorable, tu sais.

— J'en suis certain.

— Si tu le rencontrais, vous deviendriez tout de suite copains. Tout le monde aime Freddie.

— C'est bien.

Nouveau silence.

— J'ai oublié pourquoi je t'appelais, reconnut-elle.

— Peut-être juste pour bavarder.

— Oh non, attends, je me souviens maintenant. Paul Carter a parlé à Scholes.

— Ah bon ?

— On dirait qu'il a la trouille et ne sait plus à qui se fier. C'est tout juste s'il n'a pas demandé de façon explicite à Scholes s'il avait quelque chose à voir avec la mort de son oncle.

— Qu'est-ce qu'a répondu Scholes ?

— Il lui a dit qu'il avait perdu la tête.

— Ils t'ont semblé parler librement ?

— Rien qui puisse suggérer qu'ils soupçonnaient une écoute.

— Est-ce que tu en as informé Kaye et Naysmith ?

— Pas encore. Dois-je leur remettre l'enregistrement ?

— Ce sont eux qui sont sur le terrain. Quoi de neuf dans l'enquête sur Alan Carter ? reprit-il après un instant de réflexion.

— La machine est en marche.

— À quand une inculpation du neveu ? Ça se rapproche ?

— Pour l'instant, personne ne sait même si le mot meurtre a été prononcé.

— Ils continuent à traiter ça comme une « mort suspecte » ? demanda Fox, en reprenant les termes fournis aux médias.

— Le bureau du procureur a été mis à contribution, c'est lui qui les conseille, dit Mills. Et toi, quoi de neuf de ton côté ?

— Les orteils en éventail, repos.

— T'as de la veine.

— J'ai de la veine, fit Fox en écho.

— Il faut que j'y aille.

— S'il te prend l'envie de bavarder, n'hésite pas, Evelyn…

— Merci, Malcolm… Comme tu le sais par amère expérience, quelques verres de vin et mes défenses s'écroulent.

— Je m'en veux.

— De quoi ?

— Ce soir-là, c'était moi le plus sobre des deux.

— Pour autant, cela ne signifie pas que tu as abusé de moi.

— Mais quand même…

Elle se mit à chanter un air d'Édith Piaf d'une voix pâteuse, avant de partir d'un rire fatigué.

— Peut-être un verre d'eau ou deux avant de te coucher…, lui conseilla Fox.

— C'est ce que dit toujours Freddie.

Le soupir qu'elle lâcha se transforma en friture sur la ligne.

— Bonne nuit, Evelyn.

— Bonne nuit, Malcolm.

Il remit son portable en charge et se rallongea, la tête sur l'oreiller, les yeux fermés. La lampe de chevet était allumée mais il aimait ça. À son réveil, le lendemain matin, il l'éteindrait avant d'ouvrir les rideaux. Il croisa les mains sur la nuque et ouvrit les yeux pour fixer le plafond. Il finirait bien par faire venir le sommeil.

Il venait toujours, immanquablement.

Mais d'abord, il devait réfléchir encore un peu.

SEPT

23

Le lendemain matin, le vent soufflait en rafales. Fox se gara sur l'esplanade et monta à l'arrière de la voiture rangée à côté.

— Café, lui dit Joe Naysmith en lui tendant un grand gobelet.

Fox le remercia et ôta le couvercle. Le liquide était tiède mais buvable.

— Tu nous gardes nos places bien au chaud à Fettes ? demanda Tony Kaye.

— Petite visite de la Special Branch hier, l'informa Fox. Ces messieurs s'intéressent à nos explosions.

— Des gamins avec des pétards, et voilà tout, dit Kaye. Je parie tout ce que tu veux. Ça leur plaît bien, aux barbouzes, de faire semblant de prendre la chose au sérieux ; comme ça, leurs chers concitoyens se font du souci, et eux, ils peuvent conserver leurs petits boulots pépères.

— Et depuis quand ce sont les gamins qui fabriquent des bombes à clous ? le contra Fox.

— Tu es en train de nous dire qu'il faut désormais se tenir sur ses gardes et ouvrir l'œil parce qu'il y a du djihad en tartan dans l'air ? répondit Kaye en levant les yeux au ciel. Comme si on n'en avait pas suffisamment sur les bras.

— Peut-être que le Dark Harvest Commando est de retour, ajouta Naysmith.

— Ouais, c'est ça, et Malcolm et toi vous allez rejoindre l'île Anthrax à la rame pour vérifier qu'ils ne se sont pas remis à creuser.

Kaye secoua lentement la tête.

— Entre-temps…, dit Fox pour qu'il revienne à ses moutons.

— J'ai eu un coup de fil de ta copine Mills ce matin, l'informa obligeamment Kaye. Je venais à peine de sortir de la douche – elle ne perd pas de temps, pas vrai ?

— Qu'est-ce qu'elle a dit ?

— Qu'un petit cadeau nous attendait à la réception.

— Et alors ?

Naysmith lui montra une clé USB avant de se baisser pour récupérer son ordinateur portable posé entre ses jambes. Les trois hommes terminèrent leur café en écoutant l'enregistrement téléphonique datant de la veille au soir, à 20 h 10. Le son était inégal.

« — Je viens tout juste de rentrer, se plaignait Carter. Dix heures de questions.

« — Dur dur, commentait Scholes.

« — Dur, c'est bien le mot. Quelqu'un est en train de me poignarder dans les couilles.

« — Je sais.

« — T'as une idée ?

« — Tu te souviens des Shafiq ? Je me demande si l'un d'eux n'a pas gardé une dent contre toi.

« — Mais ça remonte à un an.

« — Ouais, n'empêche : c'est ce que j'ai proposé à Cash comme explication. »

Naysmith pivota sur son siège.

— J'ai fait une vérif rapide : les Shafiq sont propriétaires d'une tapée de commerces et d'entreprises partout dans le Fife.

Fox acquiesça et continua à écouter.

« — Ton oncle employait quelques beaux fêlés dans son entreprise, disait Scholes. Tosh Garioch, Mel Stuart…

« — Je les connais, dit Carter.

« — Alors tu dois savoir qu'ils ont déjà fait de la taule. Des fanas de gonflette et de substances illégales, toujours à cran et prêts à voler dans les plumes du premier venu.

« — Oncle Alan les employait comme portiers, dit Carter.

« — C'est exact.

« — Et tu crois réellement qu'ils me gardent encore un chien de leur chienne ?

« — Pas vraiment, non, finit par admettre Scholes.

« — La Crim estime que le seul mec du coin à avoir un vrai mobile, c'est moi et personne d'autre.

« — Moi, je fais de mon mieux, mon pote.

« — Écoute, Ray, je peux apprécier le fait que tu aies peut-être cru me rendre service…

« — Là, je t'arrête tout de suite, Paul. Je n'ai strictement rien à voir avec tout ça. Que ce soit bien clair entre nous, une bonne fois pour toutes.

« — Et Gary ou Mark ? demanda-t-il, sous-entendu Michaelson et Haldane.

« — Tu fais fausse route, ils n'y sont pour rien.

« — J'ai l'impression que tu es convaincu que c'est moi le coupable.

« — Pour l'instant, il n'y a aucune certitude ; il y a des choses qui clochent sur la scène de crime, mais jusqu'à preuve du contraire, ça reste un suicide.

« — Je ne l'ai pas tué, Ray.

« — C'est exactement ce que je dis. Peut-être qu'il n'a pas été tué, justement. »

En fond sonore, une porte s'ouvrit et une voix de femme lança :

« — Faut que j'y aille, Paul.

« — Reste fort, hein ? dit alors Scholes, soulagé plutôt que s'excusant.

« — Je peux venir chez toi ? demanda Carter.

« — Pas ce soir, mon pote.

« — Je suis… désolé. Pour tout.

« — Tu t'en sortiras comme une fleur, Paul. C'est bien toi Monsieur l'Intouchable, tu te souviens ?

« — L'Intouchable… », répéta Paul d'une voix lasse, pas vraiment convaincue.

Naysmith referma son ordinateur.

— C'est tout, dit-il.

— Carter dit qu'il est désolé, intervint Kaye. Très certainement d'avoir collé Scholes dans la merde, au point de l'obliger à se parjurer.

— Ç'aurait été bien s'il nous avait offert quelques détails supplémentaires, ajouta Naysmith. Qu'est-ce que tu en penses, toi, Malcolm ?

— Il nie farouchement avoir descendu son oncle.

— Ouais, approuva Kaye, de la même façon qu'il a nié farouchement avoir fait subir quoi que ce soit à ces femmes.

— À propos, au fait…, dit Fox en lui tendant la perche.

— J'ai de nouveau parlé à Billie et Bekkah, expliqua Kaye. Intéressant que Scholes ait mentionné ces deux cogneurs : il se trouve que Tosh Garioch est actuellement le jules de Bekkah.

Kaye se tourna vers Fox pour lui faire face.

— C'est lorsque tu as dit que la société d'Alan Carter employait des portiers…

— Tu as aussitôt pensé à aller vérifier s'il existait un lien, dit Fox en hochant lentement la tête. Le lien existe, effectivement.

— Étrange, la coïncidence, non ? dit Kaye avec une petite grimace. Alan Carter ne s'entend pas avec son neveu… Il porte plainte contre lui… Résultat, pas grand-chose, jusqu'à ce que Teresa Collins change d'avis et que Billie et Bekkah portent plainte à leur tour.

— Et en plus de ça, il se trouve que le petit ami de Billie est employé par l'oncle, ajouta Naysmith.

— Alors qu'en pensez-vous ?

— Il faut creuser plus profond, répondit Kaye. Mais je commence à entrevoir une petite lumière au fond du tunnel.

— Paul Carter aurait été victime d'un coup monté de toutes pièces par son oncle ?

— Si c'est le cas, intervint Naysmith, raison de plus d'en vouloir à tonton.

— Ce qui le replace dans le cadre comme suspect du meurtre.

— À condition qu'il s'agisse bien d'un meurtre.

Ce fut au tour de Naysmith de pivoter sur son siège pour accrocher le regard de son chef.

— Et si Alan Carter voulait coller son neveu dans la merde encore plus profond ? Comme il a déjà décidé de se faire sauter le caisson, il téléphone à Paul, sachant pertinemment que ce sera son dernier appel, automatiquement gardé en mémoire ; à la suite de quoi Paul aura à répondre à des questions très désagréables.

— Tu regardes beaucoup *Inspecteur Barnaby*, Joe ? lui demanda Kaye en ricanant sous cape.

— C'est un scénario envisageable, admit Fox qui, son café terminé, glissa le couvercle dans le gobelet avant d'écraser le tout. Est-ce que vous avez quelque chose pour moi concernant Gavin Willis ? reprit-il ensuite.

— Pas encore.

— Vous pourriez essayer d'interroger Alec Robinson.

— C'est qui ?

— Le sergent de la réception.

— Il me regarde tout le temps comme si je lui avais piqué ses stylos, se plaignit Naysmith.

— Quelqu'un pourrait peut-être vous aider : le superintendant Hendryson ; c'est lui qui menait la danse avant que Pitkethly le remplace.

— Doucement, Foxy, dit Kaye. Le gamin risque de se prendre pour un enquêteur chevronné.

— Et toi, Tony ? Ça te plaît d'être ton propre patron ?

— Ça me va parfaitement.

— Mais tu commences à te poser des questions : l'accusation portée contre Carter n'est peut-être pas sans failles, hein ?

— Peut-être bien.

— N’en sois pas si sûr. J’ai eu Carter au téléphone vendredi, juste après qu’ils l’ont embarqué. Il a reconnu avoir « monté des coups », au fil des années.

— Ce sont ses propres paroles ?

Fox confirma d’un hochement de tête.

— Pour quelle raison t’a-t-il téléphoné ? demanda Naysmith.

— Il ne sait plus à qui se fier.

Kaye réfléchit un instant.

— Je vais essayer de parler encore une fois à Teresa Collins, leur confia-t-il. En territoire neutre, un café ou un pub. Tu sais qu’elle est sortie de l’hôpital ?

— Le psy a donné son feu vert ?

— Tout ce que je sais, c’est qu’elle est rentrée à la maison.

— Tâche d’y aller mollo, d’accord ?

— Je vais lui faire ça à l’empathie, assura Kaye.

— Et la nation entière exulte ! conclut Fox.

*

Fox dut s’avouer vaincu par la géographie de St Andrews.

Sur le papier, pas de problèmes. Une route vous amenait en ville, après quoi vous tombiez sur deux grandes rues commerçantes parallèles. L’heure dont il disposait pour explorer l’endroit à pied lui permit de trouver mille façons de se perdre. Un terrain de golf, comme il se devait – oui, bien sûr, il était là, le fameux terrain de golf de St Andrews. Deux plages, chacune à une extrémité. Mais il existait également un château en ruines. Une tour. Et, engoncé entre de vénérables bâtiments universitaires, un échantillon d’architecture plus récent, du verre et de l'acier. Et aussi un port, car St Andrews possédait un port, non loin de la piscine d'eau de mer. Mais aucun baigneur assez brave pour l'affronter n'était visible aujourd'hui. Des falaises aussi, avec des panneaux d'avertissement à l'intention des distraits, et, par-dessus tout cela, des avions de chasse qui zébraient constamment le ciel en hurlant de tous leurs réacteurs, pour rappeler qu'il existait non loin une base de la Royal Air Force…

Nombre d'étudiants semblaient parfaitement à leur aise et arpentaient au pas de course ce véritable labyrinthe, sans paraître désorientés. Des résidents plus âgés papotaient tranquillement sur les trottoirs. Des touristes souriants flânaient, en quête de thé à la crème, de couvertures de voyage en tissu écossais ou de flacons miniatures de whisky en forme de balle de golf. Mais comme il avait garé sa voiture dans ce qu'il avait cru être l'artère commerçante principale, il lui fallut faire quelques tours et détours avant de la retrouver, et il y parvint un peu échauffé et en rogne contre lui-même. Deux rues principales : où était la difficulté, vraiment ?

Il battait maintenant le pavé car, ayant fini par dénicher la personne idoine à l'université, il s'était entendu répondre par l'employée du bureau des inscriptions que cela pouvait prendre jusqu'à une heure, voire deux, avant de trouver ce qu'il cherchait. Au passage, elle lui avait fait comprendre à demi-mot qu'il n'avait qu'à s'en prendre à lui-même, avant de consentir à noter le peu de renseignements dont il disposait : Alice Watts – Politique et Philosophie – 1985.

— Date de naissance ?

Il avait secoué la tête.

— Adresse personnelle ?

Même réaction, et un semblant de réponse :

— Pendant l'année scolaire, elle habitait Anstruther.

— Année d'entrée ?

— Je ne suis pas sûr. Désolé.

Il arpentait la ville, fasciné et intrigué de constater que ses éléments disparates ne rendaient pas les gens complètement dingues, et il ne pouvait s'empêcher de la comparer à Édimbourg, qui avait elle aussi ses étudiants, ses touristes et ses habitants, sauf que tous étaient à leur place et recréaient le lieu à leur propre image. Sur le front de mer, il était passé devant une élégante boîte en verre qui se voulait restaurant, avant d'aller manger un panini gratiné au thon dans le café jouxtant le Byre Theatre. Il y avait jeté sur son calepin quelques notes relatives à la conversation échangée plus tôt avec Kaye et Naysmith. Comme il avait oublié de prendre le numéro de téléphone de l'employée aux inscriptions, il ne pouvait pas vérifier si elle avait accompli sa mission. Il acheta un journal et retourna au bureau de la dame : elle avait disparu, cédant la place à un jeune homme en chandail sans manches et nœud papillon, qui lui demanda de s'asseoir. Tout en feuilletant distraitement l'*Independent*, il s'aperçut que le gamin l'étudiait en douce, très certainement parce qu'on l'avait informé qu'il appartenait à la police. Chaque fois qu'il essayait d'accrocher son regard, le gars retournait à son écran d'ordinateur, s'affairant sur son clavier et sa souris.

— Désolée, dit la femme invisible en entrant d'un pas vif par la même porte que Fox.

Elle regagna son côté du bureau, ôta son manteau qu'elle suspendit à une patère et rectifia sa chevelure.

— Les recherches ont pris un sacré bout de temps, lui expliqua-t-elle en montrant la grande enveloppe qu'elle avait apportée.

Fox s'approcha du comptoir et elle en sortit quelques feuilles format A4.

— Voici tout ce que nous avons, dit-elle.

Alice Watts était née en mars 1965 à Glasgow, elle avait donc vingt ans à la mort de Francis Vernal. Elle était arrivée à St Andrews en septembre 1983. Il trouva deux photos d'identité, l'une de 1983, l'autre de 1984 et un changement radical entre les deux, en l'espace d'une année : la timide petite souris grise pleine de déférence, sur la première, s'était métamorphosée sur la seconde en conquérante déterminée, avec une chevelure en pétard. La première année, elle avait eu une chambre en résidence universitaire, la seconde, elle louait le logement d'Anstruther.

— Ce n'est pas la porte à côté, dit Fox tout en lisant.

— Oui, mais Anstruther, c'est très joli, lui fit remarquer la dame.

La rue correspondant à son adresse personnelle avait le code postal de Glasgow. Il nota aussi un numéro de téléphone. Sur la feuille suivante figurait la liste de tous les examens qu'elle avait réussis, accompagnés des commentaires des professeurs concernés. Au départ, il aurait qualifié leurs appréciations de « flamboyantes », avant que s'amorce un revirement, les remarques reprochant à Alice de passer plus de temps à manifester qu'à travailler ses mémoires se multipliant. Elle prenait « une part de plus en plus active dans la politique étudiante, au détriment de ses études ». Fox retourna les feuilles mais elles n'étaient imprimées qu'au recto.

— Plus rien après la deuxième année ? demanda-t-il.

— Elle est partie.

— On l'a virée ?

L'employée fit non de la tête et montra l'explication qui suivait. Alice avait subitement cessé de suivre les cours de St Andrews. Des lettres avaient été envoyées à son adresse d'Anstruther et finalement chez ses parents. Aucune n'avait reçu de réponse. Fox vérifia les dates. Comme l'avait dit sa veuve, après la mort de Francis Vernal, Alice avait tiré un trait sur ses études universitaires.

— Nous n'avons plus jamais entendu parler d'elle, dit l'employée, avant de se pencher vers Fox pour lui demander à voix basse : Elle a été assassinée ?

Fox croisa son regard et fit non de la tête.

— C'est quoi, alors ?

Les yeux comme des billes, elle mourait d'envie de connaître plus de détails, et son collègue tout ouïe avait lui aussi cessé de pianoter sur son clavier pour ne pas perdre une miette de la conversation.

Fox garda le silence et montra les feuilles du dossier.

— J'emporte ça, l'informa-t-il. Ça pose un problème ?

— Il faut que les originaux restent ici, dit-elle sans vraiment cacher combien il la décevait. Il va falloir que je vous fasse des photocopies.

— Et ça risque de prendre longtemps ?

— Deux minutes.

Fox acquiesçait d'un air satisfait quand il remarqua la main tendue de la dame, paume en l'air.

— C'est trente pence par feuille, l'informa-t-elle. À moins que vous n'ayez une carte d'étudiant…

*

L'adresse à Anstruther correspondait à un appartement avec vue sur le port. Les touristes à la journée devant la boutique de *fish and chips* étaient si nombreux que la queue s'étirait jusque sur le trottoir. La femme qui occupait l'appartement était une artiste et ne lui proposa que de la tisane en guise de boisson. Elle avait acheté le logement au propriétaire précédent, décédé de sa belle mort. Oui, jadis, c'était bien un appartement en location, mais elle n'avait pas d'autres détails. Il lui arrivait parfois de trouver dans sa boîte du courrier au nom de gens dont elle n'avait jamais entendu parler, et qu'elle se contentait de jeter à la poubelle. Le nom d'Alice Watts ne lui disait rien, et elle n'avait jamais reçu la moindre visite d'aucun locataire. Fox fit mine d'admirer son travail de peintre – les murs étaient couverts de toiles criardes avec pour sujets bateaux de pêche, ports et paysages côtiers – et la laissa à ses œuvres, non sans qu'elle lui glisse dans le creux de la main une carte de visite en l'informant qu'elle travaillait aussi sur commande.

— Je ne l'oublierai pas, dit-il en se dépêchant de partir.

Il envisagea un instant un saut jusqu'à Glasgow – soit une heure et demie de trajet –, avant de changer d'avis et de passer quelques coups de fil depuis sa voiture. Un agent du poste de police de Govan finit par le rappeler après s'être rendu personnellement à l'adresse des parents d'Alice Watts.

— C'est un immeuble de bureaux, l'informa-t-il.

— Des bureaux ? répéta Fox interloqué, en vérifiant les coordonnées exactes sur les photocopies. Il y a longtemps que c'est comme ça ?

— Jusqu'en 1982, c'était un entrepôt. Rénové en 1983.

1982 : l'année où Alice était arrivée à St Andrews.

— J'ai dû me tromper d'adresse, expliqua Fox.

— Je crois bien, confirma l'agent. Pas une seule maison d'habitation dans toute la rue. Pour autant que je sache, il n'y en a jamais eu.

Fox le remercia et coupa la communication. Il essaya une nouvelle fois le numéro des parents. La même voix monocorde lui répéta que ledit numéro n'existait pas. Il prit les photos d'Alice et les plaça côte à côte. Un soleil bas sur l'horizon avait percé les nuages, l'obligeant à baisser le pare-soleil. Même vitres et portières fermées, il sentait les relents de graillon du *fish and chips*.

— J'ai une arme à feu qui ne devrait pas exister et une étudiante qui a disparu sans laisser de traces, dit-il aux photos. Et donc, je suis bien obligé de me poser la question, Alice, nom de Dieu, qui êtes-vous donc ?

Et où se trouvait-elle à présent ?

24

— Merci d'avoir accepté de me rencontrer, dit Tony Kaye.

Le café était situé dans un centre commercial un peu décrépit, tout près de la station de bus ; éclairages au néon omniprésents et articles à prix réduits. Teresa Collins avait des cernes sombres sous les yeux, et les taches sur ses vêtements étaient des traces de sang, vieilles de quelques jours. En fait, Kaye était allé en voiture jusque chez elle, restant un moment dans la rue, assis au volant de sa Mondeo. Il y avait les mêmes traînées visibles sur la fenêtre de son salon – encore du sang. Il n'avait pas tenté de la voir. Il s'était contenté de glisser un petit mot sous sa porte avec son numéro de téléphone et sa requête, puis avait attendu qu'elle le contacte.

— Je meurs de faim, dit-elle en dégageant des mèches de cheveux graisseux retombant sur ses yeux.

Le dessus de ses mains s'ornait de tatouages maison aux couleurs affadies, un poignet était encore pansé, l'autre simplement couvert d'un grand sparadrap. Il poussa vers elle le menu.

— Ce que vous voulez, dit-il.

Elle commanda un mug de chocolat chaud et un banana split.

— Je voulais vous présenter mes excuses pour l'autre jour, lui dit-il.

— Et c'est vrai pour Paul Carter ? Il est inculpé de meurtre ?

Kaye acquiesça, ne voyant pas où était le mal de lui mentir.

— Il ne reviendra plus vous embêter.

— Pauvre homme, murmura-t-elle.

— Paul, vous voulez dire ?

— Non, celui qu'il a tué, dit-elle en secouant la tête.

Visiblement, elle mourait d'envie d'en griller une. Son paquet de cigarettes était devant elle sur la table, et ses doigts jouaient avec un petit briquet en plastique bon marché. Mais quand le dessert arriva, elle y alla de bon cœur et ajouta trois sachets de sucre à sa boisson. Quand elle mangeait, il y avait quelque chose d'enfantin dans la manière dont son visage s'adoucissait, à croire qu'elle revivait des plaisirs enfuis.

— C'est bon ? demanda-t-il.

— Ouais.

Mais dès qu'elle eut terminé, elle lui demanda s'ils pouvaient sortir. Il régla l'addition sans avoir touché à son café et elle le conduisit dans la grande rue, allumant sa cigarette en inhalant profondément.

— Où voulez-vous aller ? lui demanda-t-il.

Elle haussa les épaules et continua à marcher. Ils franchirent une intersection au feu rouge et il comprit vaguement qu'ils se dirigeaient vers le stade de football.

— La ville a connu des jours meilleurs, dit-il.

— Et de bien pires aussi.

— Vous avez toujours vécu ici ?

— Je suis allée une fois à Londres ; j'ai détesté.

— Et vous êtes restée longtemps ?

— Le temps de claquer tout mon fric. M'a fallu trois jours pour rentrer en faisant du stop.

Les magasins se faisaient de plus en plus rares, et beaucoup semblaient avoir mis la clé sous la porte pour de bon. Quelques hauts immeubles d'habitation les séparaient du front de mer. Elle se dirigea vers l'un d'eux et franchit une double porte cassée pour s'arrêter devant l'ascenseur.

— Je veux vous montrer quelque chose, dit-elle.

L'ascenseur les conduisit au dernier étage. À leur sortie sur la passerelle, le vent les frappa avec violence, et Teresa Collins écarta les bras face aux bourrasques.

— J'adorais venir ici quand j'étais gamine, expliqua-t-elle. Je m'attendais toujours à être emportée dans les airs et emmenée ailleurs.

Kaye fixa le vide et sentit le vertige le gagner, avant de concentrer son attention sur le paysage qui s'étirait au-delà des eaux jusqu'à Édimbourg.

— Une de mes tantines a vécu ici, lui expliquait Teresa Collins. C'était pas vraiment ma tante, juste une copine à maman. Je pouvais aller chez elle quand papa était à la maison.

Elle vit que Kaye ne comprenait pas bien.

— Il était dans l'armée, et très souvent absent. Chaque fois qu'il rentrait, ça picolait, ça baisait et y avait aussi des claques qui se perdaient.

— Votre mère ne voulait pas que vous voyiez ça ?

Collins haussa les épaules.

— Soit ça, soit elle ne voulait pas qu'il s'en prenne à moi.

Elle s'interrompit, en le fixant droit dans les yeux.

— Tous les endroits qu'il avait connus, les histoires qu'il racontait... Jamais il ne m'a rapporté le moindre cadeau. Pas une fois. Les hommes, c'est des vrais salauds, hein ? J'en ai jamais rencontré un qui l'était pas.

— Ce qui fait de moi un salaud aussi, si je comprends bien.

Elle ne le nia pas mais essaya d'allumer une autre cigarette au lieu de répondre. Il lui ouvrit son manteau pour abriter la flamme du briquet.

— Merci, lui dit-elle avant de s'appuyer à la rambarde en exhalant un nuage de fumée.

— Qu'est devenue votre tante ? lui demanda-t-il.

— Elle a déménagé. J'ai appris par la suite qu'elle était décédée.

— Vos parents ?

— Maman a eu une attaque. Elle est morte un an plus tard. Aucune idée de l'endroit où se trouve mon père.

— Et vous voulez le savoir ?

Elle fit non de la tête.

— Pas d'homme dans votre vie en ce moment, Teresa ?

— De temps à autre, mais uniquement quand je suis à court d'argent, reconnut-elle avec un sourire triste. Vous avez quelques billets en trop ?

— Je pourrais vous prêter vingt livres.

Elle se tourna vers lui.

— Et pourquoi iriez-vous faire une chose pareille, monsieur le policier ?

Il haussa les épaules en fourrant ses mains au plus profond de ses poches.

— Vous voulez quoi exactement ? demanda-t-elle en bataillant pour dégager les mèches rebelles qui retombaient devant ses yeux.

— Je suis curieux, c'est tout. Vous ne vous êtes pas beaucoup démenée après avoir déposé votre première plainte contre Paul Carter. C'est seulement plus tard que vous êtes revenue à la charge. Qu'est-ce qui vous a fait changer d'avis ?

— Je ne pouvais pas le laisser s'en tirer comme ça.

— On dirait une phrase apprise par cœur.

— Et alors ? Je l'ai prononcée assez souvent. Vous croyez que quelqu'un m'a payée, c'est ça ?

Il plissa légèrement les paupières.

— Ça ne m'avait jamais traversé l'esprit, répondit-il sans se démonter.

Elle se détourna en s'enveloppant de ses bras, la cigarette bien serrée entre pouce et index.

— Personne n'a eu besoin de me payer, dit-elle. Je l'ai fait parce qu'il fallait le faire.

— Mais avez-vous parlé à quelqu'un ? C'est ça que vous essayez de me faire comprendre ?

Il fit un pas vers elle, avec à l'esprit ce qu'elle avait dit dans le café : pauvre homme…

— L'oncle de Paul ? Alan Carter ?

Elle contemplait le ciel. Le vent avait de nouveau défait ses cheveux et ils lui couvraient le visage comme pour étouffer sa réponse.

— Alan Carter ? insista Kaye.

Elle se hissa sur la pointe des pieds et écarta une nouvelle fois les bras. Un instant, il crut qu'elle allait se lancer dans le vide et tendit même la main vers elle. Mais elle avait fermé les yeux, paupières serrées, à l'image d'une enfant se préparant à voler.

— Teresa ? dit Kaye. Toutes ces accusations contre Carter…, elles étaient vraies ?

— Il mérite ce qui lui arrive, récita-t-elle. C'est un déshonneur pour le service.

Des mots qui ne venaient pas d'elle, mais Kaye imaginait aisément un de ses collègues en train de les prononcer ; ou un ex-policier à la retraite.

— Peux pas le laisser s'en tirer comme ça ; ce serait pas seulement moi…, y en aurait d'autres, murmurait-elle, les yeux toujours fermés. Mérite ce qui lui arrive.

Les doigts de Kaye se refermèrent sur un frêle avant-bras.

— Laissez-moi vous reconduire jusqu'à l'ascenseur, lui dit-il.

— Je peux pas rester ici encore un moment ?

— Non, pas toute seule, non.

Elle ouvrit les paupières et le regarda.

— J'ai besoin de vous savoir en sécurité, Teresa.

— Ils disent tous des choses comme ça, lui répondit-elle. Ils veulent tous veiller sur vous.

Kaye se demanda si la larme qu'il voyait perler à son œil était simplement due à une bourrasque.

— Mais ils changent tous, conclut-elle d'une voix paisible en acceptant qu'il l'emmène loin de son rêve d'évasion.

*

Un simple coup d'œil au sergent de la réception suffit à Joe Naysmith pour y réfléchir à deux fois. Depuis l'arrivée de la brigade criminelle, Robinson avait l'air près d'exploser à tout instant. *Son* poste de police, *son* fief : finis, envolés. Inspecteurs en civil et agents en uniforme grouillaient devant la réception, chargés d'équipements divers ou alors la bouche pleine de questions ou d'exigences. Il leur fallait des chaises, des bureaux, des adaptateurs électriques pour leur salle d'enquête. C'est tout juste s'ils le saluaient ou remarquaient son existence.

Non, Naysmith doutait fort d'obtenir quoi que ce soit de la part du sergent. Mais c'était sans importance, il tenait un plan en réserve. Les salles de la Criminelle étaient en plein chaos, mais il finit par dénicher Cheryl Forrester dans un coin, les yeux brillant d'excitation au spectacle d'une activité aussi soudaine qu'inhabituelle. Elle l'aperçut et il lui fit signe de le rejoindre dans le couloir. À son arrivée, il glissait des pièces dans la fente du distributeur de boissons.

— Je vous offre quelque chose ?

— Sprite, répondit-elle en se collant à lui au passage de deux inspecteurs pressés.

— Vous tenez le coup ? lui demanda-t-il en lui tendant la boîte glacée.

— Très bien, dit-elle. Vous avez d'autres questions à me poser ?

— En quelque sorte, répondit-il.

Il comprit qu'ils n'auraient pas la paix dans ce couloir, aussi la dirigea-t-il vers la cage d'escalier où elle lui demanda s'il ne voulait pas boire quelque chose.

— Je n'ai plus de monnaie.

Elle sourit et lui tendit sa boîte de soda ouverte. Il en but une gorgée avant de la lui rendre.

— Je vous trouve bien mystérieux, dit-elle en regardant alentour.

— J'ai besoin d'un petit service, reconnut-il. Vous souvenez-vous d'un inspecteur du nom de Gavin Willis ?

— J'ai entendu prononcer son nom.

— Il y a longtemps qu'il est mort. Mais je présume que vous avez connu le superintendant Hendryson ?

— Bien sûr.

Elle aspira bruyamment une gorgée de liquide, les lèvres collées au rebord de la boîte.

— Je me demandais s'il existait un moyen de le contacter.

— Il a pris sa retraite.

— Il ne lui arrive jamais de repasser par ici ?

Elle fit non de la tête.

— Ça fait un peu loin, le Portugal.

— Il a déménagé au Portugal ?

— Je crois que c'est une idée de son épouse. Il nous envoie une carte postale de temps à autre – en veillant toujours à mentionner combien la mer est chaude.

— Quelqu'un doit bien avoir une adresse, dans ce cas, non ?

— De quoi s'agit-il ? lui demanda Cheryl en le regardant droit dans les yeux.

— Je n'en sais rien, à vrai dire, mentit-il allègrement. Je fais juste une petite course pour mon chef et c'est tout.

— Je connais ça.

Elle ne dit plus rien, puis inclina légèrement la tête de côté.

— Vous faites quelque chose ce soir ?

— Pourquoi ?

— Je me disais juste que vous pourriez m'inviter à boire un pot ; à dîner aussi, si vous voulez. Possible que j'aie quelque chose pour vous à ce moment-là.

— Je ne sais pas bien, Cheryl.

— Parce que vous êtes des Plaintes ?

— Oui.

— Mais ce n'est pas sur moi que vous enquêtez, non ?

— Vous figurerez malgré tout dans le rapport final.

— Et alors ?

— C'est un point d'éthique.

— Nous allons dîner ensemble et voilà tout. Et je vous donnerai l'adresse dont votre chef a besoin.

Naysmith fit mine de réfléchir.

— Okay alors, répondit-il.

— Si toutefois vous n'êtes pas trop pris, ajouta-t-elle pour le taquiner.

— Dans le quartier ?

Elle fit signe que non.

— Je connais un petit truc super à North Queensferry.

— Pourquoi là-bas ?

— C'est là que j'habite.

— Voyez-vous ça. Vraiment ?

Face au grand sourire qu'elle lui offrit en réponse, il ne put s'empêcher de sourire à son tour.

— Alors c'est d'accord, dit-il. Absolument. Ouais, pourquoi pas, nom d'un chien ?

25

Le professeur John Martin – JDM pour les amis et collègues – habitait dans un bloc d'immeubles très chic construit récemment derrière le zoo de Glasgow. En ce début de soirée, la température avait chuté, mais il se fit un plaisir d'entraîner Fox quelques instants sur son balcon.

— Vous les entendez ? demanda-t-il.

Fox acquiesça. Des bruits d'animaux. Cris nasillards, meuglements, cacardements et autres.

— Parfois, on sent aussi leur odeur, dit le professeur. Tous ceux qui vivent aux environs et qui ont un jardin viennent casser les pieds au zoo pour avoir du fumier. Entre autres caractéristiques, le fumier présente certaines qualités répulsives.

— Que voulez-vous dire ?

— Il fait fuir les chats et les empêche de faire leurs besoins dans les parterres de fleurs.

L'appartement, situé au deuxième étage, n'offrait pas une vue imprenable sur le zoo, mais Fox distinguait le relief des Pentland Hills au sud et entendait la circulation sur Corstorphine Road. Le professeur Martin était rentré et Fox l'imita, refermant la porte coulissante. En fond sonore, la musique était à peine audible, apparemment du classique, moderne et minimaliste. La vaste salle de séjour comportait un mur entier de rayonnages bourrés de livres et un ensemble canapé-fauteuils en cuir crème. Une ouverture voûtée conduisait à une petite cuisine, chromes brillants et lambrissage d'acajou.

— Bel endroit, dit Fox. Longtemps que vous êtes ici ?

— Deux ans.

Martin leur avait servi à boire, vin rouge pour lui, eau gazeuse pour Fox.

— Nous avons choisi de prendre un logement plus petit quand les enfants ont quitté le nid pour voler de leurs propres ailes.

Martin fit tourner le vin dans son verre et le huma.

— Je dois reconnaître que je suis très intrigué. Dites-moi comment vous m'avez trouvé.

Fox eut un petit haussement d'épaules, avec l'espoir d'être modeste comme il fallait.

— J'ai passé mon week-end à chercher sur Internet les militants écossais des années 1980. Votre nom n'a cessé d'apparaître. Jusqu'à ce que j'apprenne que vous aviez écrit un livre sur le sujet…

— Épuisé depuis des années, insista Martin. C'était ma thèse de doctorat.

Fox ne s'était pas trompé, son hôte ne pouvait guère avoir plus de quarante-cinq ans. Grand, musclé, bel homme, et il avait remarqué une raquette de tennis dans l'entrée, ainsi qu'une photo de lui tenant un trophée. Son livre avait été publié en 1992…

— Écrit à la fin des années 1980 ?

— Terminé en 1990, confirma Martin. Mais vous ne m'avez toujours pas expliqué comment vous m'avez retrouvé.

— Votre biographie en ligne disait que vous enseigniez à l'université d'Édimbourg. (Nouveau haussement d'épaules, en toute modestie.) Mais avant d'appeler là-bas, je me suis dit que j'allais essayer l'annuaire.

Martin gloussa.

— Facile quand on sait faire, dit-il en levant son verre pour porter un toast. Mais il faut que je vous avoue, j'ai probablement oublié bien des choses de ce livre. Au fil des années, ma spécialité a changé.

— Politique écossaise, se mit à réciter Fox, procédure constitutionnelle, Parlement et protocole…

Nouveau toast de Martin.

— Probablement une sage décision de votre part, dit Fox. Il ne reste plus guère de paramilitaires aujourd'hui.

— C'est ce que nous a enseigné l'Irlande du Nord, sourit Martin. Ramener les terroristes égarés au bercail afin qu'ils prennent le bon pli. Ils finissent par porter costume-cravate et dirigent le pays.

— C'est vrai aussi pour l'Écosse ?

Martin réfléchit avant de répondre.

— Je n'en suis pas absolument certain. Le SNP a arrondi ses angles et châtié son langage, et il s'est trouvé un chef plein de charisme. La dévolution[1] lui a offert une tribune. Inutile dès lors de revendiquer.

— Ce ne sont pourtant pas les revendications qui ont manqué au cours des années 1980.

— Et des années 1970, ajouta Martin. Les racines remontent loin dans le passé… Je suis sûr de pouvoir vous dénicher un exemplaire de l'immortel chef-d'œuvre.

— J'en ai déjà commandé un, avoua Fox.

— Ah, encore Internet ?

— Je crois qu'il s'agit d'un service de presse.

1. Autonomie de l'Écosse, décidée par référendum en 1997, concrétisée, en 1999, par l'élection d'un Parlement écossais.

— Ce qui lui donne une certaine valeur comme rareté. Mes éditeurs ne se sont guère donné de mal pour en faire la promotion.

Il s'interrompit un instant.

— Est-ce que c'est en rapport avec les bombes ?

— Pardon ?

— Peebles et Lockerbie… J'ai du mal à imaginer que des gens puissent croire aujourd'hui que la SNLA et ses dérivés soient de retour parmi nous.

— Un de mes collègues a posé pratiquement la même question. Mais je doute qu'on regarde dans cette direction. Et ce n'est certainement pas la raison pour laquelle je suis ici. Je veux vous poser des questions sur Francis Vernal.

Martin but une gorgée de vin et resta songeur.

— Un homme que je regrette de ne pas avoir rencontré, finit-il pas dire. Ses discours se lisent bien, mais l'entendre était tout autre chose – il existe quelques enregistrements, vous savez. Et aussi quelques bouts de film.

Fox hocha la tête.

— Est-ce qu'il y a du neuf à son propos ? poursuivit Martin. De nouvelles preuves ?

— Je parlerais plutôt d'intérêt personnel de ma part.

— Non officiel, alors ?

— Disons semi-officiel.

Martin acquiesça et sembla se perdre dans ses pensées.

— J'ai eu un mal de chien à la faire, cette thèse, reprit-il. Un matin, j'ai eu l'impression que quelqu'un était entré dans l'appartement et avait consulté plusieurs chapitres. Ensuite, lorsqu'elle a été déposée à la bibliothèque de l'université, quelqu'un l'a volée. Elle n'y est pas restée une semaine… Je commençais presque à croire aux théories du complot.

— Jusqu'à ce moment-là, vous les aviez rejetées ?

— Francis Vernal était un gros buveur, et son mariage n'allait pas bien. Personne ne pouvait s'étonner de la manière dont il avait fini.

— Avez-vous interrogé la veuve pour votre livre ?

— Elle a refusé de me recevoir.

— Comment avez-vous fait votre recherche ?

— C'est-à-dire, inspecteur ?

La musique s'arrêta. Martin prit une minuscule télécommande blanche et la même séquence de morceaux redémarra.

— Vous avez essayé de parler à Mme Vernal, ce qui implique une volonté d'engagement direct. Et donc, je me demande si vous êtes parvenu à parler de vive voix à un des groupes.

— Quelques compagnons de route et sympathisants. Je leur ai écrit, à tous.

— Et ?

— Je n'ai pratiquement reçu aucune réponse. Alors, j'ai réessayé. Même résultat. Qu'est-ce que tout ça a à voir avec Francis Vernal ?

— La rumeur a bien couru qu'il était en quelque sorte le banquier de ces groupes ?

— Effectivement.

— J'essaie simplement de me faire une image du personnage, expliqua Fox. Pensez-vous qu'il se soit donné la mort ?

— Peut-être, ou alors son épouse l'a fait exécuter.

— Pourquoi serait-elle allée jusqu'à faire une chose pareille ?

— Peut-être pour protéger ses amants, ou parce que son mari entretenait une relation suivie avec quelqu'un.

— Elle dit que ce sont les journaux qui ont inventé de toutes pièces sa réputation d'épouse infidèle.

Martin haussa légèrement le sourcil.

— Vous lui avez parlé ? demanda-t-il, à la fois intrigué et impressionné.

Nouveau toast, cette fois avec le verre vide. Il alla se resservir dans la cuisine et Fox attendit son retour.

— Auriez-vous déniché le moindre élément permettant d'établir un lien entre Francis Vernal et ces groupes terroristes ? demanda-t-il.

— Lui les aurait plutôt appelés « combattants de la liberté » ou alors « la résistance », répondit Martin en faisant de nouveau rouler son vin dans son verre. Son nom était cité au cours de leurs réunions. Il en existe d'ailleurs des minutes, habituellement en code, mais relativement faciles à déchiffrer. Je crois qu'ils lui donnaient souvent le nom de Rumpole[1].

— Comme dans le feuilleton télévisé ?

— Un collègue avocat, vous voyez ?

Fox confirma de la tête.

— Donc il assistait à ces réunions ?

— Oui.

— Peut-être même les dirigeait-il ?

— On ne fait jamais référence à lui comme leader. Vous avez entendu parler de Donald MacIver ?

Fox opina : encore un nom glané sur Internet.

— Il se trouve à Carstairs aujourd'hui, dit-il.

Carstairs, l'hôpital psychiatrique de sécurité maximale.

---

1. Horace Rumpole, personnage d'avocat, interprété par Leo McKern, dans la série télévisée *Rumpole of the Bailey*, diffusée par la BBC de 1978 à 1992.

— Ce qui explique pourquoi je n'ai pas réussi à obtenir d'entretien, dit Martin. MacIver dirigeait le Dark Harvest Commando. Il devait certainement connaître Francis Vernal… (Martin s'interrompit subitement.) Suggérez-vous que Vernal a été tué par un des groupes qu'il soutenait ?

— Je ne sais pas, dit Fox.

— Ou par quelque ténébreuse conspiration des pouvoirs en place ?

Fox haussa les épaules.

— Il était convaincu qu'on avait pénétré par effraction chez lui, à son bureau comme à son domicile, et sa veuve le confirme. Il est possible qu'il ait été surveillé. Et voilà que vous me dites que votre travail a été lui aussi espionné…

— En fait, c'est allé beaucoup plus loin. Mon premier éditeur a fait faillite, et un deuxième a soudainement décidé qu'il ne voulait plus de mon livre. Au bout du compte, j'ai dû me résoudre à aller dans une petite maison d'édition gauchiste. Qui, pour couronner le tout, a bâclé le travail.

— Vous me mettez réellement en appétit, je dois dire, plaisanta Fox.

— J'espère simplement que vous n'avez pas payé trop cher votre exemplaire.

— Je suis sûr que j'en aurai pour mon argent. Jusqu'au dernier penny.

— Je ne vous garantis rien, inspecteur, répondit Martin, en se carrant dans son fauteuil, les bras posés sur les accoudoirs.

— D'autres noms peut-être ? demanda Fox.

— Un ou deux sont peut-être encore un peu fêlés et vivent en ermites dans les Hébrides extérieures en rédigeant des blogs anarchistes. Mais la plupart ont probablement découvert qu'ils sont devenus avec l'âge le genre d'individus qu'ils méprisaient jadis.

— L'ordre établi, en d'autres termes ?

— C'étaient des gens brillants, pour la plupart.

— Même ceux qui ramassaient des poignées d'anthrax à Gruinard ?

— Même eux, dit le professeur Martin d'une voix assoupie par le vin. Mais tout cela a changé, désormais, le nationalisme est rentré dans le rang, il est complètement digéré et fait désormais l'actualité. Je ne serais pas surpris que les nationalistes fassent un triomphe aux prochaines élections[1]. D'ici quelques années, nous pourrions bien vivre dans une démocratie européenne indépendante. Plus de reine, plus de Westminster, plus de force de dissuasion nucléaire. Chose qui aurait été impossible à prédire ne serait-ce qu'il y a quelques années, alors, pensez, il y a vingt-cinq ans !

— Tout ce pour quoi, à quelques détails près, la SNLA et les autres se battaient, dit Fox en ajoutant de l'eau au moulin de son hôte.

— Pratiquement.

— Y a-t-il quelqu'un à qui je pourrais tenter de parler de tout cela, mis à part les ermites et les patients d'hôpital psychiatrique ?

— Connaissez-vous John Elliot ?

— Je ne crois pas, non.

— On le voit tout le temps à la télé. Informations et actualité.

— Jamais entendu parler de lui.

---

1. De fait, les nationalistes ont remporté les élections en mai 2011, et un référendum sur l'indépendance a eu lieu en 2014.

— Il mérite une mention dans mon livre.

— Et Alice Watts ?

— Qui ça ?

Fox répéta le nom, mais, visiblement, le professeur Martin ne l'avait jamais entendu. Il lui montra néanmoins les deux photos d'étudiante qu'il avait en sa possession. Martin cligna des yeux à plusieurs reprises, comme s'il essayait de faire sa mise au point.

— Oh, oui, dit-il, subitement réveillé. Enfin ! C'est bien agréable de pouvoir mettre un nom sur un visage.

Il se remit debout un peu lentement, mais parvint malgré tout à gagner les rayonnages de livres sans trop dévier de sa trajectoire. Fox le rejoignit et le regarda sortir un exemplaire de son propre livre : *Pas seulement une bande de canailles ! Comment la dissidence écossaise d'après-guerre a choisi la violence.*

— Un titre plutôt accrocheur, non ? dit Fox.

— Un démarquage d'une expression de Burns.

Martin avait ouvert le livre à un chapitre comprenant des photographies en noir et blanc. Il en indiqua une qui occupait une demi-page et évoquait à Fox une manifestation du CND.

— Coulport, lui confirma Martin. C'était le centre de réception et de maintenance des têtes de missiles Polaris. Chaque semaine, un convoi nucléaire en partait pour gagner par la route l'usine de la Royal Ordnance près de Reading.

— Ce qui représente quelques centaines de kilomètres quand même.

— Je sais… et par la route, vous imaginez ! Un accident…, un braquage. On croit rêver quand on pense aux risques.

Dix manifestants avaient été arrêtés ce jour-là, le dimanche 7 avril 1985, trois semaines avant la mort de Francis Vernal. Le doigt de Martin glissa jusqu'à la photo occupant la seconde moitié de la page.

— Voyez-vous votre homme ? demanda-t-il.

— Je le vois, effectivement, répondit doucement Fox.

Cette deuxième photo montrait la manifestation qui avait eu lieu devant le poste de police où se trouvaient censément détenus dix « martyrs ». Un homme, plus âgé que ses compagnons, en occupait le centre : Francis Vernal. À côté de lui, en pantalon de velours et casquette en tricot, se tenait Alice Watts.

— À qui donne-t-elle le bras ? demanda Fox.

Il ne parlait pas de Vernal, mais de l'homme à la gauche d'Alice, grand, cheveux noirs, barbe en broussaille et lunettes de soleil.

— J'aimerais bien le savoir. Comment déjà avez-vous dit que s'appelait la jeune femme ?

— Alice Watts, répéta Fox.

— Watts…, répéta à son tour Martin et un large sourire éclaira son visage. Bravo, inspecteur ! Vingt ans trop tard, mais bravo quand même.

— Éclairez ma lanterne, je vous prie.

— Encore un nom de code, expliqua le professeur. « Steam », la vapeur, dit-il, toujours souriant.

— Vapeur comme pour James Watt, devina Fox.

— Et de James Watt à Alice Watts…

Fox confirma que c'était tout à fait possible.

— Avez-vous encore les notes prises au cours des réunions ? demanda-t-il.

— Je n'ai que mes notes de leurs notes – celles que l'on m'a montrées. Je n'ai pas été autorisé à les emporter.

— C'est un sympathisant qui vous les a montrées ?

— Bien au contraire, pour vous dire la vérité. Un des problèmes posés par ces groupes dissidents est justement qu'ils ne pouvaient s'empêcher de faire dissidence. Et lorsque des factions se brouillaient entre elles, les choses se passaient aussi mal que lors d'un méchant divorce. On m'a montré les archives de ces réunions pour que je comprenne à quel point ces groupes avaient fini par se comporter en amateurs.

Fox leva un doigt pour interrompre le flux de paroles du professeur.

— De quel groupe précis parlons-nous là ?

— Du DHC.

— Le Dark Harvest Commando ?

Martin acquiesça.

— De vrais extrémistes, même selon les critères les plus extrémistes, l'aile paramilitaire de la Scottish Citizen Army, l'armée des citoyens écossais. Vous avez parlé tout à l'heure de l'anthrax…

— Et Alice Watts en faisait partie ? demanda Fox, les yeux rivés à la photo.

— C'est ce que je dirais, oui… C'est important, inspecteur ?

— Et si je vous disais qu'elle était aussi la maîtresse de Francis Vernal ? Et qu'elle a disparu presque immédiatement après sa mort ?

Le professeur resta silencieux un moment, referma son livre et le pressa contre sa poitrine.

— Je vous répondrais…, dit-il d'une voix étouffée, qu'une nouvelle édition de mon livre ne serait pas à exclure.

— Mais il y a mieux encore, ajouta Fox. Car, pour autant que je sache à ce stade de mes recherches, Alice Watts n'a jamais existé…

*

Ce soir-là, Fox regarda la télévision avec le son coupé et ignora délibérément un appel de sa sœur et deux coups de fil d'Evelyn Mills. Il se demandait comment ce serait de vivre à proximité d'un zoo, à entendre et à sentir les animaux sans jamais les voir.

Ou de se retrouver étudiant et de choisir de vivre à Anstruther.

Ou de travailler à la télévision, chargé des informations et de l'actualité.

Ou d'être incarcéré à Carstairs.

Ou soupçonné de meurtre.

Lorsque le générique de fin défila, il se rendit compte que, du film qui venait d'être diffusé, il ne se souvenait pas de la moindre image.

Jude lui avait adressé un texto : *Va voir papa. C'est TON tour !*

Elle avait raison, bien sûr. Et ne va pas raconter que tu es débordé de travail, Foxy, se dit-il en pensée.

Pas seulement une bande de canailles ! Un détournement d'une citation de Burns, selon le professeur Martin. Personnellement, il n'avait pas relu Burns depuis l'école. Il prit son ordinateur portable, source de tous les savoirs – et même digne de confiance pour certains d'entre eux. Il allait vérifier la phrase en question. Et peut-être aussi un ou deux noms supplémentaires : Donald MacIver et John Elliot.

Et après ça, au lit, se promit-il.

Peut-être avec la fenêtre entrouverte, pour laisser entrer les bruits et les parfums de la nuit…

HUIT

26

Fox se réveilla de bonne heure et alla voir son père. Dans le jardin de Lauder Lodge, il y avait un banc sur lequel Mitch prenait plaisir à s'asseoir, aussi Fox l'habilla-t-il chaudement, et un membre du personnel lui apporta une couverture pour couvrir ses jambes. Cependant, Mitch mit le holà quand son fils voulut ajouter à la panoplie une écharpe et un chapeau.

— Tu m'emmaillotes encore d'une couche et je serai bon pour une tombe de pharaon.

Les hauts murs protégeaient le jardin des rafales de vent froid en provenance de la mer du Nord, et, à voir son allure, le jardinier qui y officiait serait bientôt pensionnaire à plein temps de l'établissement. Il les salua de la tête puis reprit son travail.

— Je n'ai jamais été très doué pour le jardinage, déclara Mitch.

— C'est maman qui avait la main verte, reconnut Fox.

— Si j'avais pu n'en faire qu'à ma tête, je t'aurais transformé tout ça en patio.

— Tu te souviens de la fois où je m'étais suspendu à la corde à linge ? Elle a cassé et j'ai rebondi comme une balle sur la dalle la plus proche.

— Ta mère m'a téléphoné de l'hôpital. Trois points de suture, non ?

Fox se frotta le sommet du crâne.

— Cinq, rectifia-t-il.

Mitch sourit.

— Tu sais ce que ta mère a dit quand elle m'a appelé ? Qu'elle aurait un mal de chien avec les taches de sang.

Fox se souvenait : une serviette de bain à rayures enveloppait sa tête pour arrêter l'hémorragie. Il ne l'avait plus jamais revue.

Mitch vit son fils étouffer un bâillement.

— Tu as veillé tard ?

— Un peu.

— Travail ou plaisir ?

— Devine.

— Le travail, c'est bien bon, Malcolm, mais la vie ne se résume pas qu'à ça. Et ce n'est pas non plus ce qui explique pourquoi je ne t'ai pas vu depuis plusieurs jours.

— Mais Jude est venue, non ?

— Samedi et dimanche ; ton absence a été dûment notée.

— J'étais occupé.

— Tu n'essaies pas de nous éviter, dis ?

— Non, répondit Fox en changeant de position sur le banc. N'empêche, j'ai l'impression qu'on finit toujours par se disputer.

— Toi et ta sœur ? dit Mitch en opinant lentement du chef. Je crois qu'elle se sent gênée parce que tout l'argent qui sert à payer cet endroit sort de ta seule poche.

— Je ne le fais pas à contrecœur.

— N'empêche que le prix de la pension vient encore d'augmenter, n'est-ce pas ?

— Ce n'est pas un problème.

— Mais Jude estime peut-être que c'en est un, justement.

Fox répondit par un simple haussement d'épaules.

— Ça va dans le Fife ? finit par demander Mitch, rompant le silence qui s'était installé.

— J'étais à St Andrews.

— J'y suis allé une fois en caravane – quand ta mère et moi on fréquentait. Fallait que je me débrouille pour que son père ne l'apprenne jamais. Qu'est-ce qu'il y a de si drôle ? demanda-t-il en se tournant vers son fils.

— C'est juste qu'on n'entend plus guère le mot « fréquenter » de nos jours.

— Qu'est-ce qu'on dit, alors ?

— Aujourd'hui, on sort avec quelqu'un. Est-ce qu'on est allés à St Andrews ? En famille, je veux dire ?

— Peut-être pour la journée… Tu crois que tu t'en souviens ?

Fox fit non de la tête.

— J'ai l'impression d'avoir quasiment tout oublié, répondit-il.

— Bienvenue au club ! Moi, je me souviens que la caravane était vert pâle, mais je serais incapable de te dire ce que j'ai mangé à dîner hier soir.

Il regarda son fils essayant tant bien que mal de ravaler un nouveau bâillement.

— J'ai des cachets dans la salle de bains, tu devrais en piquer quelques-uns avant de partir.

— Possible que je le fasse, répondit Fox, plaisantant à moitié.

— Jude s'est une nouvelle fois replongée dans la boîte à chaussures. Je ne sais pas si c'est pour elle qu'elle fait ça ou pour moi.

— Les deux, peut-être.

— Les souvenirs ne manquent pas, là-dedans. Mais pas une photo de la caravane. Nos vacances ensemble, c'était chouette, ajouta Mitch après un silence. C'est peut-être ce que Jude cherche à retrouver, les moments où vous faisiez la paire, tous les deux.

— Mais c'est toujours le cas : elle vient te voir, et moi, je règle les factures.

— Je pourrais aller ailleurs, tu sais, il existe des établissements moins chers. Pas étonnant que tu ne puisses plus t'offrir une nouvelle chemise ou une nouvelle cravate.

Fox se regarda.

— Qu'est-ce qui ne va pas avec ma chemise et ma cravate ?

— Tu avais les mêmes la dernière fois que tu es venu.

— Vraiment ? Je ne m'en souviens pas.

Son père sourit et lui donna une tape sur le genou.

— Moi non plus, rassure-toi. C'était juste pour te faire marcher.

— Je te remercie.

— C'est quand tu veux.

Ils souriaient toujours quand on leur apporta le thé sur un plateau.

— À propos, dit Mitch. Pardonne-moi pour l'autre jour. Quand je t'ai vanné devant Sandy.

— Et ça n'allait pas plus loin ? Juste une vanne ?

— J'ai compris que je t'avais blessé. Mais nous savons l'un et l'autre que tu aimes ton travail et que tu fais du bon boulot.

— Ce n'est pourtant pas ce que tu as dit. Tu te demandais si j'avais la carrure pour survivre, une fois que j'aurais quitté les Plaintes. C'est aussi une question que je me pose depuis longtemps.

— Bon, désolé d'avoir mis ça sur le tapis, de toute façon.

— Ne t'en fais donc pas, ça me fournit un peu de munitions pour ma riposte, la prochaine fois que Jude viendra me dire que je suis ton préféré.

— Mais tu l'es, et tu le sais.

Fox regarda son père.

— Tu dis la même chose à Jude quand je ne suis pas là ?

— Évidemment, bien sûr.

— C'est bien ce que je pensais.

Mitch éclata de rire, et son fils ne put que l'imiter.

*

Fox, Kaye et Naysmith se retrouvèrent tous les trois dans leur bureau du QG. Naysmith, pas rasé, étouffait des bâillements en préparant le café, pendant que Kaye mettait Fox au courant de sa rencontre avec Teresa Collins.

— Le problème, conclut-il, c'est que si Alan Carter a effectivement obtenu d'elle qu'elle témoigne contre son neveu, c'est toujours le neveu qui reste le premier suspect du meurtre de son oncle.

— Car il s'agit bien désormais d'un meurtre, confirma Naysmith. Le bureau du procureur a donné son feu vert à la brigade criminelle.

— Quand est-ce que tu as entendu ça ? demanda Kaye.

— Euh, hier soir, reconnut Naysmith après un temps d'hésitation.

— Quelle est ta source, Joe ? lui demanda Kaye avec un sourire de loup. Une certaine jeune dame de la Crim ? Elle ne t'a pas lâché très tôt apparemment, je me trompe ?

Naysmith resta dos tourné à ses collègues en finissant de préparer les cafés.

— Billie et Bekkah ne connaissaient Carter que par le biais du jules de Billie, exact ? demanda Fox.

— Tosh Garioch, confirma Kaye. C'est lui que je passe voir ensuite ?

— Ça ne peut pas faire de mal.

— Tu crois qu'il irait balancer son patron ?

Fox haussa les épaules et prit le mug offert par Naysmith. Kaye prit le sien en lâchant un petit bruit de baiser. Naysmith se renfrogna et refusa de croiser son regard.

— Joe, lui demanda Fox, tu as trouvé quelque chose sur Gavin Willis ?

— Pas exactement.

Naysmith s'installa tranquillement à son bureau, un bras ballant dans le vide, et posa son café à côté de lui.

— Le mieux que j'aie à t'offrir, dit-il, c'est un numéro de téléphone pour le superintendant Hendryson. Il vit au Portugal. Il y a aussi une adresse…

Il brandit une page arrachée à un calepin.

— Et dire que ça ne lui aura coûté que sa vertu, constata Tony Kaye.

— À propos, ajouta Naysmith sans relever, Mark Haldane a repris le travail, ce matin même.

— Ce qui signifie que vous allez le cuisiner sérieusement, tous les deux, dit Fox en se levant de son siège pour prendre le numéro de téléphone à Naysmith. Au Portugal, voyez-vous ça !

— Au Portugal, ouais.

— Et tu as obtenu ça de Cheryl Forrester ?

— Oui.

— Fais gaffe, Joe, dit Fox.

— Fraternisation avec l'ennemi, ajouta Kaye, taquin.

— Ce n'est pas elle, l'ennemi, dit Naysmith, sur la défensive malgré lui.

— Peut-être pas pour le moment, l'avertit Fox. Mais tout de même…

Bob McEwan fit son apparition juste au moment où Kaye et Naysmith s'en allaient.

— Vous partez pour le Fife, j'imagine ? demanda-t-il.

— Quand est-ce qu'on pourra récupérer notre pote ? répondit Naysmith en montrant Fox.

— Ce n'est pas de mon ressort. En revanche, puis-je espérer bientôt un rapport complet et définitif ?

— Personne ne veut rien reconnaître, lui dit Kaye.

— C'est vrai, ça, Joe ? demanda McEwan.

— Oui, monsieur.

— Vous n'avez pas l'air trop sûr de votre réponse.

— Personne ne veut rien reconnaître, répéta Naysmith. Et les écoutes n'ont…

Il s'arrêta subitement, le souffle coupé par le coup de coude dans les reins que venait de lui décocher Kaye.

— Quelles écoutes ? demanda McEwan sans s'émouvoir outre mesure.

— Nous sommes sur le point de les lever, Bob, expliqua Fox en s'avançant vers son patron.

— Je n'ai autorisé aucune surveillance téléphonique.

— C'est le Fife qui l'a demandée, dit Fox.

— Il aurait quand même fallu m'en informer.

— Désolé.

— Je n'aime pas ça, dit McEwan en pointant sur lui un doigt accusateur.

— Oui, chef, répondit Fox.

Il eut droit à un regard noir de son chef qui reporta son attention sur Kaye et Naysmith.

— Allez, dehors, vous deux, leur dit-il.

Kaye n'eut pas besoin de se le faire répéter. Il poussa Naysmith devant lui pour vider les lieux au plus vite.

— Que se passe-t-il, Malcolm ? demanda McEwan.

— Rien.

— Qui a été placé sur écoute ?

— Scholes, reconnut Fox. Mais comme Paul Carter est désormais le premier suspect dans une enquête pour meurtre, nous mettons un terme à la surveillance.

— En ce qui nous concerne, la procédure est simple : trois interrogatoires, trois rapports.

— Tu sais très bien que ces affaires-là ne se cantonnent jamais au plus simple, elles évoluent.

Le doigt se pointa de nouveau sur Fox.

— Une procédure des plus simples, je répète, dit McEwan en insistant sur chaque mot. Si elle s'est compliquée d'une façon ou d'une autre, je tiens à en connaître la raison, le pourquoi et le comment ; compris ?

— Compris, chef.

Fox savait qu'il lui suffisait d'attendre. Les deux hommes s'installèrent à leurs bureaux respectifs et se mirent au travail en silence. Lorsque Fox se leva pour préparer plus de café, McEwan refusa son offre, une façon de lui signifier qu'il n'était toujours pas rentré dans ses petits papiers. Trois quarts d'heure plus tard, McEwan consulta sa montre avec un soupir et se leva.

Une autre réunion de planification.

— Tu en as suffisamment dans ton assiette pour te tenir occupé ? demanda McEwan.

— Toujours.

McEwan trouva le bon dossier mais fut contraint de revenir car il avait oublié son téléphone portable resté en charge. Après son second départ, Fox se leva et alla à la porte vérifier que le couloir était bien vide. Il referma le battant, revint à son bureau, décrocha son téléphone et appela le Portugal. Une femme répondit et il l'informa qu'il désirait parler à M. Hendryson.

— C'est toi, Andrew ?

— Je m'appelle Fox et je vous téléphone d'Édimbourg.

— Une minute, s'il vous plaît, roucoula-t-elle.

Il l'entendit poser le combiné sur une surface dure avant de demander à son mari de venir :

— Rab ! Tu as un coup de fil du pays !

Il s'écoula quelques instants sans que rien se passe, et Fox essaya de se représenter la scène : une vue sur l'eau bleue aussi plate qu'un miroir, qui sait, d'une baie. Une terrasse avec des transats. Le superintendant retraité en tongs et bermuda ample. Peut-être existait-il un terrain de golf à proximité, peut-être qu'un ancien copain de golf répondant au nom d'Andrew avait une voix qui ressemblait à la sienne…

— Robert Hendryson, dit une voix dans le téléphone.

— Monsieur Hendryson, mon nom est Malcolm Fox ; je suis inspecteur de police au Lothian and Borders.

— Je sais qui vous êtes.

— Oh ?

— Pitkethly m'a informé.

— Voyez-vous ça !

— Elle m'appelait souvent, au début, quand elle a pris ses fonctions. Elle commençait à trouver ses marques mais elle était toujours incapable de dénicher une clé de placard ou un formulaire de réquisition.

— Et elle est toujours en contact avec vous ?

— Elle a tenu à m'informer de ce qui était arrivé à Alan Carter.

— Vous le connaissiez donc ?

— Un peu. Il appartenait à la Criminelle, mais pas moi. Vous savez qu'il règne là-bas une mentalité un peu tribale. En plus, Alan avait pris sa retraite avant que je prenne mes fonctions à Kirkcaldy.

— Donc, que vous a dit Pitkethly ?

— Simplement que les Plaintes étaient en ville, conduites par un dénommé Fox. Toute cette histoire à propos de Paul Carter…

— Lui, vous avez dû le connaître mieux que vous n'avez connu son oncle, déclara Fox.

— Paul pouvait être invivable, c'est vrai, mais il obtenait des résultats, et je n'ai jamais rien entendu sur son compte. Les premiers bruits ont commencé à courir au moment où je partais en retraite.

— Mais vous n'avez jamais douté de son innocence ?

— Innocent jusqu'à preuve du contraire, récita Hendryson. C'est donc de ça qu'il s'agit ?

Il réfléchit une seconde à sa propre question et y répondit :

— Naturellement que c'est ça. Vous voulez savoir si la Crim a effectivement couvert Paul. Peut-être pensez-vous que ça ne s'arrêtait pas là et que ça allait bien au-delà de la Criminelle, jusqu'au poste entier, peut-être ?

— Pas du tout, monsieur.

— Je ne suis pas obligé de vous parler, vous le savez, j'espère, dit-il d'un ton de plus en plus agacé. Je peux raccrocher immédiatement.

Fox attendit qu'il eût repris son souffle. Puis il prononça un nom et attendit de nouveau.

— Quoi ? fit Hendryson, pris au dépourvu par le changement de sujet.

— Gavin Willis, répéta Fox. Je me demandais juste ce que vous pourriez m'en dire. Vous n'avez rien à craindre, il y a des années qu'il est décédé.

— Pourquoi justement lui ?

— Simple curiosité. Alan Carter est mort, et les deux hommes semblent avoir été très proches.

— Où est le rapport entre tout ça et les Plaintes ?

— Bonne question, monsieur. Paul Carter apparaît de plus en plus comme candidat probable au meurtre de son oncle. Il se trouve que sur ce point j'appartiens à la minorité, car je ne suis pas de cet avis. Aussi j'essaie de retracer la vie d'Alan Carter avec l'espoir que cela m'aidera à découvrir pourquoi il est mort.

Hendryson passa un moment à peser le pour et le contre.

— Oui, finit-il par dire, je peux comprendre. Il y a cependant un petit problème : j'ai peu connu Gavin Willis, et il n'a jamais servi sous mes ordres.

— Comment le connaissiez-vous, dans ce cas ?

— Il y avait des réunions informelles de temps à autre, en petit comité, pourrait-on dire, même si ça se résumait à boire quelques bières au pub un soir après le travail.

— Quel type d'homme c'était ?

— Un grand gaillard, les pieds sur terre ; le genre de flics auquel on attachait beaucoup de prix, autrefois. Il connaissait tous les habitants de la ville et, au moindre incident, il savait d'instinct qui était le responsable. Des graffitis sur un mur ou un caillou dans une fenêtre… Souvent, la justice était dispensée sur place.

Fox repensa à une phrase prononcée par Alan Carter : *C'est la cambrousse, les choses tendent à se régler sans beaucoup de bruit…*

— Une bonne tape sur l'oreille, par exemple ?

— Quand c'était nécessaire et en quantité suffisante au besoin ; et pas de libéraux au grand cœur pour venir protester. Les choses iraient mieux aujourd'hui si c'était toujours le cas.

— Est-ce la raison pour laquelle vous avez émigré ?

— Mon épouse tenait absolument à se réveiller sous le soleil, expliqua Hendryson. Mais il faut bien le reconnaître, le travail de la police est devenu autrement plus difficile aujourd'hui.

— Nous avons des comptes à rendre, répliqua Fox.

— Comme vous appartenez aux Plaintes, j'imagine que ce n'est pas pour vous déplaire, naturellement.

Fox n'avait aucune envie de s'engager dans ce débat, et il demanda si Willis et Alan Carter avaient été proches.

— Comme un professeur et son meilleur élève. Dès qu'Alan Carter est entré à la Criminelle, Gavin a été là pour veiller au grain.

— Ont-ils travaillé ensemble sur l'affaire Francis Vernal ?

Il fallut un instant à Hendryson pour resituer le nom.

— L'avocat ? Celui qui a fracassé sa voiture et s'est fait sauter la tête ?

— C'est bien lui.

— De quelle affaire voulez-vous parler ?

— Simplement le site de l'accident, la collecte d'éléments matériels, de pièces à conviction et tout ça.

— Je n'en ai aucune idée.

— Aviez-vous des informations sur la voiture du mort ?

— Qu'est-ce qu'il y a à savoir ?

— Il semble que Willis ait sauvé la voiture de la ferraille et que, depuis toutes ces années, c'est dans son garage qu'elle dort.

— Vous me l'apprenez, inspecteur.

— Maintenant que vous le savez, qu'en pensez-vous ?

— Je suis à la retraite, je n'en pense rien.

— Joli coup de chance quand même, non ? Vous quittez la police juste au moment où tout cela allait être exposé au grand jour.

— Tout ça quoi ? Vous voulez parler de Paul Carter ?

— Pour commencer. Alan Carter est venu vous voir, et vous avez décidé de confier l'enquête à votre propre service des Plaintes…

— Oui ?

— Vous n'avez jamais pensé à l'enterrer ?

— Alan ne voulait pas en entendre parler. Il voulait une enquête.

— Sinon ?

— Sinon, il révélait tout à la presse.

— Mais, malgré tout, les Plaintes locales ne sont pas allées bien loin, n'est-ce pas ?

— Jusqu'à ce que cette femme change d'avis.

— Teresa Collins ?

— Oui.

— Pourquoi à votre avis s'est-elle décidée à parler ?

— Je n'en ai aucune idée.

— J'imagine qu'Alan Carter n'a pas dû apprécier, lorsqu'il a appris que la première enquête aboutissait à une impasse.

Silence sur la ligne, interrompu par des craquements de friture.

— Autre chose ? finit par demander Hendryson.

— À quand remonte le décès de Gavin Willis ?

— Fin janvier 1986. Il est tombé dans la rue un jour. Crise cardiaque.

— Et Alan Carter en a aussitôt profité pour récupérer le cottage ?

— Et même s'il l'a fait ?

Hendryson attendit mais Fox n'avait pas de réponse à lui fournir.

— Nous en avons terminé ?

— Allez donc jouir du soleil tant que vous le pouvez encore, dit Fox en mettant un terme à la conversation.

27

Installé dans sa Volvo garée juste devant le poste de police, il vit le sergent Alec Robinson traverser le parc de stationnement, l'œil aux aguets et le cou tendu, regardant à droite et à gauche pour bien s'assurer qu'il n'y avait pas de témoins aux fenêtres pour le voir s'installer à la place du passager.

— Roulez, lui commanda-t-il.

Fox obéit. À mesure qu'ils s'éloignaient du poste de police, Robinson se décontractait un peu. Il portait par-dessus son uniforme une longue vareuse réglementaire. Pas tout à fait en civil, mais on aurait pu s'y méprendre.

— Je vous suis reconnaissant d'être là, dit Fox en préambule.

Pour toute réponse, Robinson haussa les épaules, puis le prévint :

— Je n'ai pas l'intention de dévider des saloperies sur mes collègues.

— Je ne vous le demande pas. J'essaie simplement d'en savoir un peu plus sur Gavin Willis. En matière de police, sergent, vous êtes aussi proche de Mathusalem que je le serai moi-même un jour.

— Peux pas dire que vous doriez la pilule à vos interlocuteurs, pas vrai ? répondit le sergent en le regardant en face.

— Pourquoi ? Vous aimeriez ça ?

Fox eut le plaisir de le voir faire non de la tête.

— Quel était votre grade au milieu des années 1980 ?

— Agent, répondit Robinson après quelques secondes de réflexion.

— Donc, vous n'aviez guère affaire à la Criminelle ?

— Pas vraiment.

— Probable que vous ne connaissiez pas vraiment Willis ni Alan Carter ; je me trompe ?

— Il nous est arrivé de travailler ensemble à quelques occasions – du porte-à-porte, la fouille d'un quartier à la recherche d'une personne disparue…

— Et des soirées au pub ?

— Pas uniquement des soirées, pas à l'époque.

Fox confirma en hochant la tête, il avait compris.

— Des pauses déjeuner un peu longues ? On commençait à les supprimer quand je me suis engagé.

— Il y a combien de temps que vous êtes aux Plaintes ?

— Quelques années.

— Et vous aimez ça ?

— Je désire peut-être m'assurer que la police se situe bien dans le camp des anges.

— C'est toujours la réponse que vous donnez ? fit Robinson.

— Je peux la formuler en d'autres termes.

— Mais est-ce vraiment toute la vérité ?

— Je n'en suis pas sûr, reconnut Fox.

Il s'interrompit, regardant à droite et à gauche au moment de franchir un carrefour.

— De la même façon que je ne suis pas tout à fait convaincu, reprit-il, que ce soit Paul qui ait tué son oncle.

— C'est qui, alors ?

— C'est ce que j'aimerais bien savoir. Vous avez des idées, de votre côté ?

— Comment Gavin se trouve-t-il impliqué dans tout ça ?

— Willis et Alan étaient potes, pas seulement collègues. Et Alan aimait beaucoup le bonhomme, au point qu'il a acheté sa maison à sa mort. Nous avons trouvé la voiture de Francis Vernal planquée dans le garage à côté, ajouta-t-il, tourné vers le sergent.

— Oh, c'est vrai ?

— Auriez-vous une idée qui pourrait expliquer pourquoi diable Willis tenait tellement à la conserver, en laissant croire au monde entier qu'elle était passée à la ferraille ?

Robinson secoua la tête.

— Ou pourquoi Alan Carter a décidé lui aussi de la laisser à sa place ?

Nouveau signe de tête, nouveau non.

— Alors, c'est un vrai mystère, feignit d'admettre Fox. Mais voici autre chose : le revolver qui a servi à tuer Alan Carter faisait partie d'un lot d'armes confisquées par la police qui auraient dû être détruites dans les années 1980, alors que Gavin Willis était responsable de l'opération.

— C'est vrai ? répéta Robinson.

— Vous avez connu les deux hommes, et vous connaissez le neveu d'Alan. Il y a quelque chose que je n'arrive pas à voir et qui m'échappe, et j'espérais que vous alliez pouvoir m'aider.

— Gavin Willis, c'était pas un type commode, reconnut Robinson.

— Ça, je le conçois sans peine.

— Il lui arrivait aussi d'enfreindre le règlement, de temps en temps.

— Sauf qu'à l'époque, c'était la norme, plus ou moins.

— Vous avez sûrement raison. Les gens étaient effrayés par Gavin Willis, mais uniquement s'ils méritaient de l'être. Si vous vous teniez à carreau, il n'avait aucune raison de s'intéresser à vous et de vous chercher des crosses.

— Il était également le mentor d'Alan Carter, vous croyez qu'il a un peu déteint sur lui ?

— Alan appartenait à une génération différente, il n'était pas simplement une copie conforme de Willis.

— Mais il existait des ressemblances entre les deux hommes ? Alors peut-être qu'il s'est fait des ennemis.

— Dans la police et à l'extérieur.

— Vous voulez parler de sa société de sécurité ?

— Il a eu quelques problèmes avec les Shafiq l'année dernière.

— Apparemment, c'est ce dont Scholes essaie de convaincre tout le monde. Je sais également qu'Alan Carter engageait les gens pour leurs muscles plus que pour leur QI.

— Quand une bagarre éclate dans une boîte de nuit, les diplômes universitaires ne sont pas ce qu'on recherche en premier. Alan Carter le savait. Il s'était engagé dans la police à sa sortie de l'école, comme moi. Nous avons appris sur le tas, inspecteur, pas dans les livres.

— Willis s'était-il jamais attiré des ennuis ? Des passages devant le conseil de discipline, ce genre de choses.

Robinson secoua la tête.

— Et Alan Carter ? demanda Fox.

— Rien du tout. Paul, en revanche…

— Un électron libre issu d'une famille de flics, et donc protégé.

— Ray Scholes lui tenait les rênes pour le garder dans le droit chemin ; par respect pour son père et son oncle.

Robinson se tourna sur son siège pour faire face à Fox.

— Vous êtes vraiment convaincu que ce n'est pas Paul qui l'a tué ? demanda-t-il.

— Oui. Je me bats contre l'opinion générale, même si je suis tout seul.

— Et votre théorie, c'est que, d'une certaine manière, tout ça est lié à Gavin Willis ?

— Peut-être, si toutefois c'est bien Gavin Willis qui a sauvé le revolver du haut-fourneau.

— Et Francis Vernal ?

— Je ne sais pas ce qui s'est passé. Soit du travail de police bâclé, soit des pressions de la hiérarchie. Mais son décès aurait mérité une enquête fouillée, et elle n'a pas eu lieu.

— J'ai du mal à imaginer Gavin Willis s'écrasant mollement sans réagir, si on lui avait ordonné de laisser tomber.

— C'est peut-être pour ça qu'il a récupéré le véhicule de Vernal, une pièce à conviction en partance pour la casse.

— Mais pourtant, il n'en a rien fait, de cette voiture.

— Ni Alan Carter d'ailleurs. Mais lui l'a malgré tout gardée soigneusement sous bâche.

— 1985, inspecteur… De l'eau a coulé sous les ponts, depuis. Vous espérez vraiment faire avancer les choses maintenant ?

— Si je n'arrive à rien, ça gênera qui ?

Robinson secoua la tête une nouvelle fois.

— Et si jamais vous apportiez de nouveaux éléments ? Ça risque d'en gêner quelques-uns.

Il scruta la rue à travers le pare-brise.

— Vous pouvez me déposer ici, je ferai le reste à pied.

— Vous êtes sûr ?

— Moins on nous verra ensemble, mieux ce sera.

Fox mit son clignotant et s'arrêta contre le trottoir. Robinson défit sa ceinture et sortit. Fox espérait quelques mots d'adieu – une ou deux petites phrases qui pourraient l'aiguiller dans la bonne direction –, mais rien. Le sergent se contenta de refermer la portière et s'éloigna en boutonnant sa vareuse. Fox tambourina des doigts sur son volant.

Tu n'es pas plus avancé, se dit-il. Toujours dans l'impasse. Quand son téléphone sonna, il répondit sans grande conviction :

— Oui ?

— Apparemment, tu es déjà au courant ? lui dit Evelyn Mills.

— Au courant de quoi ?

— Mon chef nous a ordonné de lever la surveillance. J'ai essayé de défendre ton point de vue, mais Paul Carter est désormais suspecté de meurtre…

— Une surveillance téléphonique peut parfaitement invalider n'importe quel procès, dit Fox en terminant la phrase pour elle.

— Désolée, Malcolm.

— Pour être honnête, mon propre chef y aurait mis un terme, de toute façon.

— Tu l'en as informé ?

— Quelqu'un a craché le morceau par inadvertance.

— En le foutant en rogne au passage. Bon, on aura quand même fait notre possible.

— Et je t'en suis reconnaissant.

— Dans ce cas, tu pourrais peut-être m'inviter à dîner, un de ces quatre.

Elle attendit mais Fox garda le silence.

— À dire vrai, ces écoutes ne nous menaient à rien, de toute manière.

— Un seul coup de fil et c'est tout ?

— Un second ce matin même ; pour aller boire un pot ensemble ce soir.

— Carter et Scholes ?

— Plus les deux autres.

— Haldane et Michaelson ?

— Oui.

— L'idée vient de qui ?

— De Carter. Je crois qu'il cherche à se rassurer, il veut savoir s'il lui reste encore des amis. À l'entendre, je crois qu'il est sous pression et commence à craquer.

— Qu'est-ce qu'a répondu Scholes ?

— Il n'était pas très chaud, mais Carter a fait le forcing. C'est important ? demanda-t-elle après une pause.

— C'est la première fois qu'ils vont se retrouver tous les quatre depuis le procès.

— À notre connaissance.

— À notre connaissance, c'est vrai, reconnut-il.

— Et cela ne te dérangerait pas d'être une petite souris ?

— Parce que tu n'es pas curieuse ? C'est ça que tu veux dire ?

Petit rire au bout du fil.

— Ça importe vraiment, ce que je dis ?

— Où ont-ils prévu de se retrouver ?

— Au Wheatsheaf, à 8 heures ce soir. Fais attention à ne pas tomber sur un gars de la brigade criminelle.

— Merci, Evelyn.

— J'ai essayé de t'appeler hier soir, Malcolm.

— Je devais déjà dormir.

— Tu n'essaies pas de m'envoyer sur les roses, alors ?

— Pas du tout.

— C'est bien vrai, ça ?

Il lui assura qu'il n'en était rien avant de raccrocher, puis composa le numéro de Tony Kaye et attendit. Lorsque celui-ci prit l'appel, il lui demanda d'abord s'il avait quelque chose sur le feu.

— Un petit entretien en tête à tête avec Tosh Garioch.

— Il accepte de se mettre à table ?

— Il me refuserait jusqu'à l'odeur de ses pets ! Non, c'est pas vrai : de ce côté-là, il est plutôt conciliant.

— Paul Carter invite ses potes à boire un pot au pub, ce soir.

— Tous ses potes ?

— Tous.

— Comment le sais-tu ?

— C'est la dernière info glanée grâce aux écoutes.

— D'après toi, on ne devrait pas rater ça, je me trompe ?

— Le pub s'appelle le Wheatsheaf ; pourquoi n'irais-tu pas vérifier sur place et voir de tes yeux s'il y a possibilité de se fondre dans le paysage ?

— Ils connaissent nos tronches.

— Il reste la trousse à maquillage.

— Chapeau, écharpe et lunettes ? fit Kaye, sceptique.

— Joe est toujours resté en retrait – c'est toi et moi qui faisions la causette.

— C'est vrai.

— Un mec debout au comptoir, qui irait le reconnaître ?

— Possible que Joe ait des projets pour ce soir.

— Rien qu'il ne puisse annuler.

Apparemment, Kaye mettait déjà le projet sur pied.

— Ça ne peut pas faire de mal d'aller jeter un coup d'œil sur place. Dès que j'en aurai terminé avec Garioch.

— Merci, Tony.

— Écoute, une dernière chose…

— Oui ?

— C'est à propos de ta copine… Evelyn Mills.

— C'est quoi ?

— Elle m'a téléphoné et j'ai eu le sentiment qu'elle voulait me tirer les vers du nez te concernant ; si tu avais quelqu'un dans ta vie, etc.

— Merci de m'informer.

— Je n'essaie pas de refroidir tes ardeurs ni rien, bien au contraire.

— Elle est mariée, Tony.

— Ce n'est pas toujours une mauvaise chose, Malcolm.

— Je raccroche.

Il entendit Kaye glousser avant que la communication soit coupée.

Il reprit le volant et roula à l'aveuglette, l'espace de cinq minutes, avant de se rendre compte qu'il était sur la route de Kinghorn. Il passa devant la station-service où Paul Carter avait été repéré le soir du meurtre de son oncle, vira à droite et grimpa la côte conduisant au cottage, pour arrêter sa Volvo devant la porte d'entrée. Le champ était vide, pas de voiture de patrouille ni de camionnette. Comme la salle d'enquête avait été installée à Kirkcaldy, l'équipe en avait terminé avec Gallowhill Cottage, non sans avoir auparavant barré de planches la fenêtre du salon pour dissuader les badauds. Fox sortit de sa voiture et essaya la porte, mais elle était cadenassée, et la clé sous le pot de fleur posé sur le rebord de la fenêtre avait disparu. Il alla jusqu'au garage. À en juger par la forme de la bâche, la voiture de Francis Vernal était toujours là. Il redescendait le petit raidillon quand il entendit s'approcher un véhicule. Paul Carter gara son Astra gris argent derrière la Volvo, bloquant la sortie.

— Qu'est-ce que vous faites ici ? lui demanda Carter en claquant violemment sa portière.

— Juste un petit coup d'œil, c'est tout.

Fox n'eut pas d'autre explication. Carter sortit des clés de sa poche, en choisit une et défit le cadenas avant d'ouvrir la porte d'un coup de pied.

— Tout ça, c'est à vous maintenant ? demanda Fox.

— Jusqu'à ce qu'ils me fassent tomber pour meurtre, marmonna Carter. Personne n'a trouvé de testament, et je suis l'héritier le plus proche.

Il entra, suivi par Fox.

— Et qu'est-ce que devient la société de votre oncle ?

— Elle sera mise en liquidation, j'imagine ; il était le seul à pouvoir signer les chèques, répondit Carter en regardant autour de lui. Mais qu'est-ce que je vais bien pouvoir faire de tout ce bazar ?

— Il existe des entreprises qui se chargent de vider les maisons, suggéra Fox.

— Un grand feu de joie serait peut-être le mieux. Je peux retourner en prison d'un jour à l'autre.

— Le shérif Cardonald délibère toujours ?

— Ce salopard prend tout son temps.

— Vous avez été surpris qu'il vous remette en liberté ?

— J'aurais préféré qu'il ne le fasse pas.

Carter entra dans le salon.

— Ils n'y sont pas allés de main morte quand ils ont perquisitionné, jugea-t-il.

— Ils ont pris mes empreintes, dit Fox.

— Les miennes aussi.

Fox ne le quittait pas des yeux, à l'affût du moindre changement d'expression. Si Carter avait effectivement tué son oncle, le verrait-il sur son visage ? Les images du soir du meurtre reviendraient-elles l'assaillir ? Il semblait énervé et effrayé à la fois, mais apparemment sans remords ni culpabilité. Fox remarqua que la table avait été débarrassée de tout ce qui l'encombrait. Le moindre petit morceau de papier avait été ensaché et emporté par les enquêteurs. Personne, néanmoins, n'avait essuyé les fines éclaboussures de sang sur la fenêtre. Carter ouvrit un tiroir : lui aussi était vide, il ne restait rien des diverses quittances ni des relevés de banque soigneusement rangés. Il le repoussa et se planta au milieu de la pièce, passa la main dans ses cheveux et commença à se gratter le crâne.

— À quand remonte votre dernière visite ici ? demanda Fox.

— Le soir de sa mort, après le coup de fil de Ray. C'est lui qui a tenu à m'apprendre la nouvelle.

— Et avant ça ?

— Ça remontait à des mois, peut-être une année.

— Il m'a dit que vous aviez débarqué un jour complètement ivre, en déblatérant à tout va.

— J'étais au tribunal, vous vous souvenez ? maugréa Carter. Je l'ai entendu de sa propre bouche.

— Mais il ne mentait pas ?

— J'étais complètement déchiré. Plus le moindre souvenir de ce que j'ai pu dire ou pas.

— Sinon, c'est bien la dernière fois que vous êtes venu ici ?

— Oui.

— Quand votre oncle a porté cette accusation contre vous, vous n'êtes pas repassé ici pour lui en demander la raison ?

— Qu'est-ce que j'y aurais gagné ?

— Alors à votre avis, pour quelle raison vous a-t-il téléphoné le soir de sa mort ?

— Aucune idée.

— Il ne vous avait pas contacté depuis le procès ?

Carter fit non de la tête puis, s'approchant du mur de la cheminée, passa la main sur les boursouflures du papier peint.

— Il a tout fait tout seul, vous le saviez ? Du sol au plafond. Mon père disait toujours qu'il avait deux mains gauches.

Il trouva la jonction entre deux lés et y glissa un doigt avant de la déchirer.

— Deux mains gauches, il n'avait pas tort.

Sur ces mots, il quitta la pièce et monta à l'étage. Fox le suivit quelques instants plus tard. Trois pièces en soupente : deux chambres et une salle de bains.

— Regardez-moi ça, lui dit Carter.

Il montrait le papier peint décollé pendouillant du plafond de la chambre principale. Puis il cogna une plinthe d'un coup de talon pour prouver qu'il y manquait des clous. La porte ne fermait pas bien et la poignée avait du jeu.

— Deux mains gauches, répéta-t-il.

Fox remarqua des fissures dans le plâtre, des fenêtres mal scellées, des lames de parquet branlantes. Certains placards étaient restés ouverts, et, visiblement, l'épouse de Carter n'avait même pas pris la peine d'emporter tous ses vêtements quand elle l'avait quitté. Les avait-il conservés en nourrissant l'espoir qu'elle pouvait revenir ? Puis, après son décès, pour entretenir sa mémoire ? Dans la salle de bains, il manquait des carreaux à la douche, la baignoire était une antiquité, et les deux robinets du lavabo gouttaient. Fox essaya de ne pas trop s'attarder devant les objets de toilette du disparu : son rasoir mécanique, sa crème fixative pour dentier, ses ciseaux à ongles.

— Vous feriez quoi, vous, de cette maison ? lui demanda Carter.

— La même chose, je présume, que votre oncle quand il est devenu propriétaire : tout casser à l'intérieur et tout remettre à neuf.

— Après qu'il l'a achetée, mon père m'a traîné jusqu'ici plusieurs fois. Il était plié en deux par la façon dont tonton Carter croyait rénover sa bicoque, alors qu'en réalité il la délabrait un peu plus.

Un instant, il parut revivre le souvenir qu'il chassa en secouant la tête.

— Je devrais peut-être y foutre le feu et ramasser l'assurance.

— Vous êtes sûr que c'est bien à moi qu'il faut dire ça ?

Carter réussit à sourire. Il avait l'air complètement lessivé, le résultat des heures d'interrogatoire, peut-être aussi à cause des regards et des murmures en ville.

— Le problème, c'est que je l'aimais bien, tonton, quand j'étais gamin, et je crois qu'il m'aimait bien lui aussi.

— J'ai oublié, mais comment s'appelait sa femme ?

— Tante Jessica. Et attention, fallait toujours l'appeler comme ça. Si on essayait Jess ou Jessie, elle vous corrigeait aussi vite. Elle voyait quelqu'un dans le dos d'oncle Carter, et c'est comme ça que ça s'est terminé.

— C'est vrai que vous avez empoisonné la vie de vos parents ?

— C'est le cas de beaucoup d'enfants.

— Mais une fois que vous avez passé l'âge ?

Carter haussa les épaules et quitta la salle de bains pour entrer dans la seconde chambre. Elle servait de débarras, et boîtes et valises s'y entassaient.

— Un feu de joie, marmonna-t-il de nouveau avant de se tourner vers Fox. Je n'étais pas si différent des autres. S'il vous a raconté que j'étais une sorte de monstre, il vous a menti.

— Il vous a balancé aux flics, quand même, déclara calmement Fox.

— Alors c'était peut-être lui, le monstre ; vous avez déjà pensé à ça ?

— J'y ai effectivement pensé.

Paul Carter ne s'attendait pas à cette réponse. Il regarda Fox longuement, sans ciller. Lequel remarqua un petit tremblement juste sous un œil. Carter le sentit et pressa un doigt sur la peau, comme si son geste allait y mettre fin.

— Vous savez ce qu'on fait aux flics en taule ? demanda-t-il calmement. Naturellement, vous le savez, vous passez votre temps à coller des flics au trou.

— Uniquement ceux qui le méritent.

— Et vous êtes convaincu que moi, je le mérite ? demanda-t-il en haussant le ton. Tout ça pour avoir demandé à une triste petite traînée une demi-heure de son temps, son si précieux temps ?

— Pourquoi les deux autres femmes ont-elles également porté plainte ?

Carter cogna le mur de la paume et toute la bâtisse sembla trembler du sol au plafond.

— Je n'en sais rien ! s'écria-t-il. C'est elle qui a dû leur dire de le faire !

— Elle ne les connaissait pas.

— Je n'ai jamais rien fait à ces deux-là. J'ai même jamais essayé !

Cette fois, il shoota dans le mur, fissurant le plâtre.

— N'oubliez pas, cette maison vous appartient désormais, l'avertit Fox.

— Je n'en veux pas ! dit Carter en se passant une nouvelle fois la main sur la tête. J'en ai marre de tout ça, ça me rend malade. Je veux retrouver ma vie d'avant. D'une minute à l'autre, le juge peut rendre sa décision, ou Cash m'inculper de meurtre. Joli choix, pas vrai ? Mais à quoi ça me sert de vous raconter tout ça ? Vous vous en foutez complètement.

Il bouscula Fox d'un coup d'épaule et descendit l'escalier quatre à quatre. Fox attendit quelques instants avant de le suivre et lorsqu'il atteignit le couloir, Carter avait démarré l'Astra et essayait tant bien que mal de faire demi-tour. Depuis le seuil, il suivit des yeux la voiture qui descendait la colline. Le cadenas pendouillait dans le vide. Impossible de le refermer sans la clé. Un détail dont Carter ne s'était pas préoccupé une seconde : le cottage n'était qu'un fardeau supplémentaire, un boulet qui l'entraînait encore plus profond. Fox referma la porte du mieux qu'il put, monta dans sa Volvo et entama le long trajet jusqu'à Édimbourg.

*

Derrière sa porte l'attendait le courrier du jour, dont un exemplaire de *Pas seulement une bande de canailles !* Il était écorné, et le cahier des photographies s'était détaché de la reliure, mais il restait tout à fait utilisable. Fox le feuilleta pendant près d'une heure. Le professeur Martin s'y montrait avare de noms, et il en nota quelques-uns avant de découvrir, avant l'index, une petite note expliquant que lesdits noms étaient fictifs, « changés afin de protéger les personnes concernées ».

— Merci mille fois, râla Fox.

Il reprit les dossiers fournis par Charles Mangold et y trouva des comptes rendus d'audience remontant au début des années 1980 : cette fois, les noms seraient authentiques. Il trouva également des photographies, prises au poste de police après l'arrestation des suspects. Quelques visages meurtris, des lèvres fendues, des yeux au beurre noir.

Donald MacIver était mentionné à plusieurs reprises, John Elliot également. Wikipédia proposait une pleine page sur le présentateur télé. Lorsqu'il vit sa photographie, Fox le reconnut pour l'avoir vu présenter les infos écossaises. Selon Wikipédia, à l'époque où il était étudiant, il avait été mêlé à des « activités politiques extrémistes » et était passé en jugement pour avoir tenté de s'emparer par la force de la voiture d'un ministre du gouvernement. Fox compara les photos : en effet, le journaliste et l'étudiant radical ne faisaient qu'une seule et même personne. La chevelure était plus longue à l'époque, les vêtements moins reluisants et la peau plus jaunâtre. À l'âge de vingt ans, Fox n'aurait pas qualifié Elliot de beau garçon, mais les photos de lui publiées aujourd'hui à des fins promotionnelles montraient un menton ferme et carré, des yeux brillants, une peau rayonnante, des cheveux impeccables, une dentition éclatante ainsi qu'une chemise bien repassée. Elliot employait une société de services spécialisée dans l'événementiel qui proposait ses talents dans le cadre de fêtes de charité ou d'entreprise. Fox en nota le numéro de téléphone, s'étira et alla se préparer du thé.

À 18 heures, il alluma la télé mais ce n'était pas Elliot qui présentait les informations. Il retourna à son bureau et y resta une heure, téléphona à sa sœur pour lui apprendre qu'il était passé voir leur père à Lauder Lodge et se disputa avec elle comme à l'accoutumée, puis mangea du thon en boîte écrasé avec moutarde et mayonnaise.

À 20 h 30, son téléphone sonna. C'était Tony Kaye.

— Alors ? lui dit-il.

— Ils l'ont repéré, grogna Kaye.

Joe Naysmith n'était pas parvenu à se fondre dans la clientèle du Wheatsheaf.

Fox souffla lentement et bruyamment.

— Il n'y avait pas vraiment foule, expliqua Tony, mais ils s'étaient installés à une table, et lui a été obligé de rester au comptoir, à trois bon mètres de distance.

— Que s'est-il passé ?

— Il dit que c'est à cause de Haldane. C'est lui le responsable. Il ne le quitte pas des yeux puis il dit quelque chose aux autres. Et Scholes arrive comme une furie et ordonne à Joe de se casser vite fait. Grand silence dans le pub, tout le monde sait qui est Joe, et Joe sait qu'il va être la risée de la salle…

— C'était un peu tenter le diable, je le reconnais, dit Fox.

— Pour moi, c'est Joe le grand responsable.

— Je présume qu'il est à l'écoute ?

— On est tous les deux dans la Mondeo, à cinquante mètres du pub.

— Ça vaut la peine de les filer, tu crois ?

— C'est inutile si on ne peut pas entendre ce qu'ils disent, suggéra Kaye.

— Okay, autant que vous rentriez au bercail, et merci d'avoir essayé.

— Fox dit merci pour rien du tout, entendit-il Kaye lancer à Joe, dépité.

— Vous êtes un homme cruel, Tony Kaye.

— Cruel mais juste, tu finiras par t'en apercevoir.

Fox souhaita une bonne soirée à ses deux collègues.

NEUF

28

John Elliot filmait en extérieurs un reportage pour les infos du soir, et Fox y avait vu un avantage, il n'aurait pas à se rendre au centre de Glasgow en voiture. Le revers de la médaille ? Il se retrouvait dans une zone industrielle des faubourgs. Pour une raison inconnue, un hôtel ultra-moderne s'y dressait sur fond de ciel à l'image d'une grande dalle noire et mince, et l'équipe d'Elliot avait pris possession du restaurant. Sous les regards sidérés des clients qui y prenaient leur petit déjeuner, les techniciens s'affairaient dans le bar à repositionner les lumières et à installer des caméras sur leurs trépieds.

— Une vraie zone de guérilla, mais on se débrouille, avait dit à Fox le chef de plateau.

On avait apporté à l'inspecteur une toute petite cafetière et deux pains au chocolat miniatures, et, dans un coin du restaurant, Elliot était entre les mains d'une maquilleuse, face à un grand miroir éclairé à côté duquel trônait une sorte de boîte à outils contenant des produits de maquillage plutôt que des clés à molette.

— Un boulot de dingue, lui expliqua Elliot en croisant son regard dans le miroir.

Le col protégé par une serviette en papier pour éviter les traces de fond de teint, il était en train d'être coiffé, et on vérifiait que son nez et son front ne brillaient pas. Ses yeux étincelaient, et Fox se demanda si c'était l'effet d'un quelconque collyre. Il portait une chemise à col ouvert, une veste en coton noir et un jean délavé au bas effrangé.

— J'apprécie le fait que vous acceptiez de me recevoir aussi rapidement, dit Fox.

— Lorsque j'en aurai terminé ici, nous disposerons d'environ un quart d'heure. Après quoi je dois retourner au studio.

Le réalisateur arriva, un script à la main, l'air stressé.

— Le chef dit que les pinces du homard sont fermées et maintenues par de l'adhésif, donc, il n'y a rien à craindre, lui expliqua-t-il.

— Le glamour de la télévision, dit Elliot en croisant de nouveau le regard de Fox, avant de le foudroyer d'un sourire conquérant.

S'ensuivit une répétition, après quoi il fallut trois prises pour obtenir l'effet désiré. Ensuite arrivèrent les coupes, les changements d'angle et d'éclairage, d'autres détails techniques que Fox ne comprit pas bien. Une heure et demie après le début de l'opération, les trois minutes de temps d'antenne étaient dans la boîte. Elliot traversa la salle pour rejoindre Fox tout en se démaquillant avec une lingette. On emballait le matériel, les tables et les chaises retrouvaient leur position d'origine. Une invitée, une dame entre deux âges, l'intercepta à son passage et lui demanda de signer un menu de petit déjeuner.

— C'est un plaisir, lui dit-il.

Elle parut frissonner de la tête aux pieds en le regardant apposer son paraphe.

— Ça arrive souvent, ce genre de trucs ? demanda Fox quand il parvint enfin à serrer la main du présentateur.

— Mieux vaut une fan que les insultes que je me recevrais sur Sauchiehall Street[1] après la fermeture des pubs. Asseyons-nous là, dit Elliot en indiquant de la tête une banquette dans l'espace-bar ouvert. Ainsi donc, attaqua-t-il en claquant les mains sur ses genoux, mon infâme passé vient me rattraper…

— Ce n'est pas un secret, n'est-ce pas ?

— Ma vie entière appartient au public, inspecteur.

Un serveur s'approcha et leur demanda s'ils désiraient quelque chose. Elliot commanda un thé à la menthe avant de changer d'avis et de choisir de l'eau gazeuse. Fox faisait durer sa tasse à moitié vide de café tiède.

— La politique vous intéresse toujours ? demanda-t-il après le départ du serveur.

— La vraie question est : l'ai-je jamais été, intéressé ?

— Vous avez failli faire de la prison…

Elliot hocha lentement la tête.

— Mais malgré tout… Quelle était la part de frime et de bluff dans tout ça ? Je veux dire, être étudiant en ce temps-là… Réfléchir lucidement aux raisons et aux implications de nos actes n'était pas toujours notre premier souci.

— C'était quoi alors ? Un moyen de draguer le sexe opposé ?

---

1. Grande artère commerçante de Glasgow.

— Peut-être, répondit Elliot avec un sourire de biais.

Il se tortilla sur son siège pour être plus à son aise.

— Ce procès devant le tribunal, ç'a été un monument de ridicule, en vérité. On nous a fait passer pour des moudjahidines alors que nous n'étions que des gamins qui jouaient.

Il écarquilla légèrement les yeux, peut-être dans l'espoir que Fox partage son incrédulité.

— S'emparer par la force d'un véhicule du gouvernement ? Kidnapper un ministre en échange d'une rançon ? Laquelle consistait en un référendum pour un gouvernement écossais autonome… Il fallait être débile, non ?

— Ça n'aurait pas marché, c'est ce que vous pensez ?

— Bien sûr que ça n'aurait pas marché ! Les gens se moquaient de nous pendant le procès, il fallait les voir au balcon du public, toutes ces épaules secouées par le fou rire pendant qu'on expliquait nos tactiques. L'accusation insistait lourdement sur la préparation de notre coup, mais, ainsi que nous l'avons fait remarquer, ladite préparation s'était limitée à une ou deux soirées au pub, plus quelques gribouillis au dos d'une serviette en papier.

— Ce qui pourrait expliquer pourquoi aucun d'entre vous n'est allé en prison.

— Notre université n'a même pas pris la peine de nous exclure, c'est vous dire combien le reste du monde prenait ça au sérieux.

— Il en irait peut-être différemment aujourd'hui, dit Fox.

— J'en suis presque certain.

— C'était Stirling, votre université ?

Elliot confirma, puis remercia le serveur quand son eau gazeuse arriva. La boisson était accompagnée de l'addition, mais le présentateur dirigea le serveur vers quelqu'un de son équipe.

— Vous avez revu des anciens membres de votre bande ? demanda Fox.

— Ça n'est quasiment jamais arrivé.

— Certains d'entre eux sont encore actifs aujourd'hui ?

— Actifs ? Vous voulez dire, qui continuent à comploter avec l'intention de renverser l'État ? Non, il n'en reste plus un seul en « activité ».

Il but une gorgée d'eau gazeuse et étouffa un renvoi.

— Nous étions jeunes et stupides, inspecteur.

— C'est vraiment ce que vous pensez ?

— Vous ne m'auriez pas catalogué comme une sorte d'agent en sommeil attendant le grand soir, dites-moi ?

Fox lui rendit son sourire.

— Pas du tout. Mais vous êtes désormais une personne connue, une figure, et, question relations publiques, il est toujours de bon ton de mettre son passé de militant en sourdine, de s'en moquer, d'en faire un petit numéro que l'on réserve pour les fins de repas…

— C'est vrai.

— Et l'époque était bien différente.

— Effectivement.

— En plus, pour autant que je sache, les membres du Dark Harvest Commando ne prenaient pas vraiment les choses à la légère. Ils étaient déterminés, et, si vous les aviez rejoints pour la rigolade, je doute fort qu'ils vous auraient toléré parmi eux.

— Le DHC, c'était trop pour moi, avoua Elliot, le visage un peu assombri.

— Mais vous avez assisté à quelques-unes de leurs réunions ?

— Quelques-unes.

— Donc vous avez connu Donald MacIver ?

— Pauvre Donald. Ils ont fini par l'avoir, ils sont même parvenus à le faire interner, après qu'il a attaqué un autre prisonnier. Il se trouve à Carstairs aujourd'hui.

— Vous n'avez jamais pensé à lui rendre visite ?

— Non, répondit Elliott, l'air un peu surpris par la question.

— Il devait être proche de Francis Vernal, non ?

— Je n'arrive pas à croire que quelqu'un s'intéresse enfin à ça, dit Elliot.

— Que voulez-vous dire ?

— Nous savions tous que Francis avait été assassiné – le MI5 l'avait placé sur sa liste d'hommes à abattre. Quand il est mort, personne n'a semblé se poser la moindre question. Pas d'enquête de police, pratiquement rien dans la presse… (Il but une gorgée d'eau.) Mais ça a payé, aucun doute là-dessus. Bon boulot.

— Qu'entendez-vous par là ?

— Beaucoup de groupes ont reçu le message cinq sur cinq et se sont dissous. Ils ne voulaient pas finir comme Francis.

— Vous le connaissiez bien ?

— Non.

— Vous ne l'avez jamais rencontré au cours des meetings ?

— Plusieurs fois il m'est arrivé de me retrouver dans la même salle, mais moi, je n'étais qu'un fantassin. Lui était à la table d'honneur.

— C'était aussi le grand argentier, non ?

— Encore une raison pour laquelle les groupes se sont dissous : quand Francis a disparu, l'argent liquide a disparu avec lui. Vu que personne n'utilisait de compte en banque. Nous ne disposions pas de chéquier avec Dark Harvest Commando comme raison sociale.

— J'imagine bien.

Elliot se souvint soudain de quelque chose.

— Un jour, au cours d'une réunion, les esprits se sont un peu échauffés, Hawkeye avait besoin d'argent pour je ne sais plus quoi. Francis est sorti et il est revenu avec une liasse de billets de cinq et de dix.

— Donc, logiquement, l'argent devait se trouver dans sa voiture, non ?

— Je suppose.

La voiture sauvée de la casse par Gavin Willis. L'avait-il fait déposer dans son garage pour la désosser ? Et, si oui, comment pouvait-il être au courant pour l'argent ? Et s'il y avait effectivement de l'argent à trouver, qu'en avait-il fait ?

Et pourquoi conserver la voiture ensuite… ?

— Qui est Hawkeye ? songea à demander Fox.

— Je n'ai jamais su son vrai nom, dit Elliot avec un haussement d'épaules. Il n'était pas du genre à assister aux réunions – et tout le monde avait un peu peur de lui.

— Ah oui ?

— Ce qui est sûr, c'est qu'il ne se contentait pas de jouer au radical. Il y a eu à l'époque deux ou trois vols à main armée, et je suis sûr que c'était lui le responsable. Les membres du groupe aimaient beaucoup parler de lui quand il n'était pas là – c'était notre Robin des Bois. Et il avait un faible pour les explosifs.

— Les bombes envoyées à Downing Street et au Parlement ?

— Plus que probable.

— Pourquoi ce nom, Hawkeye ?

— Aucune idée, dit Elliot.

Il avait fini son verre d'eau, l'équipement était emballé, les gars de l'équipe se dirigeaient vers leurs camionnettes.

— Il faut que j'y aille, s'excusa-t-il. Vous pensez vraiment découvrir la vérité, après toutes ces années ?

— Je n'en suis pas certain.

— Et vous croyez qu'il y a encore des gens là dehors qui veulent sincèrement la connaître aujourd'hui, inspecteur ?

Fox ne prit pas la peine de répondre et choisit de glisser la main dans sa poche pour en sortir le livre du professeur Martin.

— Déjà vu ça ? demanda-t-il.

— J'en ai entendu parler, répondit Elliot en le lui prenant des mains pour le feuilleter.

— Vous n'avez jamais voulu le lire ?

— L'archéologie ne m'intéresse pas.

Fox reprit l'ouvrage, trouva la photo de Vernal et d'Alice devant le poste de police et le lui présenta ouvert à cette page.

— Vous vous souvenez d'elle ?

— Non.

— Vous ne l'avez jamais vue lors des réunions ?

Elliot fit non de la tête.

— C'est important ? demanda-t-il.

— Apparemment, elle a entretenu une relation suivie avec Francis Vernal et j'aimerais beaucoup en discuter avec elle.

— Je voudrais pouvoir vous aider.

— À l'époque, elle se faisait appeler Alice Watts.

Elliot se creusa les méninges mais le nom ne lui évoquait rien.

— Pourquoi à l'époque ? demanda-t-il, un peu surpris.

Fox ne répondit pas. Il se préparait à refermer le livre quand Elliot s'en empara, toujours ouvert à la page de la photo.

— Le 7 avril 1985…

— Vous étiez là ce jour-là ?

— Façon de parler : j'étais parmi ceux que la police avait arrêtés. Mais on nous a relâchés avant la fin de la soirée.

— Mais vous ne vous souvenez pas d'avoir vu Alice Watts ?

Nouveau hochement de tête, même réponse : non.

— Mais c'est sympa de revoir Hawkeye, dit-il en tournant le livre vers Fox. C'est lui, là, celui qui donne le bras à la jeune femme.

Fox lui reprit le livre et étudia une nouvelle fois la photo de plus près. L'homme que le professeur Martin n'était jamais parvenu à identifier, celui qui avait des cheveux longs, une barbe et des lunettes de soleil…

— Vous êtes sûr ?

— Pratiquement certain.

Une assistante de production, son bloc à pince serré contre sa poitrine, s'était plantée devant eux et tapotait une montre imaginaire à son poignet.

— Il faut vraiment que j'y aille, s'excusa de nouveau Elliot.

— Pouvez-vous me donner d'autres détails sur Hawkeye ?

— Je crains que non.

— Un prénom ? Un accent ?

Fox brûlait ses dernières cartouches et essayait désespérément de n'en rien laisser paraître.

— Écossais, dit Elliot en se levant.

Et de nouveau ce sourire fulgurant, celui qui déclarait au monde que John Elliot avait fait table rase du passé et vivait désormais dans le présent.

— Peut-on se revoir pour parler ? proposa Fox.

— Je n'ai vraiment plus rien à dire.

— Il est possible que j'aie d'autres questions à vous poser.

L'ex-militant extrémiste se contenta d'écarter les bras pour lui signifier qu'il lui en avait dit autant qu'il pouvait.

— Vous êtes le premier terroriste que je rencontre, insista Fox.

— J'espère ne pas trop vous avoir déçu, répondit Elliot d'une voix soudain moins affable.

— Nous essayons en ce moment même de mettre la main sur des poseurs de bombes, et je me demande comment ils finiront. Peut-être présentateurs télé, d'ici quelques années... Qu'en pensez-vous ?

— Vous voudrez bien m'excuser...

Elliot tourna les talons et suivit l'assistante de production, Fox à ses basques.

— Est-ce que votre camp a gagné ? lui demanda-t-il.

Elliot s'arrêta, faisant mine de réfléchir à la question. L'assistante ouvrit la bouche, mais il la fit taire d'un geste.

— Nous n'avons jamais été aussi près d'avoir une Écosse indépendante, dit-il. Il est bien possible que ce processus ait été entamé le jour où le gouvernement de Londres a été contraint de reconnaître notre existence.

— Je crois, monsieur Elliot, qu'il vous reste encore quelques convictions politiques.

— Je ne suis pas autorisé à prendre parti, inspecteur.

— C'est mauvais pour l'image ?

L'assistante le tirait maintenant par le bras. Sans répondre, il salua Fox d'un petit signe de tête et se laissa entraîner jusqu'à la camionnette qui n'attendait plus que lui.

Le téléphone de Fox sonna. Il avait toujours la photographie devant les yeux quand il répondit.

— Paul Carter est mort, l'informa Tony.

— Quoi ?

— C'est arrivé hier soir. On l'a sorti du port tôt ce matin.

— Noyé ?

— Une autopsie est prévue.

— Seigneur Jésus, Tony…

— Absolument.

— Qu'est-ce qu'on sait d'autre ?

— Quasiment rien.

Il se souvenait de sa dernière rencontre avec Carter. Et se souvenait aussi que Joe Naysmith l'avait vu encore plus récemment.

— Le Wheatsheaf, dit-il.

— Je suppose que je dois informer qui de droit que nous étions là-bas tous les deux, dit Tony.

— Quand je l'ai vu au cottage, il m'a semblé vraiment à cran.

— Au point de se donner la mort, tu crois ? Personnellement, je ne le vois pas bien se suicider. Il n'était pas du genre.

— Moi non plus.

— Tu sais, Malcolm, pour une fois, ça ne me déplairait pas, une mort nette et sans bavures.

— Tu es à Kirkcaldy ?

— Ça a jeté un froid dans le poste.

— Ouais, je peux comprendre. Et Scholes ?

— Je ne l'ai pas encore vu.

— Tu ferais bien d'aller informer l'inspecteur Cash. Mets-le au courant pour hier soir.

— Okay.

— L'autopsie se déroulera à l'hôpital ?

— Pour autant que je sache.

— Je te verrai là-bas, alors.

— Cash risque de ne pas apprécier.

— Vu mon humeur, ça m'ira très bien.

— Je ne voudrais rater ça pour rien au monde. Trouve-moi une place au premier rang, dit Tony Kaye.

— Apporte une paire de gants blancs et je te fais arbitre.

Fox coupa la communication et rejoignit sa voiture.

29

— Faut tout le temps que ça se passe en sous-sol, dit Joe Naysmith alors qu'ils s'avançaient tous les trois dans le couloir sans fenêtres, en se frottant les mains pour faire pénétrer la mousse antibactérienne. Les labos de pathologie, les salles d'autopsie…

— Tu préférerais les voir installés sur le parking ? lui renvoya Tony Kaye. Pour que tout le monde puisse voir les cadavres ?

— Il fut un temps, expliqua Fox, où le public appréciait les examens *post mortem*.

— Parce que le public, comme nous le savons, est composé de malades et de pervers.

Kaye poussa deux nouvelles portes battantes et le regretta presque immédiatement.

— Bien, bien, bien, lâcha l'inspecteur Cash d'une voix traînante. Je vois que l'équipe est au complet. Vous venez admirer le résultat de vos œuvres ?

Il se tourna vers le sergent Brendan Young.

— Il n'y a rien que les semelles de crêpe aiment plus que de pourchasser un homme jusqu'à ce que mort s'ensuive.

— Pendant que vous autres, vous vous contentiez de l'accuser de meurtre, c'est bien ça ? le contra Fox aussi sec. Combien de temps a duré l'interrogatoire ? Neuf, dix heures d'affilée ?

Cash pointa un doigt méchant sur Fox.

— Il me semble vous avoir ordonné d'aller vous faire voir ailleurs.

— Et je m'y trouvais très bien, sauf que nous avons des informations que nous aimerions partager.

Cash glissa les mains dans les poches et se haussa sur la pointe des pieds.

— Ça risque d'être drôle, dit-il à Young.

— D'abord, nous aimerions connaître les résultats de l'autopsie.

— Préparez-vous, marmonna Young en vérifiant l'heure à sa montre.

À point nommé, la porte marquée « Salle d'examen » s'ouvrit sur le légiste, en tenue de travail, bottes comprises, qui semblait s'impatienter.

— Combien d'entre vous veulent assister à la séance ? Nous ne disposons que de trois combinaisons.

Naysmith parut soulagé, tandis que Kaye fixait son chef d'un air lugubre, sachant que les gradés auraient la priorité. Cinq minutes plus tard, Fox, Cash et Young se retrouvaient dans la salle, à écouter le bourdonnement de l'extracteur d'air et le légiste en train de houspiller son assistant.

— Il nous manque un homme, mais nous n'y pouvons rien, dit-il à Cash.

La loi écossaise exigeait une corroboration, ce qui impliquait que deux pathologistes soient présents lors d'une autopsie.

— On peut toujours le remettre au frigo jusqu'à demain… ?

Mais Cash fit non de la tête.

— Qu'on en finisse, le plus tôt sera le mieux.

Paul Carter gisait sur la table métallique. L'eau qui continuait à suinter du cadavre s'écoulait par les rainures de drainage jusqu'aux seaux placés dessous. Le visage de Carter était boursouflé, et des relents saumâtres empestaient la salle déjà trop confinée. Craignant d'avoir fait une erreur de jugement, Fox, qui n'avait pas beaucoup d'autopsies à son actif, espérait simplement ne pas tourner de l'œil. Brendan Young non plus n'avait pas l'air très à son aise. À mesure qu'il avançait dans son examen du cadavre, le légiste parlait dans son micro : il pressa fortement sur la poitrine du mort et un gargouillis d'eau sortit de la bouche. Celle de Fox en revanche était sèche comme un parchemin, et son cœur cognait à ses oreilles. Le corps avait probablement séjourné de huit à dix heures dans l'eau, ce qui situait l'heure du décès entre 23 heures et 1 heure du matin. La température interne fut prise et les globes oculaires examinés. Une fois l'incision en Y faite et les côtes écartées, le médecin fut à même d'examiner le contenu des poumons.

— Il ne fait aucun doute à mes yeux, dit le légiste, que cet homme s'est noyé. Qu'il soit tombé ou qu'il ait sauté…

Il ponctua sa phrase d'un geste qui aurait pu passer pour un haussement d'épaules.

L'examen se poursuivit, prélèvement des organes et pesée, et Brendan Young battit en retraite pour s'appuyer au mur, en luttant pour ne pas fermer les yeux. Fox ne perdit pas pied, plus concentré sur les paroles du légiste que sur ses gestes.

— Le nez est fracturé, dit le pathologiste presque pour lui-même en se penchant au plus près du visage.

— Le corps s'est peut-être fracassé contre la digue, proposa Cash.

— Pas beaucoup de vent la nuit dernière… Je doute que la houle ait été suffisamment forte pour causer une telle blessure.

Il s'attaqua ensuite aux mains et aux doigts de Carter.

— Les phalanges sont éraflées. Même chose pour les extrémités des doigts.

— Il s'est battu ? demanda Fox.

— Ou il est tombé. En lançant instinctivement les mains devant lui pour se protéger de la chute, il s'est blessé.

Il ouvrit ensuite l'estomac.

— Vous sentez ? demanda-t-il en se tournant vers son public.

— Une odeur de picole, dit Cash.

— Bière blonde, à mon avis. Plus de l'alcool.

Il se pencha sur le corps et renifla.

— Whisky.

— Donc il est ivre et part se balader sur le port.

— Scénario possible. Un autre serait une bagarre avec quelqu'un, dit le pathologiste.

— Mais il était toujours en vie quand il est entré dans l'eau ?

— C'est pratiquement certain.

Un quart d'heure plus tard, ils avaient ôté leur tenue de protection et se lavaient le visage et les mains avant de regagner le couloir, laissant le légiste et son assistant terminer le travail.

— Crachez le morceau, dit Cash à Fox.

Expression malheureuse : le sergent Young venait de passer quelques minutes plié en deux au-dessus de l'évier à se racler le fond de la gorge pour tenter de se débarrasser d'un mauvais goût persistant. Il était pâle et transpirait. Lorsque Naysmith lui proposa une tablette de chewing-gum, il la lui arracha comme si sa vie en dépendait.

— Carter a retrouvé des potes à lui hier soir dans un pub du coin, dit Fox. Mais avant que je vous dise de qui il s'agit, je veux que vous me promettiez de nous tenir au courant des progrès de l'enquête, mon équipe et moi.

— Pas de promesses, répondit Cash.

Fox prit son temps pour réfléchir à sa réponse, tournant la tête pour croiser le regard de Kaye.

— J'ai besoin de savoir d'abord ce que vous, vous savez, expliqua Cash, un peu radouci.

— Il était avec Scholes, Haldane et Michaelson, révéla Fox.

Voyant Cash fourrer de nouveau ses mains dans ses poches, Fox commença à trouver son tic un peu agaçant, comme si l'inspecteur avait piqué toute sa gestuelle aux vieux films de gangster.

— Et comment le savez-vous ? demanda-t-il.

— Nous avions envoyé Naysmith en observateur.

— Et comment saviez-vous d'abord qu'ils allaient se réunir là ?

— C'est important ? Ce qui compte, c'est qu'ils étaient tous les quatre de sortie, ensemble, hier soir. Il va falloir les interroger et je veux entendre ce qu'ils ont à répondre.

— Et c'était vers quelle heure ? demanda Cash en se tournant vers Naysmith.

— Juste avant 20 heures, quand ils se sont installés avec leurs boissons, reconnut ce dernier.

— Et quand sont-ils partis ?

Naysmith se tourna vers Fox pour l'appeler à l'aide.

— Il s'est fait repérer, répondit Kaye. À 20 h 10, nous étions déjà sur la route.

Cash resta un moment sans rien dire, à se réjouir en silence de l'incompétence des Plaintes.

— Donc, si je comprends bien, votre opération de surveillance en immersion aura duré en tout et pour tout quinze minutes maxi ?

Il jubilait en se tournant vers Fox, le visage barré par un grand sourire.

— Ça va, vous vous êtes suffisamment amusé, dit froidement Fox. Le problème, c'est qu'ils sauront dans quel état se trouvait Carter et à quelle heure leur petite réunion a pris fin.

— Ça, c'est sûr, reconnut Cash avec un petit hochement de tête.

— Donc nous avons besoin de leur parler.

— Pas de promesses, j'ai dit, répondit Cash en le fixant sans ciller.

Fox commençait à en avoir assez et il attaqua, en lui faisant face :

— Vous semblez oublier une chose : mon rapport sera transmis directement à votre chef de la police. En l'état, sa lecture ne manquera certainement pas de susciter son intérêt. La raison première de notre présence ici est simple : votre chef veut pouvoir, preuves à l'appui, montrer combien tout est nickel ici. La dernière chose qu'il souhaite, c'est que les médias apprennent qu'on nous a mis des bâtons dans les roues. Des noms seront cités, inspecteur Cash... À ce propos, je n'ai jamais bien su quel était votre prénom. Il serait peut-être bon que vous me l'épeliez, à toutes fins utiles...

Cash prit tout son temps pour répondre et Fox, sachant qu'il allait en rabattre, attendit patiemment. Il ne se trompait pas. L'inspecteur Cash finit par lever les mains en signe de reddition.

— Après tout, nous sommes tous dans le même camp, non ?

Fox ne baissa pas les yeux.

— C'est noté, dit-il à l'inspecteur de la Criminelle.

*

D'autres nouvelles fraîches les attendaient au poste, des nouvelles qui changeaient tout. Après avoir longuement ruminé dans son coin, Cash avait fini par décider de voir Scholes, Haldane et Michaelson ensemble, dans la même pièce, au même moment. La salle d'interrogatoire étant trop petite, il choisit de libérer celle de la Criminelle, après avoir envoyé le sergent Young chercher les trois collègues de Carter.

— Nous avons de quoi les enregistrer, lui apprit Fox.

Cash donna son accord, et Joe Naysmith installa le matériel audio et vidéo. Cash, Fox et Kaye commencèrent à déplacer les tables pour dégager un espace suffisant. Les téléphones avaient beau sonner, personne n'y répondait. Cash s'essuya le front d'un mouchoir blanc de belle taille.

— Vous trois, expliqua-t-il à Fox, vous êtes là pour écouter.

— Jusqu'à ce que nous ayons quelque chose à dire, répondit Fox.

La porte s'ouvrit sur Haldane et Michaelson, l'air ahuri, Scholes, méfiant, et le sergent Young, qui leur désigna trois chaises.

— C'est quoi, encore ? demanda Scholes.

— J'ai quelques questions à vous poser, répondit Cash.

En voyant les trois policiers des Plaintes, Scholes hocha la tête : il venait de comprendre.

— La prochaine fois que vous essaierez de monter un coup pareil, dit-il, le regard fixé sur Fox mais en désignant Naysmith du geste, utilisez un gars avec suffisamment de bouteille pour que le patron du pub ne lui demande pas de prouver son âge.

Naysmith, qui finissait ses préparatifs, piqua un fard tandis que Scholes se tournait vers ses collègues.

— Tout ça, c'est parce qu'on était avec lui hier soir, leur annonça-t-il avant de s'asseoir.

Le silence envahit la salle jusqu'à ce que Naysmith dise « Okay ». Cash prit une profonde inspiration en croisant les bras.

— Je sais que tout cela est un peu sinistre, dit-il. Désolé pour la perte de votre ami.

Scholes grogna un semblant de réponse.

— Comme vous le disiez, vous étiez avec lui hier soir…

— Quelques pintes au Wheatsheaf, déclara Michaelson.

— Quelle heure était-il ?

— On est partis à 9 heures passées, peut-être 9 heures et demie.

Cash concentrait toute son attention sur Scholes, même si celui-ci n'était pas le seul à répondre.

— De quoi avez-vous discuté tous les quatre ?

— Un peu de tout.

— De la mort de son oncle ?

— Pendant un moment.

— Vous êtes sortis ensemble du Wheatsheaf ?

La réponse ne fut pas immédiate, et Haldane jeta un coup d'œil vers Scholes.

— Oui, sergent Haldane ? fit Cash pour l'inciter à parler.

— On a eu des mots, reconnut Scholes en devançant son collègue. Ce n'est jamais bien agréable de s'apercevoir qu'on vous file le train, expliqua-t-il avec un regard noir à Naysmith, et Paul était à cran, complètement remonté.

— Et après quelques verres, effectivement, il ne devait pas être à prendre avec des pincettes.

— Ce n'est pas ça, lâcha brusquement Haldane. Il nous avait gonflés avec ses jérémiades, il n'a pas cessé de gémir et de rabâcher les mêmes choses tout le temps qu'on était là.

— Comment ça, il rabâchait ?

— Les Plaintes, le jugement suspendu au-dessus de sa tête comme une épée de Damoclès et ensuite, son oncle, et lui qu'on rendait responsable de sa mort.

— Le pauvre gars craquait complètement, ajouta Scholes.

— Alors comme ça, vous avez eu des mots quand vous étiez au pub ? demanda Cash.

Scholes confirma d'un hochement de tête.

— On l'a laissé à ses divagations.

— Lui est resté après votre départ ?

— Nous, on bossait le lendemain.

Cash opina lentement du chef.

— J'ai passé un coup de fil au patron du pub. Selon lui, il devait être pratiquement 23 heures lorsque l'agent Carter est sorti de l'établissement avec un bon coup dans l'aile. D'après lui, il avait bu au moins six pintes et trois doses de whisky.

Il s'interrompit, décroisa les bras et pressa les mains l'une contre l'autre.

— Alors, à votre avis, comment a-t-il pu finir dans l'eau ?

— Pourquoi, c'est important ? demanda Scholes en fusillant Cash du regard. Ça vous facilite le boulot, non, maintenant qu'il n'est plus là pour défendre son bifteck ? On lui colle le meurtre de son oncle sur le dos, ni vu ni connu, affaire classée. Plus besoin de procès… Tout est bouclé, bien propre, bien net.

— Ah mais justement, c'est tout sauf propre et net, et rien n'est bouclé, dit Cash, puis il attendit que ses mots fassent leur effet.

— Qu'est-ce que vous voulez dire par là ? finit par demander Michaelson.

— Nous avons reçu un coup de téléphone, tout à l'heure. Il se trouve qu'un type promenait son chien hier soir et qu'il a vu un homme courir sur la plage, poursuivi par un autre. Le fuyard ne hurlait pas, il ne criait pas, ni rien, il se contentait de courir du mieux qu'il pouvait.

Cash s'interrompit, guettant une réaction.

— Qu'est-ce qui vous fait croire que c'était Paul ? finit par demander Scholes.

Cash haussa les épaules.

— Simplement parce que le témoin l'a vu s'enfoncer dans la mer au pas de course, c'était apparemment sa seule chance de s'en sortir. Le passant les a pris pour deux poivrots qui déconnaient.

Il baissa les yeux.

« Il n'y a pas longtemps que nous sommes rentrés de l'autopsie. Carter avait le nez brisé et il portait des écorchures aux mains…

— Attendez une minute, dit Haldane d'une voix tremblante.

Les mains agrippées aux accoudoirs de son fauteuil, il commençait à se lever.

— Asseyez-vous, ordonna Cash.

Scholes posa une main sur l'épaule de Haldane et celui-ci se laissa doucement retomber sur son siège.

— Qu'est-ce que ça a à voir avec nous ? demanda Scholes.

— À vous de me le dire.

— C'est ce que je vais faire. Et la réponse est : rien du tout. Nous avons laissé Paul au pub, nous sommes remontés dans nos voitures et nous sommes rentrés.

— Et vous n'étiez pas en état d'ébriété ?

— Bien sûr que non. Nous représentons la loi, pas vrai ?

— Et vous êtes tous les trois partis chacun de votre côté, ce qui signifie qu'aucun d'entre vous ne peut se porter garant des deux autres, à moins d'avoir le don de double vue.

Michaelson ricana en secouant la tête.

— Putain, c'est pas croyable, attaqua-t-il en pointant le doigt sur Fox. Rien ne les arrête, ces mecs-là, ils sont prêts à tout pour nous faire passer à la trappe.

— Votre femme acceptera de témoigner que vous étiez bien à la maison avant 22 heures ? demanda Cash.

— Absolument.

— Et vous, sergent Haldane ?

— Je suis passé voir ma mère. Je l'ai laissée juste après 23 heures.

— Votre mère est un oiseau de nuit ?

— Elle s'est un peu assoupie ; c'est les infos qui lui font cet effet-là…

Cash acquiesça.

— Ce qui nous amène à vous, inspecteur Scholes.

— Je n'en crois pas mes oreilles. Entendre ce que j'entends…

Il avait l'air calme mais il parvenait tout juste à contenir ses émotions. Lorsqu'il parla, sa voix donna l'impression de sortir d'une camisole de force.

— Paul était notre pote. Et vous venez nous dire maintenant que l'un d'entre nous l'a descendu ? Que sa trouille était telle qu'il a couru dans la mer ?

Il riait, pour de bon, la tête basculée en arrière.

— J'attends, dit Cash, comme s'il avait tout le temps devant lui.

Scholes cessa de rigoler.

— Autant me boucler en cellule tout de suite, déclara-t-il. Je suis juste allé jusqu'à Milnathort voir ma petite amie. Mais comme elle n'était pas là, je suis revenu en ville. Je n'ai vu personne, je n'ai parlé à personne, dit-il en fixant Cash. Donc, ça doit être moi le coupable, non ?

— Uniquement si vous ne voyez personne qui ferait l'affaire. Difficile d'imaginer une seconde que Carter ait pu être l'homme le plus populaire de Kirkcaldy.

Scholes fit mine de réfléchir un instant à cette affirmation.

— Vous avez raison, concéda-t-il à Cash. Et je me trouve en ce moment même dans une pièce en compagnie des individus qui probablement le détestaient le plus.

Il pressa les mains l'une contre l'autre en imitant Cash et se pencha vers lui.

— Vous allez m'inculper ou quoi ?

— Ne leur donne pas ce plaisir, Ray, dit Michaelson.

— Cet interrogatoire est terminé.

Cash se mit debout, vérifia l'heure et l'annonça à haute voix pour satisfaire aux exigences de l'enregistrement. Scholes resta assis, les yeux rivés sur Malcolm Fox.

— Je suis désolé pour Paul Carter, dit ce dernier.

— Pour ce qu'on en a à faire, de vos regrets, répondit Scholes.

30

— Et si on essayait une séance de tapissage ? demanda Tony Kaye à Cash après le départ du trio. Peut-être que le témoin a vu clairement les deux hommes.

— Ce n'est pas ce qui est dit dans le message que nous avons reçu, rétorqua le sergent Young. Rien que deux silhouettes. Le témoin a dit que c'était deux hommes uniquement à cause de leur taille et de leur façon de courir.

— Donc, nous jouons aux devinettes en préjugeant que c'était Paul Carter le fugitif, ajouta Fox.

Cash lui jeta un regard méchant.

— Brouiller les cartes semble être votre péché mignon, Fox.

— J'appelle ça garder l'esprit ouvert.

Cash se retourna vers Brendan Young.

— Il faut convoquer le témoin, malgré tout, on a besoin d'une déposition en bonne et due forme.

— Si Carter a couru dans la mer et s'est noyé, supposa Naysmith, quelle sera l'inculpation ?

— Possible qu'il n'y en ait pas, reconnut Cash. En revanche, s'il y a eu bagarre et qu'il a pris ses jambes à son cou en comprenant qu'il n'aurait pas le dessus…

— Avec l'assaillant lancé à sa poursuite, poursuivit Young, qui lui collait une trouille de tous les diables…

— Alors cet assaillant est coupable de quelque chose, en conclut Kaye.

— Ce sera à nous d'en décider, l'avertit Cash. Je veux parler de la Crim, pas des Plaintes.

Il se retourna vers Fox.

— De sorte que vous et votre joyeuse bande de fouille-merde pourrez enfin foutre le camp d'ici et regagner l'autre rive de la Forth.

— Ce n'est pas possible, répondit Fox. Tant que votre chef ne nous aura pas dit que c'est bien ce qu'il veut.

— Vous n'êtes même pas censé vous trouver ici ! dit Cash en plantant un doigt tendu dans le torse de Fox, impassible.

— Nous vous avons offert ces trois-là sur un plateau.

— Et suis-je censé vous remercier en vous baisant les pieds ?

— Un simple merci suffirait.

— Six, intervint Young. Vous nous en avez offert six sur un plateau.

— C'est vrai, ça, dit Cash en hochant la tête. J'oubliais que vous étiez là tous les trois hier soir.

— Uniquement Naysmith et moi, rectifia Kaye.

— C'est vrai ? demanda Cash à Fox.

— J'étais chez moi à Édimbourg.

— Il y avait quelqu'un avec vous ?

— Non.

Cash reporta toute son attention sur Kaye et Naysmith.

— Alors, on commencera par vous deux, dit-il en s'approchant de la caméra vidéo. Comment ça marche, fiston ?

Naysmith regarda Fox pour savoir quoi répondre.

— Nous vous avons compris, Cash, inutile d'en rajouter.

— Nous devons faire ça dans les règles, bon Dieu. Et ne venez pas me dire que les Plaintes ne seraient pas de cet avis. Il y a un flic d'ici étendu sur une table à la morgue, et je suis ici en compagnie de deux témoins qui l'ont vu le soir de sa mort.

Cash fit signe au sergent Young.

— Tu sais comment ça marche, ce truc, Brendan ?

— Ça ne doit pas être bien difficile, suggéra Young.

Cash revint sur Fox.

— Vous êtes encore là ? Je pourrais déposer une plainte, inspecteur.

Fox donna l'impression de ne pas vouloir céder, mais Kaye, d'un bref signe de la tête, lui montra la porte.

— Je serai dehors, dit Fox à l'intention de personne en particulier.

— C'est là votre place, marmonna Young en guise de réponse.

Fox s'installa un moment dans sa voiture en tambourinant des doigts sur le volant, les yeux fixés droit devant au-delà du pare-brise sans vraiment regarder. Il essaya la radio, mais aucune station ne lui plut. Il n'avait pas de message sur son portable. Finalement, il se décida à sortir et se mit à arpenter le parking. Il pensait à Paul Carter, gisant dans les ténèbres glacées de la morgue, à ses derniers instants emplis d'effroi et à sa course désespérée. Puis il se représenta Alan

Carter, assis à son bureau à Gallowhill Cottage, parfaitement décontracté, nullement effrayé par celui qui se tenait derrière lui.

Nullement effrayé ou ne soupçonnant rien.

Francis Vernal avait quitté la route ou on l'en avait sorti délibérément. Abattu alors qu'il conduisait, peut-être ? Il aurait fallu pour cela un tireur d'élite ; mais les tireurs d'élite se trouvaient.

Le dernier souvenir de Paul vivant à sa mémoire : en train de regagner sa voiture au pas de course. *J'en ai marre de tout ça... Ça me rend malade... Je veux retrouver ma vie d'avant...*

— Moi aussi, mon pote, murmura Fox en prenant son téléphone pour vérifier le message entrant.

Démarre la bagnole, on se casse de ce trou !

Il arrivait à la porte arrière du poste quand celle-ci s'ouvrit devant Kaye, Naysmith sur ses talons.

— Alors ? demanda Fox.

— Il nous a fait chier aussi longtemps qu'il a pu, rapporta Kaye. Pas sûr cependant qu'il ait tout à fait avalé ce que lui a servi Joe avec son histoire, mais moi non plus, faut dire.

— Je suis allé à North Queensferry, expliqua Joe.

— Voir sa nana, ajouta Kaye.

— Est-ce que Cash a demandé son nom ?

Naysmith fit non de la tête.

— C'est aussi bien. Inutile de lui fournir des munitions supplémentaires. Ce n'est plus qu'une question de secondes avant que nos patrons décident que nous créons plus de problèmes que nous n'en réglons.

— *Home sweet home*, répondit Kaye en se frottant les mains. Je meurs d'impatience.

— On nous a donné un travail à faire, lui rappela Fox.

Kaye leva les yeux au ciel.

— Un travail que tu t'es dépêché de laisser tomber pour aller dépoussiérer des livres d'histoire.

— Je te rappelle qu'on m'a mis sur la touche.

— Le fait est, Malcolm, que tu y es tellement heureux qu'on jurerait que tu es tombé sur une équipe de pom-pom girls.

Naysmith sourit. Fox aussi, au bout d'un moment. Et finalement, Kaye se joignit à eux.

— Que dirais-tu si je te montrais ? suggéra Fox.

— Me montrer quoi ?

— Joe y est allé ; il est donc juste que tu le voies également.

Naysmith confirma en hochant la tête, il avait deviné.

— Combien de voitures ? demanda-t-il à Fox.

— Une seule devrait suffire. Et c'est la mienne la plus proche, apparemment.

Effectivement : il s'était une nouvelle fois garé sur l'emplacement réservé à la commissaire Pitkethly.

*

La porte n'était toujours pas verrouillée, et, à première vue, personne n'était venu là depuis sa dernière visite.

— Alors, à qui revient la maison ? demanda Kaye, l'esprit toujours pratique, en examinant le cottage comme un acheteur potentiel.

— Il semblerait que Paul Carter ait été le dernier survivant de la famille, répondit Fox en poussant la porte.

— Je prendrais bien le Land Rover, dit Naysmith, plutôt que la maison.

— T'imagines une visite à un client ? dit Kaye en pénétrant dans le salon sur les talons de Fox. L'agent immobilier s'efforçant à tout crin de nier l'évidence…

— Est-ce qu'on a même le droit d'être ici ? demanda Naysmith. C'est toujours une scène de crime, non ?

— Sauf qu'elle a été complètement nettoyée, le rassura Fox.

Il regardait Kaye à l'œuvre, car, malgré ses défauts, Tony possédait un véritable instinct de flic. Il n'en attendait cependant pas de miracle ni de révélation, il espérait simplement le voir confirmer quelques petites théories personnelles.

— Alan Carter était assis ici, expliqua Fox en touchant le dossier de la chaise en bois massif. Des tas de papiers devant lui : tout ce qu'il avait découvert sur la mort de Francis Vernal.

— Tout ? Tu en es sûr, Malcolm ?

— Tout ce que nous savons.

— Il a laissé entrer son assassin ?

— Aux dires du meilleur ami de Carter, la porte était habituellement verrouillée.

— Pas de signes d'effraction ?

Fox fit non de la tête.

— Quelqu'un qu'il devait connaître, dans ce cas, ce qui nous ramène au neveu.

— Les papiers avaient été dérangés, dispersés par terre.

— Carter aurait pu faire ça tout seul, proposa Kaye. Agacé par un détail, quelque chose, une bouffée de colère.

Naysmith avait appuyé ses fesses contre l'accoudoir du fauteuil d'Alan Carter, près de la cheminée.

— Pourquoi laisser le chien ? demanda-t-il.

— Bonne question, le complimenta Kaye d'un petit hochement de tête. Un assassin aimant les animaux ?

— Il n'avait aucun grief contre le chien.

— Mais en revanche, il fallait absolument qu'Alan Carter soit éliminé.

Kaye grogna son assentiment.

— Alors, qu'est-ce qu'il avait déniché ? demanda-t-il.

— Tu veux parler de l'affaire Vernal ? Pas grand-chose, autant que je sache, répondit Fox après réflexion.

— Ce qui pourrait être une impasse, alors, et donc retour au neveu.

Kaye fit le tour de la pièce, ouvrant les tiroirs et étudiant la déco, allant même jusqu'à s'accroupir devant la cheminée pour en examiner les cendres et les restes de bûches. Il se remit debout, renifla et se dirigea vers la cuisine, après quoi les trois hommes grimpèrent à l'étage.

— Le cottage était jadis la propriété de Gavin Willis, expliqua Fox. Willis a été le mentor d'Alan Carter. Un vieil inspecteur de la Crim veillant sur un jeune agent tout frais émoulu de l'académie de police. À la mort de Willis, Carter a acheté cette maison et y a mis en pratique ses piètres talents de bricoleur.

— Il aurait mieux fait de s'en tenir à son vrai boulot, confirma Kaye.

— Quand Paul Carter était gamin, son père l'amenait ici. Oncle Alan disait qu'il n'avait pas besoin d'aide.

— Il mentait, dit Kaye sans s'émouvoir.

— Un peu de replâtrage, du nouveau papier peint…

— Tu crois qu'il cherchait quelque chose ?

— De l'argent avait disparu à la mort de Vernal, quelques milliers de livres.

— En liquide ? Ça aurait fait une belle bosse sous n'importe quel lé de papier.

— Peut-être que ce n'était pas de l'argent, dans ce cas, supposa Fox.

Kaye avait pigé la situation : Fox l'utilisait comme caisse de résonance, et il le reconnut d'ailleurs en lui faisant un clin d'œil.

— La voiture ? demanda Joe Naysmith. Une bien meilleure cachette, non ?

— En effet, admit Fox.

— Mais la voiture se trouvait dans le garage, exact ? intervint Kaye. Alors pourquoi démolir le cottage ?

— Peut-être qu'Alan Carter ignorait tout de la voiture, répondit Naysmith.

— Possible, lui concéda Fox.

— Tu veux qu'on revienne avec des outils et qu'on pique un peu les murs ? proposa Kaye.

Fox secoua la tête.

— Parce que tu penses que s'il y avait eu quelque chose, Alan Carter l'aurait trouvé ?

Cette fois, Fox haussa les épaules.

Kaye fit un nouveau petit tour, ouvrant tiroirs et placards.

— Nous sommes tous flics, déclara-t-il. Où irions-nous cacher quelque chose ?

— À la vue de tout le monde ? suggéra Naysmith.

— Ça pourrait éventuellement marcher, je ne dis pas, à condition que ce soient des gugusses de l'acabit de Cash et de ses sbires qui procèdent à la fouille. Tu ferais quoi, toi, Foxy ?

— Sous le matelas… Peut-être une lame de parquet…

Kaye n'en crut pas ses oreilles.

— Joe, lui, a au moins de l'imagination, conclut-il.

— Il y a des hectares de terres agricoles et des centaines d'arbres là-dehors. Ça pourrait être n'importe où.

Kaye pesa le pour et le contre.

— Il me semble quand même que c'est la voiture d'Alan Carter le choix le plus évident… Est-ce qu'on peut se rentrer, maintenant ?

— Avant, lui répondit Fox en croisant son regard, j'aimerais bien que tu jettes un petit coup d'œil au garage. S'il te plaît.

— Et ensuite, on rentre.

— Peut-être.

La clé de cadenas du garage avait repris sa place sur son crochet dans la cuisine. Apparemment, personne à la Crim n'avait été particulièrement intéressé par la vieille épave rouillée. Naysmith et Fox ôtèrent la bâche pendant que Kaye jetait un coup d'œil aux outils et aux boîtes de peinture sur les étagères pleines de toiles d'araignées.

— Emportée loin du lieu de l'accident avant que quiconque ait pu réellement l'examiner, les informa Fox.

— Willis s'est rendu personnellement à la casse, ajouta Naysmith. Il leur a demandé de la conduire jusqu'ici.

— Et alors ? demanda Kaye qui ôtait la poussière de ses paumes.

— Tout ce que nous savons de Willis, c'est qu'il était de la vieille école et très proche d'Alan Carter, et aussi qu'il avait peut-être empoché des armes à feu au lieu de s'en débarrasser.

— Rien de tout ça ne le relie à Francis Vernal.

— Sauf que Vernal avait des contacts dans les groupes d'extrémistes et que ces groupes étaient armés.

— Qu'est-ce qu'on a sur le revolver qui a tué l'avocat ?

— Pratiquement rien, reconnut Fox.

Kaye croisa les bras.

— Okay, dit-il, offre-moi la putain de théorie de la conspiration la plus dingue que tu puisses inventer.

Fox n'hésita qu'une seconde.

— Des barbouzes, dit-il. Vernal était filé, son domicile et son bureau ont été cambriolés. Ses amis du Dark Harvest Commando faisaient peur aux pouvoirs en place.

— Des barbouzes qui l'auraient assassiné ? Pourquoi ?

— Il représentait une menace ? proposa Naysmith.

— Et il en était une ? demanda Kaye à Fox.

Celui-ci réfléchit un moment.

— Au pire, c'était lui le financier. Personne ne semble penser qu'il ait jamais dirigé aucun groupe.

— Alors c'était qui, le grand chef ?

— Donald MacIver.

— Tu lui as parlé ?

— Il est à Carstairs, répondit Fox, avant d'ajouter au bout d'un moment : Tu crois que je devrais y aller ?

— À toi de voir, pas à moi.

Kaye fit le tour de la Volvo.

— Tu l'as examinée ?

— Non, c'est moi, répondit Naysmith. J'ai grimpé à l'intérieur et j'ai fouillé vite fait.

— T'as trouvé quelque chose ?

— Non.

— Le carnet d'entretien, corrigea Fox.

— T'as regardé dans le coffre ?

Voyant Fox secouer la tête, Kaye prit des ciseaux sur l'établi et s'y attaqua en faisant levier. Naysmith se joignit à lui, armé d'un tournevis. Finalement, la serrure céda. Ils virent de la paille, des restes d'un nid d'oiseau. La roue de secours était à plat, le caoutchouc pourri. Kaye la souleva et inspecta le dessous. Quand il voulut soulever le tapis de sol, celui-ci s'effrita. Il y avait un cric, rien d'autre. Fox se rendit compte qu'il retenait son souffle comme s'il s'attendait plus ou moins à trouver l'argent disparu. Kaye émit un bruit qui n'exprimait rien de particulier et alla à l'avant du véhicule pour examiner la carcasse emboutie.

— Et moi qui croyais que ces bagnoles, c'était du béton. Elle devait rouler sacrément vite…

— Vernal était allé rendre visite à sa maîtresse.

— Il était si pressé que ça de la quitter ?

— Possible qu'il ait eu des gens à ses basques qui le filaient.

— Encore des barbouzes, hein ? Tu crois que ces mecs accepteraient de nous ouvrir leurs archives ?

— J'en doute.

Kaye étala la bâche sur le sol et s'y allongea à plat dos avant de se glisser sous la Volvo.

— À première vue, on n'a rien trafiqué. Mais c'est difficile à dire avec certitude, après tout ce temps…

Il ressortit et brossa ses vêtements en se remettant debout.

— Est-ce que la petite amie a des précisions à apporter ?

— Peu de temps après l'accident, elle a complètement disparu de la circulation.

— Et tu interprètes ça comment ? On lui a fichu la trouille ?

— Pas nécessairement.

— En toute honnêteté, dit Kaye en se frottant la mâchoire, je crois que tu n'as rien… Rien du tout.

— À ton avis, c'est parce qu'il n'y a rien à trouver ?

Kaye plissa les paupières et réfléchit un instant à la question.

— Je n'irai pas tout à fait jusque-là.

— Donc tu continuerais à chercher ?

— Moi, personnellement ? répondit Kaye en secouant lentement la tête. Moi, j'aime me simplifier la vie. Toi, en revanche…

Il n'éprouva pas le besoin de finir sa phrase.

Fox contempla la voiture puis attrapa un coin de la bâche et Joe Naysmith l'aida à la couvrir.

*

Fox les déposa sur le parking du poste de police.

— Et maintenant ? demanda-t-il.

— On est fin prêts pour notre rapport définitif, non ? répondit Kaye en échangeant un regard avec Naysmith.

— J'aurais peut-être une ou deux questions supplémentaires à poser, rétorqua Naysmith.

— Les destinerais-tu par hasard à la belle et douce Forrester ?

Naysmith fit de son mieux pour ne pas rougir, et Kaye ne put s'empêcher de lui donner une tape dans le dos en riant sous cape.

— Et toi ? demanda-t-il à Fox

— Cash ne veut plus me voir dans les parages.

— L'excuse parfaite pour retourner à tes fouilles archéologiques.

— C'est à peu près ça.

Kaye acquiesça puis, passant le bras autour des épaules de Naysmith, lui offrit quelques conseils pour son rencard à venir en le dirigeant vers la porte arrière du poste. Fox quant à lui resta dans sa voiture, moteur au ralenti, repensant à la Volvo 244 bordeaux défoncée. Willis avait tenu à la conserver pour une raison précise. Il devait être convaincu que c'était, d'une façon ou d'une autre, une pièce à conviction, comme une police d'assurance, en quelque sorte. Si c'était lui qui avait récupéré l'argent, pourquoi la garder ? Et d'abord, comment pouvait-il être au courant, pour l'argent ? À moins qu'il n'ait été en contact avec le Dark Harvest Commando. Des contacts étroits.

Membre du groupe ?

Sympathisant ?

Fox regarda par terre devant le siège passager. Le carnet d'entretien de la Volvo était toujours là. Qu'est-ce que Naysmith avait répondu, déjà ?

À la vue de tout le monde...

Et Tony Kaye d'ajouter : *Ça pourrait éventuellement marcher...*

Beaucoup de feuillets s'étaient collés et quand il essaya de les séparer, ils se déchirèrent. Il passa les doigts dessus pour vérifier que rien ne s'y trouvait caché. Au dos du carnet, la poche en plastique contenait le catalogue des visites d'entretien ainsi que les factures correspondantes, lesquelles n'étaient pas en meilleur état. La voiture était au nom de M. F. Vernal, avec une adresse dans le Grange. L'entretien était assuré par un garage des quartiers sud d'Édimbourg.

Changements de pneus, vidanges, liquide de frein, révision des 15 000, essuie-glaces neufs…

Fox s'attarda sur une des feuilles en essayant de trouver un sens à ce qu'il lisait. Même papier à en-tête – MJM Motors –, mais une écriture différente. Au premier regard, une facture, mais ce n'en était pas une.

— Espèce de salopard d'hypocrite, se dit Fox à lui-même à voix basse.

L'œuvre de Gavin Willis, qui d'autre ? Une liste d'armes à feu fournies à un dénommé « Hawk », certainement le diminutif de Hawkeye. Le total se montait à pratiquement douze mille livres. Apparemment en trois ou quatre livraisons, soit douze armes et des tas de munitions. Deux revolvers, deux pistolets, un fusil de chasse et sept carabines. Il passa le doigt sur le mot « Hawk ».

Qu'il ait été membre du groupe ou simple sympathisant, Gavin Willis avait fourni des armes au dénommé Hawkeye, qui allait s'en servir pour ses vols à main armée. Fox en avait la preuve sous les yeux.

Willis avait dû mettre Alan Carter au courant, et Carter ne voulait pas voir salir la réputation de son mentor. Personne ne devait jamais savoir, même avec Willis six pieds sous terre.

— Tu ne pouvais pas courir ce risque-là, hein ? marmonna Fox à haute voix. Tu ne pouvais pas courir le risque qu'un autre achète le cottage et découvre quelque chose.

Le revolver était-il là depuis le début ? Alan Carter l'avait-il gardé ? Auquel cas quelqu'un le lui avait arraché des mains avant de l'obliger à s'asseoir à la table… Fox secoua lentement la tête. Impossible d'imaginer une chose pareille : Alan Carter n'aurait pas cédé d'un pouce devant un agresseur. Si on lui avait ordonné de s'asseoir, il aurait refusé.

Vraiment ?

Fox examina les autres factures sans trouver de nouveaux indices. Il se demanda si Alan Carter était au courant de leur existence. Non, parce qu'il aurait tout détruit sinon. Et tant qu'on y était, ne se serait-il pas également débarrassé d'une arme trouvée par inadvertance ? Si, effectivement ; au point de démolir le cottage et de détruire tout ce qu'il estimait compromettant. Il fallait à tout prix défendre la réputation de Willis. Les paroles de Tony Kaye résonnaient dans sa tête : *Je crois que tu n'as rien*. Rien du tout…

— Pas tout à fait vrai, *compadre*, conclut Fox avec conviction.

DIX

31

Pendant plusieurs jours, il ne se passa rien.

Les Plaintes étaient de retour dans leur bureau d'Édimbourg, Kaye et Naysmith rédigeaient le rapport qu'ils destinaient au chef de la police du Fife. Le message était venu d'en haut : Paul Carter étant décédé, l'enquête s'arrêtait, mettant fin à toute poursuite éventuelle.

— Contentez-vous de donner aux patrons de Fife ce que vous avez, leur avait expliqué Bob McEwan.

Le corps d'Alan Carter avait quitté la morgue, mais pas celui de son neveu. Carter avait souhaité être incinéré, ses cendres dispersées sur les parterres de roses devant le crématorium. Fox était présent à la cérémonie. Ted Fraser avait pris en charge les derniers hommages au défunt, et, lorsque le pasteur avait oublié de mentionner les prouesses d'Alan sur un terrain de football, il n'avait pas manqué de remettre les pendules à l'heure en rappelant qu'en une seule saison, son ami avait marqué vingt-neuf buts. Jimmy Nicholl était là lui aussi, et Teddy l'avait porté jusque sur l'estrade en refusant d'être aidé.

La chapelle était bondée, et Fox se demanda si, au mieux, il y aurait moitié moins de monde aux funérailles de Paul Carter. Il en doutait fort : les huiles de la police du Fife feraient peut-être acte de présence, mais la plupart des habitants de la ville resteraient chez eux, parfaitement au courant des rumeurs qui circulaient : la dépouille d'Alan Carter n'avait été rendue que pour une seule raison ; son assassin lui aussi était décédé.

En attendant l'arrivée du cercueil, les flics à la retraite se serraient la main et échangeaient leurs souvenirs, ponctuant leurs retrouvailles de claques dans le dos ou de tapes sur les épaules. Le sergent Robinson était là, en uniforme de gala, ses boutons argentés brillant comme des sous neufs, ainsi que la moitié de la ville : Alan Carter était un homme connu. Les visages se renfrognaient et les murmures allaient bon train devant la présence de la famille Shafiq, avec laquelle l'entreprise de Carter avait eu maille à partir. Le père Shafiq et deux de ses fils, ces derniers élégamment vêtus, les cheveux plaqués en arrière, et Ray-Ban pour tout le monde.

Fox avait interrogé Teddy Fraser sur l'incident qui les avait opposés à Carter.

— Une tempête dans un verre de whisky, lui avait-il expliqué. Façon de parler, car le père ne touche pas à l'alcool.

Scholes, Haldane et Michaelson, eux aussi dans l'assistance, se tenaient prudemment à bonne distance de Fox, et des Shafiq. Après la cérémonie, Evelyn Mills alla boire un verre avec Malcolm.

— L'enquête se poursuit, lui apprit-elle. Ce n'est pas parce que le premier suspect est mort que nous allons tout balayer sous le tapis… D'un autre côté…

— Personne ne risque de se décarcasser outre mesure ? devina Fox.

C'est ce qu'il avait soupçonné en voyant l'attitude de l'inspecteur Cash et du sergent Young assis sur leur banc, le visage paisible, mission accomplie.

— Il y a juste un petit problème, Evelyn. Si ce n'est pas Paul le coupable, le tueur est toujours en liberté.

— Donne-moi un autre nom, dans ce cas ; donne-moi quelque chose de concret.

Charles Mangold lui avait demandé pratiquement la même chose, le lendemain soir.

— Imogen s'affaiblit de plus en plus, inspecteur. Elle est en train de nous quitter. Il est très possible qu'elle ne soit plus parmi nous bien longtemps.

— Désolé de l'entendre, répondit Fox.

— Le temps presse.

— Je fais ce que je peux.

Sauf qu'il n'avait quasiment rien fait, en réalité. Pour l'essentiel, il s'était préparé à témoigner devant le tribunal, pour une affaire vieille de presque dix-huit mois qui passait finalement en jugement. En relisant ses notes, il y avait trouvé deux zones d'ombre – deux petits accrocs à la procédure – qu'un bon avocat serait susceptible de relever avant de s'y attaquer à petits coups incisifs et répétés, à l'image d'un boxeur ayant repéré une arcade déjà meurtrie chez son adversaire. Fox avait travaillé à sa propre défense, lissant et affinant deux ou trois contre-arguments, pour finalement apprendre à la dernière minute que le procès avait été ajourné.

Il était assis dans le bureau à Fettes, proposant de temps à autre son aide à Kaye et à Naysmith en pleine rédaction de rapport et prêtant une oreille complaisante à McEwan maugréant à propos des toutes dernières réunions et des propositions de réduction des coûts.

— On est quoi à la fin, des policiers ou des comptables ? Si j'avais voulu passer tout mon temps sur une calculette, j'aurais été beaucoup plus attentif pendant les cours de maths de M. Gentry…

Quand le téléphone sonna sur son bureau, Fox apprit par la réception qu'il avait un visiteur.

L'inspecteur-chef Jackson.

— Vous êtes sûr que c'est moi qu'il désire voir ? demanda Fox, interloqué.

Jackson : le touriste de la Special Branch de Londres.

— Vous êtes le seul Fox que nous ayons chez nous, répondit l'agent de la réception. Vous voulez que je le refile à quelqu'un d'autre ?

— Dirigez-le vers la cantine, lui commanda Fox en raccrochant pour enfiler sa veste.

Jackson faisait la queue devant le comptoir, son plateau encore vide. Fox le rattrapa à la caisse.

— Que puis-je vous offrir ? lui demanda Jackson.

— Un thé.

— Deux thés, commanda Jackson à la serveuse.

— Une théière et deux sachets ? demanda-t-elle.

— Ce sera parfait, répondit-il avec un sourire.

Ils gagnèrent une table près de la fenêtre et s'assirent face à face.

— Qu'est-ce qui vous amène ici ? demanda Fox.

— Je passais par là, répondit Jackson, avant de sourire devant la tête de Fox. Non, je plaisante, ce n'est pas tout à fait la vérité, rectifia-t-il.

— Où ça en est du côté de Lockerbie et Peebles ?

— Ça va bien.

— Vous avez trouvé vos poseurs de bombes ?

Jackson le fixa droit dans les yeux.

— Vous savez, ils sont bien là-bas quelque part, n'en doutez pas une seconde. J'imaginais que vous l'auriez compris.

— Que voulez-vous dire ?

— L'affaire sur laquelle vous travaillez.

Ce fut au tour de Fox de le dévisager.

— Oui, et alors ?

— J'étais curieux. Donc j'ai un peu fouillé. Il faut reconnaître qu'Internet est un vrai nid de vipères, vous n'êtes pas de cet avis ? Des demi-vérités, des devinettes, des théories imaginaires sorties d'on ne sait où…

— C'est vrai que les conspirations, ce n'est pas ce qui manque.

— De ce que j'ai entendu dire, néanmoins, votre chercheur a été tué par son neveu, qui avait une dent contre lui depuis bien longtemps.

Il prit une petite gorgée de thé en observant Fox par-dessus le rebord de sa tasse.

— Tout est donc pour le mieux ? répliqua Fox.

— Pour quelle raison Alan Carter s'intéressait-il tant à Francis Vernal ?

— Il serait plus logique de demander pourquoi vous, vous vous y intéressez…

Jackson haussa les épaules, comme pour lui concéder que sa question méritait d'être posée.

— J'ai parlé à un inspecteur de la Criminelle. Il m'a dit que la voiture de l'avocat avait été retrouvée.

Merci, Cash…

— Elle avait prétendument été envoyée à la casse, poursuivit Jackson, mais quelqu'un a décidé de la conserver en l'état.

Fox répondit par un petit bruit pour ne pas se compromettre.

— Willis, c'est bien ça, le nom ?

— Était, corrigea Fox.

— Willis et le chercheur étaient amis, collègues…

— Je ne vois toujours pas en quoi cela peut vous concerner.

— Ni vous non plus, à vrai dire, rétorqua Jackson. Pour qui Alan Carter travaillait-il ?

— Qu'est-ce qui vous fait croire qu'il travaillait pour quelqu'un ?

— L'avocat est mort depuis un quart de siècle, je pencherais donc pour quelque chose, ou plus vraisemblablement quelqu'un, qui aurait piqué son intérêt.

— Et même si c'était le cas ?

Jackson prit une nouvelle gorgée de thé et tourna son attention vers le monde extérieur au-delà des vitres.

— Ces théories imaginaires dont je vous parlais… Nombre de théoriciens de la conspiration semblent croire que les services secrets ont peut-être trempé dans l'élimination de Francis Vernal.

— Vous êtes venu ici pour me dire qu'ils se trompent ?

— On ne joue plus ses cartes de la même façon aujourd'hui, inspecteur. Il existe des tas de nouvelles manières de propager rumeurs et désinformation. Un grand nombre de personnes là-dehors ont un intérêt certain à voir les services secrets humiliés.

Il se retourna vers Fox.

— Je serais plus rassuré si je connaissais l'identité de celui qui vous a confié pour mission d'enquêter sur la mort de Francis Vernal.

— Ce n'est certainement pas quelqu'un qui aurait un contentieux à régler avec vos gens, déclara Fox.

— Vous en êtes bien sûr ?

— C'est un ami de la veuve. Il veut qu'elle puisse faire son deuil de toute cette affaire avant de quitter ce bas monde.

— Pas d'autres mobiles ?

Fox revit l'avocat au visage rond et rougeaud.

— Pas d'autre mobile, répéta-t-il.

Jackson lui offrit une moue dubitative pour toute réponse.

— Je vous remercie, inspecteur, dit-il, réfléchissant à ce qu'il pourrait ajouter.

— Alors comme ça, vous êtes allé fouiller ? demanda Fox dans l'espoir d'obtenir quelques renseignements supplémentaires.

Il eut droit à un hochement de tête lent et mesuré.

— Et vous avez trouvé quelque chose ?

— Quelque chose et rien du tout. Il y avait un moment que Francis Vernal était dans notre collimateur.

— Special Branch ?

— En quelque sorte.

— MI5 ?

Jackson lui offrit un petit rictus en coin.

— Il était sous surveillance.

— Le soir de sa mort ?

— Oui.

— Il était filé ? Ce qui pourrait expliquer pourquoi il roulait si vite ?

— Je ne suis pas sûr.

— Mais il y avait bien… (Fox chercha le bon mot) des agents ? Qui pistaient sa voiture ?

Jackson hocha la tête sans répondre.

— Ce qui implique qu'après son accident…. (Fox scrutait le regard de Jackson au plus près) des gens sont aussitôt arrivés sur les lieux, à peine quelques secondes plus tard…

— Mais personne ne lui a tiré dessus. Ces gens, comme vous dites, ont vérifié qu'il respirait avant de ficher le camp au plus vite.

— Pour appeler des secours ?

— Je crains bien que non, répondit Jackson en secouant la tête.

— Et pourquoi ?

— Impossible de courir un tel risque. Au moindre soupçon d'implication de leur part, toute l'opération aurait été compromise.

— Ils se sont contentés de le laisser là ?

— Il respirait. Et il n'avait pas du tout l'air d'aller mal.

— Et tout ça se trouve dans les archives ?

— Si on sait lire entre les lignes.

Fox resta un instant songeur.

— Et en lisant entre les lignes, est-ce qu'il a été aussi assassiné ?

— Non.

— Comment pouvez-vous en être aussi sûr ?

— Il y avait également des guetteurs – eux n'étaient pas armés.

— Et ils n'avaient pas reçu l'ordre de le tuer ?

— En aucun cas.

— Mais ils ont quand même pénétré chez lui, dans son bureau… ?

À voir son air, Jackson était prêt à lui concéder ce point.

— À l'époque, inspecteur, il existait des fruits véreux dans les deux camps. N'oublions pas que les amis de Vernal étaient des terroristes. Bombes, armes à feu et attaques de banque, c'était leur credo… Si je vous dis ça, c'est parce que nous sommes dans le même camp, vous et moi…

— Vraiment ? Un accident de voiture, un blessé, et eux qui se dépêchent de repartir en le laissant en plan, comme si de rien n'était ? résuma Fox sans le lâcher du regard.

Jackson ne répondit rien, cette fois.

— Quoi ? insista Fox

— Non sans avoir jeté un coup d'œil vite fait au préalable.

— Ils ont fouillé la voiture, vous voulez dire ?

Il ne se trompait pas.

— Nom de Dieu… Il lui manquait des trucs : ses cigarettes, son billet de cinquante livres porte-bonheur.

— Ils ont été interrogés à ce sujet. Ils n'ont rien emporté.

— Ont-ils trouvé un revolver ? demanda Fox.

— Non. Il a été découvert plus tard.

— En effet, à une certaine distance de la voiture. Et vous avez appris tout cela dans vos dossiers d'archives ?

Jackson acquiesça.

Fox se posait des questions sur l'argent du DHC, caché quelque part dans la voiture de Francis Vernal. Les agents ne l'avaient pas trouvé, vraiment ?

— Vernal et ses amis voulaient nous mettre à genoux, déclara calmement Jackson.

— Qui l'a tué ?

— Nous ne savons pas.

— Puis-je parler aux hommes qui le filaient ?

— Non.

— Je nous croyais dans le même camp.

— Que croyez-vous qu'ils pourraient ajouter ?

— Difficile à dire sans les avoir en face de moi.

— Est-ce que j'ai droit au nom de l'homme qui a employé les services de Carter ? demanda Jackson en s'appuyant contre le dossier de sa chaise.

— Pas de ma bouche, en tout cas.

— Beaucoup de ces individus sont passés au travers des mailles du filet, inspecteur. Ils n'ont jamais été punis pour leurs actes, il y a de fortes chances qu'ils soient toujours là et leurs petits exploits passés continuent à leur chauffer le cœur… En plus de ça, aides et soutiens ne leur ont pas manqué à l'époque…

Fox se demandait si Gavin Willis, fournisseur d'armes, avait été lui aussi dans le collimateur des services de sécurité, mais il pouvait difficilement poser la question sans révéler trop de choses. Il se concentra donc sur sa tasse de thé.

Le portable de Jackson, en mode silencieux, se mit à vibrer et il le sortit de sa poche, vérifia l'origine de l'appel.

— Il faut que je réponde, expliqua-t-il.

Il se leva de la table et gagna l'entrée de la cafétéria en tournant le dos à Fox. Celui-ci le vit baisser la tête pour mieux entendre ce qu'on lui disait, puis couper la communication et revenir vers la table avec une mine sinistre.

— Je dois partir, dit-il.

— Peebles ? demanda Fox.

Jackson fit non de la tête.

— Combien de temps pour rejoindre Stirling ?

— À cette heure de la journée, peut-être une heure, un peu moins si vous avez de la chance..

— Une autre explosion, dit-il au moment où son portable se remettait à vibrer. Il faut vraiment que j'y aille.

Il s'éloigna, le téléphone collé à l'oreille.

— Des connards givrés poseurs de bombes, marmonna Fox pour lui-même.

Quand donc en aurait-on fini avec cette engeance ? Son propre portable se mit à sonner. Quand il répondit et que son interlocuteur s'identifia, il comprit qu'il avait lui aussi une longue route qui l'attendait.

32

L'organisation de cette visite lui avait demandé plusieurs jours et un nombre substantiel de coups de téléphone, mais il franchissait enfin les grilles du Carstairs State Hospital. Pour la plupart des gens, Carstairs ne représentait qu'un arrêt du train de nuit reliant Édimbourg à Londres. Il est vrai qu'il n'y avait pas grand-chose à voir : la gare de chemin de fer, un village avec un magasin et, non loin, le domicile de beaucoup de détenus parmi les plus violents et les plus imprévisibles d'Écosse. Il se gara sur un espace circulaire clôturé, une grille s'ouvrit automatiquement, et il pénétra dans le bâtiment principal. Les autres visiteurs arrivés en même temps que lui semblaient vaccinés contre les procédures de sécurité. Contrôle des paumes de mains par une machine qui dirait si le visiteur en question avait manipulé récemment des drogues. En cas de réponse positive, la visite du jour était annulée. Inspection des sacs, à laquelle s'ajoutait un examen de téléphones portables choisis au hasard : un simple prélèvement à leur surface permettait d'identifier la présence de substances illicites. La file avançait lentement. Les visages étaient dociles malgré la tension qui s'y lisait. Une femme avait emmené sa fille, et la petite se raccrochait à sa mère en tirant sur sa tétine, une habitude qui aurait dû lui passer depuis un ou deux ans.

— Inspecteur ? demanda une femme qui doublait la queue.

Elle lui serra la main et se présenta : Gretchen Hughes.

— C'est hollandais, expliqua-t-elle, pour couper court à la question qu'on ne manquait jamais de lui poser.

— Merci de m'avoir rappelé, dit Fox.

— Pas de problème, répondit-elle.

Elle alla jusqu'à un guichet pour y récupérer le badge d'identité qu'elle lui destinait. Estimant que la procédure ne devait guère différer de celle des prisons, Fox profita de l'occasion pour déposer son téléphone portable.

— Donald ne reçoit pas beaucoup de visiteurs, lui disait Hughes.

— Mais il en a quand même, non ?

— Pas depuis un an.

— Et avant ça ?

Elle l'étudia un instant. Cheveux blonds, yeux bleu clair et un simple anneau en or au doigt indiquant l'existence d'un M. Hughes.

— Ce genre de renseignements exige probablement une requête officielle.

— Probablement, admit Fox pendant qu'elle le faisait passer devant tout le monde.

Il n'avait demandé qu'un entretien avec Donald MacIver.

— Donald me le dirait, vous croyez ?

— Je doute que vous puissiez vous fier à sa réponse.

— Pourquoi ? Il est mythomane ?

Elle le regarda de nouveau avec un grand sourire.

— Vous vous êtes documenté sur le sujet ?

Fox ne risquait pas de reconnaître qu'effectivement il l'avait fait.

— Non, pas mythomane, finit-elle par répondre. Mais il a ses bons et ses mauvais jours. Les médicaments l'aident à garder un certain équilibre.

— Il y a des sujets que je dois éviter ?

— Assurez-vous de bien l'appeler M. MacIver. J'ai travaillé avec lui pendant presque deux ans avant de pouvoir l'appeler par son prénom.

— Combien de détenus avez-vous ?

Elle émit un tss-tss réprobateur.

— Des *patients*, inspecteur – ne l'oubliez pas, s'il vous plaît.

— En général, les patients finissent par aller mieux et quittent l'hôpital, répondit Fox. Ça arrive fréquemment ici ?

Des portes avaient été déverrouillées pour se reverrouiller derrière eux, et Fox n'était pas sûr de savoir à quoi il s'attendait. Le bâtiment était beaucoup plus silencieux qu'une prison, alors qu'on voyait des tas de gens un peu partout, qui se déplaçaient lentement, avec circonspection. Et le personnel en tee-shirt donnait l'impression de faire moins confiance au nouvel arrivant qu'à la clientèle dont il avait la charge au quotidien.

— Où vais-je le retrouver ? demanda-t-il, brisant le silence.

— Dans sa chambre, répondit-elle. Il s'y sent bien.

— Ça me va parfaitement.

Quelques instants plus tard, arrivée à une porte laissée ouverte, Hughes frappa à l'huisserie.

— Donald ? Voici le visiteur dont je vous ai parlé…

Elle recula d'un pas pour permettre à Fox d'entrer. La chambre était petite, juste assez grande pour un lit d'une personne, quelques étagères et une table devant laquelle il trouva MacIver assis. Une ancienne carte d'Écosse était fixée au mur par des plots de pâte adhésive. MacIver lisait un journal tiré d'une pile posée au sol à côté de lui. Il en marquait des mots et des bouts de phrase à l'aide d'un gros crayon bleu et avait, à ce stade, quasiment souligné tous les paragraphes de la page qu'il avait devant les yeux. Une chaise était posée face à lui, et Fox s'y installa.

— Désirez-vous quelque chose ? demanda Hughes.

Fox secouait la tête quand il comprit que la question s'adressait à MacIver.

— Rien, marmonna ce dernier, tout entier à son ouvrage.

— Je serai dans le couloir, dit-elle avant de sortir sans refermer la porte.

Fox étudia MacIver en essayant de voir en lui un patient plus qu'un détenu. Il était grand, peut-être un mètre quatre-vingt-dix, et large d'épaules. De longs cheveux gris qui descendaient presque jusqu'aux reins et une barbe grise qui aurait fait la fierté d'un magicien. De grands yeux derrière des lunettes rondes dont les verres sales auraient mérité un nettoyage. Des ongles courts et sales. Il y avait de vagues relents de soufre dans la pièce.

— Monsieur MacIver, je m'appelle Fox.

Le texte de l'article se reflétait dans ses lunettes et un nouveau paragraphe était en instance d'être souligné, une activité que le patient-détenu accomplissait avec un soin méticuleux, laissant de côté tous les mots qu'il ne jugeait pas essentiels. Apparemment, l'article traitait du projet de construction d'un nouveau pont routier sur le Firth of Forth.

— Ils ont supprimé le péage, vous savez, dit Fox. Au Forth Road Bridge, l'une des premières choses que le SNP a faites quand il est arrivé au pouvoir…

— Vous appelez ça le pouvoir ? l'interrompit MacIver, d'une voix qui semblait sortir du fond d'un puits. Le pouvoir, c'est très exactement ce que cette décision n'était pas.

Fox attendit la suite, mais MacIver avait repris son travail.

— C'est quoi, le pouvoir, alors ? décida-t-il de demander.

— C'est une chose que l'on tient entre ses mains comme une arme, une chose que l'on peut choisir d'utiliser pour frapper l'ennemi en plein cœur. Lorsqu'on apporte la lumière aux méritants et des ténèbres glacées à tous les autres, ça, c'est le pouvoir.

Fox passait rapidement en revue les livres empilés sur une étagère. Il connaissait quelques noms, d'autres non.

— Je me souviens d'avoir lu les poèmes de MacDiarmid à l'école, dit-il.

— De son vrai nom Christopher Murray Grieve.

— Vous l'avez connu ?

— Possible que nous nous soyons croisés, à Édimbourg et Glasgow, certains pubs organisaient des lectures et des débats. Avec des prêcheurs et des communistes, des philosophes…

Sa voix mourut doucement, et il interrompit son travail, fixant sa page sans la voir. Finalement, il releva les yeux vers son visiteur.

— On s'est déjà rencontrés ? Est-ce que je vous connais ?

— Non.

— J'oublie les choses aujourd'hui.

— Je m'appelle Fox et je m'intéresse à Francis Vernal.

— Il est mort.

— Je sais.

— Un martyr de la cause.

— Vous le pensez vraiment ?

— Lorsque Francis parlait, il était capable de faire les rois comme de les défaire.

— Vous le connaissiez bien, alors ?

— C'était un être des plus rares – un penseur capable d'agir. Un homme qui ne se contentait pas simplement de parler, il mettait tout en œuvre pour que les choses s'accomplissent.

— Oui, il était plutôt du genre actif, reconnut Fox.

— C'est bien pour ça qu'il devait mourir.

— Vous pensez qu'il était devenu une cible à abattre ?

— Il a été tué par balle à bout portant. Moins de quatre semaines plus tard, ils sont venus me chercher. Ils n'avaient pas perdu leur temps dans l'intervalle, en déposant de fausses pièces à conviction dans mon sous-sol. Très impressionnante, leur façon d'entrer en combinaison antiradiations et de défoncer la porte. Moi, j'avais juste un pyjama à rayures roses.

Il articulait lentement et les quelques dents qui lui restaient étaient noircies et inégales.

— Ils ne m'ont même pas laissé m'habiller. Mais ils savaient exactement où les chercher, leurs « preuves ».

— On vous a d'abord envoyé en prison.

— Ouais, mais ça ne leur suffisait pas. Ils voyaient bien que je m'y trouvais comme un poisson dans l'eau, je parlais aux hommes, je leur ouvrais les yeux sur la tyrannie qui régnait.

— Vous vous êtes battu avec un autre détenu…

— On l'avait payé pour ce bel effort. C'est la seule explication au fait que j'ai été *le seul* de nous deux à être puni. En isolement d'abord, puis Barlinnie, puis Peterhead…

— Et de nouveau, davantage de violence ?

— Plus de harcèlement et d'intimidation, le corrigea MacIver. Plus de tout ce qui peut briser un esprit et conduire un homme à l'asile, expliqua-t-il en agitant le doigt à l'adresse de Fox. Mais je suis aussi sain d'esprit que vous, tenez-vous-le pour dit.

Fox acquiesça comme s'il partageait son avis.

— Donc qu'est-ce que Francis Vernal faisait, exactement ? Je veux dire au sein de l'organisation ?

— Francis était notre groupe d'experts à lui tout seul. Des tas de têtes brûlées avaient besoin d'une douche froide, et lui était parfait dans ce rôle.

— Il s'occupait également des finances, non ?

— Il était utile à bien des égards.

— L'argent provenait de hold-up et de vols à main armée, insista Fox. Vous l'utilisiez pour acheter des armes à feu et des explosifs.

— Un mal nécessaire.

— Est-ce que Vernal gardait une arme dans sa voiture ?

MacIver cligna des paupières à plusieurs reprises, à croire qu'il se réveillait d'un petit somme.

— Qu'est-ce que vous faites ici ? Pourquoi toutes ces questions ?

Il contempla le journal comme s'il ne l'avait jamais vu.

— C'est Burns qui l'a le mieux exprimé, vous savez : *Tous des vendus, achetés par l'or anglais*, dit-il en poignardant du doigt le croquis du nouveau pont sur le journal. C'est ce que vous avez devant les yeux.

— *Une nation aux mains d'une bande de canailles*, répondit Fox pour compléter la citation, puis il mit la main à sa poche.

Il sortit la photo du livre du professeur Martin, celle où l'on voyait Vernal en compagnie d'Alice Watts et de Hawkeye, et la posa sur le journal, à côté des deux clichés d'Alice étudiante.

— Francis, dit MacIver en passant le pouce sur le visage de Vernal. Et Alice.

Il écarquilla les yeux et saisit une des deux petites photos pour l'examiner de près.

— Aucune idée de ce qu'elle est devenue ? demanda Fox.

Le vieil homme secoua la tête en caressant sa barbe de sa main libre, littéralement hypnotisé par l'image.

— Jeunesse, énergie, beauté, tout ce dont un mouvement a besoin.

— Elle couchait avec Vernal.

— Alice avait beaucoup d'admirateurs.

— Y compris vous ? Avez-vous jamais eu de ses nouvelles par la suite ?

— Elle a fait ce qu'il fallait. Ils ont d'abord assassiné Francis pour s'en prendre à moi ensuite. Alice a disparu de la circulation.

— Et Hawkeye ? demanda Fox en se penchant pour tapoter la photo avec son doigt, Hawkeye donnant le bras à Alice.

— Toujours de par le vaste monde, j'imagine. Là où une cause mérite qu'on se batte pour elle.

— Connaissiez-vous son véritable nom ?

— Il a toujours été Hawkeye.

— Est-ce que quelqu'un du bon vieux temps a gardé le contact ?

— Pourquoi voudrait-on venir me voir ? Je n'ai rien à offrir.

— J'ai parlé à John Elliot récemment. Lui n'a pas vraiment disparu de la circulation.

— Je l'ai vu à la télévision.

— Il n'est jamais venu vous rendre visite ?

MacIver fit non de la tête.

— Cette photo est extraite d'un livre, expliqua Fox. Écrit par un universitaire, John Martin.

— Comme le chanteur ?

— Ça s'écrit différemment. Il a demandé à vous voir et vous avez refusé.

— Vraiment ?

— C'est ce qu'il dit.

— Je ne me souviens pas de lui, expliqua MacIver avec un haussement d'épaules.

— Est-ce que le nom de Gavin Willis vous rappelle quelque chose ? poursuivit Fox après un temps de réflexion.

— Gavin Willis…, fit MacIver en faisant rouler le nom sur sa langue. Gallowhill Cottage ?

— Oui.

— Bel endroit. Quelque part dans le Fife…

— Près de Burntisland. Gavin était policier, quand vous l'avez connu.

MacIver confirma.

— C'était un sympathisant ?... Plus qu'un sympathisant ?

— Jamais membre actif en tout cas.

— Il vous procurait des armes, n'est-ce pas ? Peut-être les gardait-il dans son cottage jusqu'à ce que vous en ayez besoin. Et je suppose aussi qu'il pouvait également s'en débarrasser à votre place quand les circonstances l'exigeaient. Disons, après un braquage de banque : qui allait remarquer une arme de poing supplémentaire passant à la fonderie ? Pièce à conviction détruite... Gavin a conservé la voiture de Francis Vernal toutes ces années, monsieur MacIver. Pourquoi faire une chose pareille ?

— Un homme intelligent, répondit MacIver à mi-voix. Je me suis toujours demandé...

— Demandé quoi ?

— Si on avait retrouvé l'argent.

— Le butin des vols à main armée ? Quelques milliers de livres au total, je me trompe ?

— C'est ce qu'ils ont dit. Ils ne voulaient pas que le public sache.

— Qu'il sache quoi ?

— Nous étions plutôt doués dans nos petites entreprises. Nous avons envoyé de l'anthrax aux plus hautes autorités du pays, rasé des bâtiments du gouvernement, braqué des banques et des voitures blindées..., répondit MacIver d'un air rêveur en souriant, perdu dans ses souvenirs. Nous étions quelques centaines au total et je suis le seul qu'ils aient jamais bouclé à demeure.

— Combien d'argent y avait-il dans la voiture, monsieur MacIver ?

— Trente mille, quarante mille... Plus ou moins, ajouta-t-il après réflexion.

— Il le gardait dans le coffre de sa voiture ?

— Sous la roue de secours, confirma MacIver.

Fox se rappela Tony Kaye forçant la serrure et soulevant le pneu pourri, avec rien dessous.

— Vous êtes sûr de ce chiffre ? Trente mille ou quarante mille ?

— Ça faisait beaucoup d'argent à l'époque.

Fox confirma à son tour en hochant la tête. Il se souvenait du prix d'un appartement à Édimbourg en 1985, trente-cinq mille livres, une somme. Mais valait-elle la peine qu'on tue pour elle ? Certainement. Des tas de gens étaient morts pour bien moins que ça.

— Des bombes explosent en Écosse en ce moment, apprit-il à MacIver. Vous pensez que les responsables se sentent légitimes en passant à l'acte de cette façon ?

— *Légitime* est un mot intéressant, nous pourrions passer un an à en débattre, répondit MacIver en le regardant dans les yeux. Ils ont une cause, ils ont la passion et la volonté d'engagement. Ils ont vu les systèmes s'écrouler autour d'eux et pourtant le *statu quo* perdure. La frustration se transforme en colère et la colère en sentiment d'injustice.

— C'était votre sentiment à l'époque ?

— C'était notre sentiment, tous autant que nous étions ! lança MacIver d'une voix plus forte en commençant à s'agiter.

Gretchen Hughes apparut aussitôt sur le seuil, flanquée de deux soignants.

— Tout va bien ? demanda-t-elle.

MacIver s'était levé et fixait son journal aux paragraphes soulignés. Il s'en saisit subitement et se mit à le déchirer en lambeaux. Les soignants s'avancèrent, Fox leur cédant la place.

— Trahis en échange de colifichets ? bredouillait MacIver. Vous appelez ça le pouvoir ? Pourquoi ne pas lui donner son vrai nom ?

— Il est temps de partir, dit Hughes en posant la main sur le bras de Fox.

Il ne céda pas.

— Et c'est quoi ? demanda-t-il, malgré la main qui serrait plus fort.

— Je crois que cela suffit, inspecteur.

— C'est comme une mort, répondit MacIver d'une voix tremblante. Et nous en payons le prix. Retenez mes paroles : nous sommes en train d'en payer le prix…, répéta-t-il en s'affalant sur sa chaise.

— Il est temps de partir, disait Hughes à Fox.

— Je m'en vais, lui assura-t-il en sortant à reculons.

33

Comme il ne disposait d'aucun moyen pour entrer en contact avec l'inspecteur-chef Jackson, Fox prit sa voiture et se dirigea vers Stirling. Il avait appris par les informations à la radio que l'explosion s'était produite non loin du village de Kippen, et son GPS lui conseilla de prendre la A73 et la M80. Son cœur reprenait un rythme à peu près normal à mesure qu'il se repassait le film de sa visite à Carstairs. MacIver n'avait rien perdu ou presque de son ardeur militante. Ses talents d'orateur ne pouvaient peut-être pas se comparer à ceux de Francis Vernal, mais Fox l'imaginait aisément en pleine discussion passionnée, tout feu tout flamme mais réfléchi et rationnel, devant une troupe de jeunes gens buvant ses paroles. Un homme aux griefs légitimes, animé par un sentiment d'injustice, sans pour autant apporter de réponses, mis à part l'insurrection.

Il s'arrêta à une station-service et fit le plein, restant sur le parking le temps de manger un sandwich arrosé d'une bouteille de soda Irn-Bru. Reprenant la route, il commença à voir les panneaux indiquant Kippen et se retrouva prisonnier d'un véritable convoi, derrière une camionnette au toit équipé d'une parabole. Les équipes de télévision étaient en route pour couvrir l'explosion de la bombe. La camionnette finit par mettre son clignotant et s'engagea dans un parc au pied d'un massif de collines. Des sentiers en partaient en direction des bois et un parking au sol boueux était rempli de voitures de patrouille. Il gara sa Volvo à cheval sur l'accotement, au premier emplacement disponible, et sortit. Des journalistes parlaient au téléphone ou discutaient entre eux, et des agents de police tentaient de les empêcher de s'aventurer trop loin. Des randonneurs sidérés regagnaient leurs voitures et s'apercevaient qu'elles étaient coincées par le flot de véhicules. Aucun signe de Jackson à l'horizon. Fox montra ses papiers à un agent en uniforme qui lui indiqua le sentier à droite. En d'autres circonstances, la balade aurait été plutôt plaisante, même si, à choisir, il aurait pris un autre sentier. Il glissa sur les feuilles à plusieurs reprises, se rattrapant de justesse. À mesure qu'il s'enfonçait dans la forêt, le silence devint presque inquiétant, et il s'arrêta pour prêter l'oreille en respirant profondément. Il se rappela The Hermitage of Braid, l'ermitage dans les collines de Braid, tout près de l'endroit où il avait grandi à Édimbourg. Gamin, il allait souvent avec Jude pour y jouer à cache-cache et accompagner au pas de course les brindilles emportées par le courant du petit ruisseau. Jusqu'au jour où elle avait pris conscience que les autres garçons étaient plus intéressants que son frère.

Il sortit son portable, essaya d'appeler sa sœur pour partager avec elle ce souvenir, puis hésita. Deux agents en uniforme apparurent dans le sentier devant lui et demandèrent à vérifier son identité.

— Je ne suis pas journaliste, leur assura-t-il, mais ils examinèrent néanmoins ses papiers avec soin.

Celui qui les lui rendit donnait l'impression qu'une question lui brûlait les lèvres – *Qu'est-ce que les Plaintes viennent faire là-dedans ?* –, mais Fox reprit sa marche avant qu'il ait eu le temps de la poser. La petite montée déboucha sur un plateau et il vit une clairière à sa gauche, où plusieurs personnes étaient rassemblées. Il s'avança vers le groupe sans que quiconque lui prête attention. Jackson, les bras croisés, s'entretenait avec une femme aux cheveux sombres, bras croisés elle aussi, vêtue d'un trench-coat crème et chaussée de bottes en caoutchouc vertes. Fox s'arrêta et attendit que Jackson remarque sa présence. La femme fut la première à tourner la tête, le front plissé, cherchant à situer le nouvel arrivant. À son tour, Jackson voulut voir ce qui attirait son attention. Il lui murmura quelques mots et d'un pas résolu, s'avança vers Fox.

— Nom de Dieu, qu'est-ce que vous foutez ici ? demanda-t-il à voix basse.

— Désolé, s'excusa Fox. Je vous aurais appelé si j'avais eu votre numéro.

Jackson essayait de le tirer à l'écart de la clairière, mais Fox ne bougea pas. Tous les autres semblaient s'intéresser à un petit cratère, feuillage noirci et terre meuble éparpillée. Il se demanda une seconde pourquoi les arbres scintillaient, avant de réaliser que leur écorce était cloutée d'éclats métalliques, fragments de pointes, boulons, écrous.

— Apparemment, ils sont arrivés au bon dosage, déclara-t-il.

Jackson s'interposa pour lui boucher la vue.

— Écoutez, je vais vous donner mon numéro de téléphone ; nous discuterons plus tard.

— Je n'ai qu'une seule question à vous poser, c'est tout.

Jackson donna l'impression de ne pas l'avoir entendu. Il lui tendit sa carte dont l'adresse était Scotland Yard, London.

— Rien qu'une question, répéta Fox.

— Ça ne peut pas attendre ?

Fox le fixa dans les yeux. Jackson soupira et croisa de nouveau les bras.

— L'équipe de guetteurs…, c'est le nom que vous leur avez donné, exact ? Ceux qui ont fouillé la voiture de Francis Vernal, blessé et inconscient derrière son volant.

— Que voulez-vous savoir ?

— Ont-ils quitté leur emploi peu de temps après ? Se seraient-ils mis soudainement à acheter des montres voyantes et des costumes italiens ?

— Où voulez-vous en venir ?

— Je viens d'apprendre qu'il y avait entre trente mille et quarante mille livres dans cette voiture.

— Vous pensez qu'ils les ont volées ?

Fox haussa les épaules.

— C'est une théorie, et cela signifie que je serai peut-être contraint de l'indiquer dans mon rapport.

— Écoutez, écrivez ce que vous voulez, nom de Dieu ! Je vous ai dit ce que j'avais trouvé dans les archives.

— Vous ne m'avez toujours pas donné leurs noms.

— Et je n'ai aucune intention de vous les donner.

— Sont-ils toujours en activité ?

— Je n'en ai aucune idée.

Au bord du cratère, la femme s'éclaircit la gorge. Jackson comprit le message.

— Vous devez partir maintenant, dit-il à Fox.

— Qui est-ce, elle ?

— C'est le chef de la police pour Central Scotland, la région Centre, et je suis en train de la faire attendre.

— Je ne l'avais pas reconnue sans son uniforme, dit Fox. Je vous laisse retourner à vos affaires.

Jackson n'eut pas besoin de se le faire dire deux fois. Il rejoignit à grands pas le cercle d'enquêteurs et marmonna un semblant d'excuse.

Fox prit son temps pour regagner le sentier. Une équipe de la police scientifique le dépassa, chargée de lourdes caisses de matériel. Les camionnettes télé avaient pointé leurs paraboles dans la bonne direction, et un journaliste parlait devant une caméra. Fox reconnut son visage : il travaillait sur la même émission que John Elliot. Le hasard faisait d'étranges choses : Elliot, qui avait jadis goûté au terrorisme, en était désormais réduit à faire des reportages sur des menus de restaurant.

— Nous n'avons encore rien de la part des autorités, expliquait le reporter aux téléspectateurs, mais une conférence de presse doit avoir lieu d'ici une heure...

L'ingénieur du son n'était pas content, un chien aboyait à l'arrière d'un véhicule tout proche, mais le propriétaire du chien lui fit simplement remarquer que sa voiture était justement coincée par la camionnette de la télé.

— Même dans un trou perdu, nom de Dieu, râla le caméraman, faut toujours qu'il y ait quelque chose...

Quelques voitures étaient arrivées après Fox et s'étaient garées derrière lui. Des gens du coin, apparemment, curieux de voir ce qui se passait. Il manœuvra et s'éloigna, avant de reprendre la direction de la M90. Son téléphone : il avait un appel manqué. Il appela la boîte vocale. C'était Fiona McFadzean qui lui demandait de la contacter. Mais le signal se perdait, et il décida de faire un détour par le nord et l'est, le long de l'A91 jusqu'au Fife, pour rejoindre Glenrothes. À un moment, il passa tout près de l'académie de police de Tulliallan et repensa à Evelyn Mills. Un stage court devait démarrer bientôt, Bob McEwan en avait vaguement parlé, mais personne dans le bureau n'avait paru très intéressé. Il se demanda si Mills était au courant. Trois jours et trois nuits… Retour sur la scène de crime…

— Elle est mariée, se sermonna-t-il à haute voix, avant d'allumer la radio en montant la musique à fond pour tenter de noyer ses pensées.

*

— Vous n'auriez pas dû faire tout ce chemin, lui dit McFadzean en lui ouvrant la porte.

Paul était à son ordinateur et salua Fox d'un geste. Celui-ci lui rendit son salut d'un signe de tête.

— En fait, j'étais dans les environs, mentit-il.

— J'ai entendu ce qui s'est passé à Kippen. Ça devient de plus en plus sinistre, vous ne trouvez pas ?

Fox maugréa vaguement une réponse inaudible.

— Que vouliez-vous me dire ? lui demanda-t-il.

McFadzean montra Paul qui lui fit signe de s'approcher.

— Vous vous souvenez, vous aviez posé des questions sur les revolvers ? Plus précisément, sur leur provenance.

— Effectivement, dit Fox.

Il se pencha pour mieux voir le moniteur. Une trace écrite. Paul avait partagé l'écran en deux. D'un côté, les renseignements relatifs à l'arme qui avait tué Alan Carter, de l'autre, ceux qui concernaient le revolver découvert près de la voiture de Francis Vernal.

— Il y a un lien, expliqua Paul. On a signalé les deux armes comme ayant été « perdues ou égarées » en juin 1982.

— Volées sur une base de l'armée ?

— Bonne hypothèse, mais pas tout à fait exacte. Ça me scie de penser qu'on utilisait encore des revolvers dans les années 1980, mais apparemment, certains officiers les aimaient beaucoup.

Nouveau clic de souris et Fox lut les détails.

— Les Falkland ?

— Les Falkland, confirma le jeune homme. Le conflit a démarré ce mois-là. Des tas d'équipement ont été distribués mais jamais rendus.

Une liste confirmait ses dires, mais il cliquait sur sa souris sans désemparer, si vite que Fox ne pouvait plus suivre – ce qui était le but recherché.

— Alors comment ces armes ont-elles atterri ici ? demanda-t-il.

— Des soldats les ont probablement introduites en fraude, dit McFadzean. Soit comme souvenirs, soit pour les revendre.

— Dans le cas qui nous occupe, pour les vendre, assura Paul. D'autres armes du conflit – des pistolets plutôt que des revolvers – ont fait leur apparition en Grande-Bretagne au milieu des années 1980.

Les rapports de police correspondants apparurent à l'écran.

— Londres, Manchester, Glasgow, compléta Mc Fadzean.

— Et Belfast, insista Paul avec force. Faut pas oublier Belfast…

— Nous en avons même attrapé un, dit McFadzean.

Une photo anthropométrique apparut à l'écran.

— Un dénommé William Benchley, dit Paul. Sa base de travail, c'était l'Essex. Il a quitté l'armée après la campagne, il est même venu chercher sa décoration. Mais la vente d'armes à feu est devenue son business.

— Est-ce lui qui a vendu les revolvers ?

Paul haussa les épaules en regardant sa chef.

— Aucune idée, avoua-t-elle.

— Où est-il aujourd'hui ? demanda Fox en étudiant la photo d'un homme au crâne rasé et au visage peu engageant.

— Benchley est mort à la Barbade il y a quelques années. Noyé dans sa propre piscine.

— Il est allé s'installer là-bas une fois sa peine purgée, expliqua Paul. Mais, vu son train de vie, je dirais qu'une partie de l'argent des armes l'attendait à sa sortie de prison.

— Pour ce que ça lui a rapporté, dit Fox à voix basse en lisant l'article de presse relatif au décès de Benchley.

— Dans tous les cas, déclara Paul, nous n'avons aucune raison de supposer que c'est lui qui a vendu ces revolvers-là.

— Mais quelqu'un les a pourtant vendus.

— En effet, confirma Paul. Concernant celui qui a été retrouvé sur le lieu de l'accident de Vernal, je n'ai rien de plus à vous offrir…

— Poursuivez, dit Fox en saisissant la perche.

— Ça a demandé quelques recherches…. Internet n'a pas servi à grand-chose, des tas d'archives de la police du comté de Fife n'ont pas encore été numérisées.

— En fait, Paul a passé du temps à se concentrer sur autre chose qu'un écran, dit McFadzean.

Paul lui tira la langue, en réponse à sa plaisanterie, puis tendit à Fox une série de feuillets photocopiés et agrafés.

— Le revolver trouvé auprès du corps d'Alan Carter avait été remis à la police en octobre 1984. Trouvé dans une haie à Tayport.

— Près de Dundee ? demanda Fox.

— Côté Fife du Tay Bridge. La police s'est demandé à l'époque si on ne s'en était pas servi au cours d'un vol. Un bookmaker de Dundee avait été soulagé de ses gains de la semaine par un homme masqué, portant une arme de poing. Trois jours avant la découverte du revolver.

— Donc, l'arme était passée des Falkland à Dundee ?

Paul haussa les épaules.

— Elle aurait pu parfaitement atterrir là-bas après être passée entre les mains de nombreux propriétaires.

— Est-ce que le voleur a été retrouvé ? demanda Fox.

Mais il vit sur les tirages papier que l'affaire n'avait jamais été résolue et que les bénéfices hebdomadaires d'une officine de paris se montaient à un peu moins de neuf cents livres. La somme aurait-elle été suffisamment importante pour tenter des membres du Dark Harvest Commando ? Rien de comparable avec un braquage de banque…

— Ces renseignements vous seront utiles ? demanda McFadzean à Fox, toujours plongé dans sa lecture.

— Je ne sais pas, avoua-t-il, avant de tapoter l'épaule de Paul. Mais c'est du sacré bon boulot, en tout cas.

*

De retour chez lui, il appela Tony Kaye.

— Alors, il avance, ce rapport ?

— Nous faisons en sorte de le rédiger de telle façon que le monde entier croie qu'il s'agit de l'œuvre d'une paire d'Einstein.

— Qu'est-ce que vous faites ce soir ?

— Je dîne avec ma belle. Tu veux te joindre à nous ?

— Je n'ai pas le temps, Tony.

— J'oublie toujours à quel point ton carnet de bal est bien rempli… Mais l'offre tient toujours, au cas où…

— Merci. Des nouvelles du gamin ?

— Il repart dans le Fife. Après passage chez le coiffeur et tout.

— Cheryl Forrester, toujours ?

— Il est mordu.

— Calme ses ardeurs, tu veux bien ? Mets-le en garde. Peut-être qu'elle en profite pour ramasser des tuyaux qu'elle refile ensuite à Scholes et aux autres.

— Tu la prends pour Mata-Hari ou quoi ?

— Ce ne serait pas la première fois.

Allongé sur le canapé, la télécommande à la main, il mit les infos en coupant le son.

— Tu as entendu pour Stirling ?

— Pour moi, c'est de l'imitation pure et simple. Des givrés voient ça à la télé et ils se disent : moi aussi, je pourrais le faire, au moins, ça mettrait un peu d'animation.

— Au contraire de toi, les huiles semblent prendre la chose plutôt au sérieux.

Silence sur la ligne, le temps que Kaye digère l'info.

— Qu'est-ce que tu fabriquais là-bas ?

— Je cherchais l'inspecteur-chef Jackson.
— Le type de la Special Branch ?
— Il fallait que je lui demande quelque chose.
— C'est toujours Vernal, n'est-ce pas ? Tu continues à creuser ?
— Et je crois que je déterre quelques vers au passage. À en croire Jackson, les barbouzes n'ont rien à voir dans la mort de Vernal. Mais Donald MacIver dit qu'il y avait un joli paquet d'argent liquide caché dans le coffre. Entre trente mille et quarante mille livres.
— C'est qui, bon sang, ton Donald MacIver ?
— À l'époque, il dirigeait un des groupes d'activistes.
— Et aujourd'hui, il est où ?
Fox hésita à répondre.
— Carstairs, finit-il par dire.
— T'es allé à Carstairs ?
— Bien obligé, Tony.
— Il était en camisole de force ?
— Un peu excité et à cran, mais très cohérent malgré tout.
— Et tu le crois, pour l'argent ?
— Oui.
Kaye réfléchit un moment.
— Alors, c'est Gavin Willis qui l'a empoché.
— Pour en faire quoi ? l'arrêta aussitôt Fox. En plus de ça, comment aurait-il pu savoir que le fric se trouvait là ?… Mais si, bien sûr, il y a toutes les chances que Willis ait été au courant : des armes contre du bon argent, en pleine nuit, dans un parking désert…
— Plus de questions que de réponses, au final, Malcolm, remarqua Tony. Tu veux un petit conseil ?
— Tu vas me dire de laisser tomber.

— Quelque chose dans ce goût-là. Refile le paquet à la Criminelle, pas nécessairement à celle du Fife. Il doit bien y avoir quelqu'un à Édimbourg à qui tu peux le donner.

— Juste quand je commençais à m'amuser ?

— C'est tout ce que tu as trouvé comme moyen de distraction ? soupira Kaye. Malcolm, tu n'as rien à prouver à quiconque. Ni à moi ni aux pouvoirs en place ou je ne sais qui d'autre…. Au moins, sors un soir, détends-toi, va voir un film…

— Faudrait que je rende visite à Mitch.

— Sauf qu'on ne peut pas vraiment qualifier ça de soirée-détente, t'es bien d'accord ? Doit bien y avoir Jason Statham qui s'éclate sur un écran quelque part.

— Des explosions et des bagnoles qu'on démolit ? Et c'est censé me faire du bien, à ton avis ?

— Ne reste pas là à mariner en te torturant les méninges, c'est tout ce que je veux dire.

Fox remercia Kaye et raccrocha. Il n'avait aucune envie d'aller dîner dehors, pas en tête à tête avec lui-même, encore une fois. Il regarda sur Internet et vit que le Filmhouse passait *Le Faucon maltais*. Durant cinq minutes, il se dit qu'il irait. Au lieu de quoi, il monta dans sa voiture en direction de Lauder Lodge.

Mitch somnolait dans son fauteuil, mais il était déjà en pyjama, et son haleine sentait le whisky. Fox regarda sa montre, il n'était même pas encore 20 heures. Il s'assit face à son père et resta là une heure durant, à regarder les photos dans la boîte à chaussures, en se concentrant sur son cousin Chris, Jude qui commençait à marcher, sa mère. Il jetait un coup d'œil de temps à autre à son père endormi, bouche entrouverte, sa poitrine se soulevant et retombant.

On a joué au football ensemble, toi et moi ; tu voulais que je sois goal – moins de risques d'être blessé, tu disais. Et tu es resté à mes côtés, soir après soir, pendant que j'essayais d'apprendre mes tables de multiplication. Tu riais devant les mauvaises sitcoms et tu criais contre les fautes d'arbitrage, comme si les arbitres pouvaient t'entendre derrière l'écran. Le jour de l'Armistice, tu restais au garde-à-vous en respectant la minute de silence. Tu n'as jamais été très doué pour la cuisine, mais tu préparais toujours une tasse de thé à maman avant qu'elle se couche. Elle voulait deux sucres mais tu n'en mettais qu'un, en lui disant qu'elle était assez douce et tendre comme ça.

Et regarde : il y a Jude à dos d'âne sur la plage de Blackpool. Tu marches à côté d'elle pour t'assurer qu'il ne lui arrive rien. Tu as remonté les jambes de ton pantalon, une petite concession au soleil. Tu économisais toute l'année pour les vacances d'été, un petit peu à la fois sur ton salaire, chaque semaine.

Es-tu heureux de ce que nous sommes devenus ?

Cesseras-tu jamais de te faire du souci pour nous ?

De toutes ces photos, beaucoup montraient des visages qu'il ne connaissait pas, des visages aujourd'hui disparus. Des bribes de temps prises au piège du papier, mais leur goût n'était plus là. On voyait la plage, mais on n'en sentait pas la chaleur salée. On pouvait étudier les sourires, et les yeux au-dessus de ces sourires, mais on ne voyait pas, au-delà, les espoirs et les craintes, les ambitions et les trahisons qu'ils abritaient.

Lorsqu'une infirmière ouvrit la porte, il lui fallut un moment pour réaliser qu'il y avait quelqu'un dans la chambre.

— Nous devons préparer votre père pour la nuit, dit-elle.

Fox acquiesça.

— Je vais vous aider, dit-il à voix basse.

Mais elle refusa de la tête.

— Le règlement, vous comprenez. Il faut s'en tenir aux consignes, sinon je vais me retrouver la tête sur le billot.

— Je comprends, bien sûr, répondit-il en commençant à ranger les photos.

Sur le chemin du retour, il s'arrêta à une boutique de *fish and chips* et acheta un haggis pour souper. Planté devant le comptoir, il attendit une nouvelle fournée de frites en regardant la télé. Les informations sur l'Écosse, la conférence de presse annoncée plus tôt dans la journée. Des éclairs de flash et la chef de la police, Alison Pears, coiffure soignée et en uniforme, lisant une déclaration préparée à l'avance avant de répondre à quelques questions. De toute évidence, elle devait parler d'une voix posée pleine d'autorité, mais il n'en entendait rien à cause du bain de friture qui grésillait. Changement de plan sur le parking de Kippen et le reporter qu'il y avait vu. *En direct*, disait le bandeau sur l'écran. Maintenant que la nuit était tombée, les véhicules n'étaient plus aussi nombreux, et les aboiements de chien ne risquaient pas de gâcher la bande-son. Il se mit à bruiner, des gouttelettes de pluie ponctuaient l'objectif de la caméra. L'air intéressé et sûr de son fait, le journaliste empoignait avec conviction un gros microphone-peluche, mais la fatigue se faisait sentir derrière son regard qui ne cillait pas. Apparemment, on lui posa une question dans son oreillette, et il acquiesça avant de répondre. Le responsable de la régie changea de plan, une photo du cratère creusé par la bombe apparut, un cliché un peu flou probablement pris à la va-vite grâce à un téléphone portable par un témoin, avant que la zone soit interdite d'accès. Suivit une deuxième photo, montrant cette fois en gros plan un arbre avec des éclats de métal fichés dans l'écorce.

— Quel bordel, dit le propriétaire de la boutique.

On aurait dit un Polonais, mais ça aurait aussi bien pu être un Bosniaque ou un Roumain – à peu près de n'importe où, en fait, Fox n'était pas vraiment expert. En d'autres circonstances, il lui aurait posé la question, par simple curiosité.

Mais pas ce soir.

Une fois rentré, il mangea sur le canapé et revit la conférence de presse. De retour au studio, le présentateur avait des nouvelles fraîches.

— La police vient de confirmer il y a quelques instants que l'enquête s'est engagée sur une piste sérieuse. Nous vous tiendrons au courant dès que nous en saurons davantage. Et maintenant, les dernières informations sportives avec Angela…

Fox avait dû s'endormir, car il se réveilla allongé sur le canapé, les chaussures encore aux pieds, son assiette à moitié pleine posée sur sa poitrine. La nourriture était froide et peu appétissante, l'odeur de sauce si forte sur ses doigts qu'il alla à la cuisine vider les restes dans la poubelle, avant de se laver les mains. Il regagna le canapé avec un mug de thé, et se retrouva une nouvelle fois face à la chef de la police, Pears. On l'interviewait en direct, certainement depuis Stirling, sur les marches du QG de la police de Central Scotland, où le vent soufflait si fort qu'elle passait son temps à chasser les mèches de cheveux balayant son visage à chaque rafale. Cette fois, elle ne lisait plus de déclaration officielle, mais sa voix restait toujours aussi posée et professionnelle. Fox clignait des paupières pour en chasser les restes de sommeil quand il la vit s'interrompre pour écouter la question d'un journaliste. Il remarqua qu'elle relevait légèrement le menton, une attitude qu'il reconnut immédiatement, sans trop savoir pour autant où il l'avait déjà vue. Peut-être chez Jude, qui avait ce même tic quand elle se concentrait. Mais non, ce n'était pas Jude.

C'était une photo.

Il emporta son ordinateur portable jusqu'au canapé et tapa le nom de Pears sur son moteur de recherche.

L'Écosse comptait deux femmes chefs de la police, dont Alison Pears. Elle était mariée à un financier, Stephen Pears, un nom qu'il connaissait bien pour l'avoir souvent vu citer dans les journaux, chaque fois que Pears ajoutait un rachat spectaculaire à ses actifs et aussi, semblait-il, parce que c'était à lui que le secteur financier écossais devait de garder la tête hors de l'eau. Il trouva des photos du couple – et dut reconnaître que la chef de la police était plutôt canon et sexy, dans sa petite robe noire qu'elle remplissait divinement. À la télé cependant, elle bataillait contre les éléments dans le même uniforme que l'après-midi, sous les rafales de pluie chassées presque à l'horizontale. Le texte qui défilait en bas de l'écran disait : *Trois arrestations après une alerte à la bombe*.

— Quelle efficacité, dit-il en portant un toast à la dame.

Puis il se mit au travail et reconstitua l'essentiel de son curriculum vitae, sans parvenir néanmoins à trouver d'anciennes photos d'elle. N'empêche, il était pratiquement sûr de ne pas se tromper.

Presque sûr à cent pour cent.

En 1985, elle était sortie toute jeune diplômée de l'académie de police de Tulliallan mais ne portait pas le nom de Pears à l'époque ; elle n'avait pas encore rencontré son futur mari.

Alison Watson, née à Fraserburgh en 1962. Il n'y avait pas loin, en fait, pour passer d'Alison Watson à Alice Watts. Il chercha la photo du livre du professeur Martin ainsi que les deux photos d'identité et y reconnut ce menton qui se haussait du col. C'était également visible sur les clichés en ligne – lors d'une première de film, une soirée de récompenses quelconque, une remise de diplômes, main dans la main avec son époux. Stephen Pears rayonnait. Son hâle lui venait-il d'un séjour au ski ou d'une cabine à bronzer ? Chevelure impeccable parfaitement taillée, dentition étincelante, une montre bien peu discrète à un poignet. Costaud, presque replet, le visage empâté par la réussite. Douze ans depuis leur première rencontre, et mariés depuis dix.

— Vous faites bien la paire, M. et Mme Pears, murmura Fox pour lui-même.

Mais les relations de la dame montaient encore plus haut, jusqu'à la tête de l'État, puisque son frère Andrew était député au Parlement écossais. Et faisait partie du gouvernement du SNP : Andrew Watson, ministre de la Justice.

Ministre de la Justice.

Fox laissa son ordi de côté et s'appuya au dossier du canapé, la tête renversée en arrière, en contemplant le plafond.

Nom de Dieu, et je fais quoi, moi, maintenant, avec tout ça ? se demanda-t-il.

Et ça signifiait quoi exactement ?

ONZE

34

— Sacré nom d'un chien, Foxy, t'as réussi à fermer l'œil au moins, la nuit dernière ?

— Pas vraiment, reconnut Fox, en regardant Kaye tirer une chaise pour s'asseoir en face de lui.

À un peu plus de 9 heures du matin, la cafétéria du QG de la police tournait à plein régime, entre petits pains et cappuccinos mousseux. Fox avait une tasse de thé à moitié vide devant lui, à côté d'une pomme qu'il n'avait pas encore entamée. Kaye arriva avec son plateau garni d'un mug de café et d'une gaufrette Tunnock au caramel.

— Il était bon, le dîner hier soir ? lui demanda Fox.

— Il a coûté assez cher, grommela Kaye. T'es sorti comme je te l'avais demandé ?

Fox hocha lentement la tête. Oui, il était sorti.

— Je ne sais pas quel film t'as vu, mais il devait être déprimant, dit Kaye.

Il avala bruyamment une gorgée de café qui laissa une trace blanche sur sa lèvre supérieure et s'attaqua à l'emballage de son biscuit.

Fox commença au commencement – plus ou moins. D'abord, sa toute première rencontre avec Alison Pears en chair et en os, puis sur un écran de télé. Il avait fait le lien et exposa à Tony ses découvertes et ses théories.

— Elle a sa photo en première page aujourd'hui dans *Metro*, dit Kaye en extirpant des morceaux de caramel d'entre ses dents. Trois Écossais bon teint ont été placés en détention comme suspects de terrorisme.

— Son frère est également passé à la télé ce matin, ajouta Fox.

Il avait suivi le reportage depuis le canapé où il avait fini par s'endormir après avoir fait ses recherches sur Internet. Andrew Watson : quatre ans plus jeune que sa sœur, cheveux roux coupés court, visage replet avec des cicatrices d'acné. *Pâle comme une endive*, aurait dit Mitch.

— S'il est ministre de la Justice, répondit Kaye, il le doit uniquement au fait que tous ceux qui étaient devant lui ont merdé ou sont tombés en disgrâce auprès du Grand Manitou.

Un terme choisi que Fox connaissait bien, par lequel Tony Kaye désignait le Premier ministre.

— C'est quand même bien pratique de l'avoir dans son camp quand on est chef de la police…

— Et tu as réellement l'intention de l'accuser d'être une terroriste ? demanda Tony avec un sourire pitoyable.

— Non.

— Quoi alors ?

— Une espionne.

— Une espionne ? répéta Kaye, incrédule, les yeux comme des soucoupes.

— Qui a infiltré le Dark Harvest Commando et Dieu sait qui d'autre.

— Et en a profité pour baiser Francis Vernal au passage ?

Kaye prit une profonde inspiration.

— Si jamais on apprend ça…

— Sa réputation risque d'en prendre un sacré coup, confirma Fox.

— Donc tu as l'intention de lui en toucher un mot d'abord ? En toute discrétion ?

— Je suppose.

— Je ne voudrais pas être à ta place. Elle est désormais l'image vivante de la parité dans la police, elle a franchi le fameux plafond de verre, présumé infranchissable, qui bloque aux femmes l'accès aux plus hauts postes de la hiérarchie. Et personne ne voudrait voir un tel exemple remis en question.

— Non, effectivement, admit Fox.

— Nom d'un chien, regarde un peu qui arrive ! sourit Kaye.

L'air complètement défait, le pas pesant, les yeux chassieux et pas rasé, Joe Naysmith rejoignit leur table avec, à la main, une boisson énergétique enrichie en caféine.

— Ouais, ouais, ça va, dit-il en s'asseyant à côté de Tony.

— Cette femme va t'enterrer, jeune Joseph, répondit Kaye. Tu ne fais pas le poids. Peut-être que je devrais la prendre en main personnellement.

Naysmith avala sa boisson à grandes goulées, les yeux fermés. Quand il les rouvrit, son regard passa de Kaye à Fox puis retour.

— Y a des choses que je sais pas ? demanda-t-il.

Fox, d'un signe presque imperceptible de la tête, signifia à Kaye de ne rien dire.

— Juste une conversation entre hommes, expliqua Kaye. Inutile de te faire des cheveux pour si peu.

— Comment va l'agent Forrester ? demanda Fox.

— Très bien, répondit Joe.

— Du neuf sur Paul Carter ?

Naysmith réfléchit une seconde avant d'acquiescer.

— Oui, un nouveau témoin, répondit-il. Il a vu un piéton le long de la grand-rue, peu de temps après minuit. Un homme avec des chaussures qui couinaient.

— Ce n'était pas Carter ? demanda Fox, l'air pensif.

— Le mec en question était chauve. Enfin, le crâne rasé, en tout cas. Mais il avait pris un bain, assurément, aux dires du témoin. Le visage soucieux. Et peut-être aussi un tatouage sur le cou.

Naysmith s'interrompit, les yeux fixés sur Kaye.

— Le côté du cou.

— Qui est-ce ? demanda Fox.

— On dirait quelqu'un que je connais, admit Kaye en se passant la main sur le visage.

— Alors, c'est qui ?

— Tosh Garioch, répondit Kaye. Le mec de Billie.

Naysmith confirma, avec force hochements de tête.

— Possible bien sûr que ce ne soit pas lui..., mais il répond au signalement que tu m'as donné après que tu l'as interrogé.

— Garioch, le portier ? Celui qui travaillait pour la société d'Alan Carter ? demanda Fox.

— C'est bien lui, confirma Kaye. Un gros chardon tatoué lui remonte le long du cou. Le crâne rasé.

Il se tourna vers Naysmith.

— Tu en as parlé à Forrester ?

Non de la tête pour Naysmith. Et échange de regards entre Fox et Kaye.

— Ah, choisir, choisir, c'est tellement difficile, conclut Kaye. Mais je préfère nos choix aux tiens, Foxy…

*

Stirling.

Le QG des forces de police de Central Scotland était protégé par des agents armés – avec des contrôles de sécurité –, lesquels tenaient les médias à bonne distance et gardaient l'œil ouvert sur d'éventuels manifestants et sympathisants des terroristes.

À l'intérieur du bâtiment principal, le niveau d'alerte était passé à CRITIQUE. Depuis son entrée dans les forces de l'ordre, Fox n'avait encore jamais vu ça. Au-delà de CRITIQUE, il n'y avait plus rien.

Il passa une demi-heure à ronger son frein, assis devant la réception. Autour de lui régnait une grande excitation, ce qui, pensa-t-il, n'était pas le cas en temps normal. Quelque part, non loin, on interrogeait les trois suspects. Au-dehors, les camionnettes de la télévision avaient installé leur campement sur la grand-route, et les journalistes de la presse écrite s'agglutinaient dans les véhicules les uns des autres. Des ravitailleurs partis en éclaireurs revenaient chargés de tourtes et de pâtés en croûte, de boissons chaudes et de chips. À son entrée dans le bâtiment, Fox avait repéré l'envoyé spécial déjà entrevu la veille : l'air à la fois épuisé et très excité, il se frottait les mains pour les réchauffer, une oreillette pour l'instant inutile posée sur l'épaule. Postés à l'entrée du parc de stationnement, deux agents en uniforme engoncés dans leur tenue antiémeute, casque à visière sur la tête et buste sanglé d'un gilet pare-balles, étaient pris pour cibles par les objectifs des caméramans qui n'avaient rien de mieux à faire pour passer le temps.

La requête que Fox avait soumise à la femme de la réception avait été claire et succincte.

— J'ai besoin de parler à la chef de la police. Je m'appelle Fox. Unité des Normes professionnelles, police de Lothian and Borders.

La femme avait étudié ses justificatifs d'identité.

— Vous savez qu'elle est très occupée ? lui avait-elle demandé d'un ton plein d'ironie.

— N'est-ce pas le cas de tout le monde ? avait-il rétorqué aussi sec, pour s'apercevoir aussitôt, en voyant son visage, qu'il ne venait pas de se faire une amie.

— Prenez un siège, inspecteur.

— Je vous remercie.

Cinq minutes plus tard, il s'avançait de nouveau vers la réception pour s'entendre dire qu'elle n'avait pas encore réussi à joindre « la chef ».

Dix minutes plus tard, même scénario.

Il s'occupait avec son téléphone, à vérifier les infos et ses mails, effacer ses anciens messages, regarder le remue-ménage autour de lui.

Vingt minutes : la réceptionniste fit non de la tête.

Même chose à la demie pile.

Puis les journalistes avaient débarqué, les équipes de caméramans sur leurs talons. Il avait fallu leur fournir des badges visiteurs et leur indiquer la salle où devait se dérouler la conférence de presse. Fox décida de se joindre à la queue et eut droit au regard interrogateur de la réceptionniste.

— Ça fera passer le temps, expliqua-t-il.

Lui aussi remplit sa fiche d'identité avant de recevoir son laissez-passer et une pochette en plastique munie d'un clip qu'il fixa à sa veste avant de suivre la meute.

Apparemment réquisitionnées, pour certaines à la cantine, pour d'autres dans les bureaux, des chaises disposées en rangs serrés occupaient tout l'espace de la vaste salle de conférence désormais bourrée à craquer. Il se rendit vite compte qu'il existait une sorte d'arrangement tacite, selon lequel les places du premier rang étaient réservées aux journalistes les plus âgés. Son reporter télé personnel était également présent, près de l'allée centrale. Les gens s'affairaient sur leurs téléphones, pianotant des détails significatifs à leur rédaction ou à leur studio. Au regard que lui jeta la jeune femme en civil occupée à distribuer des communiqués de presse, il comprit qu'elle ne le reconnaissait pas, au contraire de la plupart des journalistes présents.

Trois arrestations, pas encore d'inculpation.

Si besoin, la garde à vue serait prolongée, comme l'autorisait la loi sur la prévention du terrorisme.

Du matériel découvert sur les lieux était en cours d'examen.

Fox lisait toujours quand la chef de la police le frôla au passage en s'avançant dans l'allée centrale pour gagner une table hérissée de microphones. Les caméras se mirent en action, et les téléphones passèrent en mode enregistreur. Alison Pears était flanquée de son adjoint et d'un inspecteur-chef officiellement responsable de l'enquête, une responsabilité de pure forme. Elle s'éclaircit la gorge et commença à lire une déclaration. Son parfum était perceptible, flottant dans l'air là où elle l'avait frôlé, et quand il le sentit, il pensa à

Tony Kaye : son collègue aurait su le reconnaître, lui. Quand une main toucha son avant-bras, il se retourna et vit l'inspecteur-chef Jackson dans l'encadrement de la porte, les sourcils froncés, le front barré de plis : visiblement, une question lui brûlait les lèvres. Il ne la posa pas, mais elle était limpide :

Qu'est-ce que vous venez foutre ici ?

Fox lui adressa un clin d'œil et revint sur Pears pour écouter avec soin ses conclusions. Il y eut des questions dans la salle, et, là encore, il remarqua une hiérarchie à l'œuvre : si une main se levait au premier rang, c'est à son propriétaire qu'elle choisissait de répondre. On l'avait parfaitement briefée : elle connaissait la teneur de la question et avait ses réponses toutes prêtes.

Les suspects étaient-ils de la région ?

Quelle nationalité ?

Pouvait-on établir un lien entre les suspects et les explosions près de Lockerbie et de Peebles ?

Alison Pears en révéla bien peu mais elle le fit avec élégance et sans réticence, toujours ouverte et amicale. À une ou deux reprises, elle renvoya la balle à l'inspecteur-chef, plus bourru et moins rompu qu'elle à ce genre d'exercice, mais il n'en savait pas moins ce qu'il devait répondre et ne pas répondre. Jackson tirait Fox par la manche en lui montrant le couloir, mais celui-ci lui signifia de la tête qu'il ne bougeait pas. Lorsque la conférence de presse arriva à son terme, Pears ouvrit la marche à sa petite délégation vers la porte, détournant la rafale de questions qui l'assaillit d'un petit geste de la main avec un sourire affable.

Elle ne regardait pas Fox en arrivant à sa hauteur, mais il lui bloqua le passage.

— Vous feriez une déclaration à propos de Francis Vernal ? lui demanda-t-il.

Le visage glacé, elle le fusilla sur place.

— Qui ?

— Belle tentative, Alice, répondit-il.

D'une main sur sa poitrine, l'inspecteur-chef le repoussa pour dégager le passage, et il dut reculer d'un pas avant de s'excuser auprès du petit reporter morveux dont il venait d'écraser le pied. Pears sortit de la salle et il la vit disparaître, raide comme la justice, dans le couloir. Jackson l'avait rattrapée, mais elle s'adressait à son inspecteur-chef, lequel revint alors sur ses pas et remit une carte à Fox.

— Inscrivez votre numéro de portable là-dessus, maugréa-t-il.

— Il y a déjà un moment que j'attends.

— Elle vous contactera.

Le numéro noté, l'homme lui arracha la carte des mains et fit demi-tour. Aussitôt, ce fut Jackson qui prit le relais.

— Qu'est-ce que vous essayez de faire ? marmonna-t-il, la bouche collée à l'oreille de Fox pour que personne n'entende.

— Vous avez votre enquête, moi j'ai la mienne.

— Vous êtes les Plaintes, et pas une sorte de Simon Schama[1].

— L'histoire ressemble étrangement à un éternel recommencement, vous ne trouvez pas ?

---

1. Historien anglais, et aussi historien d'art, professeur à l'université Columbia, critique d'art pour le *New Yorker*, célèbre – entre autres – pour sa série télévisée diffusée par la BBC, *A History of Britain*.

Jackson n'apprécia pas. Les journalistes occupés à comparer leurs notes ou se préparant pour leur passage devant la caméra ne cessaient de jeter des regards en coin aux deux hommes, car ils en avaient reconnu au moins un pour l'avoir déjà vu sur le site de l'explosion de Kippen.

— Laissez tomber, insista Jackson d'un ton chargé de sous-entendus féroces.

— J'ai besoin de m'entretenir un moment avec elle.

— Pour quelle raison ?

Fox secoua la tête.

— Peut-être après, proposa-t-il.

— Vous êtes un salopard, Fox. Vraiment et sincèrement.

— Venant de vous, je prends ça pour un compliment.

— Faites-moi confiance, ce n'était pas mon intention, vous pouvez me croire sur parole.

Jackson tourna les talons et regagna le couloir. La jeune femme qui avait distribué les communiqués de presse raccompagnait les gens hors de la salle, et une assistante était venue lui prêter main-forte pour s'assurer que personne n'irait s'égarer dans le bâtiment.

— Linda dit qu'elle ne vous a encore jamais vu, l'informa-t-elle.

— Affectation temporaire, lui répondit-il.

— Moi aussi, d'habitude je m'occupe des communiqués au public. Ça me change un peu, conclut-elle en regardant alentour.

Fox acquiesça en silence et suivit la troupe vers la réception.

*

Alison Pears avait désormais son numéro de téléphone, et il ne lui restait plus qu'une chose à faire, attendre. Il reprit sa voiture et s'engagea dans Stirling où des panneaux de signalisation le dirigèrent vers le monument Wallace. Il voyait la tour de style gothique dressée en solitaire au sommet d'une colline et essaya de se rappeler ce qu'il savait du personnage. Comme tous les Écossais, il avait vu *Braveheart*, complètement enthousiasmé par le film, et la bataille remportée par Wallace contre les envahisseurs anglais portait le nom de Stirling Bridge. Sans autre projet en vue, il continua à suivre les panneaux et finit par arriver à un parc de stationnement. Moteur au ralenti, deux autocars attendaient le retour de leurs passagers partis en visite guidée. Fox sortit de sa voiture et entra au Legends Café. À mesure lui revenaient en mémoire des éléments supplémentaires concernant Wallace, surtout les détails révoltants de sa mort atroce. Dans le bureau de renseignements, il apprit par l'employée qu'il lui en coûterait 7,75 livres pour visiter le monument.

— Sept livres soixante-quinze ? demanda-t-il pour avoir confirmation.

— Vous avez droit à une présentation audiovisuelle, et il y a aussi l'épée de Wallace.

— Rien d'autre ?

— Eh bien, vous pouvez grimper au sommet de la colline.

— Le versant me paraît plutôt abrupt.

— Il y a un bus gratuit qui vous y emmène.

— Gratuit, à condition que je paie sept livres soixante-quinze ?

Il fit mine de réfléchir.

— La statue est toujours là-bas ? Celle qui ressemble à Mel Gibson ?

— Elle a été déplacée à Brechin, répondit-elle d'une voix un peu moins chaleureuse.

Fox sourit pour l'informer qu'il n'allait pas devenir client, économisant de fait cinq livres en choisissant d'aller prendre un thé à la menthe au Legends, où la vue était belle sur le versant de la colline et le mémorial à son sommet. Wallace était considéré comme un patriote mais pouvait-on vraiment dire la même chose de Francis Vernal ? Avait-il été *légitime* – ce terme dont MacIver aurait voulu débattre – dans ses prises de position et ses actions ? Et que penseraient les deux hommes de l'Écosse d'aujourd'hui ? Était-ce le même pays que celui pour lequel ils s'étaient battus au point de mourir pour lui ? Dans la boutique jouxtant la réception, des visiteurs discutaient de l'achat de serviettes de plage coupées pour ressembler à des kilts. Ces gens devaient avoir de son pays une vision romanesque pleine de vallons et de châteaux, de malts de la Speyside et de quadrilles à huit. Sauf qu'en y regardant de plus près, des Écosse, il en existait d'autres, et le nombre d'habitants choisissant de regarder l'avenir était désormais au moins égal à celui des nostalgiques d'un passé révolu, tournés avec complaisance vers une nation qui n'était plus. Autour de lui les tables se remplissaient et il ne prit même pas la peine de se resservir en thé. Il retournait vers sa voiture quand son téléphone sonna. Mais ce n'était pas Alison Pears.

— Monsieur Fox. C'est l'infirmière de Lauder Lodge. Je crains que votre père n'ait eu un malaise.

Il retourna vers Édimbourg dans un brouillard, et c'est seulement à son arrivée au Royal Infirmary qu'il se rendit compte que sa radio était restée allumée depuis son départ. Sans qu'il en entende rien. Mitch ayant été retrouvé gisant sur le sol de sa chambre, on lui avait recommandé de se rendre d'abord aux urgences.

— C'est peut-être simplement une chute, lui avait expliqué l'infirmière, sans en croire un mot elle-même, à entendre le ton de sa voix.

— Il était conscient ?

— Pas vraiment…

Il se gara sur une double ligne jaune dans la zone de dépose des ambulances et entra. La réceptionniste étant occupée, il dut patienter et ne vit dans la salle d'attente que deux ou trois personnes assises qui regardaient la télévision installée dans un coin de la pièce. La réceptionniste ne semblant guère pressée, il passa devant son comptoir et poursuivit son chemin vers les admissions. Personne ne l'arrêta ni ne lui demanda où il allait. Des patients étaient étendus sur des brancards à roulettes, certains dans des box fermés de rideaux. Fox fit le tour de la salle et trouva une employée occupée à son ordinateur. Il lui demanda où il pourrait trouver Mitch Fox.

— On l'a amené il y a une heure, expliqua-t-il, il vient de la maison médicalisée de Lauder Lodge.

— Possible que son arrivée ne soit pas encore enregistrée…

Elle alla jusqu'à un tableau noir sur le mur et l'étudia avant de poser la question à une de ses collègues qui acquiesça et s'approcha de lui.

— Êtes-vous un parent ?

— Je suis son fils.

— M. Fox est parti passer une radio. Après quoi, il sera affecté directement au quartier de jour.

— Il va bien ?

— Nous en saurons un peu plus d'une minute à l'autre. Il y a une salle d'attente juste…

— Est-ce que je peux le voir ?

— La réceptionniste vous le dira.

Elle le redirigea vers le comptoir à l'entrée. À son arrivée, comme il n'y avait plus de queue, il donna son nom et s'entendit répondre d'aller s'asseoir. Il s'affala du mieux qu'il put sur la chaise en plastique au dossier rigide et fixa le plafond. Plus personne ne regardait la télé, tout le monde était occupé à fixer l'écran de son téléphone portable. Une femme au bras bandé allait et venait sans but : lorsqu'elle arrivait trop près des portes, celles-ci s'ouvraient automatiquement en laissant entrer une bourrasque d'air froid venue du dehors, et elle semblait prendre un malin plaisir à répéter l'opération. Non loin, il vit un placard que des membres du personnel ne cessaient de déverrouiller et de refermer à clé, sans qu'il puisse voir exactement ce qu'ils faisaient. Les deux cagibis des toilettes fonctionnaient à plein temps, de même que les distributeurs automatiques. Un jeune homme tentait obstinément de convaincre la fente d'accepter sa pièce de dix pence, mais chaque fois que la machine la recrachait, il réessayait, l'ayant examinée sans y avoir trouvé de défauts apparents. Fox finit par s'avancer pour la remplacer par une des siennes. Elle fonctionna, mais le jeune homme n'en parut guère plus heureux.

— Je vous en prie, lui dit Fox en regagnant son siège.

Un membre du personnel semblait avoir pour fonction de vider les poubelles et d'enlever les journaux abandonnés qui traînaient. Le sac n'était même pas à moitié plein quand il le remplaça. Dix minutes plus tard, il était de retour et après avoir vérifié le niveau de remplissage du nouveau sac, il transporta la poubelle de l'autre côté de la salle, et Fox cessa de s'interroger sur les raisons de son geste. À la télévision, un homme expliquait à un autre le peu de valeur d'un petit objet décoratif qui, après passage aux enchères, ne trouva pas preneur. Un souvenir de famille, peut-être ? Fox se posa la question. Lorsqu'il en avait fait l'acquisition, le premier acheteur avait-il songé une seule seconde que cette chose ferait un jour partie intégrante d'un programme télévisé de la journée et décevrait douloureusement son propriétaire du moment ?

Dans la salle d'attente, la fumeuse de service revint de sa énième pause cigarette, sa toux catarrheuse annonçant son retour comme un héraut d'armes. Puis les portes vibrèrent une nouvelle fois avant de s'ouvrir au passage de la femme au bras bandé. Fox pivota sur son siège et se tourna face à elle.

— Vous voulez bien arrêter votre fichu manège ? lui cria-t-il.

Elle eut l'air surpris. De même que la réceptionniste, qui observa l'incident d'un œil réprobateur en fronçant les sourcils. Fox leva la main en signe de capitulation et se replongea dans la contemplation du plafond. Il n'y avait pas que son père, comprit-il, il y avait aussi tout le reste. Toutes ces questions qui semblaient tourbillonner sans cesse autour de lui ; tous ces individus dont les existences venaient soudain de s'associer à la sienne ; les heures de sommeil qui lui manquaient ; le sentiment d'une impuissance aussi méprisable qu'absolue…

Son téléphone l'interrompit. Un SMS, venant d'un numéro qui lui était inconnu : il ouvrit le message, à savoir une adresse, un code postal – FK9 – et une heure – 19 h 15. Il copia le code postal dans son GPS et vit que la zone rétro-éclairée sur le plan correspondait à l'université de Stirling. Une invitation au domicile de M. et Mme Pears, qui vivaient apparemment tout à côté de la fac. Il ne prit la peine de répondre et se contenta d'ajouter le numéro de téléphone à son carnet d'adresses, pour mémoire.

Et pour s'occuper.

Après quasiment une heure d'attente, il demanda à la réceptionniste si les choses avançaient et apprit que son père se trouvait désormais au service des diagnostics combinés.

— Par là-bas, lui dit-elle en montrant une autre double porte.

Il la remercia d'un hochement de tête et suivit la signalisation sur les murs pour arriver finalement à un bureau d'infirmières. Son père ne devait être là que depuis quelques minutes, car des soignantes s'affairaient encore autour de lui. Une machine enregistrait son rythme cardiaque en émettant des bips réguliers qui résonnaient en rythme en s'associant aux sons des autres moniteurs.

— Comment va-t-il ? demanda Fox.

— Le médecin doit arriver.

— Mais il va bien ?

— Vous pourrez interroger le médecin.

On lui offrit une chaise. Son père avait les yeux fermés, le bas du visage couvert d'un masque à oxygène translucide. Lorsqu'il voulut lui serrer la main, il constata qu'un de ses doigts était connecté au moniteur de contrôle et lui toucha juste le poignet. Sa peau était chaude. Il scruta son visage, en quête du moindre signe de réveil, et vit un hématome et une bosse sur son front – probablement les séquelles de sa chute.

— Papa, lui dit-il, juste assez fort pour qu'il l'entende. C'est Malcolm.

Pas de réaction. Il chercha son pouls du bout de doigts et vit le lent et régulier tatouage rythmé que les battements de son cœur dessinaient sur l'écran.

— Papa, répéta-t-il.

Le personnel discutait au poste des infirmières, et il se demanda où étaient les vêtements de son père, simplement vêtu d'une blouse d'hôpital à manches courtes. Un des soignants avait quitté le groupe pour passer un coup de téléphone.

— Nous ne pouvons plus prendre d'admissions, expliqua-t-il. Tous les lits sont pris.

Les choses auraient donc pu être pires, Mitch aurait pu attendre sur un brancard dans un couloir. Fox se demanda s'il existait une hiérarchisation des patients, ou si cela signifiait que la situation était grave.

C'est peut-être juste une chute...

— Je n'y crois pas, dit une voix dans son dos.

Il tourna la tête et voyant Jude plantée devant lui, les bras ballants, se leva.

— Ils disent qu'il est tombé, expliqua-t-il.

— Je ne parlais pas de papa, répondit-elle. Mais de toi.

Il fallut à Fox un moment pour comprendre le crime qu'il avait commis.

— Jude, je suis désolé…

— Je débarque à Lauder Lodge comme d'habitude. Et qu'est-ce que je m'entends dire ? « Oh, votre frère ne vous a pas prévenue ? Votre père a été emmené d'urgence à l'hôpital… » Merci mille fois, Malcolm. Merci beaucoup, je t'assure, ça fait plaisir.

Un membre du personnel s'approchait en leur signifiant par gestes de baisser le ton.

— J'ai complètement oublié, Jude. J'étais en plein…

— As-tu songé un seul instant à ce que moi, j'ai pu éprouver ? Tout ce trajet en taxi, sans savoir ce que j'allais trouver, dit-elle en se tournant vers Mitch.

— Assieds-toi, lui dit Fox en lui offrant sa chaise. Je vais te chercher un peu d'eau.

— Je n'en veux pas, de ta flotte !

— Écoutez, dit l'infirmier, je sais que c'est difficile, mais parlez moins fort, vous n'êtes pas tout seuls.

— Qu'est-ce qui lui est arrivé ? demanda-t-elle sans quitter son père des yeux.

— C'est peut-être une attaque, répondit l'infirmier. Mais ce n'est pas encore une certitude.

— Une attaque ?

Jude se laissa tomber sur la chaise, ses mains agrippant les bords de l'assise.

— On lui a déjà fait une radio, expliqua Fox.

— Un médecin sera là dans une minute, ajouta l'infirmier.

Fox le remercia d'un signe de tête, tout allait bien se passer, sembla-t-il lui dire. Mais quand il voulut serrer l'épaule de sa sœur, celle-ci eut un mouvement de recul.

— Ne me touche pas, lui lança-t-elle.

Il resta donc debout, sans trop savoir que faire, la regardant se pencher en avant jusqu'à appuyer son front contre le bord du lit pour se mettre à sangloter, le corps parcouru de spasmes. Il se tourna vers le personnel soignant, mais ils connaissaient tous ça, ne l'ayant que trop vu. Finalement, l'infirmier revint pour leur offrir quelques conseils.

— Il y a un café dans l'entrée principale. Vous y seriez mieux, je pense. Donnez-nous votre numéro de téléphone, nous vous appellerons dès que le docteur sera là.

Mais Jude fit non de la tête, elle restait, et donc Fox resta avec elle, lui aussi. On lui trouva une autre chaise et il s'assit au côté de Jude qui serrait la main de leur père en veillant à ne pas déplacer le capteur du doigt.

— Ils l'ont retrouvé par terre dans sa chambre, expliqua-t-il d'une voix douce. Il s'est cogné la tête en tombant.

Il s'interrompit, n'ayant plus rien à ajouter, hormis peut-être de nouvelles excuses. Jude refusait de croiser son regard et, quand elle se redressa, elle se concentra sur le moniteur.

Fox fut complètement pris au dépourvu par l'arrivée du médecin, un petit jeune, tout juste sorti de l'adolescence. Pas de blouse blanche ni de stéthoscope, simplement chemise et cravate, manches remontées.

— Rien de cassé, pas de fractures, récita-t-il en consultant les notes qu'on lui avait remises. On pourrait peut-être le passer au scanner. Nous le garderons un jour ou deux…

— Quelqu'un a parlé d'une attaque, dit Fox.

— Mmm, c'est une éventualité à envisager.

Il s'attendait à voir le médecin soulever les paupières et examiner les yeux à la lueur de sa lampe, ou prendre la tension, le pouls…, enfin, des gestes, un contact, quelque chose. Mais l'interne se contenta de jeter un coup d'œil au patient, ses notes suffisaient, elles lui disaient tout ce qu'il avait besoin de savoir.

— Nous aurons déjà une meilleure idée de son état quand il reprendra connaissance.

— Devons-nous essayer de le réveiller ?

— Non, il est préférable de le laisser, répondit le jeunot, la lecture de ses notes terminée. Scanner aujourd'hui ou peut-être demain. Après quoi, j'espère que nous aurons plus de certitudes.

Et sur ces mots, il les abandonna pour aller voir un patient à l'autre bout de la pièce.

Jude garda le silence, Fox aussi. Il s'était rarement senti aussi inutile. Quand une infirmière leur demanda s'ils désiraient une tasse de thé, il acquiesça en silence, si éperdu de reconnaissance, tout à coup, qu'il s'en trouva pathétique. Jude voulait de l'eau et on leur apporta leurs boissons. Fox s'excusa de nouveau et Jude accepta cette fois de se tourner vers lui.

— Vous ne pensez jamais à moi, ni l'un ni l'autre, dit-elle.

— Ce n'est pas le moment, Jude. Garde ça pour plus tard, dit Fox. Il pourrait nous entendre.

— Peut-être justement que je veux qu'il entende.

— Même…

Elle but une gorgée d'eau du gobelet en plastique qu'elle tenait à deux mains. Le thé de Fox était trop fort et pour le rendre buvable, il dut ajouter les deux sachets de sucre.

— Écoute, lui dit-il. J'avais la tête complètement prise par un truc quand j'ai reçu le coup de fil. Je n'avais pas les idées claires, même quand je suis arrivé ici.

— Et moi, je n'ai même pas droit à une petite place dans ta tête, c'est ça ?

— Épargne-moi tes conneries de grande martyre, Jude, ne serait-ce que cette fois, d'accord ?

Il réussit à soutenir son regard quelques secondes, pas plus.

— Des comme toi, Malcolm, on n'en fait plus, tu le sais, ça ? lui répondit-elle, lentement, sans hésiter. Il faudrait t'en convaincre une bonne fois.

— Unique en son genre, hein ? Mieux vaut ça que rien du tout, non ? objecta-t-il en jetant un œil à sa montre.

Grossière erreur.

— Il faut que tu partes, c'est ça ? lui demanda-t-elle aussitôt.

— Toujours.

— Alors je t'en prie, inutile de rester plus longtemps. La famille peut toujours attendre, pas vrai ?

Il essayait de calculer combien de temps il lui faudrait pour rejoindre Stirling et se demandait si les embouteillages de fin de journée risquaient de le ralentir.

— Seigneur, j'y crois pas ! Tu as vraiment l'intention de te casser, c'est bien ça ? lui dit-elle, éberluée. Je ne sais pas de quoi il s'agit, mais ça ne peut pas être plus important que ce qui est arrivé.

— Papa comprendrait, lui, même si toi, tu en es incapable.

— Et je suis censée faire quoi ? Rester ici, le cul sur ma chaise ?

— Tu feras ce que tu voudras, comme tu l'as toujours fait.

— Dit l'hôpital à la charité.

Difficile de ne pas être d'accord, aussi ne prit-il pas la peine de répondre. Quand il lui demanda si elle voulait de l'argent pour la machine à café, elle le laissa mariner un moment avant de reconnaître qu'il ne lui restait plus rien après avoir réglé le taxi. Il posa un billet de vingt livres sur le lit, à côté de sa main serrant toujours celle de leur père.

— Je repasse plus tard, promit-il. Ça va aller ?

— Et si je te réponds non ?

— Alors je me sentirai encore plus mal que je ne le suis.

— Fous le camp, Malcolm, c'est tout.

Exactement ce qu'il fit, après avoir remis à une des infirmières sa carte avec son numéro de portable.

L'infirmière le remercia sans rien dire avant de se retourner vers Jude.

— Elle risque de repiquer sa crise ?

Fox lui assura que non en secouant la tête avec conviction.

— Aucun danger, du moment que je ne reste pas dans les parages, précisa-t-il.

35

La vaste maison à l'architecture moderne était située dans une ruelle face à l'université, non loin du monument Wallace, et séparée de ses voisines par un muret en briques. Des volets purement décoratifs se plaquaient au mur de part et d'autre des fenêtres et des piliers de style palladien flanquaient la porte d'entrée. En prévision de son arrivée, les grilles étaient restées rabattues de chaque côté de l'allée goudronnée, et il se garait à côté d'une Maserati aux lignes racées et d'une petite Lexus sportive quand la porte s'ouvrit. Il reconnut le maître de maison d'après ses photographies. Stephen Pears lui fit signe d'avancer comme s'il accueillait un invité de marque à une soirée.

— Alison est au téléphone. Elle n'en a que pour une minute, dit-il en tendant le bras pour serrer la main de son visiteur.

Superbe dentition, se dit Fox, et toujours son célèbre bronzage, mais dix ou quinze kilos de trop. Une ombre de barbe permanente ne parvenait pas bien à masquer le double menton ni les bajoues. La vie, estima Fox, avait été bien trop généreuse en plaisirs pour Stephen Pears.

— Vous avez trouvé sans problèmes ? demanda Pears en conduisant Fox dans un vestibule haut de plafond.

— Non, aucun, je vous remercie.

Un chien apparut auprès du maître de maison, un labrador à la fourrure noire et luisante, et Fox tendit la main pour lui caresser la tête.

— Comment s'appelle-t-il ? demanda-t-il.

— Il s'appelle Max.

— Salut, Max.

Mais le chien avait déjà perdu tout intérêt pour le nouveau venu et tournait les talons. Fox se redressa et vit les nombreuses photographies alignées sur le mur voisin. Beaucoup de gens célèbres, tous prenant la pose au côté de Pears, tout sourire ou échangeant de temps à autre une poignée de main.

— Voici Sean Connery, dit-il en montrant l'une d'elles. Je suis tombé sur Sean par le plus grand des hasards et j'ai absolument tenu à être pris en photo avec lui.

— On dirait le New Club, dit Fox.

— Vous êtes membre ? demanda Pears, un peu surpris.

Il fit non de la tête.

— Et vous ? demanda-t-il.

— C'est un bel endroit en plein centre, très commode quand je veux impressionner mon monde, expliqua Pears. Venez, je vous prie. Je servais justement un verre à Andy.

Andy étant le ministre de la Justice, Andrew Watson. Qui se leva du canapé à son entrée et lui serra la main.

— Malcolm Fox, se contenta-t-il de dire sans entrer dans le détail.

— Police de Lothian and Borders ? s'enquit Watson.

D'accord, ainsi le ministre de la Justice était déjà au courant. Il confirma de la tête et refusa le pur malt que lui proposait Pears.

— De l'eau, ce sera très bien, dit-il.

Elle lui fut servie avec des glaçons et une tranche de citron dans un épais verre en cristal. Pears trinqua avec son beau-frère et huma le whisky avant de le goûter.

— Pas mal, Stephen, le félicita Watson.

— Asseyez-vous, inspecteur, commanda Pears avec force gestes.

La plus grande partie du rez-de-chaussée semblait être dévolue à cet énorme espace ouvert où trônaient quatre ou cinq canapés, une vaste table avec plateau en verre entourée d'une douzaine de sièges et un écran plat d'un mètre vingt sur un mur. Des spots lumineux mettaient en valeur des peintures minuscules sous des cadres surchargés, et une musique de piano en sourdine sortait d'un endroit inconnu, car on ne voyait pas l'ombre d'un haut-parleur. Au bout de la pièce, la porte-fenêtre ouvrait sur une terrasse plantée de pelouse et, au fond, un court de tennis illuminé comme en plein jour, pour impressionner le chaland ou tout bonnement parce que Pears avait largement les moyens de gaspiller l'électricité.

— Comment supporte-t-elle le choc ? demanda Watson à son hôte.

— Ta sœur ne « supporte » pas, le gronda Pears. Elle commande, elle surmonte, elle triomphe.

— Et comment triomphe-t-elle ce soir ?

Pears sourit dans son verre.

— C'est exactement le genre de choses qu'il lui fallait. Sinon, ce n'est qu'une succession de réunions et de batailles de chiffres.

— Je connais, dit Watson en opinant du chef.

Fox fixait les glaçons dans son verre d'eau.

— Tout va bien ? lui demanda Pears en le regardant en face.

— Très bien, oui.

— Vous êtes sûr ?

— Absolument, affirma-t-il, avant qu'une précision d'importance l'oblige à ajouter : Mon père est à l'hôpital. C'est arrivé cet après-midi.

— Navré de l'apprendre, dit Pears, tandis que Watson lâchait un grommellement indistinct qui aurait pu passer pour compatissant. Vous ne pensez pas que vous devriez être à ses côtés en un moment pareil ? Alison pourra certainement vous trouver un autre créneau pour demain dans son agenda.

— Oui, mais c'est ici que je suis, répondit Fox en haussant les épaules.

Pears acquiesça, sans baisser les yeux pour autant.

— C'est grave ?

— Ils lui font des tests…

Pears sourit.

— Non, je voulais parler du motif de votre entretien avec Alison. Elle est un peu à cran, je dois dire, n'est-ce pas, Andy ?

— Un peu.

— C'est le type de Scotland Yard qui a dit que vous étiez de la police de Lothian and Borders…

— L'inspecteur-chef Jackson ? devina Fox.

— Il est parti il y a une demi-heure, déclara Pears. Je crois qu'il aurait beaucoup aimé rester.

Le ministre de la Justice desserrait son nœud de cravate et défaisait son bouton de col.

— Il a expliqué que vous aviez une enquête en cours dans le Fife, dit-il.

Fox hocha lentement la tête.

— L'affaire se présentait bien au départ, reconnut-il. C'est ensuite que les choses se sont compliquées.

— Tout le contraire de ce que je fais, intervint Pears.

Il se leva pour se resservir en whisky en proposant la même chose à Watson, lequel déclina son offre.

— J'aime prendre des choses complexes pour les transformer en choses simples à saisir, donc à communiquer. De cette façon, on peut convaincre les gens. Le problème avec la finance telle qu'elle a fonctionné au cours de ces dix dernières années, c'est que personne n'y comprenant plus rien, personne n'en remettait rien en question. Retour aux fondamentaux, c'est ma devise.

Watson donna l'impression d'avoir entendu ce même discours bien souvent, trop peut-être, à voir son catalogue de mimiques toutes plus éloquentes les unes que les autres, mais il s'abstint toutefois de lever les yeux au ciel. Lorsque le financier se rassit, il se pencha vers Fox.

— S'agit-il d'une chose dont vous pouvez parler ? lui demanda-t-il. Personnellement, je vous jure de n'en souffler mot à quiconque, mais je ne peux rien garantir de la part du ministre de la Justice.

— Un policier de la Criminelle a outrepassé les droits que lui conférait sa fonction, commença à expliquer Fox, subitement écrasé par une vague de lassitude telle qu'il dut serrer son verre de crainte de le laisser tomber. Ensuite, son oncle est décédé ; un suicide, à première vue, mais ce n'en était pas un. La Criminelle semble convaincue de la culpabilité du neveu…

— Mais ?

Pears buvait désormais ses paroles.

— Mais le neveu est mort, lui aussi. Quelqu'un l'a poursuivi jusque dans la mer et il s'est noyé.

Pears s'appuya au dossier de son fauteuil comme pour réfléchir à ce qu'il venait d'apprendre. Watson, en revanche, consultait ses nouveaux messages, apparemment peu concerné par la conversation.

— L'oncle faisait des recherches sur la mort d'un activiste du SNP du nom de Francis Vernal, poursuivit Fox.

Watson interrompit aussitôt ses petites activités, soudainement très intéressé.

— C'est un nom que je connais, dit-il. On a parlé de lui dans les journaux à peu près au moment où j'ai rejoint les rangs du parti.

— Je croyais que tu étais encore en Babygro quand tu as prêté serment, le taquina Pears.

— Pas tout à fait, j'étais au lycée. Un de nos professeurs était conseiller juridique au SNP.

— Et tu as eu droit à tout le processus d'endoctrinement ? dit Pears en buvant une gorgée de whisky.

Watson sortit ses griffes.

— Tes choix politiques, nous les connaissons tous, Stephen.

— Pas moi, intervint Fox.

— Essayez de deviner, dit Watson en se tournant vers lui. J'entends même des rumeurs de pairie maintenant que les conservateurs sont au pouvoir dans le Sud. Cameron en bourre la Chambre des lords comme s'il n'y avait plus de lendemains.

Pears éclata de rire en secouant la tête, mais quand même ravi, semblait-il.

— Je te parie cinquante livres que ton patron finira lui aussi là-bas dans un avenir plus ou moins proche, peut-être quand il se sera pris une veste aux prochaines élections.

— Cela n'arrivera pas.

— Avec l'avance qu'ont les travaillistes dans les sondages ?

— Nous récupérerons les voix Lib Dems[1] – ils détestent ce que vous avez fait de leur parti à Westminster.

Pears parut réfléchir une seconde avant de revenir sur Fox.

— Et vous, quelle est votre opinion, inspecteur ? Êtes-vous un animal politique ?

— Moi, je baisse la tête, monsieur, j'essaie de rester discret.

— Une façon comme une autre d'éviter les éclats, lui concéda Pears. Mais vous venez subitement d'éveiller mon intérêt. Que vient faire mon épouse dans toute cette histoire de noyade et d'activistes ?

— Elle était étudiante à St Andrews à l'époque de la mort de M. Vernal. Une théorie veut qu'elle l'ait peut-être connu.

— St Andrews ? fit Watson en secouant la tête avec force. Deux années à Aberdeen, après quoi elle a tout plaqué et s'est engagée chez vous autres.

Pears opinait du chef.

— Quelqu'un vous a raconté des bobards, inspecteur, confirma-t-il.

Watson pianota un numéro et colla son téléphone à l'oreille.

1. Abréviation de *Liberal Democrats*, « démocrates libéraux », parti centriste.

— Rory ? demanda-t-il. À quelle heure la voiture vient-elle me chercher ? (Il écouta. Consulta sa montre.) Parfait, dit-il en raccrochant.

— Toujours aussi débordé, dit Pears en feignant la sympathie. Et tout cela payé par les deniers de l'inspecteur et les miens.

— Je n'en vole pas un centime, de vos fichus deniers, vous pouvez m'en croire, marmonna Watson en se tournant vers l'escalier circulaire. Elle va finir par descendre un jour ou quoi ? Il faudrait peut-être que je monte…

— Finis ton verre, mon ami, dit Pears, tout surpris de constater que le sien était vide – de nouveau.

Il se leva, mais cette fois Fox lui demanda encore de l'eau.

— Un petit dernier, lança Pears à la cantonade, et ce sera bon pour ce soir.

Watson fit la moue, laissant entendre que ce ne serait pas forcément le cas. Ils entendirent une porte claquer au premier puis une exclamation exaspérée d'Alison Pears qui descendait l'escalier, téléphone à la main.

— Faut-il absolument que je sois disponible jour et nuit ? se plaignit-elle. Avant d'ajouter, à l'adresse de Fox cette fois : Re-bonjour.

— L'inspecteur nous a expliqué sur quoi il travaillait, dit Pears en lui tendant un gin-tonic. Tout cela reste très mystérieux mais il aurait pu s'épargner le voyage : il te prend pour quelqu'un d'autre, une ancienne étudiante de St Andrews.

La chef de la police porta un toast aux présents et but une longue gorgée avant de souffler.

— Tu te sens mieux ? demanda Pears.

— Bien mieux, confirma-t-elle, avant d'ajouter, tournée vers Fox : Allons dans mon bureau pour éclaircir toute cette histoire.

— D'abord, il faut que je te parle, Ali, lui dit son frère en se levant. Quand mon patron me posera la question, que puis-je lui dire à propos de ces foutus poseurs de bombes ?

— Jusqu'à présent, rien ne semble indiquer qu'ils ne seront pas inculpés, répondit-elle après un instant de réflexion. La maison qu'ils louaient est une vraie mine d'or : matériel, plans et manuels, et même une liste de cibles potentielles.

— L'aéroport de Glasgow, encore une fois ?

— La base de la RAF à Leuchars, rectifia-t-elle. Ainsi que les docks de la marine. Et aussi notre ex-Premier ministre.

— Celui qui les a capturés mériterait une médaille, dit Pears avec un regard insistant au ministre de la Justice.

— C'est tout à fait envisageable, lui concéda Watson.

— Allez, venez, dit Alison Pears à Fox. J'ai besoin d'entendre votre belle histoire ; possible qu'elle me change un peu les idées.

— Sois gentille avec l'inspecteur, lui suggéra son époux. Il a reçu de mauvaises nouvelles…

Elle le conduisit dans un coin de la pièce jusqu'à une porte ouvrant sur un bureau : murs lambrissés et bibliothèque factice, petit télescope en laiton sur son trépied près de la fenêtre, fauteuil pivotant devant la table de travail et canapé à deux places en cuir brun. Elle prit le fauteuil et lui montra le canapé. Le cuir crissa quand il s'y installa.

Elle portait une tenue très décontractée : ample tee-shirt rose, pantalon de survêtement noir et Nike. Il se demanda si la propriété incluait également une salle de gym.

— De mauvaises nouvelles ? dit-elle en se faisant l'écho des paroles de son mari.

Il éluda la question d'un haussement d'épaules, impatient de poser la sienne.

— Il n'est pas au courant ?

Elle envisagea une seconde tout l'éventail de réponses et de faux-fuyants qui s'offrait à elle.

— Au courant de quoi ?

Le regard qu'il lui lança fut explicite : ne jouons pas à ce jeu-là.

— Aucun des deux n'est au courant ? persista-t-il en sortant les photos d'identité du dossier d'inscription universitaire d'Alice Watts. Je me demande ce qu'ils vont dire quand ils les auront devant les yeux. Vous avez changé, c'est un fait, mais pas suffisamment pour être devenue totalement méconnaissable.

Elle étudia les photos, sans rien dire.

— Andy sait que j'ai fait du travail d'infiltration au cours de mes premières années dans la police, reconnut-elle finalement.

— Mais il ignore que vous vous êtes fait passer pour une étudiante de St Andrews deux années durant ?

— Absolument, admit-elle. À ceci près qu'il doit désormais se poser des questions.

Elle frotta ses pieds sur le sol pour faire pivoter sur place son fauteuil et sortit la tranche de citron au fond de son verre pour la déposer au coin de la table.

— L'inspecteur-chef Jackson vous a mise au courant, je présume ?

— En partie, peut-être pas totalement, répondit-elle en se pinçant le nez comme pour arrêter une migraine imminente. Quelles sont ces mauvaises nouvelles que vous avez reçues ?

— Peu importe, répondit-il. Concentrons-nous sur votre liaison avec Francis Vernal.

Il ne prêta aucune attention au regard noir qu'elle lui lança.

— C'était un moyen d'infiltrer le Dark Harvest Commando ?

Le regard ne perdit rien de sa virulence, toujours aussi noir, toujours aussi fixe.

— Je sais ce que vous pensez, poursuivit Fox sans se démonter. C'était il y a bien longtemps, vous étiez une personne différente. Et le moment n'est pas des mieux choisis pour que tout cela remonte à la surface.

Il s'interrompit pour remettre les photos dans sa poche.

— Je vais vous dire ce que c'était, finit-elle par répondre à mi-voix, de crainte qu'on n'écoute à la porte. Deux années gâchées, tout juste bonnes à jeter au panier.

— À cause de l'accident de voiture ?

Elle hocha la tête, lentement.

— Après ça, tout le satané édifice s'est écroulé. Certains avaient trop peur de continuer, ils pensaient que le MI5 était à leurs trousses pour les assassiner, tous autant qu'ils étaient.

— Et c'était le cas ?

— Je n'appartenais pas au MI5.

— Vous avez été recrutée par la Special Branch ?

— Ils avaient besoin de quelqu'un pour infiltrer le mouvement, et en général, pour ce genre de tâches, un joli minois suffit. Sauf que le joli minois ne pouvait pas venir du sud de la frontière, n'est-ce pas ? Les Anglais étaient censés être l'ennemi.

— Alors que vous étiez fraîche émoulue de Tulliallan et paraissiez plus jeune que votre âge. Donc la Special Branch est parvenue à vous faire entrer à St Andrews, où vous alliez pouvoir vous engager politiquement, fouiller encore plus profond et transmettre les renseignements recueillis ?

— Si vous en savez tant, pourquoi avez-vous besoin de moi ?

— J'ai besoin de vous parce qu'un homme a été assassiné et que personne à l'époque n'a rien fait à propos de ce meurtre.

Il eut beau l'observer, son visage ne laissait rien paraître.

— L'adresse de votre domicile, à Glasgow ?

— Location de bureau de courte durée, expliqua-t-elle. Utilisée pour des courriers.

— Et tout ce temps, vous vous rapprochiez de plus en plus de Francis Vernal ?

— Francis était le passage obligé. Il était censé nous conduire aux individus qui nous intéressaient réellement.

Fox resta un moment songeur.

— Il était avec vous ce soir-là, le soir de sa mort ?

— Oui.

— Et vous saviez qu'il était filé ?

Elle hocha la tête.

— Étiez-vous au courant de l'argent qu'il gardait dans sa voiture ?

— Il en avait toujours. À chaque réunion du DHC, il y avait toujours quelqu'un qui avait besoin de liquide.

— Pour acheter des armes ?

— Pour toutes sortes de raisons.

— Selon Donald MacIver, il est possible qu'il y ait eu jusqu'à quarante mille livres cachées dans le coffre, ce qui à l'époque représentait une somme rondelette.

— Donald MacIver ? répéta-t-elle, un sourire mélancolique aux lèvres. Il vit dans un monde imaginaire, inspecteur, et il en a toujours été ainsi.

— Il se souvient de vous avec tendresse.

— C'est d'Alice qu'il se souvient, corrigea-t-elle.

— Et John Elliot ?

— Je le vois de temps à autre à la télévision.

— Il n'a jamais découvert que vous étiez Alice Watts ?

— Nous ne nous connaissions pas à l'époque ; John ne s'intéressait qu'aux femmes en chaleur. Pour autant que je sache, vous êtes le premier à avoir établi le lien, alors félicitations, lui dit-elle en face, d'une voix grinçante d'ironie.

— Alan Carter ne vous a jamais contactée ?

— L'ex-inspecteur, c'est ça ? J'ignorais jusqu'à son existence, avant que Jackson m'en parle.

— Connaissez-vous le nom de Charles Mangold ?

Elle lâcha un profond soupir.

— Vraiment, ça ne pourrait pas attendre une semaine ou deux ?

— Non, c'est tout à fait impossible, déclara-t-il fermement. Charles Mangold ?

— L'associé de Francis dans le cabinet d'avocats. Il avait un faible pour Mme Vernal, me semble-t-il. En tout cas, c'était l'avis de Francis.

— C'est Mangold qui payait Alan Carter pour qu'il enquête sur la mort de Francis Vernal. Il voulait prouver quelque chose à la veuve.

— Quoi ?

Fox haussa les épaules.

— Soit que son mari avait été victime d'un assassinat politique…

— Ou bien ?

— Ou bien que ce n'était qu'un terroriste et une ordure qu'elle avait été assez bête d'idolâtrer toutes ces années.

— À vous entendre, je dirais que vous penchez plutôt pour la seconde hypothèse, non ?

— Je le crois, effectivement. Vous n'avez jamais rencontré son épouse ?

Elle secoua la tête.

— Je ne m'intéressais aucunement à elle. Tout ce que je voulais, c'était les renseignements que Francis était susceptible de me fournir.

— En avez-vous obtenu ?

— Pas beaucoup.

— Mais vous vous êtes donné beaucoup de mal pour les dénicher ?

Elle avait de nouveau son regard noir.

— Ce qui veut dire ?

— Que vous couchiez avec lui.

— Qui affirme cela ?

— Vous voulez dire qu'il n'en a rien été ?

— Je vous dis que ce ne sont pas vos oignons.

Il laissa le silence s'installer entre eux puis mentionna qu'il avait les lettres.

— De quelles lettres voulez-vous parler ? demanda-t-elle, sans parvenir à empêcher le rouge de lui monter aux joues.

— Des lettres que vous lui avez envoyées. Imogen Vernal les a retrouvées et s'y est accrochée comme si sa vie en dépendait.

Il attendit un instant que la nouvelle fasse son chemin.

— Vous voulez dire que vous ne l'avez jamais aimé ?

Elle plissa les paupières avec force, avant de cligner des yeux plusieurs fois.

— Je vous répète que c'est de l'histoire ancienne, et, encore une fois, ce ne sont pas vos oignons. Vous êtes un policier des Plaintes. Et ce qui nous occupe ici n'est pas du ressort des Plaintes.

— Vous avez raison. Peut-être devrais-je me contenter de remettre tout le paquet à la Criminelle…

— Ne soyez pas vulgaire en plus.

Fox laissa passer un silence et reprit :

— C'est un dénommé Gavin Willis qui a mené l'enquête – si on peut appeler ça une enquête – après la mort de Vernal. Mais vous aviez disparu du paysage.

— La Special Branch ne voulait pas me voir traîner dans les parages, j'aurais dû répondre à des questions gênantes. En outre, le DHC avait éclaté, et ses membres s'étaient dispersés…

— C'est en tout cas ce que vous avez dit. Willis a conservé la voiture de Vernal.

— Pourquoi a-t-il fait ça ? demanda-t-elle les yeux ronds, interloquée.

— Je n'en sais trop rien, à vrai dire. Ce que je sais, en revanche, c'est qu'il vendait des armes à des groupes comme le DHC. Plus précisément à un dénommé Hawkeye.

Il lui tendit la photo, qu'elle étudia longuement.

— Il y a des années que je ne l'ai pas revu.

— L'homme auquel vous donnez le bras ?

— Hawkeye, oui. Il a l'air un peu gauche, vous ne trouvez pas ? C'est certainement moi qui ai eu l'idée de lui prendre le bras. Il n'était pas très sociable, ni très doué côté femmes. On ne le voyait jamais au pub après les réunions ; les autres, pour la plupart, c'était surtout ça qu'ils attendaient. Pas les théories politiques, non, mais la picole.

— Après la mort de Vernal, vous n'avez plus jamais revu personne ?

Elle secoua la tête et croisa les bras sur sa poitrine, comme si elle avait froid soudain.

— J'étais une autre personne, énonça-t-elle calmement.

— À votre avis, comment Francis Vernal est-il mort ?

— Je pense qu'il s'est tiré une balle dans la tête.

— Pour quelle raison ?

— La boisson, son mariage, la peur d'être découvert. Il savait que nous le surveillions.

— Vous ne vous êtes pas disputés ce soir-là ?

— Pas vraiment. Je crois que ça l'ennuyait prodigieusement, cette façon que j'avais de ne parler que du groupe. Il disait que j'avais en moi une part de folie.

Elle décroisa les bras et contempla de nouveau la photo.

— Il n'a jamais soupçonné que vous étiez un agent infiltré ?

— Je ne crois pas.

— Et s'il l'avait su… ?

— J'imagine qu'il aurait agi. Comment ? Je ne sais pas.

— Vous n'avez jamais vu d'arme dans sa voiture ?

— Ça ne veut pas dire pour autant qu'il n'en avait pas.

— La réponse est non, si je comprends bien ? L'inspecteur-chef Jackson n'est pas au courant ?

— Vous voulez dire, à propos de Vernal et de moi ?... Je ne pense pas, répondit-elle après un temps de réflexion. Pourquoi l'aurait-il été ?

— Il a fouillé dans les archives.

— Pour quelle raison ?

— Il devait se demander pourquoi je m'intéressais à tout ça. Mais il m'a appris quelque chose...

— Quoi ?

— Après l'accident, les agents qui filaient Francis Vernal sont allés jusqu'à la voiture. (Il ne la quittait pas des yeux, attentif à la moindre de ses réactions.) Vernal était encore en vie. Pas de balle dans le crâne.

— Qu'est-ce qu'ils ont fait ? demanda-t-elle, pâle comme un linge, sa voix à peine un murmure.

— S'il faut en croire Jackson, ce n'est pas eux qui l'ont tué. Ils sont tout bonnement repartis en le laissant là. Sans même téléphoner aux secours. Rien.

— C'est abominable, dit-elle, les bras collés contre sa poitrine.

— Je suis heureux de vous l'entendre dire.

Pendant presque une minute, ils se turent.

— Ils auraient pu l'abattre, reconnut-elle finalement. L'abattre et prendre l'argent.

— Ils auraient pu, c'est un fait, admit Fox. Dites-moi, que représentait Vernal pour vous ? Une mission à mener à bien ? Un simple boulot ?

— Combien de fois dois-je vous le répéter ? dit-elle, le regard plus dur. C'est un sujet dont je ne tiens pas à discuter.

— Pourtant, c'est peut-être la seule et unique information pertinente que je pourrai communiquer à Charles Mangold afin qu'il la transmette à la veuve de Vernal.

— J'estime que nous en avons assez dit sur le sujet.

— Alan Carter ne vous a jamais contactée, vous êtes sûre ? Il n'a jamais fait le lien avec Alice Watts ?

— Je vous ai déjà répondu sur ce point, inspecteur, vous êtes le premier, dit-elle en se levant.

L'entretien était terminé, et Fox se leva à son tour, contraint et forcé.

— J'ai besoin de savoir jusqu'où vous avez l'intention de pousser cette enquête, lui demanda-t-elle.

— Je ne peux répondre à cette question.

— Cela me rassurerait, insista-t-elle. J'aurais l'esprit un peu plus en paix. J'ai absolument besoin de me concentrer sur mon travail.

Il acquiesça, il comprenait parfaitement.

— Merci de m'avoir reçu, dit-il, la main tendue pour récupérer la photo.

— J'aimerais la conserver, dit-elle.

Fox garda la main tendue. Le téléphone sonna, et elle alla répondre, lui remettant la photo au passage.

— J'écoute, dites ce que vous avez à dire, commanda-t-elle.

Fox la vit se transformer et redevenir en un clin d'œil la chef de la police, à croire que la conversation qu'ils venaient d'avoir était déjà rangée aux oubliettes, à sa place dans un classeur quelconque.

— Non, expliquait-elle avec fermeté. Il est absolument hors de question que Govan les récupère. Ce sont *mes* suspects.

Govan : le poste de police de haute sécurité à Glasgow. C'est là que les suspects de terrorisme finissaient en général, mais elle défendait d'abord ses intérêts personnels. Le ton montait à mesure, et Fox comprit qu'être au centre de l'attention des médias était le péché mignon d'Alison Pears, l'occasion pour elle de briller sous les feux des projecteurs. Qu'est-ce que son mari avait dit d'elle, déjà ? Un truc comme « le genre de choses qu'il lui fallait ». Lorsqu'elle mit fin à la communication, il était clair qu'elle était déterminée et que son message était passé. Au regard qu'elle lui lança, il comprit à son tour celui qu'elle lui destinait : *Je suis une battante. J'ai l'habitude de gagner. Ne l'oubliez surtout pas*... Il hocha la tête sans mot dire avant de lui ouvrir la porte, et elle le devança, altière et arrogante, pour se diriger vers l'escalier. Stephen Pears regardait la télévision, mais il se leva pour saluer le départ de Fox.

— Tout est réglé ? demanda-t-il en regardant son épouse disparaître.

— Je suis plutôt satisfait, décida de répondre Fox.

Apparemment, Watson n'était plus là, et on avait éteint les projecteurs du court de tennis.

— Une confusion d'identités. Simple méprise, donc, conclut le financier.

— Ce sont des choses qui arrivent, confirma Fox.

Pears lui offrit une tape dans le dos en disant qu'il allait le raccompagner.

— En fait, la soirée est tellement agréable que je vais peut-être aller me promener avec Max.

— Merci encore, monsieur Pears, dit Fox.

Ils se serrèrent la main et Pears posa sa main libre sur le poignet de Fox.

— Encore désolé pour votre père. J'espère que tout ira bien, dit-il, avant d'ajouter, les doigts toujours serrés sur son poignet : Et si jamais vous avez besoin de quoi que ce soit, inspecteur…

Il était visible qu'il n'en pensait pas un mot, c'était juste le genre de cliché convenu que Pears, en bon millionnaire parti de rien, avait pris l'habitude de dire. Mais Fox le remercia malgré tout.

*

Jude dormait sur sa chaise, et il apprit par l'infirmière qu'elle était restée là depuis le début.

— Nous lui avons dit d'aller se dégourdir les jambes, mais elle n'a pas voulu. Je lui ai apporté du thé et des biscuits, elle n'y a pas touché.

Ils parlaient à voix basse devant le bureau des soignants, tous les patients ou presque dormaient.

— Mon père ne s'est pas réveillé ? demanda-t-il.

— Pas encore.

— Et pour le scanner ?

— Le service d'imagerie médicale est un peu surchargé. Ce sera demain.

— Pourquoi le goutte-à-goutte ? demanda-t-il en voyant le cathéter dans le bras de son père.

— Il faut empêcher qu'il ne se déshydrate, expliqua l'infirmière. Voulez-vous réveiller votre sœur ou est-ce que je m'en charge ?

À son arrivée, il avait appris que son père disposait d'un lit en salle et que des aides-soignants n'allaient pas tarder à le transporter dans ses nouveaux quartiers.

— Je vais le faire, répondit-il.

Il passa derrière Jude et posa la main sur son cou. Sa peau était fraîche. Elle inspira profondément, sursauta et s'éveilla en geignant.

— Ils le transfèrent en salle, expliqua-t-il. Il n'y a rien qu'on puisse faire avant demain. Laisse-moi te raccompagner chez toi.

— Je peux me débrouiller, dit-elle d'une voix ensommeillée en dégageant ses cheveux de ses yeux. Il y a des bus et une station de taxis dehors.

— Tu gagnerais du temps si tu venais avec moi… S'il te plaît, Jude.

Elle vit son regard et sentit spontanément qu'il avait besoin de faire ce geste. Elle hochait timidement la tête pour accepter quand les aides-soignants arrivèrent. L'infirmière s'assura qu'ils avaient bien les coordonnées du service et un numéro de téléphone. Fox la remercia et ressortit accompagné de Jude par le couloir qui donnait sur la réception des urgences où il ne reconnut aucune des personnes qui attendaient. Les portes s'ouvrirent et sa sœur aspira à pleins poumons l'air froid de la nuit.

— Tu te sens mieux ? lui demanda-t-il.

Elle marmonna une vague réponse et le suivit jusqu'à sa voiture.

Ils parlèrent peu pendant le trajet. Fox repensait à la maison de Stirling, à la chef de la police et à son politicien de frère. Et à Monsieur Finances, qui veillait à ce qu'ils aient tout ce dont ils avaient besoin.

Lui, en revanche, se demandait s'il avait bien obtenu ce qu'il voulait et il lui fallut un moment pour se rendre compte que Jude pleurait. Il lui assura que tout allait bien se passer.

— Et si ça ne se passe pas bien, hein ?

Alors, ça ne se passera pas bien, point.

Mais il se surprit à lui répondre que tout irait pour le mieux.

Il la déposa devant sa maison. Sa voisine s'appelait Pettifer, et il lui conseilla d'aller frapper à sa porte.

— Je vais le faire à ta place, si tu veux, lui proposa-t-il.

Elle refusa.

— Je vais juste aller me coucher. M'allonger, en tout cas.

Il acquiesça.

— Je passerai te prendre demain, nous irons le voir ensemble.

— Ne te dérange pas pour moi.

— On ne va pas recommencer, Jude.

— À quelle heure alors ? demanda-t-elle en se frottant les yeux.

— Je te téléphonerai.

— Tu peux avoir un imprévu, l'avertit-elle.

— Il n'y en aura pas.

— Mais ça ne t'a pas empêché ce soir ? rétorqua-t-elle en scrutant son visage avant de pousser un soupir. Très bien, alors. Je te verrai demain matin.

Elle referma la portière et remonta l'allée vers la maison sans rideaux à la fenêtre de devant, avec son jardin à l'abandon. Il se rappela la promesse qu'il lui avait faite trois ou quatre mois auparavant : *Je t'aiderai à tout ranger et à nettoyer ; ça nous prendra deux heures, tout au plus*. Deux heures qu'il n'avait jamais vraiment réussi à trouver. Jude ne tourna pas la tête, elle ne lui adressa pas un regard, pas même un signe de la main quand il regagna sa voiture. Une fois rentrée, elle se contenta d'allumer les lumières, mais il ne la vit pas à la fenêtre. Il engagea la première et s'éloigna.

Vingt minutes plus tard, il se retrouvait devant une autre maison, plus jolie, plus moderne. Pas de jardin en façade pour Tony, mais des pavés plutôt élégants qui lui permettaient de garer sa Mondeo au lieu de la laisser dans la rue. Il venait tout juste de le prévenir par téléphone et vit par la fenêtre du salon des ombres s'agiter. Finalement les rideaux s'écartèrent, et Tony l'invita par gestes à entrer. Mais voyant Fox secouer la tête, il sortit de la maison, en pantoufles de cuir et chemise au vent, le col ouvert.

— Ma maison n'est pas assez bien pour toi, c'est ça ? dit-il en ouvrant brutalement la portière passager pour s'installer à côté de lui.

— Je ne voulais pas vous déranger. Comment va Hannah ?

— Elle allait très bien jusqu'à il y a cinq minutes. Maintenant, elle se demande ce qu'elle a bien pu faire pour te vexer.

Fox se retourna vers la maison, comme s'il s'attendait à voir l'épouse de Tony faire la tête à la fenêtre.

— J'ai eu une journée de chien et j'ai besoin de vider mon sac, lui confia-t-il.

— Ah… toi, une journée de chien. Qu'est-ce que je vais dire ? J'ai passé trois heures au téléphone avec Cash pour essayer de le persuader d'embarquer Tosh Garioch à fin d'interrogatoire.

— Et alors ?

— Demain matin, à la première heure, répondit Kaye, fier de son exploit.

— Où en est le rapport ?

— Il est sur ton bureau. McEwan n'est pas mécontent.

— Il a été transmis à la police du Fife ?

— Pas sans ton aval, Foxy.

— J'y jetterai un coup d'œil demain matin.

Kaye acquiesça puis regarda son chef en face.

— Il s'agit d'Evelyn Mills, c'est ça ? demanda-t-il.

— Quoi ?

— Elle s'est jetée à ton cou et tu as besoin de mes conseils ?

— Je n'ai pas eu la moindre nouvelle d'elle.

— C'est une bonne chose ou une mauvaise ?

— Lâche-moi un peu, Tony.

Kaye gloussa à mi-voix et tapota la jambe de Fox avant de se tortiller sur son siège pour lui faire face.

— Okay, dit-il. Les préliminaires sont terminés, le moment est venu pour toi de vider ce que tu as sur le cœur. Et je veux tous les détails jusqu'au plus sanglant.

Ce que Fox se fit un plaisir de lui donner sans rien omettre.

DOUZE

36

L'alarme réveilla Fox à sept heures. Sa première pensée : aller au QG, prendre le rapport et l'emporter à l'hôpital. Il versa de l'All-Bran dans son bol, avant de s'apercevoir que les deux centimètres de liquide qui restaient dans le pack de lait s'étaient transformés en yaourt. Il dut se contenter de l'eau froide du robinet et rédigea une liste de courses tout en mangeant. Sur le trajet vers Fettes Avenue, il constata que son petit déjeuner s'était transformé en masse compacte dans son estomac. Comme la cantine ouvrait tout juste, il prit un café qu'il emporta jusqu'au bureau des Plaintes, dont il déverrouilla la porte. Comme le lui avait promis Kaye, son exemplaire du rapport l'attendait sur sa table. Kaye y avait joint un Post-it jaune : « Ça mérite un Très Bien. » Fox jeta le morceau de papier à la poubelle et ne put s'empêcher de passer immédiatement à la dernière page. Les conclusions tenaient en quatre lignes. Les « preuves concrètes » contre les trois policiers seraient difficiles à trouver, y était-il suggéré, et les seules réserves se limitaient à « des soucis légitimes sur le niveau de compétence et de respect des ordres ».

Il se sourit à lui-même. Si Tony avait pu donner libre cours à son franc-parler, son style y aurait incontestablement gagné en couleur. Ce que les enquêteurs disaient aux patrons de Glenrothes se résumait à : *Il y a un problème, mais c'est à vous de décider si vous désirez poursuivre l'enquête et le régler.*

Et bonne chance.

Restaient vingt-trois pages de texte, mais elles pouvaient attendre, et il roula le rapport pour le glisser dans la poche de sa veste. Il regarda alentour. Naysmith avait laissé un petit mot sur le bureau de Tony pour lui rappeler que sa dette envers la cagnotte « Thé et Café » se montait presque à dix livres. Une somme qu'il avait détaillée, comme tout comptable qui se respecte, même si Fox doutait que ce bel effort fût jamais couronné de succès. Il vérifia les messages sur son téléphone fixe, il n'en avait pas. Pas de courrier non plus, d'ailleurs. La table de Bob McEwan en revanche était jonchée de dossiers et de paperasses mais il savait par expérience que le tout finirait en vrac dans un tiroir quand le bazar deviendrait trop envahissant. Lorsqu'il quitta le bureau, il verrouilla la porte derrière lui. Personne hormis le personnel des Plaintes n'avait accès à cette salle, pas même la femme de ménage. Une fois par semaine, Naysmith avait la charge de passer le contenu des différentes corbeilles à papier au broyeur et d'envoyer les restes au recyclage. Face au panneau sur la porte, Unité des normes professionnelles, il se demanda s'il se comportait bien en professionnel, comme le voulait l'intitulé de sa fonction. De fait, il devrait être en train de rédiger son propre rapport, en exposant tout ce qu'il savait et soupçonnait des morts d'Alan Carter et de Francis Vernal. Après quoi, le rapport pourrait passer à la Criminelle : *Il y a un problème..., à vous de voir si vous désirez le régler et poursuivre l'enquête.*

— L'homme que je cherche ! aboya une voix dans son dos.

Il se retourna et vit Jim Byars, le chef de la police, s'avancer vers lui d'un pas presque martial, en balançant les bras comme un soldat à la parade pour s'arrêter à cinq centimètres de son visage, nez à nez avec lui.

— Au nom du ciel, vous pouvez m'expliquer ce qui se passe ?

— Monsieur ?

— Que diable avez-vous bien pu faire à Andrew Watson pour le remonter à ce point ?

— J'avais besoin de m'entretenir avec sa sœur.

Byars le fusilla du regard.

— Vous voulez dire Alison Pears, chef de la police de Central Scotland ?

— C'est bien elle.

— Qui se trouve être une amie personnelle, en plus ! Une amie qui, en ce moment, dirige la plus importante enquête de sa carrière.

— Donc, elle n'avait probablement nul besoin de me voir débarquer chez elle pour mettre mon grain de sel, n'est-ce pas ? demanda Fox en hochant la tête d'un air entendu. Il se trouve qu'elle a répondu à mes questions, et voilà tout.

— Et d'abord, sur quoi teniez-vous tant à l'interroger ?

— Oh, pas grand-chose. Juste un lien ténu relatif à la mort d'Alan Carter.

Byars roula les yeux au plafond.

— Aussi ténu que *votre* lien personnel avec toute cette fichue affaire.

— Difficile de vous contredire sur ce point, monsieur.

— Eh bien, en ce cas…

Fox sortit le rapport de sa poche.

— Voici nos conclusions. J'ai juste besoin de vérifier un ou deux détails avant de l'adresser à la police du Fife.

— Et ce sera terminé ?

— Tout à fait terminé, déclara Fox.

— Je peux donc rassurer Andrew Watson ?

— Absolument, confirma Fox, qui ajouta, après un silence : Vous pourrez également lui rappeler que l'intitulé de sa fonction comprend le mot « justice ».

— Et c'est censé vouloir dire quoi ? s'écria le chef de la police alors qu'il avait déjà tourné les talons.

Il se rendit chez sa sœur. Comme elle ne répondait pas au téléphone, il se demandait si elle ne s'était pas shootée délibérément en avalant des cachets ou quelques gorgées de vodka. Il sonna à la porte. Pas de réponse. Il colla son nez à la fenêtre du salon mais l'intérieur semblait désert. Il se pencha pour l'appeler par la fente de la boîte à lettres. Rien. Aucun signe de vie non plus chez sa voisine. Il remonta en voiture et prit la direction de l'hôpital. C'était l'heure de pointe et la circulation était laborieuse. Après quoi il lui fallut plusieurs minutes pour trouver une place sur le parking. À son entrée par la porte principale, il put constater que les affaires du café et de la boutique marchaient bien – non seulement le personnel et les visiteurs, mais aussi les patients, reconnaissables à leur gourmette d'identité en plastique. Fox se serait damné pour un café, mais un coup d'œil à la queue suffit à le dissuader, et il poursuivit son chemin.

Comme il l'avait soupçonné, Jude était assise au chevet de Mitch, et lui tenait toujours la main.

— Je croyais que je devais passer te chercher, protesta-t-il.

— Je me suis réveillée très tôt, expliqua-t-elle, toujours tenant la main de Mitch.

— Il n'est pas encore revenu à lui ?

Elle fit non la tête. Il y avait trois autres lits dans la salle, un était libre, les deux autres occupés par des personnes âgées.

— Tu ne devrais pas être à ton travail ? demanda-t-elle.

— J'y suis déjà allé, répondit-il en sortant le rapport de sa poche. J'avais l'intention de le lire ici.

— Très bien.

Il prit une chaise dans une pile appuyée contre un mur et la transporta au chevet de son père. Sans savoir s'il s'agissait ou non d'une décision délibérée de la part de Jude, il constata que sa sœur avait disposé la sienne de biais, de sorte que s'il voulait s'asseoir à son côté, son siège empiéterait sur la pièce et risquerait de gêner le personnel. Au lieu de lui demander de se décaler, il s'assit de l'autre côté du lit.

— Ils t'ont donné une heure pour le scanner ?

Une nouvelle fois, elle fit non de la tête tout en caressant les cheveux de leur père. Mitch avait une ombre de barbe grise sur les joues et le menton, et un filet de salive séchée à une commissure de lèvres. Une infirmière s'arrêta pour noter les données de la machine et les transcrire sur le tableau accroché au pied du lit. Fox lui posa la question pour le scanner.

— J'espère avant le déjeuner, répondit-elle. Il a passé une nuit paisible, ajouta-t-elle avec un sourire, comme pour le rassurer.

Il voulait la corriger, lui dire qu'il n'était pas paisible, qu'il était comateux, mais se contenta de lui rendre son sourire et de la remercier. Elle repartait quand il remarqua que sa sœur faisait la tête.

— Tu ne pourrais pas user de ton influence ? lui lança-t-elle d'une voix acerbe.

— Quelle influence ?

— Tu es bien flic, non ? Touche-leur un mot, vois s'il n'y a pas moyen d'accélérer le mouvement.

— Ce n'est pas eux, l'ennemi.

— Non, mais on ne peut pas dire non plus qu'ils se démènent beaucoup, tu ne crois pas ?

Elle venait à peine de finir sa phrase que deux aides-soignants firent leur apparition, guidés par l'infirmière.

— Scanner, annonça-t-elle.

— Merci, répéta Fox.

— On peut l'accompagner ? demanda Jude en se levant.

— Vaut mieux rester ici, déclara un des aides-soignants. Nous vous le ramenons en moins de temps qu'il n'en faut pour le dire.

Il était large d'épaules, avec des tatouages aux bras et deux cicatrices sur le visage. Apparemment, il avait reconnu en Fox un policier, de la même façon que Fox aurait pris des paris sur lui : le bonhomme avait déjà séjourné derrière les barreaux. Jude, qui ne voulait pas lâcher la main de Mitch, se pencha pour l'embrasser sur le front et éclata en sanglots.

— Il n'y a rien à craindre, dit l'infirmière avant de se tourner vers Fox : Et si vous l'emmeniez prendre une tasse de thé…

Jude ne voulait pas de thé, mais Fox réussit à la conduire par le dédale de couloirs jusqu'au café, où elle prit aussitôt ses distances en lui disant qu'elle sortait fumer une cigarette.

— Je croyais que tu avais arrêté, dit-il.

— Je trouverai bien quelqu'un qui m'en donnera une, répondit-elle en se dirigeant vers les portes automatiques.

Fox acheta un journal à la boutique avant de faire la queue pour un café et un petit pain au bacon. Il commanda la même chose pour Jude et s'assit à une table. Son téléphone sonna. Tony Kaye.

— Bonjour, Tony.

— Comment va ton père ?

— On vient de l'emmener passer un scanner.

— Tu es au Royal Infirmary ?

— Oui.

— Nous, on traverse le pont. Retour dans le Fife et son beau soleil.

— Je n'ai pas encore eu le temps de jeter un coup d'œil au rapport.

— Ça ne presse pas.

— Mais les conclusions me paraissent solides.

Il avait commis l'erreur d'ouvrir son petit pain, dont la viande lui parut aussi grise que les visages qui l'entouraient. Il le repoussa.

— J'ai reçu un texto de Cash à la première heure, lui expliquait Kaye. Joe et moi sommes autorisés à assister à l'interrogatoire. Nous sommes censés la boucler, mais si nous estimons qu'il est passé à côté de quelque chose, nous lui faisons signe et allons en discuter dans le couloir.

— Et ça ne te dérange pas ?

— Tu me connais, Malcolm.

Fox ne put s'empêcher de sourire.

— C'est bien pour ça que je te pose la question, dit-il.

— Il n'y a rien que j'aime plus qu'obéir à un ordre, en particulier quand c'est un connard fini qui me le donne.

Depuis la place du mort, Naysmith mit son grain de sel.

— Que dit Joe ? demanda Fox.

— Il m'accuse de rouler trop près de la BM qui me précède.

— Voie de droite, je présume ? Cent vingt, cent trente… ?

— Et ?

— Et en train de téléphoner avec ton portable.

— C'est juste pour lui remonter le cœur au bon rythme à ce petit Joe, afin qu'il soit bien d'attaque à Kirkcaldy.

— Tu me diras comment ça s'est passé.

— Concentre-toi sur ton vieux, toi… Et Jude, elle tient le coup ?

— C'est pas brillant.

— Et toi ?

— Ça va.

— Y a rien de plus important que la famille, Malcolm.

— C'est ce que tu m'as dit hier soir.

— Parce que c'est la vérité. Paul Carter et son oncle… Francis Vernal… Aucun d'eux ne reviendra jamais. Parfois, c'est le sang qui doit parler, il faut lui donner la priorité.

Fox suivit des yeux sa sœur qui rentrait dans le bâtiment et quand elle le vit, il lui montra le petit pain et le café. Elle secoua la tête, indiqua la direction de la salle et s'y engagea avant de vite disparaître.

— Tu me diras comment ça s'est passé, répéta-t-il au téléphone. C'est encore Alex Harvey qui passe ?

— Faut bien que Joe finisse par se mettre dans le crâne qu'il y a une vie en dehors de Lady Gaga, répondit Kaye en raccrochant.

*

L'avocat de Tosh Garioch émit quelques réserves quant à la présence de Kaye et de Naysmith.

— Ils sont ici à titre d'observateurs, lui répondit l'inspecteur Cash.

L'interrogatoire était enregistré, et Naysmith suivait d'un œil torve les efforts du sergent Young pour installer le matériel en soupirant une ou deux fois, au grand agacement de ce dernier.

Tosh Garioch avait repoussé sa chaise afin de pouvoir étendre ses jambes. Il était trapu et musclé, le crâne luisant, avec un tatouage de chardon remontant sur le côté du cou.

— Vous savez pourquoi vous êtes ici, monsieur Garioch ? demanda Cash, son stylo suspendu au-dessus de son calepin.

De l'autre côté, l'avocat avait lui aussi un stylo qu'il ne cessait de faire cliqueter jusqu'à ce que Cash lui demande d'arrêter.

— Si quelqu'un entend ça, il va croire que je vous mitraille à coups d'agrafes, expliqua-t-il avant de répéter sa question.

— Ouais, répondit Garioch, la main en coupe sur son entrejambe. Je suppose.

— Donc que faisiez-vous mercredi dernier dans la soirée ?

— J'étais chez moi. En temps normal, j'aurais été au boulot.

— Comme portier ? Pour la société d'Alan Carter ?

— C'est plus aussi simple depuis qu'il est mort.

— Vous pourriez toujours demander un emploi aux Shafiq, lui dit Cash, sans le quitter des yeux. Ou peut-être pas, en fait, vu que vous vous êtes chamaillé avec eux pour obéir à votre patron, ajouta-t-il après un silence.

Garioch jeta un regard en direction de Kaye, debout contre le mur du fond, les mains dans le dos : il se demandait visiblement d'où Cash tenait ce renseignement.

— Les Shafiq, c'étaient les affaires, répondit-il. Tout a été réglé depuis.

— En quoi ces questions sont-elles pertinentes ? l'interrompit l'avocat en griffonnant distraitement sur une feuille de papier.

— C'est juste un échauffement, l'informa Cash avec un sourire glacé. Puis, s'adressant à Garioch : Cela vous dérangerait-il de me préciser qui était avec vous ce soir-là ?

— Oui.

Erreur classique, que Cash reconnut d'ailleurs involontairement par un soupçon de grimace : ne jamais poser une question fermée dont la réponse n'apporte rien.

— Étiez-vous seul ?

— J'étais avec ma petite amie.

— Ah, dit Cash en sortant un bout de papier de sa poche. Billie Donnelly, c'est bien ça ?

Une nouvelle fois, Garioch ne put s'empêcher de lancer un regard en coin à Kaye, qui lui répondit, cette fois, par un clin d'œil.

— Où tout cela nous mène-t-il, inspecteur Cash ? demanda l'avocat en feignant de s'ennuyer à mourir.

— Nous disposons d'un signalement fourni par un témoin qui colle parfaitement à votre client, expliqua Cash. Marchant dans la grand-rue, les vêtements trempés, peu de temps après que Paul Carter a été tabassé et poursuivi jusque dans la mer. Un autre témoin a vu de ses yeux la poursuite. Il me semble en toute logique qu'une séance d'identification s'impose.

— Hors de question, dit Garioch en se tournant vers son avocat pour obtenir confirmation.

L'avocat remonta ses épaisses lunettes sur son nez et Cash se pencha vers les deux hommes.

— Deux témoins, Tosh. Et parlez-moi d'un mobile ! Vous êtes au chômage parce que votre patron s'est fait descendre, toute la ville sait qui est le coupable, et voilà que vous le voyez sortir du Wheatsheaf un peu chancelant, sans ses potes de la Criminelle pour lui venir en aide. Quelques mots bien sentis sous le coup de la colère, et les choses tournent au vinaigre. Nous connaissons tous la réputation de Paul Carter : un caractère de chien et très soupe au lait. Je ne dis pas que ce n'est pas lui qui a donné le premier coup de poing. (Il s'arrêta un instant et scruta avec insistance le visage de Garioch, en y cherchant des marques.) D'un autre côté, il est certain que c'est lui qui en a pris pour son grade, aucun doute là-dessus. Il a vite compris que la situation ne risquait pas de tourner à son avantage et il a pris ses jambes à son cou. Et vous vous êtes lancé à sa poursuite. Le long de la promenade, puis sur le rivage. Vous êtes costaud mais peut-être pas au mieux de votre forme. Peut-être que vous n'alliez jamais le rattraper, mais il avait tellement peur qu'il s'est lancé droit dans la mer. Ou alors… vous l'avez *effectivement* rattrapé… (Cash laissa filer un silence.) Peut-être bien…

— Est-ce que je suis obligé d'écouter ça ? demanda Garioch à son avocat.

— Je pense que ce serait un manque d'intelligence de la part de l'inspecteur Cash que de vous inculper sur la base d'un tel ramassis d'hypothèses infondées, estima l'avocat.

— Il y aura d'autres témoins, les avertit Cash. Nous n'avons pas encore diffusé le signalement. Une énorme brute au crâne chauve avec un tatouage sur le cou, qui se traîne tant bien que mal dans les rues avec un pantalon trempé ? Réfléchissez-y à deux fois, Tosh, vous savez parfaitement qu'on vous a repéré. Nous vous préparerons une belle séance de tapissage, mais uniquement après que nous aurons convoqué Billie. Et elle, nous ne lui ferons pas de cadeaux.

Kaye fit un pas en avant presque malgré lui, prêt à s'interposer : il avait l'impression que Garioch allait sauter à la gorge de son tourmenteur. Cash l'avait senti lui aussi, mais il ne se recula pas pour autant, choisissant au contraire de se pencher au plus près du suspect.

— Elle risque de se parjurer pour vous, mais cela lui coûtera cher devant la cour. Elle finira derrière les barreaux, exactement comme vous. Vous connaissez ce vieux cliché qu'on entend si souvent dans les films à la télé ? Le mobile, les moyens, l'occasion ?

Cash leva trois doigts.

— Sur ma carte à gratter, j'ai trois lingots d'or, Tosh.

Il s'appuya au dossier de son fauteuil en croisant les mains. Garioch appuya ses jointures contre le bord de la table et se mit lentement debout.

— Vous ai-je dit que vous pouviez partir ? demanda Cash sans la moindre animosité.

— Je peux m'en aller quand je veux ? demanda Garioch à son avocat, qui acquiesça. Alors je sors d'ici.

— Plus vous me rendrez le travail difficile, plus je vais y prendre plaisir, les avertit Cash.

Garioch lui jeta un œil furieux mais ne dit rien. Puis il remarqua que Tony Kaye s'était interposé entre lui et la porte.

— Il y a possibilité de passer un marché, déclara Kaye. Si Paul Carter était effectivement la victime d'un coup monté de toutes pièces par son oncle et que vous y soyez mêlé… Ils sont morts tous les deux, alors quelle importance ?

— Vous ai-je donné la permission de parler ? dit Cash, la voix presque trop calme.

Kaye l'ignora et riva son regard à celui de Garioch.

— Il y a un marché à passer, répéta-t-il calmement avec, à la main, une carte de visite.

Les yeux de Garioch passèrent de Kaye à Cash, puis aux autres.

— Allez vous faire foutre, tous autant que vous êtes, maugréa-t-il en poussant Kaye au passage avant d'ouvrir la porte.

Non sans lui avoir auparavant arraché la carte de la main.

37

À l'heure du déjeuner, Fox rentra chez lui. Pour le moment, les examens subis par son père n'étaient pas concluants : les médecins penchaient pour une attaque, mais ils en sauraient plus lorsqu'il aurait repris connaissance.

— Vous ne pouvez pas l'obliger à se réveiller ? avait demandé Jude. Une piqûre d'adrénaline ou quelque chose ?

De nouvelles larmes avaient suivi, et le chef de service avait suggéré une pause hors de l'hôpital. Fox avait proposé à Jude de la ramener, mais elle avait insisté pour prendre le bus.

— Mais c'est complètement stupide, avait-il eu le tort de lui dire. Tu vas te comporter comme ça le restant de tes jours ?

Elle avait fait mine de le gifler avant de sortir en fulminant. Il était passé devant l'arrêt de bus où elle attendait, debout, les bras croisés, furieuse contre le monde entier.

La circulation était fluide, et il arriva juste avant treize heures chez lui. Il sortait de voiture quand son téléphone sonna. Tony Kaye.

— Comment ça s'est passé ? lui demanda-t-il.

— Je crains que l'inspecteur Cash ne soit un peu fâché contre moi.

— Excellent travail, dit Fox en fermant sa Volvo à distance. Tu n'es pas parvenu à la boucler, c'est ça ?

— Il est bien possible que j'aie offert à Garioch un marché. Tout à fait par inadvertance, tu comprends.

— Quelle sorte de marché ?

— Y aller mollo sur la noyade s'il consent à nous parler de son patron.

— Cash n'était pas partant ?

— Ça ne s'est pas vu, en tout cas. J'ai plutôt l'impression qu'il veut nous virer de la ville.

— Il reste encore deux places au club des exilés, dut admettre Fox, immobile devant son entrée, contemplant sa porte.

— Des nouvelles pour ton père ?

— Je te rappelle.

Il raccrocha, alla jusqu'à la fenêtre du salon et scruta l'intérieur de la maison. Rien ne bougeait. De retour devant la porte d'entrée, il remarqua les dégâts à l'huisserie. Ce n'était pas grand-chose. Une pince à décoffrer ou une sorte de ciseau avaient suffi. Il ne put s'empêcher de repenser aux dégâts sur le chambranle de Gallowhill Cottage. Il jeta un coup d'œil aux maisons voisines. Une rue tranquille où les gens s'occupaient de leurs affaires. Il avait probablement suffi de trente secondes au voleur pour forcer l'entrée. En faisant mine de sonner ou de glisser du courrier par la fente de la boîte aux lettres. Il poussa délicatement le battant du pied et entra dans le vestibule.

À première vue, rien ne manquait aux papiers sur la table. On les avait peut-être examinés, mais c'était difficile à dire. Son ordinateur portable avait disparu avec câble et chargeur, mais la télé et le lecteur de DVD étaient intacts. Dans la cuisine, la radio qu'il posait à côté de la bouilloire avait elle aussi disparu. À l'étage : tous les tiroirs ouverts, leur contenu en vrac, passé à la fouille. Sa bonne montre n'était plus là, mais on lui avait laissé son passeport. La penderie vidée, ses vêtements éparpillés par terre. Il s'assit sur le lit et appuya le menton sur ses mains.

Est-ce que ça valait la peine de prévenir la police ? Oui, mais uniquement pour avoir un numéro de référence à transmettre à l'assurance. Peu de chances qu'il y ait des empreintes. Un menuisier réparerait la porte sans problème. Son ou ses voleurs étaient repartis sans prendre le double des clés, ils n'avaient donc pas l'intention de revenir. Tout avait été fait pour que l'intrusion ressemble à une banale effraction, mais il avait des doutes. Il redescendit au rez-de-chaussée et s'intéressa aux papiers sur la table. En capitales d'imprimerie sur la feuille de dessus, le nom de Charles Mangold lui sauta aux yeux, à côté d'autres noms qu'il avait couchés sur le papier, accompagnés des dates et du motif de sa recherche…

S'il s'était trouvé sur place, s'interrogea-t-il, les intrus se seraient-ils également débrouillés pour que ma mort passe pour un suicide ?

— Ressaisis-toi, Malcolm, marmonna-t-il.

Il essaya de se souvenir des informations que pouvait contenir son ordinateur. L'essentiel de ses réflexions, en séquences plus détaillées que dans ses notes écrites. Il n'y avait pas encore ajouté les trois derniers protagonistes, Alison et Stephen Pears, ainsi qu'Andrew Watson. Avait-il mentionné le carnet d'entretien de Francis Vernal ? Le lien existant entre Gavin Willis et le Dark Harvest Commando, en particulier celui qu'on surnommait Hawkeye ? Très certainement. Il n'avait rien imprimé, mais avait copié le contenu de son dossier sur une clé USB.

Une clé USB maintenant envolée.

En même temps que le livre du professeur Martin.

Une clé d'une valeur de quatre livres et un vieux bouquin dépenaillé : aucun cambrioleur à la sauvette ne se serait intéressé à de telles bricoles. Des barbouzes ? La Special Branch ? Un avertissement, du même genre que celui qu'on destinait à Alan Carter, sauf que, pour ce dernier, les choses avaient très mal tourné ? Il sortit son téléphone et signala le vol avec effraction, puis ressortit de la maison afin de vérifier que le carnet d'entretien de Vernal se trouvait toujours dans la boîte à gants de la Volvo. Il était bien là. Il passa chez ses voisins, les deux maisons mitoyennes de la sienne, mais ne trouva personne. De l'autre côté de la rue, M. Anderson, déjà âgé et sourd d'oreille, n'avait rien remarqué de particulier.

— Une voiture ou une camionnette ? insista Fox, mais Anderson se contenta de secouer la tête avant de lui offrir du thé.

— Une autre fois, répondit-il.

Il essaya deux autres voisins, mais personne n'avait rien vu ni entendu. Pas de véhicule ni d'inconnu dans les parages.

Tranquille, comme d'habitude.

Quand arriva la voiture de patrouille, Fox montra sa carte aux agents puis indiqua les dégâts. Un des policiers disposait d'une tablette électronique sur laquelle il nota les détails.

— Le numéro de série du portable ? demanda-t-il.

Fox alla chercher la garantie. Il aurait bien sûr pu leur dire qu'on ne le retrouverait jamais, mais ils auraient voulu savoir pour quelle raison il en était aussi sûr.

— Il ne s'agit pas d'un ordinateur fourni par Lothian and Borders ?

Fox fit non de la tête.

— Aucun rapport donc avec vos activités professionnelles ?

— Non, mentit-il.

— Au moins, ça vous évitera le conseil de discipline.

— Remerciez le ciel, ajouta son collègue.

— L'ironie est comprise dans le prix ou quoi ? demanda Fox. Et le conseil de discipline ne se réunit que s'il y a eu négligence. Je doute qu'un cambriolage en soit une.

Leur vanne sur les Plaintes ayant porté, leur petit sourire satisfait s'effaça, et ils suggérèrent d'envoyer une équipe pour relever les empreintes, mais Fox leur répondit que ça n'en valait pas la peine.

— Je n'en suis pas aussi sûr, inspecteur, dit le plus âgé des deux. Il y a eu un certain nombre de maisons cambriolées dans le quartier au cours des derniers six mois. Possible que ce soit la même équipe que chez vous.

— Et quand on aura mis les mains sur ces petits salopards…, dit le plus jeune.

— Très bien, dans ce cas.

La camionnette du labo arriva une heure plus tard. Une jeune femme emporta son matériel dans la maison et s'attela à son travail. Il avait remis sa chambre en état et la regarda brosser sa poudre sur la porte d'entrée.

— Ils n'ont pas emporté grand-chose, lui fit-elle remarquer.

— Non.

— Même pas la télé. Ce qui signifie qu'ils étaient à pied.

— Effectivement.

Elle interrompit son poudrage.

— Je ne trouve rien ici, reconnut-elle.

Quelques minutes plus tard, elle passa au salon et il lui demanda de s'attarder sur la table. Elle y trouva quelques empreintes.

— Probablement les miennes, dit-il.

Elle en releva néanmoins plusieurs échantillons avant de prendre les siennes pour les comparer. Fox repensa à la scène de crime devant le cottage d'Alan Carter et se demanda si c'était un coup de chance qu'il n'ait pas été chez lui.

S'ils avaient vraiment voulu le trouver à son domicile, ils auraient pu choisir leur moment. Trouver son adresse n'était pas bien difficile ; un petit mot glissé à la bonne oreille, voire un peu de piratage sur Internet. Il n'était pas dans l'annuaire, au contraire de sa sœur. Bon Dieu, on aurait même pu le prendre en filature après son départ du QG de la police. Il était sous surveillance quand il avait quitté la maison, ou on savait qu'il se rendait à l'hôpital après son bref passage au bureau.

Est-ce qu'on écoutait ses conversations téléphoniques ?

Avait-on collé des mouchards dans sa maison, à son bureau, dans sa voiture ?

Il essaya d'en rire, tout en sachant que cette idée allait le tarauder toute la journée.

— Les draps bleus vont ont donné un numéro d'ordre ? lui demandait la technicienne, son travail dans la chambre étant terminé.

— Les draps bleus ?

— Les agents en uniforme, expliqua-t-elle en souriant. C'est un inspecteur qui leur donnait ce nom-là, dans le temps.

— Ils m'ont bien donné un numéro d'ordre.

— Tout ce que vous pouvez faire, c'est de demander à l'assurance de vous rembourser, et de faire installer une porte plus solide.

Fox acquiesça.

— Ça aurait pu être pire, non ? dit-elle, toujours souriante.

Il parut d'accord avec elle.

*

La même salle de réunion que la fois précédente chez Mangold Bain. Et, évidemment, Charles Mangold ne pouvait lui consacrer que quelques minutes. Il ne lui proposa rien à boire cette fois, le temps dont ils disposaient, selon ses propres termes, ne le permettait pas. Il pressa les mains, ses lèvres frôlant le bout de ses doigts, et écouta ce que Fox avait à lui dire.

— On est entré par effraction chez moi. Les dossiers que vous m'avez remis sont toujours là, mais on m'a volé mon ordinateur portable. J'y avais noté le résultat de mes recherches sur l'affaire Vernal. Ils ont désormais votre nom…

Détail sans importance, sembla lui dire Mangold d'un geste méprisant.

— Selon vous, qui est responsable ?

— Je n'en suis pas sûr. Je suis tombé à plusieurs reprises sur un membre de la Special Branch.

— Ah…

— Et hier soir, je suis allé voir Alice Watts.

Mangold ne chercha pas à masquer son étonnement.

— La fille que voyait Vernal ? Vous l'avez retrouvée ?

— Oui.

— Où est-elle ? Que fait-elle ?

Fox secoua lentement la tête sans rien ajouter.

— Pourquoi ?

— J'ai mes raisons.

Un instant, Mangold donna l'impression de vouloir insister, mais l'expression du visage de Fox l'en dissuada, ç'aurait été en pure perte.

— Vous a-t-elle parlé de Francis ? choisit-il de demander à la place.

Hochement de tête de Fox.

— Et alors ?

— Elle ne l'aimait pas.

— Vous êtes sûr de ça ?

Nouveau hochement de tête.

— Pourquoi a-t-elle disparu de la surface de la terre ? A-t-elle eu quelque chose à voir avec sa mort ?

— Je ne pense pas. Pas directement. Mais vous pouvez rassurer Imogen Vernal. Même si je ne suis pas certain que ce soit votre intention première. Si elle l'a jamais été.

Duel de regards.

— Je pense que vous voulez avant tout lui ouvrir les yeux sur le personnage.

— Vraiment ?

— Toutes ces années, elle s'est raccrochée à une certaine image de son mari, et vous ne pouvez pas le supporter. Lui, le grand croisé, le patriote farouche. Peu importe ce que vous avez pu faire pour elle, jusqu'à ajouter son nom de jeune fille à celui de votre cabinet, elle ne vous a jamais rendu justice, n'est-ce pas ?

— En quoi votre remarque intempestive fait-elle avancer les choses, inspecteur ? Je ne vois vraiment pas.

Fox se contenta de hausser les épaules. Puis reprit :

— Pourquoi avoir choisi Alan Carter pour être votre limier ? Le temps ne vous a pourtant pas manqué pour enquêter sur la mort de Francis Vernal, et je crois deviner que c'est exactement ce que vous avez fait pendant des années. Pour autant, cela ne vous a pas mené bien loin. Mais vous saviez que Gavin Willis avait dirigé la toute première enquête et vous avez appris qu'il avait pris Alan Carter sous son aile. Mais les éventuelles découvertes de Carter ne vous intéressaient pas, vous vous demandiez seulement quelle part il tenterait de cacher. De cette façon, vous auriez une bien meilleure idée du rôle joué par son mentor, Gavin Willis. Et vous ne vous trompiez pas : Carter ne vous a rien dit de la voiture de Vernal, par exemple, conservée bien à l'abri pendant toutes ces années derrière Gallowhill Cottage. Vous comprenez, il y a toujours deux faces à la même médaille : il ne tenait pas à ce que vous soyez mis au fait de certaines combines. Et c'est probablement la raison pour laquelle il a accepté de travailler pour vous. De cette façon, c'est lui qui tenait les rênes, il pouvait contrôler l'enquête et faire en sorte que le nom de Gavin Willis ne soit pas sali.

— Je ne vois toujours pas en quoi cela fait avancer les choses, répéta Mangold d'une voix calme mais tremblante de colère.

Fox ne répondit rien pendant quelques secondes, puis haussa les épaules, une fois encore.

— Des noms sont ressortis, déclara-t-il. Andrew Watson, entre autres.

— Notre ministre de la Justice ?

— En personne. Vous le connaissez ?

— Non.

— Mais il était avocat, avant de rejoindre les rangs du SNP ?

— Il n'est pas de ma génération. Et son cabinet était à Aberdeen.

— Un criminaliste ?

Mangold acquiesça.

— Qu'a-t-il à voir avec la mort de Francis Vernal ? demanda-t-il, interloqué. Vous essayez de le convaincre de rouvrir l'enquête ?

— Vous aimeriez ?

— Ce serait un cauchemar pour Imogen.

— Peut-être chercherait-elle alors une main secourable… pour tenir la sienne ?

Pas moyen de se méprendre sur le regard que lui lança Mangold : coup bas, très bas.

— Et l'autre nom ? demanda-t-il.

Fox secoua lentement la tête comme pour indiquer que ce n'était guère important.

— J'ai juste vu une photo de son beau-frère.

— Stephen Pears ?

— Prise au New Club.

— Il en est membre.

— Je croyais que ce club n'acceptait que des avocats et des juges.

— L'éventail est plutôt large, le détrompa Mangold.

— Le ministre de la Justice est membre lui aussi ?

Mangold réfléchit un moment.

— Je crois bien que non.

— Vernal aurait-il connu Andrew Watson ? demanda Fox. Tous les deux avocats… Tous les deux nationalistes…

— Watson devait encore être au lycée quand Francis est mort, non ? dit-il en faisant le calcul dans sa tête. Il ne devait guère avoir plus de seize ou dix-sept ans, à l'époque.

— L'âge de tous les idéalismes, déclara Fox. Et aussi l'âge auquel on s'ouvre aux idées.

Mais peut-être pas à celle d'une sœur couchant avec un homme deux fois plus âgé, un homme marié, un nommé Francis Vernal…

*

Privé de son ordinateur, Fox retourna à Fettes avec l'espoir de ne pas retomber dans un couloir sur le chef de la police. Il apprit par les infos à la radio que les trois suspects de Kippen seraient probablement inculpés avant la fin de la journée et que, dans tous les cas de figure, ils resteraient en détention comme l'avait autorisé la cour aux fins d'interrogatoire. Fox savait qu'après l'affaire Megrahi[1], le gouvernement écossais

1. Le seul inculpé, un Libyen, à avoir été condamné pour l'attentat de Lockerbie en 1988 contre l'avion de la Pan Am qui a

aurait tous les projecteurs braqués sur lui – et sur tout le système judiciaire.

À côté de la réception, le statut en était resté à CRITIQUE.

— Même avec les méchants sous les verrous ? demanda-t-il à l'agent de permanence.

— Nous ne savons pas combien il en reste en liberté, répondit l'autre, et peut-être qu'ils veulent se venger…

La peur était bien là : il avait remarqué la même chose en feuilletant les journaux de 1985. Une peur omniprésente. Lorsque la crainte d'une conflagration États-Unis-Union soviétique ou d'une nouvelle ère glaciaire disparaissait, une autre venait prendre sa place, et la peur du crime semblait toujours devancer les statistiques réelles. En ce moment, les gens craignaient pour leur emploi ou leur retraite, ils craignaient le réchauffement climatique et l'amenuisement des ressources naturelles. Si ces problèmes-là trouvaient jamais leur solution, de nouvelles préoccupations viendraient vite occuper le vide. Il fixa le mot CRITIQUE une seconde avant de se diriger vers l'escalier.

Joe Naysmith était dans la salle des Plaintes et le salua de la main.

— Le Fife, c'est fini, réglé, bouclé ? lui demanda Fox, et Joe confirma. Alors où est passé Tony ?

Naysmith haussa les épaules et lui demanda s'il désirait un café.

— Naturellement, répondit-il en s'asseyant devant son ordi.

---

explosé, faisant 270 victimes. Il est décédé d'un cancer en 2012, après avoir été libéré pour raisons de santé en 2009.

Il sortit un billet de vingt livres de sa poche, le plia pour en faire un avion et le lança vers Naysmith qui se retourna après réception.

— Je paie les dettes de la cagnotte, expliqua-t-il. Ça suffira ?

— Largement.

— Bien.

Il se mit au travail, une recherche sur Andrew Watson. Ainsi que l'avait suggéré Mangold, l'actuel ministre de la Justice devait tout juste entamer ses études universitaires à Aberdeen lorsque Francis Vernal avait trouvé la mort. Fox eut beau chercher avec soin, il ne trouva aucun indice laissant entendre que Watson eût jamais été partisan d'une ligne dure ou extrémiste. Conseiller du SNP à l'âge de vingt-sept ans et membre du Parlement écossais à trente et un. Le chef du parti semblait l'apprécier et le respecter. On vantait son travail en coulisses, tant il avait démarché d'électeurs et gagné de suffrages au SNP pour aider son parti à entrer au gouvernement.

Le billet de vingt livres avait apparemment ragaillardi Joe Naysmith, qui vint s'asseoir à côté de lui et lui servit de caisse de résonance pour ses diverses théories. Il se leva pour préparer plus de café, le temps que Fox demande par SMS à Tony où il se trouvait. Quand son téléphone sonna, il crut que c'était lui, mais c'était Jude qui l'appelait de l'hôpital.

— Il s'est réveillé, lui dit-elle. Mais il ne va pas bien…

Fox repartit aussitôt pour le Royal Infirmary et s'engagea dans le parc de stationnement juste derrière une Rover qui se traînait comme une limace. Agacé, il klaxonna en faisant signe au conducteur d'accélérer. Après deux tours complets, il trouva un emplacement vide, tout à fait à l'autre bout du parking, et dut repasser à pied devant la Rover pour gagner l'entrée de l'hôpital. Le conducteur avait l'âge de son père et il lut la crainte sur son visage, quand le vieil homme le vit s'avancer vers lui. Le panneau CRITIQUE lui revint aussitôt à l'esprit et il s'arrêta une seconde en marmonnant une vague excuse.

Lorsqu'il arriva au chevet de son père, Mitch avait les yeux fermés, les mains croisées sur sa poitrine. Jude parlait à une femme qui se présenta comme étant Mae Ross.

— Mme Ross travaille à Lauder Lodge, expliqua Jude.

— Nous nous demandions comment il allait, ajouta Mme Ross.

— Et je lui présentais mes excuses pour ne pas les avoir contactés plus tôt.

— Tu ne m'as pas dit qu'il s'était réveillé ? demanda-t-il simplement.

— Il l'est… Si on veut…

Il se pencha au-dessus de son père et vit ses paupières trembloter avant de s'ouvrir. Il fallut un moment pour que ses yeux s'adaptent.

— Chris ? dit son père avec difficulté.

— C'est Malcolm.

Fox posa la paume sur sa main.

— Malcolm ?

C'est tout juste si le prénom était reconnaissable.

— Les attaques ont souvent cet effet-là, dit Mme Ross avant de s'adresser à Mitch d'une voix chantante habituellement réservée aux enfants : Nous sommes tous impatients de revoir notre client préféré à Lauder Lodge.

Son large sourire disparut aussi vite quand Fox se tourna vers elle.

— Ce n'est pas un client, grommela-t-il. C'est mon père.

— Je n'avais aucune mauvaise intention, monsieur Fox…, dit-elle, visiblement choquée.

Jude, elle aussi abasourdie par cet éclat, posa la main sur le bras de son frère.

— Chris, répétait Mitch.

— Pas Chris, Malcolm.

— Le cousin Chris ? demanda Jude. Chris, de Burntisland ?

— Chris est mort, disait Fox. Il est tombé de moto, tu te souviens ?

Il sortit la photo de sa poche – celle où le cousin de son père acclamait Francis Vernal –, la déplia et la colla sous le nez de son père.

— Tu vois ? Ça, c'est Chris, dit-il en montrant le visage. C'est Chris et moi je suis Malcolm.

— C'est bon, Malcolm, fit Jude, tandis que Mme Ross le regardait comme s'il était devenu fou.

Elle n'était pas la seule, le personnel de l'hôpital lui aussi était tout ouïe. Fox abaissa la photo et le visage de son père s'éclaira.

— Chris faisait toujours tellement attention sur sa moto, dit Mitch.

— Mais pas suffisamment, de toute évidence.

Une question cependant était en train de se former dans son esprit, une question à laquelle une seule personne pouvait répondre. Il se tourna vers Jude, qui n'avait pas lâché son bras.

— Il faut absolument que je parte, déclara-t-il. Ça va aller pour toi ?

Elle acquiesça, l'air un peu craintif.

Fox dégagea son bras et lui caressa le côté du visage.

— Mais s'il y a le moindre changement…

— Je t'appelle aussitôt, dit-elle.

— Je ne devrais pas être absent longtemps.

— Reviens-nous dès que tu pourras.

Elle réussit même un semblant de sourire comme pour lui remonter le moral. Et Fox fit alors une chose qu'il n'avait pas faite depuis bien longtemps : il se pencha vers elle et l'embrassa sur la joue. Et sa sœur se haussa sur son siège, pour lui faciliter les choses.

Après quoi, il sortit.

38

Lorsqu'il arriva au QG de la police, à Stirling, la présence des médias n'avait pas diminué, et les agents en armes examinèrent sa carte officielle avec le plus grand soin. Il adressa un texto au chef de la police : *Dites à Jackson que je suis en bas.*

Dix minutes plus tard, l'homme de la Special Branch était devant lui. Fox s'était installé à la même place que lors de sa précédente visite et prit tout son temps pour se lever.

— Qu'est-ce que vous voulez encore, nom de Dieu ? aboya Jackson, en montrant les dents.

— Alors ? Ils sont inculpés ? demanda Fox comme si de rien n'était.

Jackson croisa les bras et ne répondit rien.

— J'ai eu une belle discussion avec la chef de la police, hier soir, continua Fox. Désolé qu'elle n'ait pas éprouvé la nécessité de vous faire participer à l'entretien.

Pour toute réponse, Jackson souffla bruyamment par le nez, puis, son portable sonnant, il consulta le message sur l'écran. Fox attendit d'avoir de nouveau toute son attention puis posa sa question :

— Chris Fox… Le nom vous dit quelque chose ?

Jackson le dévisagea une seconde et opina d'un léger signe de tête.

— Je me demandais à quel moment vous alliez mettre ça sur le tapis, marmonna-t-il. Venez…

Fox eut droit à un laissez-passer que lui remit la même réceptionniste et suivit Jackson dans un couloir avant de descendre d'un étage. Nouveau couloir, gardé cette fois par un agent armé vérifiant les identités. Deux salles d'interrogatoire, face à face, de part et d'autre du couloir. Des policiers équipés de gilets en Kevlar montaient la garde devant chacune. Jackson ouvrit une des portes d'une poussée.

— Jetez un coup d'œil, dit-il.

Du seuil, Fox vit, assis à la table, un homme menotté qui gardait les yeux baissés. Peau brun clair, épaisse chevelure ondulée, des cernes sombres sous les yeux, l'œil gauche enflé et complètement fermé. Jackson referma la porte et regarda Fox en face.

— En premier, cibles militaires et politiques, ensuite civiles : supermarchés, stades de football et même hôpitaux. Peu importait l'identité de ceux qu'il pouvait tuer, pourvu que ça attire notre attention.

— Où voulez-vous en venir ? demanda Fox.

— Je veux en venir au fait que la menace est réelle, qu'elle existe aujourd'hui, et que ce serait stupide de nous appesantir sur le passé.

Constatant que les gardes écoutaient, Jackson s'avança dans le couloir, croisant au passage deux inspecteurs en chemise à manches courtes qui le saluèrent. Un petit bureau jouxtait les doubles portes et il y pénétra, attendant que Fox le rejoigne.

— Fermez la porte, ordonna-t-il.

Fox s'exécuta et les deux hommes se retrouvèrent face à face.

— Une menace réelle, en ce moment précis, répéta calmement l'homme de la Special Branch. Nous faisons tout ce qui est nécessaire pour qu'elle ne devienne pas réalité.

— Je m'intéresse à Chris Fox.

— J'ai cru que c'était lui, le sujet central de votre enquête. Quand j'ai vu son nom de famille dans les archives, c'était ça, le lien, il ne pouvait en être autrement.

— Quand nous nous sommes parlé à la cafétéria ?

— J'étais déjà au courant, confirma Jackson. Et je me suis alors demandé pourquoi vous n'en aviez pas du tout parlé. Je commençais à croire que vous aviez peut-être quelque chose à cacher.

— Genre quoi ?

Jackson haussa les épaules.

— C'est un parent à vous ?

— Un cousin de mon père. Comment se fait-il qu'il soit dans les archives de la Special Branch ?

— Vous ne savez pas ? fit Jackson.

Sa surprise n'était pas feinte, et Fox le vit calculer ce qu'il allait pouvoir révéler.

— Cela restera strictement entre nous, lui proposa-t-il.

Il fallut quelques instants à Jackson pour se décider.

— Il était délégué syndical, mais extrémiste. Il adorait monter un piquet de grève bien musclé ou attiser les passions. Un vrai fauteur de troubles. Il avait sa carte de membre du parti communiste – et il n'était pas le seul dans le Fife. Mais il a choisi l'option séparatiste, et c'était un bon ami de Francis Vernal au tout début. Tous deux mettaient sur pied des défilés et des manifestations contre les membres de la famille royale en visite. Il aurait suffi d'une tête brûlée avec un pistolet… C'était la même chose à l'époque : une menace réelle et elle était bien là…

— Avec la Special Branch faisant tout ce qui était nécessaire pour l'empêcher de devenir réalité ?

— Nous n'avons pas tué Chris Fox, répondit Jackson, l'œil méchant.

— Comment le savez-vous ?

— Il est mort dans un accident de moto, purement et simplement. Donc, si c'est bien de ça qu'il s'agit…

— Ce n'est pas ça.

— C'est quoi, alors ?

— Je n'aime pas l'idée que des meurtriers échappent à la justice.

— Nous pouvons au moins nous accorder sur ce point… Que vous a appris la chef de la police hier soir ?

— Rien qu'elle veuille partager avec vous, sinon elle l'aurait dit.

— Son frère est furieux contre vous.

— Ça ne m'empêchera pas de dormir.

Jackson contempla ses pieds, à croire qu'il étudiait ses chaussures.

— Il a l'air parfaitement normal, vous ne trouvez pas ?

— Qui ça ?

Jackson montra le bout du couloir.

— Ils ont toujours l'air tellement ordinaire. Juste un peu plus… motivés.

— Et qu'est-ce qui les motive ?

Jackson ne put que hausser les épaules.

— Que lui est-il arrivé ? demanda Fox. Je veux parler de son œil au beurre noir.

— Il s'est frappé lui-même du poing en pleine figure. De cette façon, lorsque les médias obtiendront sa photo, il aura l'air d'avoir été tabassé… Mais ne vous inquiétez pas. Les Plaintes ont été averties, les dépositions dûment enregistrées.

— Tout est bien, en ce cas.

— Votre cousin Chris… Nous le gardions à l'œil, c'est vrai, mais rien de très sérieux. Il n'était pas considéré comme la vraie menace.

— Et qui était la vraie menace ? Vernal ? Donald MacIver ? Ou les fantassins comme Hawkeye ?

— Qui est Hawkeye, quand il est chez lui ?

— Vous n'êtes jamais tombé sur son nom ? Peut-être qu'une nouvelle petite visite aux archives s'imposerait, vous ne croyez pas ? demanda Fox en le voyant répondre par la négative.

— C'est plus facile de vous poser la question.

— Je n'ai pas la moindre idée de son identité.

— Ça n'a guère d'importance, réfléchit Jackson. Quelle qu'ait pu être la menace à l'époque, nous l'avons écartée.

Fox lui jeta un regard cinglant.

— Je veux parler aux hommes qui filaient Vernal ce soir-là.

— Cela n'arrivera pas.

— Il le faudra bien, si vous voulez que je vous lâche les basques.

— Tout ce qu'ils pourraient vous dire se limitera à ce que je vous ai déjà appris personnellement. Ils n'ont rien à voir avec sa mort.

— J'ai besoin de l'entendre de leur propre bouche.

— Pourquoi ?

— J'en ai besoin, c'est tout.

Jackson parut réfléchir au problème, puis secoua la tête.

— Ça ne me suffit pas, inspecteur, dit-il en ouvrant la porte pour signifier que l'entretien était terminé.

— Ma maison a été forcée, l'informa Fox. Vous croyez que si quelqu'un s'aventure dans vos bas-fonds d'ici une vingtaine d'années, il y trouvera ce détail mentionné noir sur blanc ?

— Les criminels ne manquent pas dehors.

— Au moins, là-dessus, nous sommes d'accord, repartit Fox.

Ils s'engagèrent dans le couloir, repassant devant les gardes et les salles d'interrogatoire.

— J'espère que l'état de votre père va s'améliorer, dit Jackson tandis que Fox rendait son laissez-passer à la réception.

— Merci.

— Nous sommes vraiment dans le même camp, dit Jackson en lui tendant la main. Ne l'oubliez pas.

— Quand redescendez-vous dans le Sud ?

— D'ici un ou deux jours. Mais vous savez où me trouver, en cas de besoin.

— Pour tout vous dire, répondit Fox, j'espère ne plus jamais vous revoir.

*

À 20 heures, ce soir-là, Fox était assis au chevet de son père à l'hôpital. Jude avait été persuadée de rentrer chez elle et de dormir quelques heures. Mitch dormait lui aussi. Fox s'était arrêté en chemin à Lauder

Lodge pour y chercher quelques affaires et il avait fini par emporter la boîte de photos avec lui. Il les avait toutes regardées, l'une après l'autre, en se demandant le genre d'histoires qu'elles essayaient de lui raconter. Une famille du XXe siècle, guère différente des autres. Un toit au-dessus de leurs têtes et le ventre plein. Des voyages au bord de la mer et des matins de Noël. Il s'y était reconnu, vêtu de son tee-shirt préféré, les cheveux plus longs que son père ne l'aurait voulu, occupé à arracher l'emballage d'un cadeau. Judy, qui prenait la pose avec sa mère dans un théâtre, certainement une comédie musicale : leur mère en était passionnée. Le père et le fils restaient à la maison et regardaient des feuilletons policiers américains à la télé.

Burntisland encore une fois : Chris Fox, avec Jude sur les épaules. Et une de lui seul frimant avec sa moto, un chiffon à la main, en train de l'astiquer. *Extrémiste... Piquets de grève musclés... Fauteur de troubles...* Il regrettait de ne pas l'avoir connu. Si son père n'avait pas été endormi, il aurait peut-être tenté de lui poser quelques questions. La respiration de Mitch était râpeuse et irrégulière. De temps à autre, il donnait l'impression de s'étouffer avant de tousser à plusieurs reprises sans se réveiller. Ses joues s'étaient creusées, et il continuait d'être alimenté au goutte-à-goutte : éveillé, il avait été incapable d'avaler une bouchée. Fox essaya d'ignorer le tube du cathéter qui serpentait depuis sous les draps jusqu'à la poche accrochée au cadre du lit.

Du vrai travail de détective, voilà ce que je suis en train de faire, voulait-il dire à son père. *Pour le meilleur ou pour le pire, voilà ce que je suis en train de faire...*

Lorsque son portable se mit à vibrer, il consulta l'écran. L'identité du correspondant était masquée. Il se leva et répondit tout en avançant dans le couloir, au-delà du poste des infirmières.

— Allô ?

— C'est bien vous, Malcolm Fox ? dit une voix à l'évidence très agacée.

— Oui.

— On m'a dit que je devais vous parler.

— Ah oui ?

Raclement de gorge au bout du fil : il estima que son interlocuteur avait la soixantaine.

— J'étais là-bas ce soir-là. Ils m'ont dit que vous aviez besoin de renseignements.

— Francis Vernal ? (Il s'arrêta de marcher.) C'est vous qui le filiez ?

— Nous étions de surveillance, oui.

— Il faut que je vous rappelle. Donnez-moi votre numéro…

— Je suis peut-être à la retraite, mais ça ne veut pas dire que je sois sénile.

— Un nom alors ?

— Que diriez-vous de Colin ? Ou James ? Ou alors Fred ?

— Pas de noms alors ?

— Pas de noms, confirma la voix. Il y a longtemps que j'ai quitté le service, et il est certain que je ne leur dois rien, alors écoutez : ce que je vais vous dire, vous ne l'entendrez qu'une fois. Une fois et une seule.

Il se tut, attendant la réaction de Fox.

— Okay, répondit celui-ci.

— Vernal roulait comme un fou. Il avait beaucoup bu avant de partir d'Anstruther.

— Il y avait passé le week-end ?

— Avec sa maîtresse, confirma la voix. S'il y avait eu de la circulation ce soir-là, les choses auraient pu être bien pires. Nous avons entendu l'accident avant de le voir. Il s'était planté dans un arbre, de plein fouet. L'avant complètement enfoncé et lui avec quelques dents en moins derrière le volant.

— Inconscient ?

— Mais il respirait, pouls régulier. Si une autre voiture s'était arrêtée et nous avait vus… Eh bien, nous ne pouvions pas nous le permettre.

— Sauf que vous êtes resté sur place suffisamment longtemps pour fouiller son véhicule.

— L'occasion était trop belle.

— Mais vous n'avez pas pris son argent ni ses cigarettes ?

— On nous a posé la question à l'époque.

— Peut-être que votre collègue…

— Non.

— Pourrait-il le confirmer lui-même ?

— Il est mort il y a un an. De causes naturelles, au cas où vous auriez des doutes.

— Désolé. À votre avis, que sont devenues les cigarettes de Vernal, ainsi que son billet de cinquante livres fétiche ?

— Aucune idée.

— Et il n'y avait pas d'arme dans la voiture quand vous l'avez fouillée ?

— Il aurait pu la cacher à des tas d'endroits.

— Il avait aussi caché trente mille ou quarante mille livres en liquide.

— On m'a prévenu que vous alliez aborder le sujet.

— Dans le coffre, apparemment.

— Nous n'avons pas ouvert le coffre.

— Vous êtes sûr de ça ?

— Nous ne savions pas qu'il avait de l'argent dans sa voiture.

— Vous filiez Vernal. Vous avez dû le voir aux réunions du DHC, sortir en douce, aller jusqu'à sa Volvo et rentrer aussitôt ?

— Nous n'avons jamais vu le moindre argent.

— Votre taupe n'en avait pas parlé ?

L'homme prit le temps de réfléchir avant de répondre.

— Je vous ai dit ce que je savais.

— Prouvez-moi que vous étiez bien sur les lieux.

— Quoi ?

— Comment suis-je censé savoir que vous dites la vérité ?

Nouveau long silence sur la ligne.

— La raison pour laquelle nous avons filé en quatrième vitesse, finit par dire la voix, c'est qu'il a commencé à reprendre conscience. Et le premier mot qui est sorti de sa bouche a été « Imogen ». Nous ne nous attendions pas à ça.

— Vous saviez qui était Imogen ?

— Son épouse. De toute évidence, il avait mal, et c'est elle qu'il voulait voir. Pas Alice, Imogen.

— Mais vous l'avez quand même laissé là, sans même penser à appeler à l'aide…

— On nous appelait le Service des guetteurs, Fox. C'est ce que nous faisions, et de toutes les façons, ce n'est pas un coup de fil à un médecin qui l'aurait sauvé, pas vrai ?

Fox ne répondit pas.

— On en a terminé ?

— Il y avait un nommé Hawkeye dans votre collimateur ?

— Il appartenait au DHC. Un petit salopard insaisissable.

— Comment ça ?

— Chaque fois qu'on a essayé de le suivre, il nous a filé entre les doigts, façon Houdini. Un vrai magicien…

La voix se tut, puis répéta :

— On en a terminé ?

— Je ne sais pas comment vous pouvez vivre avec ça, dit Fox.

— On en a terminé, déclara la voix.

La ligne fut coupée, et Fox fut surpris de constater qu'il s'était adossé au mur du couloir. Il appuya la tête contre la surface fraîche et fixa l'affiche encadrée, sur le mur opposé. Puis il chercha le numéro d'Alison Pears et le composa.

— Quoi encore ? dit-elle sans rien cacher de son irritation.

— Je voulais juste vous remercier d'avoir convaincu Jackson de me parler.

— Cela ne vous a pas refroidi pour autant, vous continuez toujours à m'empoisonner l'existence.

— Je viens de recevoir un coup de téléphone de l'un des deux agents qui filaient Vernal ce soir-là.

— Oui ?

— Je me demandais juste… Je présume que vous les avez rencontrés ?

— Non.

— Vous ne les connaissiez pas ?

— Nous n'avons jamais eu de contact direct. Eux, c'étaient des barbouzes, et moi, un tout jeune officier de police. C'est tout ce que vous vouliez savoir ?

— À vrai dire, puisque je vous ai…

— Oui ?

— Une petite coïncidence… Hier, je passe à votre domicile et peu de temps après, quelqu'un pénètre dans le mien sans y être invité.

— Désolée de l'apprendre. On vous a dérobé des choses ?

— Un ordinateur portable, une clé USB, le livre du professeur Martin…

— Je vois.

— Est-ce que je suis paranoïaque ?

— Qui a fait ça selon vous ?

— Je n'en ai pas la moindre idée. Peut-être en avez-vous parlé à vos contrôleurs de la Special Branch ?

— Des contrôleurs ? Nous ne sommes pas chez John Le Carré, Fox.

— Vous n'avez parlé à personne ?

— Croyez-le ou non, j'ai des choses plus importantes qui me préoccupent en ce moment.

S'ensuivit un silence, puis elle lui demanda comment allait son père.

— Je vous remercie, mais ce ne sont pas vos oignons.

Il entendit un bruit de sonnette et devina qu'elle était chez elle.

— Ça doit être mon frère, dit-elle comme pour confirmer qu'il ne se trompait pas. Il vient aux nouvelles. En restons-nous là, avant que j'ouvre la porte ?

— C'est à vous de décider.

— Je ne crois pas qu'il y ait grand-chose à ajouter, vous ne pensez pas ? Ne quittez pas, cependant…

Il l'entendit déverrouiller la porte et dire au ministre de la Justice :

— Encore lui. Ça fait deux fois dans la même journée…

Le téléphone changea de main, et il écouta Andrew Watson entamer sa tirade. Après quelques mots, il coupa la communication et retourna au chevet de son père.

39

Tony Kaye retrouva Tosh Garioch devant la porte du Dakota Hotel, à South Queensferry. En territoire neutre, côté Édimbourg du pont routier sur la Forth. L'hôtel se résumait à un cube noir moderne avec une enseigne au néon bien visible, dans une zone prétendument commerciale offrant un supermarché ouvert jusqu'à une heure tardive et pas grand-chose d'autre.

— Merci d'être venu, dit Tony, la main tendue.

Garioch hésita une seconde avant de la serrer, sans aller toutefois jusqu'à la démonstration de force, mais peu s'en fallait.

— J'ai pensé qu'on pourrait aller boire un verre, ajouta Kaye avec un mince sourire.

Garioch acquiesça et ils entrèrent. Le restaurant à l'arrière du bar faisait recette, hommes d'affaires mangeant en solitaire ou couples chuchotant au-dessus de leurs plateaux de fruits de mer. Quelques tabourets s'alignaient le long du comptoir, mais Tony préféra un canapé, tandis que Garioch choisissait de s'installer face à lui sur le fauteuil mou. Une table basse en bois séparait les deux hommes.

— C'est bien que vous ayez gardé mon numéro de téléphone, dit Kaye.

— J'ai dû fouiller la poubelle pour le retrouver, répondit Garioch en lui montrant la carte de visite déchirée en deux.

Ils commandèrent deux pintes au jeune serveur, dont le regard fut immédiatement attiré par le chardon tatoué. Il déposa un bol de cacahuètes sur la table et Garioch y plongea aussitôt la main pour en fourrer une poignée dans sa bouche.

— Alors, c'est quoi, ce marché ? demanda-t-il.

Kaye se pencha en avant.

— À la façon dont je vois les choses, dit-il, nous pouvons très bien y aller mollo. Vous aviez toutes les raisons du monde d'être furieux contre Paul Carter. Vous en êtes venus aux coups et il s'est enfui. Vous lui avez couru après, mais vous avez laissé tomber quand il est entré dans l'eau. (Petit haussement d'épaules.) Nous ne savons pas jusqu'où vous l'avez suivi et nous ne parlons pas de votre pantalon trempé. Lui s'est noyé, ce n'est pas votre faute s'il s'est montré assez stupide pour tenter sa chance à la nage.

Kaye laissa à Garioch le temps de réfléchir. Les boissons arrivèrent, il paya, but une gorgée et reprit :

— Si nous voulons nous montrer plus méchants, le point de vue change du tout au tout : vous avez tabassé un flic et vous l'avez pourchassé jusqu'à ce que mort s'ensuive… au point de le suivre dans la mer pour vous assurer qu'il n'en ressortirait pas.

Il s'interrompit en faisant tourner sa bière dans son verre.

— Mais pour que le marché soit conclu, il faut nous donner tout ce que vous savez sur Alan Carter et Paul.

— Vous n'êtes même pas de la Criminelle, rétorqua Garioch. C'est Cash qui déposera devant la cour, pas vous.

— Cash m'écoutera. Il y sera bien obligé… Mais je m'en veux, je dois dire. Vous étiez présent lorsque j'ai répondu au coup de fil de mon collègue et que je lui ai parlé de Paul Carter. J'ai même pris quelques notes dans mon calepin, vous vous souvenez ? « Paul Carter… Wheatsheaf… »

Il sortit ledit calepin et l'ouvrit à la bonne page pour le montrer à Garioch.

— Il y a un problème si je parle de tout ça à Cash. Ça devient immédiatement un acte prémédité. Vous voyez où je veux en venir, Tosh ? Vous n'êtes pas tombé sur Paul Carter par le plus grand des hasards, vous l'attendiez pour lui régler son compte.

Kaye en resta là et baissa les yeux sur son verre. Garioch avait raison : il n'avait aucun pouvoir. Et quant à Cash acceptant de faire ce qu'il lui demanderait… Peu importe : il lui suffisait à cet instant précis d'être sûr de lui et de bien le montrer. Demain était un autre jour.

Mais en voyant Garioch se tasser dans son fauteuil, il comprit qu'il le tenait.

— Alan a été très bon pour moi, expliqua calmement Garioch. Il m'a filé du boulot et tout ça. C'est pas si facile quand on a fait de la taule.

— Et donc, quand il demandait un petit service, il était difficile de refuser, c'est bien ça ?

Garioch acquiesça sans rien dire.

— Le vendredi soir, Paul allait toujours dans cette boîte de nuit. Une ou deux fois, on avait été obligés de le sortir quand il collait une femme d'un peu trop près. Après son départ, Billie et Bekkah devaient le suivre et engager la conversation avec lui avant d'aller porter plainte.

— Qu'il ait fait quelque chose ou pas ?

Nouvel acquiescement, sans relever la tête, qui pendait désormais, engoncée entre les épaules massives.

— Une autre femme avait déjà porté plainte contre lui, mais des flics lui ont fait peur et elle s'est rétractée. Alan nous a contactés, Mel et moi, pour aller lui en toucher un mot.

— Mel Stuart ? Lui aussi a déjà fait de la prison, non ? Et ça ne vous paraissait pas un peu étrange, à tous les deux, d'accepter de l'argent d'un ancien flic ?

— Alan était un mec réglo. On savait toujours où on mettait les pieds, avec lui.

— Donc il vous a demandé de mettre un peu la pression sur Teresa Collins…, résuma Kaye pour l'inciter à continuer.

— Billie et Bekkah, c'était comme qui dirait une sorte de police d'assurance, reconnut Garioch. Mais quand elles sont sorties de la boîte de nuit, Paul avait disparu. Au bout d'un moment, Bekkah a eu un besoin pressant, et c'est à ce moment-là qu'elle l'a vu débarquer au volant de sa voiture. On ne savait pas qu'il allait les embarquer toutes les deux, mais finalement, tout s'est bien passé.

— Votre patron était satisfait ?

— Il détestait son neveu. J'ai jamais bien compris personnellement, mais c'est ça, les familles, les vieux griefs, ça s'entretient.

— Vous ne lui avez jamais demandé pourquoi il faisait ça ?

Garioch fit non de la tête.

— Et impliquer les deux filles dans l'affaire, c'était l'idée d'Alan Carter ?

— Oui.

— Est-ce que Paul a essayé quelque chose, avec Billie et Bekkah ?

— Ça s'est passé exactement comme elles l'ont expliqué.

— Raison de plus pour avoir une dent contre lui.

— C'était juste pour ce qu'il avait fait à Alan, affirma Garioch en le fixant droit dans les yeux.

— En fait, Tosh, nous ne sommes pas vraiment sûrs que ce soit lui qui ait tué votre patron, expliqua alors Kaye. Cela signifie qu'il est peut-être mort pour rien. Si vous aviez une conscience, j'oserais dire que ce petit détail pourrait finir par y peser.

Kaye se remit lentement debout.

— Nous prendrons votre déposition, dit-il. Mais il vaudrait mieux parler directement à Cash, en lui répétant tout ce que vous venez de me dire.

— Je croyais c'était à vous de lui parler ?

— Je lui parlerai, n'ayez crainte. Mais il serait préférable qu'il croie que c'est votre décision personnelle. Allez-y avec votre avocat.

Tout en boutonnant son manteau, Kaye indiqua le verre vide devant Garioch.

— Et c'est le dernier pour ce soir, inutile d'ajouter une conduite en état d'ivresse à tout le reste, pas vrai ?

*

Fox s'était endormi tout habillé sur son canapé quand on sonna à la porte. Son cou lui faisait mal, et il se frotta les yeux avant de vérifier l'heure, minuit moins cinq. Les infos passaient à la télé en sourdine. Il se leva et s'étira. On sonna de nouveau. Il ouvrit les rideaux du salon et jeta un coup d'œil dehors avant de gagner le vestibule pour ouvrir la porte.

— Un peu tard pour rameuter les électeurs, non ? dit-il à Andrew Watson.

— Il faut que je vous parle.

Une voiture était garée devant la grille de la maison, moteur au ralenti et chauffeur au volant.

— Entrez, dit Fox.

— Des problèmes ? demanda Watson en voyant les dégâts au chambranle.

— Effraction.

Watson ne parut guère intéressé et le suivit.

— Je n'ai pas l'habitude qu'on me raccroche au nez, attaqua-t-il comme s'il entamait la lecture d'un script tout préparé.

Mais Fox n'avait nullement intention de s'excuser. Il versa ce qui lui restait de jus de fruit dans un verre qu'il vida d'un trait sans rien proposer au ministre. Il alla s'asseoir sur le canapé et coupa le son de la télé. Watson resta debout.

— J'ai besoin de savoir ce qui se passe, dit-il.

— Demandez à votre sœur.

— Elle refuse de me le dire.

— Alors je ne peux pas vous aider.

— Pourquoi cet intérêt de la part des Plaintes ?

— C'est entre elle et moi.

— Je pourrais faire en sorte que cela relève de mon autorité.

— Je n'en doute pas une seconde.

Le ministre n'apprécia pas, à voir son regard furibond.

— Tous les projecteurs sont braqués sur elle depuis qu'elle dirige cette enquête. Les enjeux sont énormes et nous n'avons rien connu de tel depuis plusieurs années.

— Peut-être même depuis Megrahi, reconnut Fox.

Le regard du ministre devint étincelant.

— J'ai l'intention de m'assurer que vous ne puissiez plus vous approcher d'elle à moins de dix kilomètres.

Fox continuait à se frotter les yeux. Il cligna des paupières pour accommoder et fit signe à Watson de s'asseoir.

— Je préfère rester debout.

— Asseyez-vous et écoutez ce que j'ai à vous dire.

Watson s'assit, joignant les paumes de ses mains comme pour mieux se concentrer.

— Vous vous souvenez, quand nous étions chez elle ? J'ai mentionné le nom de Francis Vernal.

— Oui.

— Votre sœur sortait tout juste de Tulliallan, son premier boulot a été une mission d'infiltration secrète, elle s'est fait passer pour une étudiante de St Andrews. Avec inscription en bonne et due forme, cours et TD, la totale. Le mouvement politique étudiant lui a permis de s'approcher au plus près des petits groupes d'extrémistes, et elle fournissait à qui de droit tous les renseignements qu'elle pouvait récolter.

— Êtes-vous sûr de ce que vous avancez, inspecteur ?

Fox lui montra les deux photos du dossier d'inscription à la fac.

— Vous connaissez ?

Watson les examina sans émotion apparente.

— Oui, et après ? finit-il par dire.

— Elle a commencé à voir Vernal, à passer beaucoup de temps avec lui. Il était avec elle ce fameux week-end, il venait de chez elle quand sa voiture a quitté la route. Voilà de quoi je voulais lui parler.

Fox ne le quittait pas des yeux, à l'affût de la moindre réaction.

— Je ne savais pas, dit calmement Watson.

— Ces groupes étaient de tendance séparatiste, pas tellement éloignés en fait de vos propres convictions politiques.

— Je me rappelle. Le SNP n'allait pas très bien. Certains d'entre nous étaient un peu désespérés, un peu frustrés. Nous nous trouvions marginalisés ; mais cela ne se reproduira plus, vous pouvez me croire.

— Mais à l'époque…

— Les temps étaient difficiles…, concéda Watson.

— Avez-vous connu certains de ces groupes ? Seed of the Gael ? Dark Harvest Commando ?

— Uniquement de réputation.

— Vous n'avez jamais rencontré Donald MacIver ?

— Non.

— Ni Francis Vernal ?

— Non.

— Et vous n'aviez aucune idée de ce que faisait votre sœur ?

— Aucune idée, répéta Watson.

— Maintenant que vous êtes au courant, qu'en pensez-vous ?

Pendant presque une minute, Watson tourna et retourna dans sa tête ce qu'il venait d'apprendre, avant de hausser les épaules et de secouer la tête.

— Je ne sais pas bien, dit-il.

— Tous ces activistes ont forcément fini par se faire une place quelque part, dit Fox. Peut-être même au gouvernement.

— Il n'y a pas de place pour les têtes brûlées et les racistes dans un parti moderne, inspecteur, répondit Watson en étudiant Fox de plus près. Dois-je comprendre que vous êtes unioniste ?

— Ce que je suis n'est pas pertinent.

— Vous en êtes sûr ? À vous voir dépoussiérer d'anciennes rivalités et autres conspirations, en espérant qu'un peu de boue restera collée à la réputation de certains…

— Est-ce que le nom de Hawkeye vous dit quelque chose ?

Watson parut prit au dépourvu par la question et réfléchit quelques instants.

— Juste un personnage de *MASH*, conclut-il.

— Et du *Dernier des Mohicans*, ajouta Fox.

— Aussi, reconnut le ministre d'une voix fatiguée.

Toute son énergie et sa colère semblaient s'être envolées.

— Mais ça marche, vous savez, finit-il par ajouter en affrontant le regard de Fox. Je veux parler de l'administration. Il y a un quart de siècle, rares auraient été les Écossais à prédire qu'ils verraient le SNP au pouvoir de leur vivant, y compris parmi nous, dans le parti. Pourtant, nous y sommes arrivés, dit-il en ponctuant son affirmation d'un hochement de tête, avant de se raidir tout à coup. Mais nous ne pouvons pas nous permettre un nouveau Megrahi. Toutes ces bombes qui explosent… Alison a besoin de toute sa concentration, donc pas d'attractions annexes.

— Je ne qualifierais pas vraiment un meurtre d'attraction annexe.

— Quel meurtre ?

— Celui d'Alan Carter, l'homme qui enquêtait sur la mort de Francis Vernal. Tout a été fait pour déguiser sa mort en suicide, mais en réalité, c'était une exécution.

— Vous n'allez quand même pas croire qu'Alison a quelque chose à voir avec ça ?

— Pourquoi pas ? Si Carter était au courant de ses activités passées et se préparait à tout étaler au grand jour…

— Jamais, dit Watson en secouant farouchement la tête. Vous ne pouvez pas faire circuler ce genre de…

— C'est apparemment le seul moyen d'attirer l'attention, rétorqua vivement Fox. Ça a bien attiré la vôtre, apparemment, puisque vous êtes là.

— Elle ne peut pas se permettre d'avoir une telle épée de Damoclès au-dessus de la tête, insista Watson avec force. Alison a travaillé dur pour en arriver là où elle est aujourd'hui.

— Si je puis me permettre, vous aussi vous devez estimer avoir travaillé dur, non ?

— Naturellement.

— C'est d'elle que vous vous souciez tant, ou de vous-même ? demanda Fox en plissant les paupières. Il semblerait que la fonction de ministre de la Justice soit toujours à la merci d'un oiseau de mauvais augure, non ? C'est un joli coup de pouce du destin que d'avoir une chef de la police à laquelle se fier les yeux fermés, en particulier si elle peut obtenir matière à quelques articles supplémentaires dans les gazettes ?

— Que voulez-vous dire ?

— Si j'arrêtais le feu, si je ne faisais rien jusqu'à ce que vos terroristes soient condamnés ? Vous y gagneriez votre moment de gloire. Après quoi, je recommencerais à poser mes questions ?

Watson le fixa droit dans les yeux.

— Et en retour, vous voudriez quoi ? demanda-t-il d'une voix plus douce.

— Mais… rien du tout… Parce que ça n'arrivera pas. Je voulais juste voir si vous alliez mordre à l'hameçon.

Watson se leva de son fauteuil comme un diable de sa boîte.

— Pour l'amour du ciel !… bredouilla-t-il.

Fox ignora cette envolée presque lyrique.

— Tant que nous y sommes, je voulais vous demander… comment avez-vous obtenu mon adresse ?

— Quoi ?

— Mon adresse.

— Jackson, rétorqua sèchement le ministre.

Fox hocha lentement la tête. Ainsi donc, l'homme de la Special Branch savait où il habitait…

Watson avait eu le temps de gagner la fenêtre d'un pas furieux et de revenir.

— Je ne vois plus aucun intérêt à essayer de vous faire entendre raison.

Fox lui répondit par un haussement d'épaules.

— Aussi je me vois contraint d'en toucher un mot à votre chef.

— Et pour faire quoi ? Vous me ferez suspendre ? N'oubliez pas dans ce cas de le mettre au courant du passé de votre sœur.

— Et que croyez-vous donc qu'elle ait fait de si répréhensible, très exactement ?

— J'essaie toujours de comprendre, répondit Fox le regardant en face. Un petit coup de main de votre part ne serait pas de refus.

— Quel petit coup de main ?

— Vous pourriez rouvrir l'enquête sur Vernal, en faisant les choses dans les règles, cette fois, avec consultation du public. Vernal était espionné par le MI5 et une policière infiltrée. Deux faits établis : ont-ils joué un rôle dans sa mort ? L'enquête qui s'en est suivie a-t-elle été étouffée ? Et existe-t-il un lien avec le meurtre d'Alan Carter ?

Fox se leva sans hâte, sans quitter Watson des yeux.

— Ce pourrait être un beau fleuron à votre couronne si vous parveniez à obtenir quelques réponses à ces questions.

Sauf que le ministre de la Justice secouait farouchement la tête.

— Le Dark Harvest Commando, la SNLA, plus personne aujourd'hui ne veut voir ces cadavres ressuscités.

— Plus personne… dans votre parti, rectifia Fox.

— Plus personne, point final.

— Vous seriez surpris.

Watson s'obstina dans ses dénégations.

— Il n'y aurait donc que moi, c'est bien ça ? demanda Fox.

Question de pure forme, mais Watson y répondit malgré tout.

— Que vous, oui.

Trois minutes plus tard, Fox était à sa fenêtre et voyait la voiture s'éloigner. Le plafonnier était allumé et le ministre plongé dans ses dossiers. Son portable le prévint qu'il avait un message. De Jude.

T'es réveillé ?

Il la rappela.

— Qu'est-ce qui ne va pas ?

— Rien. Je ne voulais pas te déranger si tu étais en train de dormir.

— À ce propos…

— Je n'arrête pas de me tourner et de me retourner, avoua-t-elle en soupirant. Je ne cesse de penser à papa ; qu'est-ce qu'on va faire de lui, Malcolm ?

— Je ne sais pas bien.

— Il ne peut pas rester éternellement à l'hôpital.

— Non.

— Mais si son état ne s'améliore pas…

— Lauder Lodge ne sera guère plus approprié, concéda-t-il. Il faut que j'y réfléchisse, Jude.

— Moi aussi.

Il l'écouta changer de position, comprit qu'elle était couchée.

— Tu te souviens quand on était gamins ? lui demanda-t-il. J'allais me glisser dans ta chambre et on chantait des chansons tous les deux sous les draps…

— Notre hit-parade personnel, jusqu'à ce que maman et papa nous entendent. Il y a des années que je n'avais pas pensé à ça…

— Il y a quelques jours, je me suis retrouvé dans les bois, poursuivit Fox en se réinstallant dans le canapé. Et ça m'a ramené à l'époque de l'Hermitage et des balades qu'on faisait là-bas. Au temps où tu me préférais encore aux autres garçons.

— Je ne t'ai jamais préféré aux autres garçons, le taquina Jude.

Il sourit et ils continuèrent à papoter. Il avait la télécommande à la main et fit défiler les chaînes. Shopping de nuit, astrologie, jeux-concours par téléphone. Et aussi des infos, mais il ne s'y attarda pas. Il s'arrêta sur la chaîne Comedy. Un vieil épisode de *MASH* commençait juste. Hawkeye[1] et Trapper John, Lèvres en feu et Radar. Le rôle de Hawkeye Pierce était interprété par Alan Alda, mèche au vent, démarche chaloupée et mauvaises vannes plein la bouche. Jude lui parlait d'une cabane qu'ils avaient construite un jour dans un coin secret de l'Hermitage. Mais il était mal assis, la main de plus en plus crispée sur la télécommande. Il fit semblant de bâiller en s'excusant auprès de sa sœur.

— Je devrais te laisser dormir, dit-elle.

— Ça me fait très plaisir de bavarder avec toi, mais je n'arrive plus à garder les yeux ouverts.

— Demain à l'hôpital, alors ?

— À quelle heure penses-tu y être ?

— Après le petit déjeuner. Et toi ?

— Plus tard, probablement.

— T'as des choses à faire ?

— Bonne nuit, sœurette.

— Bonne nuit, frangin.

Fox coupa la communication et alla jusqu'à la cuisine pour mettre la bouilloire en marche et se préparer un thé corsé. En d'autres circonstances, il aurait pu s'interroger sur le dégel de ses relations avec sa sœur, mais pas aujourd'hui. Ça attendrait. Il emporta son mug au salon et essaya d'aller sur Internet avec son téléphone portable. Désespérant, trop lent et un écran trop petit. Au bout de quelques minutes, il décida de se rendre à Fettes pour utiliser un des ordinateurs des

1. Œil de Lynx en français.

Plaintes. Il se préparait à partir quand son téléphone sonna. Evelyn Mills, disait l'écran. Il laissa sonner. Deux minutes plus tard, arrivait un SMS : *Besoin de parler à quelqu'un*. Il regarda le message, sans parvenir à se décider. Il avait enfilé sa veste, tenait ses clés de voiture à la main. Le téléphone sonna de nouveau et il répondit.

— Evelyn ?

Mais c'était une voix d'homme.

— Qui que vous soyez, foutez le camp. Elle n'a pas besoin de vous.

Fin de l'appel. Il fixa son portable. Très certainement son mari, Freddie.

— Très bien, dans ce cas, dit-il en se dirigeant vers la porte.

40

— C'est Stephen Pears, répéta Fox.

Il était presque 5 heures du matin et il était assis au comptoir de petit déjeuner dans la cuisine de Tony Kaye. Il venait de passer pratiquement une heure entière à essayer de persuader son ami de cette vérité en argumentant à voix basse, pour ne pas réveiller Hannah, la femme de Tony. Finalement, ce dernier avait poussé un long soupir avant de se gratter le nez en suggérant de manger un morceau.

En voyant le toast posé devant lui, Fox sut qu'il n'y toucherait pas.

— Et tout ça à cause d'une rediffusion en pleine nuit d'un feuilleton sur la chaîne Comedy ? dit Kaye en se versant du café.

— Oui.

— Repense un peu au petit voyage que tu as fait jusqu'à Carstairs… T'es sûr que la folie n'est pas contagieuse ?

— Je te l'ai dit… Hawkeye Pierce… Hawkeye Pears. Au lycée, il faisait partie de l'équipe de tir à l'arc. Le surnom lui vient de là, c'est l'évidence même. Après l'université, il est censé avoir passé deux ans à « vadrouiller » ; il s'est toujours montré très vague sur le sujet. Il raconte qu'il a fait un tas de petits boulots de par le monde avant de rentrer en Écosse avec un petit pactole. La première fois qu'on entend parler de lui dans les milieux financiers, c'est vers le milieu de l'année 1986, il disposait alors de presque trente mille livres à investir. Il a partagé ça entre deux start-up et, un an plus tard, il avait quadruplé ses avoirs.

— Et c'est un journaliste qui t'a fourni tous ces renseignements ?

— Je suis allé jusqu'aux bureaux du *Scotsman*, confirma Fox. Le personnel de nuit se résumait à un seul individu. Il a téléphoné au rédacteur en chef du service économie.

— Et ni l'un ni l'autre ne se sont demandé pourquoi tu étais aussi intéressé ?

— Je leur ai dit que j'appartenais à l'Unité médias.

— Quelle Unité médias ?

Fox haussa les épaules.

— Je leur ai expliqué que je rassemblais de la documentation pour un dossier de presse consacré à la chef de la police Alison Pears…

— Et pour ça, tu avais besoin d'appeler les médias à l'aide ?

Kaye secoua tristement la tête et chassa des miettes de toast aux coins de ses lèvres.

— Au beau milieu de la nuit ?

— C'était tout ce que j'ai pu trouver, répondit Fox. Mais j'ai obtenu ce que je voulais, non ?

— Ce n'est pas suffisant. Le mec sur la photo ne ressemble en rien à Stephen Pears.

— Je peux lui poser la question.

Il avait sorti la photo de sa poche, celle qui montrait Vernal, Alice et Hawkeye. Elle était toute fripée à force d'avoir été manipulée.

— Et s'il décide de nier ? C'est tout ce que nous avons, Malcolm.

Fox prit son mug de nouveau rempli avant de le reposer sans boire. Il savait que son ami avait raison. La photo ne suffisait pas. Les théories ne suffisaient pas non plus.

Kaye but une gorgée de café et étouffa un renvoi.

— Si c'est effectivement lui, supposa-t-il, son épouse doit forcément être au courant.

— Je n'en suis pas si sûr, objecta Fox. Ils se sont rencontrés il y a douze ans et sont mariés depuis dix. Soit treize années après son dernier tête-à-tête avec Hawkeye. Plus de barbe, cheveux courts et teint plus clair, la taille un peu plus épaisse et le visage plus replet…

— Elle devait forcément le savoir, persista Kaye en s'essuyant une nouvelle fois la bouche.

Fox ne répondit rien. Il fixait le pain grillé sur son assiette, garni d'une mince couche de beurre jaune pâle, et la simple pensée de le porter à ses lèvres lui soulevait l'estomac. Il remit la photo dans sa poche.

— À supposer – mais uniquement à titre d'exemple – que tu aies raison, cela ne signifie pas pour autant que nous puissions établir un lien quelconque entre tout ça et Pears. Serais-tu en train de me dire que c'est lui qui a tué Francis Vernal et Alan Carter ?

— Il ne manquait pas de raisons.

— Parce que son épouse avait gravi les échelons et qu'il ne voulait voir personne jouer les trouble-fêtes ?

— Il y a de ça, reconnut Fox. En plus, il est en bonne place pour une nomination à la Chambre des lords. Un passé de terroriste risque de faire un peu tache sur un pair conservateur. Il est aussi grand donateur du parti.

Kaye n'en croyait pas ses oreilles.

— Tu ne peux pas aller raconter ça, Malcolm. Pas sans avoir au moins quelques bribes de preuves.

— J'ai regardé sur Internet. Pears a pris la parole lors d'une conférence qui s'est tenue il y a quelques années à la Barbade, au moment où un trafiquant d'armes du nom de William Benchley se noyait dans sa piscine. Benchley vendait des armes introduites en fraude en Grande-Bretagne par des soldats de retour des Falkland.

Kaye était de plus en plus éberlué.

— Malcolm…

Fox leva la main.

— Oui, je sais, je sais… Je devrais peut-être me faire interner à Carstairs… Mais s'il y a une part de vrai dans tout ce que j'avance… ?

Kaye repoussa son assiette vide et prit son mug de café.

— Je ne vois toujours pas ce que tu pourrais faire de tout ça, dit-il.

— Tu as peut-être raison.

— Mais puisque la nuit se prête si bien aux contes de fées, je peux t'en offrir un de mon cru.

Fox dut faire un effort de concentration pour écouter le compte rendu de Kaye sur sa rencontre avec Tosh Garioch.

— Donc, l'accusation contre le neveu était bien un coup fourré de son oncle Alan parce qu'il voulait lui faire porter le chapeau à tout prix, déclara-t-il à la fin de l'exposé.

— Pas exactement, objecta Kaye. Garioch dit bien que Paul a essayé de forcer la main à Billie et Bekkah. Et Alan Carter a fait un peu pression sur Teresa Collins, mais uniquement une fois qu'elle avait déposé sa plainte.

— Tonton Alan voulait s'assurer que la boue reste bien collée, que son neveu ne puisse plus se laver des accusations portées contre lui, dit Fox d'un air songeur.

— C'est vrai qu'il devait le haïr, le Paul, tu ne crois pas ?

— Alors pour quelle raison l'a-t-il appelé ce soir-là ? Pourquoi l'appeler si c'était pour ne rien dire ? Le carnet d'adresses… avec le numéro de Paul… (Fox regardait Kaye droit dans les yeux.) On l'a laissé là, délibérément ouvert, pour qu'il soit retrouvé.

— Et alors ?

— Une simple vérification des appels et le nom de Paul apparaîtrait aussitôt. Mais imaginons une seconde que ce ne soit pas Alan qui ait passé le coup de fil…

— Mais bien le meurtrier ?

Fox hochait lentement de la tête.

— Paul est reconnu coupable par le tribunal, mais le voilà remis en liberté provisoire. Le juge qui a présidé à son procès n'est pourtant pas un ami de la police, mais il le laisse sortir de prison en attendant que la condamnation définitive soit prononcée.

Un petit sourire apparut aux lèvres de Fox.

— Ça veut dire quoi, ça ?

— Le shérif Cardonald est membre du New Club. Je l'ai vu de mes yeux le jour où j'ai rencontré Charles Mangold.

— Et alors ?

— Alors ? Stephen Pears est membre, lui aussi.

— Pears demande à son ami le shérif de relâcher Paul Carter ?

— Paul était le bouc émissaire parfait, expliqua Fox. Et le procès avait clairement prouvé à tous que l'oncle et le neveu se détestaient.

— Mais ça ne pouvait marcher qu'à la condition que Paul soit libre d'aller et venir, dit Kaye, désormais presque convaincu, semblait-il.

— Ce ne sont que des hypothèses pour l'instant, reconnut Fox. Tu l'as dit toi-même, où sont les preuves ?

— Tu n'as pas toujours besoin de preuves pour faire sortir quelqu'un de son trou, déclara Kaye. Nous sommes bien placés pour le savoir.

— Tu crois toujours que je suis cinglé ?

— Peut-être plus autant que tout à l'heure, répondit Tony en finissant son café. Reste un problème, de poids : qu'est-ce que tu vas bien pouvoir faire de tout ça ?

— Il va falloir que j'y réfléchisse.

*

Douché, rasé et habillé de frais, Fox se gara devant le cabinet Mangold Bain à 9 heures et demie. Il vit arriver la réceptionniste mais son nom lui échappait. Il savait qu'il avait besoin de sommeil.

Après ça, au lit, se promit-il.

Mangold arrivait lui aussi, à pied, et il tourna la tête en entendant la portière s'ouvrir.

— Bonjour, inspecteur, dit-il en voyant Fox descendre. Nous avions rendez-vous ?

— Juste un détail qui a piqué ma curiosité, expliqua Fox. Est-ce que Colin Cardonald connaît Stephen Pears ?

— Le shérif Cardonald ? Quel est le rapport ?

— La question n'est pourtant pas compliquée.

— Je les ai déjà vus ensemble, admit l'avocat.

— Au New Club ?

— Oui.

— Ils sont amis, alors ?

— Colin Cardonald aime bien agioter.

— Agioter ?

— À la Bourse. Boursicoter, si vous préférez.

— C'est donc bien pratique d'avoir quelqu'un comme Pears pour le conseiller, estima Fox.

— Je le pense aussi... Est-ce que ça a quelque chose à voir avec Francis ?

— Pas du tout, mentit Fox. Comme je vous l'ai dit, je suis juste curieux.

— Suffisamment en tout cas pour me prendre en embuscade devant mon bureau.

Fox aurait eu du mal à nier l'évidence.

— Vous touchez au but, n'est-ce pas ? demanda Mangold.

Il avait baissé la voix malgré l'absence d'oreilles indiscrètes alentour. Il se rapprocha d'un pas.

— Je lis comme une sorte de fièvre dans votre regard, ajouta-t-il.

— Elle n'appréciera pas, vous savez, dit Fox.

— Qui ça ?

— La veuve. Si je ne me trompe pas et que toute l'affaire finisse par être connue du public, elle vous rendra responsable de tout. Il est même très possible qu'elle en arrive à vous haïr.

L'avocat lui saisit l'avant-bras avec force.

— De quoi s'agit-il ? demanda-t-il d'une voix sifflante, entre ses dents. Dites-moi ce que vous avez découvert.

Mais Fox répondit non de la tête, lentement, avant de remonter dans sa voiture, Mangold presque collé à sa vitre, cherchant obstinément à capter son regard. Lorsqu'il mit le contact, il l'entendit cogner le toit de la Volvo à deux mains, mais ne s'arrêta pas pour autant. Il vit Mangold au milieu de la chaussée, diminuant en taille et en importance dans son rétroviseur à mesure qu'il s'éloignait.

TREIZE

41

Il fallut quelques jours pour tout mettre en place, mais ce ne fut pas vraiment un problème. Dans l'intervalle, les terroristes suspects avaient été inculpés, renvoyés devant une instance supérieure et incarcérés à la prison de Saughton à Édimbourg. Le ministre de la Justice avait pris un plaisir insigne aux interviews des journalistes et beaucoup vanté les mérites de sa « grande sœur », pour le plus grand plaisir des tabloïds. À Fettes, le niveau d'alerte en était resté à CRITIQUE mais ne tarderait pas à redescendre. Les services de police du Fife avaient adressé un courrier à Lothian and Borders et félicité l'équipe des Plaintes pour son rapport « exemplaire ». Savoir si les médias en avaient été informés restait un mystère pour Fox et ses adjoints. Rien ne transpira dans la presse. Scholes, Haldane et Michaelson recevraient des blâmes, et les choses en resteraient là.

Mitchell Fox avait quitté l'hôpital, non pas pour regagner Lauder Lodge mais pour s'installer dans le salon de son fils. Fox avait acheté chez Ikea un lit d'une personne que Tony Kaye l'avait aidé à monter. Les seules toilettes de la maison étant au premier, il s'était mis en quête d'une chaise percée. Jude avait promis de faire l'infirmière un temps, « mais ça ne durera pas éternellement, je te préviens ». Mitch faisait tout au ralenti, et, de temps à autre, ses idées n'étaient plus très claires et il s'exprimait avec difficulté. Mais il réussissait à manger et à boire seul, avec au besoin un petit coup de main. Lauder Lodge avait prévenu Fox qu'ils ne pourraient pas garder la chambre de son père bien longtemps, mais comme il avait réglé la pension d'avance jusqu'à la fin du mois, il avait un peu de temps devant lui pour se retourner. Le soir, il regardait la télé, installé sur le canapé, son père dans le lit soutenu par ses oreillers. Mitch réussissait à se lever pendant la journée, mais c'était la croix et la bannière pour l'habiller. Le plus souvent, le frère et la sœur le laissaient en pyjama et peignoir de bain.

Sandy Cameron, son vieux copain de beuverie, était venu lui rendre visite et avait apprécié les efforts des deux enfants : *votre vieux père est fier de vous, je le lis dans ses yeux*. Ils préparaient le repas du soir en alternance et faisaient comme si tout allait pour le mieux. Après quoi, quel que fût le temps, Jude disparaissait dans le jardin sur l'arrière de la maison pour y fumer sa cigarette – elle en était déjà à dix par jour –, et Fox s'installait sur le canapé avec sa télécommande et un journal à portée. La pièce commençait à devenir étriquée, le lit et la chaise percée prenant beaucoup de place. Les vêtements de Mitch, entassés dans une valise et un sac poubelle, avaient été relégués dans le couloir. La table basse était encombrée par tout son attirail, et la table de repas avait été repliée sur elle-même, toutes les paperasses de Fox s'étalant désormais sur le sol de sa chambre.

Un kiné devait passer une fois par semaine pour travailler avec Mitch, et ils avaient même envisagé de faire venir un orthophoniste. Mitch avait reçu une balle en caoutchouc qu'il était censé presser à vingt reprises dans chaque main trois ou quatre fois par jour. La boîte à chaussures pleine de photos, son couvercle bien en place, était posée sur la table basse. Jude fit une liste de courses : encaustique pour le mobilier, adoucissant pour le linge, sacs d'aspirateur et chiffons. Plus un fer et une table à repasser. Elle demanda à son frère comment il s'était débrouillé toutes ces années.

— Le pressing, avait-il répondu sans vraiment la convaincre.

*

Stephen Pears devait s'adresser à une assemblée d'actionnaires lors d'une réunion prévue le mardi suivant, à 10 heures du matin, dans la salle de bal d'un grand hôtel du centre-ville d'Édimbourg. Fox avait obtenu l'information par le bureau du *Scotsman*, grâce à son contact qui en avait profité pour lui demander si Pears avait des problèmes.

— Je ne sais pas de quoi il retourne, inspecteur, mais ce n'est certainement pas pour constituer un dossier de presse sur son épouse.

Fox l'interrogea sur d'éventuelles rumeurs et s'entendit répondre que, dans son métier de journaliste, leur absence apparente n'était pas forcément bon signe.

— Par les temps qui courent, n'importe qui peut se retrouver totalement ruiné d'une heure à l'autre.

— Si j'apprends quelque chose, lui assura-t-il, vous serez le premier informé.

Les actionnaires entassés dans la salle de bal affichaient tous une prospérité tranquille et, leur exemplaire des comptes de l'année à la main, s'entretenaient à voix basse du niveau des rémunérations que les membres du conseil d'administration comptaient assurément se partager. Pour la plupart arrivés au crépuscule de leur vie sinon plus, ces derniers avaient avancé leurs pions avec prudence et circonspection, sans trop perdre jusque-là du fait de la crise, mais quelques bonnes nouvelles de la part de Stephen Pears et de son équipe seraient bienvenues. À l'issue de la réunion, une réception était prévue avec buffet, boissons et canapés. On cochait les noms sur les listes en distribuant au passage de belles brochures sur papier glacé avec, en couverture, un couple souriant se donnant la main de part et d'autre d'une table de restaurant. *Assurez vos rêves d'avenir*, annonçait le titre. Fox en prit une avant de préciser que son nom ne se trouvait pas sur les listes. Discrètement, à l'abri du bureau d'accueil improvisé, il montra sa carte de police en indiquant les trois hommes qui le suivaient.

— Ils sont avec moi, annonça-t-il.

Donald MacIver était sorti de Carstairs et attendait, encadré par deux soignants que Fox avait choisis à 8 h 15 ce matin-là. Gretchen Hughes n'avait cessé de lui répéter que MacIver devait absolument éviter toute excitation excessive, et il avait apposé son nom au bas de la décharge administrative, sachant pertinemment que si jamais ses chefs à Fettes avaient vent de cette histoire, il finirait devant un tribunal. Il avait menti comme un arracheur de dents dans le seul but de convaincre Hughes et ses collègues qu'il avait toutes les autorisations nécessaires et que, sans l'aide de leur patient, une enquête pour meurtre risquait de se retrouver dans l'impasse. MacIver était présentable, à croire qu'il avait fait un effort pour la circonstance, et Fox lui demanda à quand remontait la dernière fois qu'il avait mis le pied hors de son établissement.

— Une visite à l'hôpital, finit-il par répondre après s'être creusé les méninges. On soupçonnait une appendicite. Il y a environ quatre ou cinq ans de ça.

Ils avaient tous décidé que les entraves n'étaient pas indispensables, au départ en tout cas. Les soignants étaient à l'évidence à même de contenir leur patient sans problème quoi qu'il arrive. Des adeptes de la gonflette, qui, durant tout le trajet, avaient discuté arts martiaux et compléments alimentaires, tandis que MacIver se plongeait dans la contemplation du paysage qui défilait en répondant aux questions de Fox par des grommellements ponctués de temps à autre d'un oui ou d'un non.

— Ça n'a pas vraiment changé, avait-il marmonné à leur entrée dans la ville. Quelques routes récentes et de nouveaux immeubles.

— Je pourrais faire un détour et passer devant le Parlement, lui avait proposé Fox.

— À quoi bon ?

— *Des vendus achetés par l'or anglais*, avait cité Fox, recevant confirmation par un hochement de tête convaincu.

Ils avaient donc directement rejoint l'hôtel, sur George Street, et s'étaient garés devant un parcmètre. La salle de bal était trop grande pour le nombre de personnes présentes, il n'y vit que quatre-vingts ou quatre-vingt-dix chaises réparties en rangées de dix. L'équipe de Pears était constituée de jeunes hommes et femmes, tous sur leur trente et un, qui balayaient la salle du regard à la recherche d'éventuels trouble-fêtes et distribuaient calepins et crayons à ceux qui en faisaient la demande. Il ne leur fallut pas longtemps pour repérer Fox et ses invités : ayant décliné les sièges qu'on leur proposait, ceux-ci avaient choisi de rester debout au fond de la salle. MacIver paraissait un peu agité, mais ses soignants n'avaient pas l'air de se tracasser outre mesure. Fox aurait qualifié son teint de « gris prison », sachant que le sien ne valait guère mieux. Il n'avait quasiment pas dormi au cours des nuits précédentes – sans que la présence de son père chez lui soit seule responsable de cet état de fait.

La scène qui faisait face au premier rang semblait avoir été dressée spécialement pour l'occasion, avec sa longue table drapée de velours bleu dont le décor se limitait à l'essentiel : quatre cartons personnalisés, trop éloignés pour qu'il distingue les noms, des carafes d'eau et des verres déjà remplis, des microphones et des haut-parleurs côtés cour et jardin. Dans le public, les gens se saluaient de brefs signes de tête. Un jeune homme s'arrêta devant Fox, qui n'en fut pas autrement surpris : il colla à la figure du laquais de corvée la carte qu'il tenait prête en précisant qu'il était officier de police.

— Je peux le proclamer à haute voix, si vous désirez absolument que tout le monde soit au courant, lui proposa-t-il.

MacIver grommela entre ses dents, et le jeune homme recula d'un pas, tourna les talons et repartit en courant. S'ensuivit un conciliabule avec les autres membres de l'équipe, avant que quelqu'un se mette à pianoter sur un portable et entame une conversation chuchotée, la main devant la bouche de crainte peut-être qu'on puisse lire sur ses lèvres.

Excellent. Fox espéra que la grande nouvelle se propagerait rapidement en coulisses.

Malheureusement, le coup de fil arrivait peut-être un peu tard : quatre hommes venaient de sortir d'une porte latérale et gagnaient la scène d'un pas conquérant pour prendre place derrière la table. Stephen Pears tira sur les manchettes de sa chemise et rectifia sa cravate. Quand on le présenta, il hocha la tête, tout sourire, embrassant la salle du regard. Fox, MacIver et les deux soignants n'étaient plus seuls, les avaient rejoints l'équipe de Stephen Pears plus quelques retardataires. Au troisième rang, un des invités fut pris d'une quinte de toux, et l'assistant de service se dépêcha de lui apporter un verre d'eau. Sur la scène, les quatre hommes essayèrent de ne pas se laisser distraire pour si peu, attentifs à la lecture du rapport d'activité couvrant les douze mois écoulés. Fox n'avait d'yeux que pour Stephen Pears, qui semblait se concentrer tout entier sur les rangs du public : son corps électoral, somme toute. Quand un téléphone se mit à sonner dans la salle sans que personne décroche, il s'efforça de ne pas afficher son agacement.

Un membre de son équipe donna discrètement un coup de coude à Fox, lui signifiant que c'était son portable le coupable. Le volume de la sonnerie avait été mis à son maximum, et, quand il sortit l'appareil de sa poche, l'écran lui apprit qu'il s'agissait de Tony Kaye, pile au moment convenu. Le lecteur du rapport s'était interrompu pour rappeler à la salle que tous les portables devaient être éteints. Les gens commençaient à tourner la tête vers Fox, qui finit par arrêter la sonnerie intempestive, une fois pleinement convaincu d'avoir toute l'attention de Stephen Pears.

Il le regarda sans ciller, allant jusqu'à le saluer d'un petit signe de la tête. La lecture du rapport avait repris, mais le corps de Pears parlait pour lui. Sa posture avait changé, il était plus raide soudain, moins assuré dans ses gestes. Lorsqu'il regarda le fond de la salle pour la seconde fois, Fox se pencha devant l'assistant à son côté et toucha le bras de MacIver pour lui murmurer quelque chose à l'oreille.

— Tout va bien, monsieur MacIver ?

Question des plus innocentes, à laquelle MacIver répondit par le simple hochement de tête que Fox attendait de lui.

— Vous êtes sûr ?

Nouveau hochement de tête, après quoi, Fox retourna son attention vers la scène avec un petit sourire satisfait, en espérant que Pears le trouverait à son goût. Celui-ci passa la main dans ses cheveux et s'appuya à son dossier pour se concentrer, sur le plafond d'abord, puis sur le dessus de la table. Le rapport en arriva aux conclusions, et il fut invité à prononcer quelques mots sur l'avenir. Le public applaudit et Fox se joignit à lui. Mais le bruit ne semblait guère convenir à MacIver, qui, les mains pressées sur ses oreilles, laissa échapper un gémissement sourd. Les acclamations se turent, et tout le monde put entendre distinctement ses plaintes. Pears s'était levé, le micro à la main, mais il n'ouvrit pas la bouche, attendant que les soignants calment MacIver.

— Non, répéta MacIver à plusieurs reprises.

— Mieux vaut le faire sortir, dit un des soignants à Fox, qui lui donna son accord.

— Je vous rejoins dans une minute, ajouta-t-il.

Toute la salle assista au spectacle du départ de MacIver, puis se retourna vers Pears, impatiente de voir dans ses œuvres le célèbre financier toujours si calme, posé et sûr de lui, assurée d'assister à un numéro d'exception, au tour de force dont il était coutumier sans même avoir recours à ses notes. Pears avait fini son verre d'eau, on le resservit et après quelques secondes, il entama son discours.

Un discours parfait. Fox douta que ceux qui avaient pu l'entendre par le passé remarquent la moindre différence dans son élocution.

Bel acteur et beau talent, se dit Fox.

Mais cela, il le savait déjà. Au bout de cinq minutes, il accrocha de nouveau son regard et fit mine de l'applaudir en silence en le saluant lentement de la tête. Sur quoi il se dirigea vers la porte en sortant son portable comme pour un coup de fil urgent.

MacIver était assis devant la réception de l'hôtel et suivait du doigt les articles en première page d'un quotidien du matin.

— Il est redevenu comme à son habitude, lui assura un soignant.

Fox s'assit à côté de lui et lui demanda s'il avait reconnu quelqu'un sur la scène. MacIver répondit non de la tête.

— Vous êtes sûr ? insista-t-il.

— Sûr, répéta MacIver.

Fox lui montra un exemplaire de la brochure *Assurez vos rêves d'avenir*, dont la quatrième de couverture s'ornait des portraits souriants des acteurs principaux du projet.

— Et lui ? demanda-t-il en désignant Stephen Pears du doigt.

— Il était dans la salle.

— Oui, tout à fait.

— Je ne le connais pas.

— Il est passé à la télé et dans les journaux. Il s'appelle Stephen Pears et je suis pratiquement certain que vous l'avez connu sous le nom de Hawkeye.

— Vous vous trompez, répondit MacIver sans broncher, en le regardant en face.

— La guerre est terminée, insista Fox. Inutile de mentir pour sauver une cause gagnée.

Mais MacIver continuait à secouer la tête avec force, presque d'un air de défi.

— Est-ce que je peux rentrer ?

— Rentrer ? répéta Fox en se méprenant, convaincu qu'il parlait de la salle.

— À la maison, dit MacIver.

— Il veut dire à Carstairs, expliqua un des soignants. Ce n'est pas vrai, Donald ?

— Tout à fait, confirma MacIver. Je ne me plais pas ici, expliqua-t-il. Et pour vous, ajouta-t-il avec un regard noir, c'est *monsieur MacIver*, tant que vous ne me connaîtrez pas mieux.

— Mais je vous connais depuis presque deux ans.

— Vous devez encore faire vos preuves.

— Et si nous retournions dans la salle ne serait-ce qu'une minute ? suggéra Fox. Uniquement pour que vous puissiez l'entendre parler.

MacIver se remit à secouer la tête avec force.

— Inutile d'aggraver les choses, prévint le soignant.

Fox envisagea les options qui lui restaient. N'avait-il pas obtenu ce qu'il voulait ? MacIver avait repris sa lecture du journal et demandait à ses cerbères s'ils avaient des crayons de couleur.

— J'ai un stylo, proposa Fox.

— C'est un crayon de couleur qu'il lui faut, expliqua le soignant. Et pas trop pointu.

Fox acquiesça. Son téléphone l'avertit de l'arrivée d'un message : Tony Kaye voulait savoir si ça avait marché.

Plus ou moins, répondit-il.

MacIver étudiait les portraits en quatrième du rapport d'activité, qu'il abandonna vite pour revenir à son journal.

— Dès que vous serez prêt, monsieur MacIver, annonça Fox. Et je tiens à vous remercier pour tout.

MacIver se leva et jeta un dernier coup d'œil autour de lui.

— Russes ou Arabes ? demanda-t-il.

— Je ne suis pas sûr de comprendre.

— Qui est propriétaire de cet endroit ? Ce sera les uns ou bien les autres, souvenez-vous de mes paroles. Et l'année prochaine ou l'année suivante, il sera revendu aux Chinois. Une nation vendue achetée par l'or…

Les deux soignants échangèrent un regard. L'un d'eux leva les yeux au plafond.

— Et c'est reparti pour un tour, dit-il.

MacIver continuait ses récriminations lorsqu'ils l'accompagnèrent jusqu'à la porte.

*

Après avoir déposé les trois hommes à Carstairs, Fox reprit la route d'Édimbourg. Il avait fait la moitié du trajet quand son téléphone sonna. Il avait une idée précise de l'identité du correspondant et eut plaisir à ne pas décrocher ; pas sur-le-champ, en tout cas. Il finit par apercevoir un panneau signalant une aire de repos et s'y engagea avant d'arrêter la voiture. Il ne reconnut pas le numéro affiché sur l'écran et on n'avait pas laissé de message. Il sortit un petit enregistreur numérique de sa poche, dont Joe Naysmith lui avait assuré que les piles neuves lui donnaient une autonomie de huit heures, et l'enclencha avant d'appeler le numéro affiché, en mettant son portable en mode mains libres.

— Allô ?

Ce n'était pas la voix qu'il espérait mais une voix de femme, avec des bavardages en fond sonore.

— Stephen Pears, s'il vous plaît. Je viens de recevoir un appel de ce numéro.

— Ne quittez pas…

Le téléphone changea de main. Une voix d'homme cette fois.

— Oui ? demanda Stephen Pears.

— Les petits canapés étaient bons ? Vous avez réussi à faire voter aux actionnaires des bonus bien juteux aux directeurs ?

— Où êtes-vous ?

— Dans ma voiture. J'ai dû faire un détour pour déposer Donald MacIver.

— L'homme qui vous accompagnait ?

— Votre vieil ami. (Un silence, le temps de regarder passer un camion.) Sa mémoire fonctionne très bien…

— Mais qu'est-ce que vous cherchez à obtenir ?

— Une petite assurance sur l'avenir, déclara Fox.

Silence à l'autre bout du fil.

— S'agirait-il d'une question d'argent ?

— C'est à envisager, sinon, le vôtre, d'avenir, risque de ne pas être trop brillant.

— J'ai beaucoup de mal à vous croire, dit Pears après un petit rire.

— Oh ?

— Vous n'avez pas du tout le type.

— Le type ?

— De quelqu'un qui se laisserait acheter.

— Que savez-vous vraiment de moi ? Vous avez mon numéro de téléphone, mais je l'avais déjà donné à votre épouse. Votre petit cambriolage a-t-il porté ses fruits, au moins ? À propos, j'aimerais bien récupérer mon ordinateur portable, si vous en avez terminé avec lui. Ainsi que la montre. Vous pouvez garder le livre du professeur Martin. Qu'avez-vous pensé de sa thèse ? Toute cette énergie politique gaspillée…

— Je ne vois pas de quoi vous voulez parler.

— Bien sûr que non. De la même façon que vous n'avez jamais été connu sous le surnom de Hawkeye lorsque vous étiez membre du Dark Harvest Commando. Et vous n'avez jamais attaqué de banques ni de bureaux de poste, jamais envoyé de poison ni de lettres piégées à Londres. Jamais volé l'argent qui se trouvait dans la voiture de Francis Vernal après lui avoir tiré une balle dans la tête.

— Vous délirez complètement, inspecteur.

— Vous donnerez votre version, je donnerai la mienne.

— Vous finirez dans la chambre voisine de celle de votre ami à Carstairs.

— Tss, fit Fox. Je n'ai jamais prononcé le nom de Carstairs, monsieur Pears. Mais vous me donnez des idées… Est-ce que John Elliot vous reconnaîtrait, si on l'y poussait un peu ? Peut-être s'en trouvera-t-il d'autres qui sortiront de leur trou. La police peut faire des merveilles aujourd'hui. On prend une photo récente, on change la couleur et la longueur des cheveux, on rajoute une barbe… Une inversion du processus de vieillissement, en quelque sorte. Ensuite, nous commencerons à voir.

— Vous verrez quoi ?

— Nous verrons Hawkeye nous regarder droit dans les yeux. L'homme qui voulait faire tomber le gouvernement, l'homme qui avait l'anarchie dans le sang… Jusqu'à ce que l'avidité l'emporte.

— Vous commettez une erreur.

— Je ne le pense pas, vraiment pas.

— Moi, si…

Ce fut au tour de Pears de s'interrompre un temps.

— Et maintenant, si vous voulez bien m'excuser, j'ai des choses plus importantes à régler.

— Je vous en prie, faites donc, monsieur Pears. Je vais simplement passer un petit coup de fil à Mme Pears. Alice Watts, de son nom d'emprunt à l'époque. Avez-vous vu cette photo où vous êtes tous les deux, bras dessus, bras dessous, à la manif devant le poste de police ?

— Faites ce que vous avez à faire, inspecteur.

— Cela me convient parfaitement. J'ai juste besoin d'une petite pièce pour un pile ou face, avant de décider de quel meurtre je vais vous inculper en premier lieu. Ou y en a-t-il eu plus de deux ? Les additions, ce n'est pas mon fort, mes talents en arithmétique ne sont plus ce qu'ils étaient.

Fox coupa l'appel, vérifia la qualité de l'enregistrement et s'assit quelques minutes, les mains posées sur le volant. À vrai dire, il n'avait pas obtenu grand-chose du financier ; rien qui pourrait être retenu devant un tribunal. Depuis tout ce temps, la prudence avait dû devenir chez Hawkeye une seconde nature. Il se préparait à repartir quand son téléphone sonna de nouveau. Le même numéro que précédemment. Il remit son enregistreur en marche.

— Apparemment, j'ai dû toucher un nerf, dit-il.

— Je suis un homme de transaction et de marché, inspecteur. S'il y a là matière à marché, je suis prêt à m'y intéresser.

— C'est uniquement lorsque vous n'arrivez pas à vos fins que votre instinct meurtrier reprend le dessus, je présume ?

— Les affaires exigent parfois de se montrer impitoyable, lui concéda Pears. Mais un arrangement est toujours préférable.

— Et vous êtes un homme raisonnable ?

— À moins d'être poussé à bout.

Fox resta silencieux, lui laissant croire qu'il pesait le pour et le contre.

— Nous devons nous rencontrer. Vous et moi, en tête à tête, finit-il par répondre.

— Pourquoi ?

— Parce qu'il le faut.

— Je ne suis pas certain que ce soit une bonne idée.

— Le monument Wallace. 17 heures. Aujourd'hui.

— J'ai des projets pour ce soir.

— 17 heures, monsieur Pears.

Il coupa la communication et fixa son téléphone. Son cœur battait la chamade, le sang sifflait dans ses oreilles et ses mains tremblaient.

Ces petits détails mis à part, il se sentait très bien.

42

— Je n'aime pas ça, dit Tony Kaye. C'est trop tranquille.

Fox dut reconnaître qu'il avait raison. Il était assis dans sa Volvo, le téléphone à l'oreille, et écoutait son collègue. Il se tourna vers le parc de stationnement. Lors de son dernier passage au monument Wallace, c'était le milieu de la journée et il y avait quelques touristes. Là, c'était désert, ou presque.

Il n'y avait que deux voitures garées, appartenant probablement au personnel, plus, à l'extrémité la plus éloignée du parking, une camionnette blanche banalisée à l'arrière de laquelle se cachaient Joe Naysmith et Tony Kaye. C'était leur véhicule de surveillance, bourré d'appareils divers pour l'écoute et l'enregistrement, qui avait l'avantage de ne pas détonner dans une foule. Le seul problème, c'est qu'il n'y avait pas foule.

— On ne pourrait pas se garer plus loin ? entendit-il Tony demander à Joe.

— Déjà qu'ici le signal n'est pas brillant…, répondit Naysmith.

Fox pressa la main sur sa poitrine à l'emplacement du minuscule microphone collé à l'Elastoplast sur sa peau. Naysmith préférait ça au sparadrap ordinaire, il était moins sensible à la sueur. Le micro était connecté au bloc batterie que Fox avait glissé dans sa poche revolver.

— Il s'est assis sur l'antenne ou quoi ? demandait Kaye.

— Réponds-lui que je me la sangle autour de la tête si ça peut vous aider, lui fit remarquer Fox.

Naysmith transmit le message.

Il avait fallu une heure de paperasses avant qu'ils obtiennent le feu vert pour la camionnette et son équipement, même s'il ne s'agissait que de cases à cocher. Et Fox était doué pour ça… Quelqu'un de plus haut placé dans la hiérarchie verrait le formulaire dûment rempli et se poserait peut-être des questions, mais c'était pour plus tard. Le réservoir était quasiment à sec quand ils avaient récupéré le véhicule, mais Fox avait tendu un billet de cinquante livres à Naysmith en lui disant de s'arrêter au garage sur Queensferry Road.

— De tes propres deniers ? lui avait demandé Tony.

— J'y tiens absolument, avait confirmé Fox.

— Pourquoi ici ? voulait maintenant savoir Kaye. C'est-à-dire : pourquoi le monument Wallace ?

— Sa charge historique, répondit Fox.

Dans le rétroviseur, il voyait qu'on essuyait les tables au Legends dont les néons éteints marquaient la fin d'une journée de travail comme les autres. 16 h 50. Ils étaient en place depuis vingt minutes. Fox tentait de deviner quelle voiture Pears allait prendre : la Maserati ou la Lexus. Il eut la réponse deux minutes plus tard, en entendant le grondement sourd de la Maserati à son entrée dans le parking.

— Il est en avance, dit-il simplement à ses collègues.

Pears ne ralentit pas en passant devant la camionnette et les deux autres voitures étant vides, il s'arrêta à côté de la Volvo de Fox, moteur au ralenti. Il baissa sa vitre, Fox l'imita.

— Montez, ordonna Pears.

— Pourquoi pas ma voiture ?

— J'ai bien plus l'habitude de la mienne, répondit Pears.

La stéréo de la Maserati diffusait du piano jazz, le même style de musique que Fox avait entendu dans la maison de Stirling lors de sa visite.

— Sinon le marché ne tient plus, inspecteur, ajouta-t-il.

Fox hésita, referma sa vitre, enleva la clé du contact et sortit. Les yeux rivés sur Pears qui surveillait le parc de stationnement dans ses rétroviseurs, il avança jusqu'à la Maserati et y monta. Pears portait des gants de conduite en cuir, un modèle vieillot qui se fermait par bouton pression, et, aussitôt Fox installé, il passa la marche arrière, sortit de son emplacement, redressa et accéléra droit devant dans un rugissement de cylindres, pour piler près de la camionnette de surveillance.

— Vous voulez dire au revoir à vos amis ? demanda-t-il en donnant un coup de klaxon.

Puis il redémarra comme un bolide en direction de la grand-route, le moteur rugissant si fort qu'il poussa le son de la stéréo.

— Vous me prenez pour un idiot ? hurla-t-il, montrant ses dents, en se préparant à doubler.

— Suffisamment en tout cas pour nous tuer tous les deux, rétorqua Fox en mettant sa ceinture.

Ils étaient déjà à cent trente, mais Pears ne donnait pas l'impression de vouloir ralentir, vérifiant sans cesse dans ses rétros que personne ne les filait. Il n'arrêta son petit manège qu'une fois assuré qu'aucune voiture n'avait pu les suivre.

— Ça va, j'ai compris, inutile d'insister, dit Fox.

Il ouvrit sa chemise, arracha les fils du micro et sortit le bloc batterie de sa cachette.

— Vous voyez ?

Il ôta les piles et balança le tout sur le siège arrière avant de se reboutonner.

— Pas d'arme ? demanda Pears.

— Pas d'arme.

— Et juste la vieille camionnette pour tout renfort ?

— Je ne m'attendais pas à un épisode des *Fous du volant*.

Pears comprit l'allusion et leva un peu le pied, en vérifiant de nouveau dans son rétroviseur, puis il coupa la musique.

— C'est chouette, là où nous allons ? demanda Fox qui ne reconnaissait plus du tout la route.

— Nous roulons, point final. Nous roulons et nous causons, répondit Pears en se tournant vers lui. Je veux que vous compreniez les raisons pour lesquelles les choses en sont arrivées là.

— Ai-je vraiment besoin de le savoir ?

— Peut-être les verrez-vous sous un autre jour.

— Donc vous allez m'expliquer pourquoi vous avez tué Francis Vernal ?

— Il faut remonter plus loin. Vous devez comprendre ce qui se passait dans les années 1980.

— J'y étais, vous savez.

— Ah oui, vraiment ? Vous ne les auriez pas plutôt traversées en somnambule ? Tous ces articles de journaux de l'époque que vous avez consultés, vous souveniez-vous seulement de la moitié des événements qui avaient vraiment eu lieu ? Les défilés dans la rue, les manifestations, la peur ? Soyez honnête, allons, ajouta-t-il avec un regard en coin.

— Peut-être que j'étais un peu trop occupé à vivre ma vie.

— Vous ainsi que quelques millions d'autres. Mais certains parmi nous voulaient changer le monde, et nous savions que les hommes politiques n'allaient guère nous aider sur ce point… À moins de les aiguillonner un peu.

— Au moyen de lettres piégées et d'anthrax ?

— Vous pensez vraiment que le terrorisme ne mène à rien ? Vous vous êtes intéressé à l'Irlande, ces derniers temps ?

— Okay, donc vous vouliez écraser le système, le réduire en miettes, jusqu'à la minute où vous avez découvert tous ces beaux billets dans la voiture de Francis Vernal.

— Francis commençait à être un vrai problème. Il buvait trop, il parlait à tort et à travers, et il avait le MI5 sur le dos.

— Vous le suiviez ce soir-là ?

— Je surveillais la maison à Anstruther. Deux minutes après son arrivée, j'ai vu débarquer une autre voiture. Si Francis avait un peu moins bu, il aurait repéré la filature.

Fox réfléchit un instant.

— Quand il est reparti, vous avez décidé de les suivre, Francis Vernal et les barbouzes, c'est bien ça ?

— Lorsque je les ai rattrapés, l'accident avait déjà eu lieu et je les ai vus fouiller la voiture. Du travail bâclé, je dois dire… Après leur départ, je suis allé y voir de plus près. Il est bien possible que Francis m'ait pris pour l'un d'eux. Il revenait à lui et pointait sur moi un foutu revolver. J'ai voulu m'en emparer et le coup est parti. Après ça, il n'y avait plus grand-chose à faire.

— Si ce n'est vider le coffre de la petite cagnotte du DHC.

— Okay, d'accord, j'ai pris l'argent.

— Vous avez fait bien pire. Les deux agents qui filaient Vernal jurent qu'il n'y avait pas d'arme dans la Volvo. Ce qui signifie que le revolver n'était pas celui de Vernal mais bien le *vôtre*. Il vous appartenait. Et ça n'a pas été un accident, comme vous le prétendez, mais bien une balle tirée à bout portant dans la tempe, exactement comme pour Alan Carter. Vous avez assassiné Francis Vernal de sang-froid, et je viens seulement de comprendre pourquoi.

Il s'interrompit, attendant de voir si Pears allait répondre quelque chose, mais celui-ci se concentrait sur sa conduite.

— Vous l'avez dit vous-même, vous étiez en train de surveiller la maison d'Anstruther. En fait, c'était Alice Watts qui vous intéressait, avant tout. Soit parce que vous la soupçonniez, soit parce que vous aviez un faible pour elle. Je pencherais personnellement pour la seconde solution. Vous étiez mordu, et, malgré tout, pour une raison inconnue, elle préférait coucher avec l'avocat ivrogne qui avait quelques kilos en trop. Un choix que vous ne pouviez pas digérer, ce que je peux comprendre. Vous, monsieur le grand Hors-la-loi, veste en cuir et lunettes de soleil, vous ne faisiez pas le poids devant Francis Vernal. En lui collant une balle dans le crâne, vous vous êtes dit qu'Alice penserait à une exécution par le MI5. Et peut-être aurait-elle alors besoin d'une épaule compatissante pour pleurer. La *vôtre*.

À mesure qu'il avançait dans ses explications, Fox ne pouvait s'empêcher de penser à Charles Mangold et Imogen Vernal, l'histoire d'un autre amour qui n'avait jamais été payé de retour.

— Mais avant que quoi que ce soit se produise, elle avait déjà disparu. Introuvable. Vous aviez l'argent pour vous remettre à flot et un meurtre sur les bras que tout le monde prenait pour un suicide. Comme le groupe était en train d'imploser, vous avez pris vos distances et vous êtes de nouveau tombé amoureux, mais cette fois du système que vous haïssiez tant.

Pears n'avait toujours pas ouvert la bouche.

— Je suis tombé sur quelque chose sur Internet : les qualités nécessaires pour réussir dans les affaires sont les mêmes que celles qui définissent les meurtriers de sang-froid. Pas d'empathie, pas d'émotion… et la capacité de ne se laisser arrêter par rien pour arriver à ses fins.

Cette fois, Pears répondit… par un demi-sourire.

— Vous étiez-vous rendu compte qu'Alice était un agent infiltré ?

— Non, reconnut Pears, son sourire disparu.

— Comment vous êtes-vous retrouvés ?

— Lors d'un dîner de charité. Elle faisait carrière à la Criminelle et gravissait les échelons à toute vitesse.

— Vous l'avez reconnue ?

— Presque immédiatement.

— Mais elle ne se souvenait pas de vous ?

— J'avais beaucoup plus changé qu'elle.

— Vous avez réussi à ne rien laisser filtrer de votre vie précédente ? Pour qu'elle en ignore tout ?

Fox attendit une réponse… qui ne vint pas.

— Vous deviez savoir à ce moment-là qu'à l'époque elle vous espionnait, vous et vos amis ?

Pears acquiesça calmement.

— Ça n'avait pas vraiment d'importance. Ensuite, ça n'a plus eu aucune importance. J'étais tombé amoureux, avoua-t-il en se tournant vers Fox.

— Une seconde fois, précisa celui-ci.

— Pour de bon, corrigea Pears. Et pour la première fois.

— Vous deviez aussi savoir que le jour viendrait où quelqu'un finirait par vous remettre.

Haussement d'épaules de Pears.

— Est-ce que MacIver m'a reconnu, sur la scène ?

— Oui.

— Je n'en suis pas convaincu.

— Il ne savait pas vraiment d'où il vous connaissait, mentit sans hésiter Fox. Mais sur le trajet de retour à Carstairs…

— Après quelques coups de pouce de votre part, j'imagine ?

— Peut-être quelques-uns.

— Devant un tribunal, je doute qu'il fasse un témoin fiable.

— Alors même que vous n'imaginez pas une seconde que cela puisse finir devant une cour de justice, je me trompe ?

— Vous ne vous trompez pas, effectivement… Je ne suis pas sûr d'ailleurs que ce soit ce que vous voulez.

— Et je veux quoi, à votre avis ?

— Vous voulez que la vérité soit connue de tous en détruisant au passage et ma vie et la réputation d'Alison. Vous me prenez pour un assassin glacé et sans pitié qui essaie depuis tout ce temps de protéger ses arrières.

— Alors qu'en réalité vous n'êtes que le preux chevalier servant de votre épouse ?

— Tout à fait.

— Alan Carter n'avait rien trouvé sur vous ?

— Il avait le nom d'Alison. C'est à son collègue qu'on avait confié l'enquête sur le « suicide » de Vernal.

— Le collègue en question s'appelait Gavin Willis, l'homme qui arrondissait ses fins de mois en vendant des armes, à vous et à ceux de votre espèce.

— Le MI5 lui est tombé dessus sans perdre de temps et lui a fait vite comprendre de garder le nom d'Alice Watts en dehors de tout ça. Ils lui ont dit qu'elle était en réalité officier de police et travaillait sous couverture. Bon Dieu, si seulement ils avaient pris la peine de lui fournir une autre identité un peu moins évocatrice de son nom véritable…

Pears secoua la tête, visiblement très agacé par une faute aussi grossière.

— Carter est tombé sur des documents cachés dans le cottage de Willis, une sorte de police d'assurance, une confession avec le nom d'Alice Watts, où il précisait qu'elle était un agent infiltré en même temps que la maîtresse de Francis Vernal.

— Il a additionné deux et deux et essayé de vous faire chanter ? proposa Fox.

— C'est moi qui suis riche, et il savait que les tabloïds feraient leurs choux gras de cette histoire. Un petit bonhomme vicieux, de ceux qu'il est impossible de raisonner.

— Je l'ai trouvé plutôt bien, quand je l'ai rencontré.

— Vous n'avez vu que ce qu'il a bien voulu vous montrer.

— Et il vous a invité à Gallowhill Cottage pour que vous lui remettiez en mains propres le prix de son silence ?

— Oui.

— La porte n'était pas verrouillée, et donc vous êtes entré. Il était assis à sa table. Une cible parfaite, comme au stand de tir. Mais vous n'avez pas tué le chien, c'est avec les humains que vous avez des problèmes… Il est très possible que le meurtre de Francis Vernal ait été un acte plus instinctif que prémédité, l'inspiration du moment en quelque sorte, mais celui d'Alan Carter a demandé un peu de préparation. D'abord, vous avez demandé un petit service à votre ami le shérif Cardonald. Vous vous étiez renseigné sur votre maître chanteur et vous connaissiez le passif existant entre lui et son neveu. Une fois Paul Carter élargi, il ne vous restait plus qu'à le mettre dans le décor. Vous avez appelé son portable à deux reprises afin de le faire venir jusqu'au cottage. Après quoi, vous êtes rentré sagement à la maison pour vous blottir bien au chaud à côté de votre épouse… Comment vous me trouvez jusque-là ?

— Quelle importance ? Je n'entends que de simples suppositions, rien qu'un tribunal jugerait condamnable.

— C'est parce que vous êtes doué… Cardonald a dû avoir des sueurs froides en apprenant que le prisonnier qu'il venait de libérer de détention provisoire se retrouvait soudain soupçonné de meurtre. Sa réputation risquait d'en pâtir.

— Cardonald sait se tenir. Je lui ai permis de se faire un peu d'argent, au fil des années.

— En outre, vous devez savoir vous montrer persuasif, lorsque les circonstances l'exigent. Et pour le trafiquant d'armes de la Barbade ? Commençait-il lui aussi à vous créer des problèmes ?

— Vous n'êtes pas sérieux d'imaginer…

— Il s'appelait Benchley.

— Je sais, il s'est noyé dans sa piscine.

— Et ce n'est qu'une coïncidence ?

— Naturellement, que voulez-vous que ce soit d'autre ?

Fox réfléchit une seconde.

— Les cigarettes de Vernal ainsi que son billet de cinquante livres porte-bonheur ont disparu de sa voiture.

— C'est que quelqu'un les a pris ; peut-être un de vos chers collègues, inspecteur.

Pears eut un nouveau petit sourire en s'engageant sur une nouvelle route.

— On dirait que vous avez une destination bien précise en tête, observa Fox.

— C'est bien possible, reconnut Pears.

Il vérifiait une nouvelle fois ses arrières dans le rétroviseur – pas de phares – quand son téléphone sonna. Il consulta l'écran, sans répondre.

— La chef de la police s'inquiète ? Elle aimerait savoir où vous êtes passé ? proposa Fox au jugé.

— Je commence à me demander si vous ne seriez pas jaloux.

— Jaloux ?

— La jalousie est une émotion des plus banales, répondit Pears, quand on voit quelqu'un qui possède une chose qu'on n'a pas et qu'on n'aura probablement jamais. C'était la motivation profonde d'Alan Carter. Peu importe qu'il s'agisse d'argent, de statut social ou d'amour, c'est une chose qui peut rendre un individu un peu cinglé… Comment va votre père ?

Fox lui jeta un regard furieux.

— Je sais que votre mariage n'a pas duré longtemps, poursuivit Pears. Vous avez une sœur qui a connu quelques problèmes dans le passé. Et voilà maintenant que votre père se retrouve à l'hôpital. Mais il est chez vous, non ? Non pas à la maison médicalisée, mais bien à votre domicile, n'est-ce pas ?

Fox bouillonnait intérieurement, et Pears savait que ses yeux ne le lâchaient plus. Il ne daigna même pas tourner la tête pour s'en assurer.

— Les soins à domicile coûtent cher, reprit-il sans s'émouvoir. Une sœur sans emploi peut se révéler un gouffre, financièrement parlant. Et bien sûr, vous ne manquez pas de vous comparer à Alison et moi, et à tout ce que nous possédons – non pas que cela nous soit tombé dans le bec tout rôti, il a fallu travailler dur, mais c'est vrai que la chance a été aussi un peu de notre côté… Je sais que vous ne courez pas après l'argent, pour autant, cela ne veut pas dire que vous ne soyez pas un peu amer devant la bonne fortune qui sourit à d'autres.

Pears tourna la tête et le regarda longuement.

— Et *moi*, comment vous me trouvez, inspecteur ? en renvoyant à Fox sa propre question. Le monde compte un coureur de femmes alcoolique et un maître chanteur en moins. Trois hourras pour le monde…

— Je crois savoir où nous nous trouvons, répondit calmement Fox en regardant par la vitre.

— Où pourrions-nous être d'autre, je vous le demande ?

Pears s'engagea sur l'aire de repos et pila dans un crissement de gravier. Il coupa le moteur et se tourna vers Fox.

— Une petite balade dans les bois ? suggéra-t-il.

— Je suis très bien ici, je vous remercie, répondit Fox.

Mais Pears avait glissé la main sous son siège et il sortit une arme. Un pistolet, cette fois.

— J'ai gardé quelques petits souvenirs du bon vieux temps, expliqua-t-il en le braquant sur la poitrine de Fox.

— Vous oubliez les témoins, dit celui-ci. La camionnette de surveillance, d'abord.

— Mon plan n'est pas des plus parfaits, je vous l'accorde, lui concéda Pears.

— Je vais donc me tirer une balle dans la tête, si je vous suis bien ?

— Non, vous allez vous pendre.

— Voyez-vous ça !

— Sur les lieux mêmes de votre obsession. J'en ai vu suffisamment de preuves à votre domicile ; tous ces papiers partout, votre ordinateur bourré d'hypothèses et de suppositions. Francis Vernal est devenu votre idée fixe. Ajoutez à cela vos récents problèmes professionnels et la maladie de votre père…

— Je décide donc d'en finir une bonne fois pour toutes…

Pears confirma d'un hochement de tête.

— Et vous faites quoi, vous, pendant tout ce temps ?

— Nous sommes arrivés ensemble, en voiture. Après m'avoir offert vos théories un peu déjantées, vous m'avez demandé de vous conduire ici, convaincu que cela me rappellerait quelque chose. Mais votre folie a repris le dessus, et vous vous êtes enfui dans les bois. C'est là que je vous ai laissé et je suis rentré chez moi.

— Il n'empêche que tout cela ressortira au grand jour : vous et Alice, Vernal et Alan Carter…

— Ce ne seront que des ouï-dire, reconnut Pears. Mais je doute que les médias en fassent grand-chose… J'ai une batterie d'avocats à ma disposition et je crois bien que la grande mode est aux injonctions, devant les tribunaux. Faites-moi confiance, peu de choses risquent d'émerger. Pourquoi ne pas balancer votre portable sur la banquette arrière ? Vous n'en aurez plus besoin.

Fox hésita et le canon du pistolet lui heurta les côtes. Il fit la grimace et sortit son téléphone qu'il jeta derrière lui, entre les deux sièges.

— Dehors, ordonna Pears.

Il était descendu et avait fermé sa portière, son arme toujours pointée sur Fox qui défit sa ceinture et s'exécuta. L'air était froid et pur, un air de campagne. Ils étaient tout proches du cairn dressé à la mémoire de Francis Vernal.

Un patriote.

La route était silencieuse. Au mieux, la prochaine voiture ne passerait pas avant une demi-heure. Un temps largement suffisant pour que Pears mène son exécution à bien – et sans témoins. Un aboiement retentit au loin ; un chien de ferme, voire un renard. Fox regretta de ne pas ressembler davantage à l'animal dont il portait le nom : vif, musclé, agile.

Il lui restait la ruse : elle était toujours là, la ruse…

Pears l'avait rejoint après avoir contourné la Maserati.

— Les voitures de luxe garées ici, on ne doit pas en voir des masses, dit Fox. Vous êtes sûr que vous ne voulez pas la laisser dans un endroit moins visible ?

— C'est un risque que je vais devoir courir. Allons-y.

— Pas de corde non plus, remarqua Fox.

— Elle n'attend plus que nous, dit Pears en indiquant les sous-bois de son arme.

— Joli travail de préparation. Et une attention aux détails dont je ne vous aurais pas cru capable.

— J'ai lu un récit il y a quelque temps. Un homme est entré dans une forêt, je ne sais plus où. Il était trop vieux pour passer le nœud coulant par-dessus une branche haute alors il l'a juste attaché à une autre, plus basse celle-là, y a passé le cou et s'est suspendu en se penchant en avant de tout son poids.

— Et c'est ce que je vais faire ? Je ferais peut-être bien de refuser et de prendre une balle. Au moins, de cette façon, vous serez soupçonné.

Pears haussa les épaules.

— Ma parole contre la vôtre, sauf que vous ne serez plus à même de parler. Un corps pourrait pourrir ici des années avant que quelqu'un le découvre, expliqua-t-il en montrant de nouveau les sous-bois. Mais inutile de penser à ça pour l'instant. Avancez, je vous dis…

Fox fit quelques pas jusqu'à la toute première ligne d'arbres.

— Une chose que personne ne sait apparemment…, dit-il d'une voix sombre et défaite, comme résigné à son destin.

— Quoi ?

— Mais vous, vous devez le savoir, je suppose.

— Savoir quoi ? répéta Pears, intrigué.

— Quel est l'arbre contre lequel la voiture de Vernal s'est fracassée.

Pears sembla réfléchir un instant.

— Probablement celui-ci, finit-il par répondre en le désignant de son arme.

À la seconde où le canon du pistolet se détournait de lui, Fox passa à l'action, agrippa le poignet de Pears et le tordit. Pears poussa un cri de douleur et, par simple réflexe, ouvrit les doigts, lâchant l'arme qui tomba par terre. Fox la chassa aussitôt d'un coup de pied et les deux hommes en vinrent aux mains. Plus grand et plus fort, Pears le toucha à plusieurs reprises de quelques coups méchants, et il suffit de quelques secondes à Fox pour comprendre qu'il n'aurait jamais le dessus au corps à corps. Ne voyant plus le pistolet, il repoussa violemment son adversaire et détala aussi vite qu'il put.

Pears ne se lança pas à sa poursuite, pas immédiatement en tout cas, et Fox eut le temps de se faufiler entre les arbres. Il avait fait une bonne dizaine de mètres en profitant de l'obscurité lorsqu'une balle s'écrasa dans l'écorce d'un tronc, à quelques centimètres de son épaule gauche. Une écharde vola à l'impact et se planta dans sa joue, lui faisant un mal de chien. Il continua à zigzaguer de son mieux sans même l'enlever.

Il ne connaissait pas la profondeur du bois. Combien de temps encore avant qu'il arrive à découvert, là où il ferait une cible facile ? Une demi-lune brillait dans le ciel, obscurcie par une mince couche de nuages mouvants. Juste assez pour y voir, mais plus que suffisant pour Stephen Pears.

Une balle logée dans un tronc d'arbre égale une pièce à conviction en attente d'être retrouvée. Mais la trouverait-on seulement ? Même si les temps avaient changé, la police était toujours capable de bâcler un travail. Il tapota ses poches. S'il commençait à jouer au Petit Poucet et balançait ses cartes, de crédit ou autres, la piste qu'il laisserait serait aussi visible pour Pears que pour d'éventuels enquêteurs. Une autre balle siffla à ses oreilles et se ficha dans un autre tronc. Son poursuivant avait quelques kilos en trop et ne devait guère fréquenter la salle de gym qu'il avait chez lui. Avait-il la moindre chance de le distancer ?

Peu importait, ce n'était pas Pears qu'il devait distancer mais bien ses balles. Ce qui ne risquait pas d'arriver.

Se montrer plus habile, alors ? Oui, mais comment ? Sa meilleure chance restait la route. Tout dépendrait d'une voiture de passage et de la bonne volonté d'un conducteur qui accepterait de s'arrêter, mais un coup de dés pouvait se transformer en vrai coup de chance, non ? Autre possibilité : retourner vers la Maserati. Pears ne l'avait pas verrouillée, mais il ne se rappelait plus si la clé était restée sur le contact. Son téléphone était sur la banquette arrière. Et aussi le petit enregistreur qu'il avait emprunté à Joe Naysmith et balancé en même temps que le bloc batterie, en n'oubliant pas de le mettre en marche au préalable. Tout ce qui s'était dit dans la voiture – il l'espérait en tout cas – s'y trouverait enregistré, et intelligible.

Mais il ne lui serait utile qu'à une seule condition : que Pears ne mette pas la main dessus…

Nouvelle détonation, nouveau raté. Quelqu'un entendrait peut-être les coups de feu ? Un fermier des environs ? Un braconnier ? Il sentait la sueur dégouliner dans son dos. Il pouvait se défaire de sa veste mais elle était plus foncée que sa chemise, il n'avait aucune intention d'offrir à Pears une cible plus tentante. Sa poitrine lui faisait mal, et il se rappela le cent mètres qu'il avait piqué sur le pont de la Forth. Cette fois, il allait devoir tenir la distance.

La quatrième balle, cependant, fit mouche dans son épaule gauche avant de le traverser de part en part. Tout son corps s'engourdit, ses jambes cédant sous lui, mais il refusa de tomber. Puis il sentit une intense brûlure avant que la douleur envahisse son bras jusqu'au bout de ses doigts.

Il serra les dents, sachant qu'il ne pouvait se permettre de s'arrêter, pas même une seconde. Le sang chaud suintait et coulait sur sa peau. Il agrippa sa main gauche de la droite et la colla contre sa poitrine.

Et poursuivit sa course.

Risqua un coup d'œil par-dessus son épaule, en pure perte, car il ne vit pas trace de son adversaire et comprit qu'il était désormais gibier : ce n'était plus une poursuite, mais bien une traque, et Pears ne paniquait pas, toujours semblable à lui-même, parfaitement méthodique. Il le surveillait, tous ses sens à l'affût, et il calculait. Il épuisait sa proie. La laissait tourner en cercle avant de choisir son moment pour le coup de grâce. Fox maudit sa propre stupidité et continua de fuir. Des images se mirent à défiler devant ses yeux : Mitch et Jude ; Imogen Vernal et Charles Mangold ; Mangold à qui il devait de se retrouver dans un tel guêpier.

Allons, quelle blague ! Toute la faute lui en revenait, à lui, à personne d'autre que lui.

Paul et Alan Carter…

Scholes et Haldane et Michaelson…

Evelyn Mills et Fiona McFadzean…

Tous les acteurs du drame qui se jouait, le drame de sa vie et de sa mort.

Alice Watts qui se métamorphosait en Alison Watson.

Hawkeye qui se cachait derrière les yeux de Stephen Pears.

L'inspecteur-chef Jackson, gardien jaloux des secrets de l'État.

Chris Fox.

Puis retour à Mitch et Jude.

Tous tourbillonnaient autour de lui quand il s'attaqua à un talus bien pentu, la mousse et les feuilles s'enfonçant à chaque pas, un goût de terreau dans la bouche à chaque bouffée d'air dans ses poumons fatigués.

— Fox !

Son poursuivant se trouvait peut-être à trente ou quarante mètres, mais le cri lui offrit une lueur d'espoir : Pears commençait à s'agacer. Il essaya bien de sourire, en vain, et mouilla ses lèvres trop sèches de sa langue, sa salive épaisse comme une colle à papier peint.

Il continua de courir.

— Fox !

Continue à crier, mon ami : comme ça je sais où tu es.

À chaque mouvement, un nouvel éclair douloureux lui transperçait l'épaule. Le sang dégoulinait sur son pantalon et ses chaussures, et cette simple pensée lui donnait la nausée. Il déglutit de son mieux, la bouche chargée d'un goût de fer et de bile. Il arriva à une petite clairière où il s'arrêta l'espace d'une seconde, devant le nœud coulant pendu à une branche, presque exactement dans l'alignement de ses yeux, l'autre extrémité de la corde attachée serrée au tronc de l'arbre.

Avance, Malcolm.

Un talus encore plus raide, une ligne d'arbres et une trouée. Ça ne pouvait être que la route. Pour le gravir, il fut contraint de prendre appui au sol avec sa main droite, ses doigts comme des griffes, et, quand il put enfin se redresser, quelques centimètres seulement le séparaient de la chaussée goudronnée. Il regarda à droite et à gauche. Seul le capot de la Maserati était visible, le reste de la voiture masqué par le virage. Il se dirigea dans la direction opposée. Il était désormais à découvert, mais pas de bruit de moteur ni de lueurs de phares nulle part. Il essuya la sueur qui lui piquait les yeux. Il pouvait toujours se réfugier dans les bois de l'autre côté de la route. Il y serait plus en sécurité, mais plus isolé aussi.

Une seconde…

Le ciel commençait à s'éclaircir, et il parvint soudain à distinguer la ligne d'arbres à contre-jour sur fond de nuit plus pâle. Le faible ronron d'un moteur montait de l'horizon, et la longue et belle ligne droite lui rappela les ados du coin, grands amateurs de courses de vitesse. Il se souvenait des noms gravés sur le cairn du mémorial. Mais réussiraient-ils au moins à s'arrêter à temps, s'il leur barrait la route ? Nom de Dieu, ce serait le bouquet : échapper à un tireur fou pour se retrouver fauché par un ado boutonneux au volant d'une Cosworth gonflée à bloc.

Le ronron gagnait en intensité, et il commença à ôter sa veste. Ici, sa chemise plus claire devenait un atout.

— Fox !

Il se retourna. L'air furieux, Pears venait d'apparaître au sortir des arbres, traînant la patte, le pistolet ballant à son flanc, les vêtements et la figure maculés de boue. Manifestement, il avait trébuché et fait une chute.

Il inspira lentement plusieurs fois d'affilée, se redressa de toute sa taille et releva doucement son pistolet. Sa cible était à peine à dix mètres de lui, mais Fox avait commencé à agiter son bras valide en entendant la voiture se rapprocher. Pears le tenait dans sa ligne de mire lorsqu'elle apparut, illuminant le paysage de ses appels de phare, Klaxon à fond. Petite voiture mais gros moteur. Fox essayait de se protéger les yeux de l'éblouissement, et un coup d'œil derrière lui apprit que Pears faisait de même. La voiture s'arrêta en dérapage et finit par s'immobiliser en travers de la chaussée. La portière du passager s'ouvrit.

— Vous essayez de vous faire tuer, mec ?

Juste un gamin, il n'avait peut-être pas encore seize ans. L'intérieur du véhicule résonnait d'un bruit de basses assourdissant. Le chauffeur apparut à son tour, laissant tourner le moteur. Une autre voiture arrivait derrière lui. Même musique de marteau-piqueur, et d'autres gamins.

Fox ne quittait plus son adversaire des yeux. Pears avait caché son pistolet derrière son dos et reculait doucement, se préparant à battre en retraite.

— Mais c'est du sang, ça ? s'écria un des mômes en voyant l'état de Fox. Vous avez planté votre caisse ou quoi ?

Pears disparut, et Fox demanda au passager s'il pouvait emprunter son téléphone.

— Ouais, bien sûr.

Mais sa main tremblait trop et ses doigts couverts de sang glissaient. Il dicta le numéro au jeune garçon qui le composa à mesure, avant de lui placer le portable près de l'oreille, lorsque Tony Kaye décrocha.

*

La Mondeo apparut deux minutes après l'arrivée de l'Unité d'intervention armée. Fox avait donné toutes les indications dont il disposait aux quatre policiers : type d'arme, nombre de balles tirées, direction prise par l'agresseur. Les adolescents étaient restés sur place, un peu sur des charbons ardents de crainte que les flics, en dépit de toutes les assurances de Fox, ne leur réservent une petite surprise non prévue au programme. Ils fumaient, appuyés contre leurs voitures, fascinés par le déploiement d'armes. Lorsque l'un d'eux voulut les prendre en photo, un geste du doigt suffit à l'en dissuader.

Tony Kaye fut le premier à sortir de la Mondeo, suivi par Joe Naysmith. Les policiers disparaissaient dans les bois. Ils s'avancèrent vers leur collègue.

— C'est douloureux ? demanda Naysmith en montrant la blessure.

— Ça fait un mal de chien, l'informa Fox.

— T'as appelé une ambulance ?

Fox fit non de la tête.

— T'as perdu du sang.

— C'est juste une égratignure, déclara Kaye en jetant un coup d'œil distrait à l'épaule de Fox. Tu ne crois pas qu'on devrait s'avancer pour voir où ils en sont ? dit-il en montrant les arbres.

Fox hésita un instant avant de donner son accord.

— Vous restez là, vous autres, ordonna-t-il aux adolescents. Et pas de coups de fil ni de textos, d'accord ?

Les bois étaient silencieux, pas de voix, pas de coups de feu. Rien que le craquement des brindilles sous leurs pas.

— Vous êtes arrivés sacrément vite, dit Fox.

— Y avait un fou au volant, répondit Naysmith.

— Qu'est-ce qu'il te réservait ? demanda Kaye en dégageant les branches sur son passage.

— Un suicide par pendaison.

— Je croyais que ce mec était un pro, dit Kaye en secouant la tête.

— Ça lui a bien réussi par le passé.

— Trop sûr de lui, j'imagine, fit Naysmith. Avant d'ajouter : Et si on le chope avant les gars de la brigade ?

— On est trois, non ? grogna Kaye. Dans l'état où je suis, armé ou pas armé, il y aura droit, il ne va pas y couper.

— Tu es sûr que ça va ? demanda Naysmith en remarquant que Fox avait du mal à suivre.

— Juste quelques vertiges, Joe. Je t'assure, tout ira bien, répondit Fox en s'essuyant le visage de sa manche propre.

Lorsque Kaye se tourna vers lui, en quête de la direction à prendre, Fox se préparait à répondre par un haussement de son épaule valide quand il s'immobilisa : un cri venait de retentir. Apparemment, les premières sommations.

— Peut-être de ce côté, suggéra-t-il.

Les trois hommes accélérèrent le pas. Des voix résonnaient devant eux, des hommes en mouvement. Fox eut l'impression qu'il revenait sur ses traces presque pas à pas et une partie de son cerveau lui commandait d'arrêter, mais il continua, dégouttant de sueur.

Ils entendirent le moteur de la voiture. Un grondement assourdi qui se transforma vite en rugissement.

— Maserati ? proposa Naysmith.

Les policiers de la brigade d'intervention étaient là, l'arme pointée sur le pare-brise, mais il en fallait plus pour dissuader la silhouette au volant. La Maserati gagna la route en marche arrière, pivota sur elle-même en dérapant et commença à accélérer, tous phares éteints.

— Retour à la voiture ! aboya un des policiers à ses collègues. Ronnie, passe l'appel !

— Qu'en penses-tu ? demandait Tony. La Mondeo serait peut-être de taille.

— Malcolm a besoin qu'on s'occupe de lui, l'avertit Naysmith.

Kaye l'ignora, attendant la décision de Fox. Un couinement de pneus déchira alors la nuit, suivi par le bruit sourd d'une collision.

43

Le Victoria Hospital, encore une fois.

Fox savait que Brian Jamieson, le journaliste, devait se trouver quelque part à l'affût dans les parages. Sa blessure avait été nettoyée et fermée de quelques points de suture, et il était bourré d'antalgiques. On lui en avait prescrit d'autres, l'ordonnance était dans sa poche. Son épaule pansée était immobilisée par un strapping, mais une douleur sourde le lançait dès qu'il tentait de bouger la main gauche. Sa veste et sa chemise avaient été placées sous scellés comme pièces à conviction, et il était prévu que les techniciens de la police scientifique se rendent sur les lieux dès le lever du jour pour en rapporter les douilles de balles, le pistolet et le nœud coulant. Pears avait dû se débarrasser de son arme, on ne l'avait pas retrouvée dans sa voiture.

Il avait été placé sous bonne garde dans une chambre à un seul lit, sur lequel une cage en treillis métallique empêchait les draps de trop peser sur ses jambes. Un infirmier avait établi une liste des dégâts : deux côtes cassées, des genoux en piteux état et des hématomes sur le visage, avant de déclarer pour tout commentaire :

— Voilà pourquoi il faut mettre sa ceinture.

Fox était entré après avoir montré patte blanche : un agent de faction posté dans le couloir avait noté son nom et vérifié avec soin sa carte de police, mais il pouvait difficilement l'en blâmer. Dans son costume d'emprunt, sweat à capuche et pantalon de jogging, il n'avait pas vraiment la tenue réglementaire du flic dans l'exercice de ses fonctions.

— Je crois qu'il dort, l'avait prévenu le garde.

Mais Stephen Pears s'était réveillé pour l'accueillir.

— Nous trouverons l'arme, lui annonça Fox d'emblée.

— Et cela prouvera quoi ? Que j'avais éprouvé le besoin de la prendre avec moi tellement j'avais peur de vous ?

— Peur de moi, voyez-vous ça.

— Vous et vos théories excentriques.

Pears, la bouche sèche, essaya de s'éclaircir la gorge en jetant un regard vers la carafe d'eau près de son lit, mais Fox ne risquait pas de lui faire ce plaisir.

— Vous ne pensez pas sérieusement que ça va marcher, dites-moi ? lui demanda-t-il.

— Vous veniez de m'accuser de meurtre, poursuivit Pears. Vous m'aviez ordonné de me rendre sur les lieux de l'accident de Francis Vernal. Une fois là-bas, j'ai paniqué, croyant que vous me réserviez le même sort.

Le regard qu'il fixait sur Fox n'avait rien d'aimable.

— Et c'est tout ce que vous avez à offrir pour votre défense ?

— C'est tout ce que vous entendrez de ma bouche, en tout cas.

Sur ces mots, il détourna lentement la tête, mais la douleur était là, à voir sa grimace. Fox n'était pas pressé, sachant qu'un autre visiteur serait là d'une minute à l'autre. Comme au signal, la porte s'ouvrit derrière lui. Alison Pears l'ignora et s'approcha du lit d'un pas très digne.

— Stephen ! dit-elle en se penchant sur son cher époux pour lui planter un baiser sur la joue. Que s'est-il passé, bonté divine ?

— Peux-tu un instant imaginer qu'on m'ait laissé seul à la merci de ce fou furieux ? répondit Pears.

Elle se redressa face à Fox.

— Votre mari avait la ferme intention de me tuer, l'informa-t-il. De la même façon qu'il a tué Francis Vernal et Alan Carter. Constatant que son nœud coulant ne ferait pas l'affaire, il a essayé de m'abattre.

— Sortez immédiatement ! lui ordonna-t-elle.

Fox secoua lentement la tête. Les yeux d'Alison Pears se durcirent derrière ses paupières étrécies en fentes.

— C'est un ordre, inspecteur.

Fox soutint son regard sans s'émouvoir.

— Je me demande depuis combien de temps vous êtes au courant. Mais vous savez, n'est-ce pas ?

— Je sais quoi ?

— Que vous avez épousé Hawkeye. L'aviez-vous compris avant le mariage ou est-ce arrivé seulement ensuite ? Je ne suis pas sûr à vrai dire que vous en ayez jamais discuté ensemble. Après tout, c'était de l'histoire ancienne… Vous aviez changé tous les deux, vous n'étiez plus les mêmes. Inutile donc de remuer la boue du passé. Heureux, en pleine santé, riches et de l'ambition à revendre…

— Je vous ordonne de partir, répéta-t-elle d'une voix hargneuse en montrant les dents, prête à mordre.

— De façon que vous puissiez accorder vos violons ? proposa Fox. On ne va quand même pas laisser s'écrouler un si bel édifice et gâcher d'aussi beaux talents : c'est ce que vous vous dites ?

— Je t'avais prévenue, cet homme est fou à lier, gémit Stephen Pears. Il est complètement obsédé.

— Oui, c'est aussi ce que je pense, confirma son épouse, d'une voix moins rageuse. Obsédé et paranoïaque. Il voit des conspirations partout.

— Partout, répéta son mari en écho.

Grand silence dans la chambre. Fox ne bougea pas, hochant la tête avec conviction.

— Vous allez donc nier et vous battre, si je comprends bien ?

— Quoi qu'il en coûte, répondit Alison Pears.

Foc acquiesça et, glissant la main dans sa poche, en sortit le petit enregistreur numérique et appuya sur le bouton « Play ». Le haut-parleur était minuscule mais une fois le volume au maximum, la conversation fut tout à fait intelligible.

« — *Donc vous allez m'expliquer pourquoi vous avez tué Francis Vernal ?*

« — *Il faut remonter plus loin. Vous devez comprendre ce qui se passait...* »

Fox passa en avance rapide et réappuya sur « Play ».

« — *Okay, d'accord, j'ai pris l'argent.*

« — *C'était Alice Watts qui vous intéressait, d'abord et avant tout.* »

Soutenant toujours le regard d'Alison Pears, il avança encore.

« — *Alan Carter n'avait rien trouvé sur vous ?*

« — *Il avait le nom d'Alison.* »

Et avance rapide de nouveau.

« — *Un petit bonhomme vicieux, de ceux qu'il est impossible de raisonner.* »

Fox éteignit sa petite machine et la tint entre pouce et index. Une seconde, Alison Pears donna l'impression de se changer en statue, puis, après une profonde inspiration qu'elle relâcha lentement, se tourna vers son mari.

— Tu es un imbécile, Stephen, je commence à croire que tu l'as toujours été.

Pears plissait les paupières, comme si chaque parole lui était une plaie ouverte de plus. Alison le dominait de tout son mépris, les mains crispées sur la barre latérale du lit, le temps de calmer sa fureur et de reprendre une respiration égale. Le sang lui était monté aux joues, et elle les frotta de ses doigts, de haut en bas, comme pour en effacer la couleur. Elle se mouilla les lèvres et se retourna vers Fox.

— Je n'étais pas au courant, je ne sais absolument rien de tout cela, déclara-t-elle. C'est pour moi un choc absolu.

La voyant rectifier sa tenue, tirer sur sa veste et remettre quelques mèches rebelles à leur place, Fox se souvint de sa précédente métamorphose, celle dont il avait été le témoin, chez elle, dans son bureau, lorsqu'elle avait répondu au téléphone.

— Vous faites vraiment la paire, tous les deux. Difficile de savoir lequel a le cœur le plus glacé.

Un petit rictus de mépris au coin des lèvres, il ajouta, sans quitter Alison Pears des yeux :

— Très bien, vous raconterez votre histoire, je raconterai la mienne. Quelle que soit l'issue de cette affaire, vous avez fini par épouser un tueur, et je doute fort que ce petit détail s'accorde bien avec la position de chef de la police. J'irais même jusqu'à dire qu'il justifierait… qui sait, une enquête des Plaintes, peut-être ?

Il avait remis l'enregistreur dans sa poche et se servit de sa main valide pour ouvrir la porte. L'agent de garde faisait de son mieux pour ne pas paraître trop intéressé par le tapage qu'il venait d'entendre. En s'engageant dans le couloir, Fox tourna la tête vers le lit. Mais Pears fermait toujours les yeux, aussi l'abandonna-t-il à son destin, laissant la porte se rabattre doucement d'elle-même.

QUATORZE

44

Le retour au bercail fut banal, sans gloire ni couronne de lauriers.

Son père dormait dans le lit installé au salon, et Jude n'avait pas encore trouvé le temps de faire un minimum de ménage. Des assiettes et des mugs sales dont la place était à la cuisine, des revues à mettre à la poubelle. Elle lui fit une bise sur la joue en lui disant que c'était bon de le voir.

— Combien de temps resteras-tu en congé ?

— Je pourrai m'occuper de papa, si c'est ce que tu veux savoir.

— Il ne s'agit pas de ça, répondit-elle sans croiser son regard.

Il avait mal aux jambes après sa cavalcade, ses poumons continuaient à brûler un peu à chaque inspiration, et il avait sans cesse l'impression, à intervalles réguliers, de revivre sa course folle. Mais si on lui demandait comment il se sentait, il offrait toujours la même réponse : « Je vais bien. »

Jusque-là, il s'était abstenu de regarder ce que la télé avait fait de l'événement. Il avait reçu des messages : Evelyn Mills, Fiona McFadzean, Charles Mangold. Il les avait écoutés mais n'avait pas rappelé. Même chose pour les textos ; qu'était-il censé leur répondre, à tous ces gens ? Il se sentait coupable d'avoir en particulier ignoré Evelyn Mills, tout en ne sachant pas ce qu'il aurait pu faire d'autre. Trop de relations avaient viré à l'aigre autour de lui pour qu'il veuille ajouter plus de détresse au malheur ambiant.

Jude lui prépara du thé pendant qu'il contemplait son père assoupi depuis le canapé où il s'était assis. Sa poitrine qui se soulevait et s'abaissait. Sa bouche légèrement entrouverte. Ses cheveux qui auraient eu bien besoin d'un shampooing. Une légère odeur de talc flottait dans la pièce.

— Alors, quoi de neuf ? demanda-t-il à sa sœur quand elle lui tendit son thé.

— Beaucoup de coups de téléphone, mais c'est à peu près tout. Et un des voisins est passé pour avoir de tes nouvelles. Un vieux monsieur qui habite de l'autre côté de la rue.

— M. Anderson, lui apprit-il.

Elle acquiesça, sans vraiment enregistrer le nom.

— En tout cas, je suis heureuse que tu sois là, j'ai besoin de sortir me fumer quelques clopes.

— Toujours à dix par jour ?

— Je vais avoir droit à un sermon, c'est ça ?

Il fit non de la tête.

— Mais vas-y, qu'est-ce que tu attends ?

Elle ne perdit pas de temps à aller chercher son manteau, puis lui demanda s'il voulait quelque chose. Il secoua la tête encore une fois et la vit hésiter. Il comprit qu'elle n'avait pas d'argent et sortit un billet de vingt de sa poche.

— Merci, dit-elle. T'es sûr que tu ne voudrais pas du jus de tomate ou quelque chose ?

— Non.

Elle referma la porte derrière elle et le laissa seul avec Mitch. Fox débarrassa le fauteuil près du lit de ce qui l'encombrait et s'y assit en prenant la main de son père dans la sienne. Il vit ses paupières frémir, entendit sa respiration changer, mais Mitch ne se réveilla pas. Puis il sortit la photo de sa poche, celle qui montrait Chris acclamant Francis Vernal, inscrivit les deux noms au dos et l'ajouta à la boîte à chaussures. Sur le manteau de la cheminée, il repéra une bouteille de whisky, à côté d'une bouteille de vodka. La vodka – boisson de prédilection de Jude – touchait à sa fin, le whisky en revanche était pratiquement intact. Il fixa les deux bouteilles d'alcool une seconde, se leva et alla jusqu'à la cheminée. Il dévissa le bouchon du whisky et colla le nez dans le goulot, inspirant et expirant à plusieurs reprises. Il savait combien il lui serait facile d'en verser une petite dose dans sa bouche pour la savourer avant de l'avaler. Au lieu de quoi il retourna près du lit et, plongeant un doigt dans le liquide ambré, en mouilla les lèvres de son père. Les paupières se mirent à battre, cette fois.

— En voilà des façons de veiller un malade, dit Mitch en ouvrant les yeux avec un grand sourire. Tu veux bien m'en verser un vrai, cette fois ?

Fox ne discuta pas. Il alla chercher deux verres propres et en emplit un pour lui, au robinet.

— Mais pas de ça pour moi, je te préviens, l'avertit Mitch.

Fox lui versa un doigt de whisky dans l'autre verre. Son père se redressa et réussit à s'asseoir en lui portant un toast.

— À nous, dit-il, qui nous ressemble ?

— Pas beaucoup, récita Fox, en levant son propre verre. Et ils sont tous morts[1]…

Il regarda son père siroter la première gorgée.

— Désormais, je peux être détective quand je veux, dit-il paisiblement. Juste pour que tu saches.

— M'est avis que tu dois pas être aussi doué que ça, sinon t'aurais pas pris une balle dans la carcasse.

Mitch leva son propre verre, ses yeux parlaient pour lui : il voulait remettre ça.

— Jude va me tuer si je te soûle.

— Eh bien, dis-toi dans ce cas que tu ne seras pas mort en vain.

— C'est pas faux, je suppose.

Sur quoi, il rouvrit la bouteille de whisky et resservit son père.

1. Toast écossais, les premiers vers d'un poème de Robert Burns.

Du même auteur
aux Éditions du Masque :

NOM DE CODE : WITCH

DOUBLE DÉTENTE

DU FOND DES TÉNÈBRES

LA COLLINE DES CHAGRINS

UNE DERNIÈRE CHANCE POUR REBUS

TRAQUES

CICATRICES

FLESHMARKET CLOSE

L'APPEL DES MORTS

EXIT MUSIC

PORTES OUVERTES

PLAINTES

DEBOUT DANS LA TOMBE D'UN AUTRE

LES SAINTS DE SUMMERHALL

PAPIER À BASE DE FIBRES CERTIFIÉES

Le Livre de Poche s'engage pour l'environnement en réduisant l'empreinte carbone de ses livres. Celle de cet exemplaire est de :
600 g éq. CO_2
Rendez-vous sur
www.livredepoche-durable.fr

Composition réalisée par PCA

Achevé d'imprimer en septembre 2015 en France par
CPI BRODARD ET TAUPIN
La Flèche (Sarthe)
N° d'impression : 3012892
Dépôt légal 1re publication : octobre 2015
LIBRAIRIE GÉNÉRALE FRANÇAISE
31, rue de Fleurus – 75278 Paris Cedex 06

32/7778/3

Über dieses Buch

Naturforschung und Technik sind heute von einem unaufhaltsamen Mathematisierungsprozeß erfaßt: Ohne Mathematik gibt es keine moderne Physik, Chemie und Biologie, keine Raumfahrt, keine Kerntechnik, keine Automation. Zudem dringt die Mathematik – gerade auf dem Weg über die Automatisierung und die Rechenroboter – immer mehr in Bereiche ein, die man zunächst als »nicht berechenbar« angesehen hat. Stärker und stärker drückt die Mathematik auch dem Alltag ihren Stempel auf. Man sollte als Mensch unserer Zeit wissen, was Mathematik ist, was sie will, was sie bedeutet. Aber was ist denn Mathematik? Langweiliger Formelkram? Ödes Kurvengewirr? Werkzeug nur für den Forscher und den Techniker? Oder abstrakte Geheimlehre? Was treibt ein Mathematiker eigentlich?
»Knaurs Buch der modernen Mathematik« versucht, auf solche Fragen Antworten zu geben, die für jedermann faßlich sind. Es zeigt, daß Mathematik alles andere als langweilig ist und daß sie nichts mit esoterischer Geheimwissenschaft zu tun hat. Was dem Nichtmathematiker an den Fragestellungen der Mathematiker und an ihren Diskussionen zunächst unbegreiflich und kompliziert erscheint, läßt sich Schritt für Schritt begreiflich machen – man muß nur bereit sein, mitzudenken.
Dreierlei will dieses Buch: Es will die weitverbreitete Angst vor der Mathematik nehmen. Es will im Gegenteil zeigen, daß es sich bei der modernen Mathematik um ein faszinierendes Spiel der Gedanken handelt. Dieses Gedankenspiel wird – und das macht den besonderen Reiz des Buches aus – durch eine Vielzahl einprägsamer Bilder zu lebendiger Anschauung. Auf diese Weise will das Buch Verständnis wecken für eine Wissenschaft, deren Erkenntnisse zu den großartigsten Leistungen der Menschheit gehören und zudem unsere Zukunft in einem Ausmaß bestimmen werden, das wir bestenfalls ahnen können.
»Knaurs Buch der modernen Mathematik« wurde in 14 Sprachen übersetzt.

Januar 1972
Vollständige Textausgabe

Umschlaggestaltung Typobild Günter Becker
Gesamtherstellung Richterdruck Würzburg
Printed in Germany
ISBN 3 426 00267 1